AF304121

Fiona Leitch ist eine Roman- und Drehbuchautorin mit einer bewegten Vergangenheit. Sie hat für Fußball- und Automagazine, Geburtsvideos und Versandhauskataloge geschrieben, als DJ auf illegalen Raves in London aufgelegt, wurde von einer Kinderfernsehmoderatorin während einer Studiodebatte zurechtgewiesen und war das australische Gesicht einer Reihe von Fernsehspots für ein Reinigungsmittel. Durch all das kennt sie sich sehr gut mit dem Albernen aus, was ihr dabei hilft, humorvolle Geschichten zu schreiben.

Fiona Leitch

KAPITEL 1

„Was immer du auch tust, nenn' es bloß nicht ‚Fete'."

Mum, Daisy und ich standen vor dem Rathaus. Es war ein warmer, früher Abend am Ende der Sommersaison und in Penstowan war immer noch viel los, was nicht mehr lange so bleiben würde. Daher die Notwendigkeit für ein jährliches Fest, das die Leute in die Stadt bringen würde und das hoffentlich ein paar Urlauber überzeugen würde, wenigstens noch eine weitere Woche zu bleiben.

Die Penstowan-Fete – ups! – fand, na ja, schon immer statt. Zumindest solange ich mich daran erinnern konnte, und die Jahre davor auch. Es war eines der Highlights meiner Kindheit, mit dem Jahrmarkt und den Kuchenverkaufsständen, den stumpfsinnigen Spielen (will irgendwer Enten angeln?) und der Kokosnuss-Wurfbude. Ich hatte tatsächlich einmal gewonnen. Es war am Ende des Tages gewesen und ihnen waren die Preise ausgegangen (billige Stofftiere und Plastikkram), also bekam ich einen exotischen, aber unbestreitbar braunen, haarigen Schatz in Form einer Kokosnuss. Ich nahm sie mit nach Hause und überreichte sie Mum erwartungsvoll, hoffte, dass sie sie öffnen könnte und dass sich darin ein Bounty Riegel oder so was befinden würde, aber sie sah sie nur amüsiert an und legte sie in die Obstschale, wo sie drei Monate blieb, bis Mum es satthatte, die Kokosnuss abzustauben, und sie in den Müll verfrachtete. Und dann waren da natürlich die Goldfische. Oh, so viele Goldfische, die in Plastiktüten schwammen und alle ganz unspektakulär in Mums größter Glasschüssel landeten, weil wir kein Aquarium besaßen. Sie alle lebten nie lang genug, um zu erleben, dass wir nach Barnstaple in den Tierbedarf fuhren, um eines zu kaufen, also wurden sie in der Toilette runtergespült und der Kreislauf wiederholte sich jedes Jahr wieder.

Aber Veränderungen lagen in der Luft. Der Stadtrat hatte einstimmig beschlossen, dass man es ‚den Ferienhaus-Urlaubern da unten mal zeigen würde‘, indem man sein eigenes, eine Woche andauerndes Kunstfestival veranstalten würde, als Gegenveranstaltung zu dem bekannten in St. Ives, die Küste von Cornwall herunter, das Künstler und reiche Hauseigentümer vom Land versammeln würde und in einer großen Gala gipfelte. Es würde trotzdem noch eine Kokosnuss-Wurfbude geben und die armen Goldfische würden am Galaabend sicher einen Auftritt haben, aber es war auf keinen Fall eine Fete. Verstanden? Und da kam ich ins Spiel, ich war hier, um für die Eröffnungsparty zu catern.

Zumindest hoffte ich, dass ich das tun würde. Das letzte Mal, als ich das Essen für eine Feier bereitstellen sollte – die Hochzeit meines ältesten Freundes Tony Penhaligon –, wurde die Feier durch das Auftauchen einer Leiche unterbrochen. Die war nicht mal eingeladen. Und nein, es hatte nichts mit meinen Kochkünsten zu tun. Wie unhöflich!

Das Rathaus war ein großartiges altes Gebäude, mit großen Bogenfenstern, Bleigläsern und gotischen Elementen, welche die Fassade zierten. Aus dem regionalen, grauen Stein gemeißelt, war die erste Etage im Tudorstil gehalten und hatte sogar einen (sehr kleinen) Turm mit Zinnen an einer Seite. Der Stadtrat traf sich hier von Zeit zu Zeit, aber der geschäftliche Teil der örtlichen Stadtverwaltung befand sich in einem Gebäude die Straße runter, einem späten Sechziger-/frühen Siebzigerjahre-Ungeheuer aus Glas und Beton. Heutzutage wurde das Rathaus für Hochzeiten genutzt – das Standesamt befand sich hier – und große städtische Feiern. Wie diese hier.

Hinter uns, nicht ganz so spektakulär aussehend, stand mein getreuer Van, das Pornomobil – so genannt, weil ich ihn von einem Typen abgekauft hatte, der in seinem Laden sexy Unterwäsche und, ähm ... *erotische Hilfsmittel* verkauft hatte, aber hatte schließen müssen. Die Vergangenheit des Wagens war vergeben, aber nicht vergessen, da sich, als ich ihn kaufte, ein riesiger, recht grafischer, Sticker auf seiner Seite befand. Ein kleiner Rest war im richtigen Winkel (oder im falschen, je nach Einstellung) unter der neuen Lackierung noch zu erkennen, wie der Geist der perversen Vergangenheit. Daisy hatte es das Pornomobil getauft und der Name war (wie der schweinische Aufkleber) kleben geblieben.

„Kommt schon", sagte ich. „Lasst uns ausladen."

***

Also luden wir alles aus – Kisten voll mit Räucherlachs, Blinis, Cocktailwürstchen, Pasteten, alles sehr Siebzigerjahre-Dinner-Party – und brachten es in die Küche. Ich hatte alles zu Hause gekocht, also mussten wir nur noch die Horsd'œuvre zusammensetzen, Cocktailspieße in die Dinger stecken und uns fertig machen, um die Gäste zu bewirten. Als alles entweder im Ofen gewärmt oder im Kühlschrank kühlte, machte ich mich auf, den Van umzuparken, bevor er für die Guten und Großen der Stadt, die heute Abend kommen würden, und vergessen wir die Ehrengäste nicht, zum Anstoß werden konnte. Während ich das Pornomobil rückwärts auf einem Platz an der Rückseite des Gebäudes einparkte, fühlte ich mich ziemlich selbstbewusst und dass ich alles unter Kontrolle hatte, doch ein Blick in Mums Gesicht, als ich zurück in die Küche kam, machte mich sofort nervös.

„Was ist los?", fragte ich, nicht sicher, ob ich es wirklich wissen wollte.

„Joanie hat gerade angerufen. Sie ist gestürzt und wird nicht kommen können", sagte Mum. Joanie war eine nette, aber extrem alte Dame, die beim Kaffeeklatsch mittwochmorgens im Gemeindesaal heiße Getränke und Kekse servierte, und sie war eingeplant gewesen, uns beim Bedienen der Gäste heute Abend zu helfen.

Ich bin ehrlich, jedes Mal, wenn ich sie mit einem Tablett voller kochend heißer Getränke antrotten sah, sagte mir mein Instinkt, dass ich mich so weit wie möglich von der Splashzone entfernen sollte, falls sie sie fallen lassen sollte, aber um ehrlich zu sein, so wackelig und unstet, wie sie schien, sie ließ ihr Tablett nie fallen.

Trotzdem war ich erleichtert, dass sie heute nicht im Dienst wäre, auch wenn uns das eine Hilfskraft entzog.

„Arme Joanie", sagte ich, während ich versuchte meine Erleichterung zu verschleiern. „Mach dir keine Sorgen, die anderen kriegen das hin."

„Ja ... obwohl Anthea natürlich auch absagen musste."

Mum hatte mir die meisten ihrer älteren Freundinnen vorgestellt, seit Daisy und ich zurück nach Penstowan gezogen waren, aber ich konnte mich an die Hälfte von ihnen nicht mal mehr erinnern; nach einer Weile formten sie alle eine homogene Masse aus gefärbten Haaren und weiten Schuhen. „Welche war Anthea noch mal?"

„Du weißt schon. Die mit den Augen."

Daisy schnaubte. „Ach, *die* ..."

„Das macht es natürlich ein wenig schwieriger", sagte ich gedankenversunken. Ich sah rüber zu Daisy, aber sie erriet sofort, was ich dachte.

„Oh nein!", rief sie und schüttelte vehement ihren Kopf. „Ich mach das nicht. Ich treffe mich mit Jade und gehe ins Kino, vergessen? Ich darf sowieso nicht. Das ist illegal. Ich bin erst dreizehn. Und es wird Alkohol serviert. Und –"

„Na gut, na gut!", sagte ich. „Meine Güte, ich hab dich nicht gebeten, den Kamin raufzuklettern oder so."

„Du wirst einspringen müssen", sagte Mum. „Ich und Janet schaffen das nicht allein. Sicher nicht bei dem Gehalt, das du uns zahlst ...", fügte sie nuschelnd hinzu.

„Ich hab nicht die richtigen Klamotten dabei", sagte ich und dachte schon, *oh Gott, nein, nicht das ...*

„Haben wir nicht Joanies Uniform im Wagen mitgenommen?", sagte Daisy unschuldig. Ich funkelte sie an. Nach allem, was ich für sie getan habe …

***

Ich bin kein typisches Mädchen. Das ist wahrscheinlich einer der Gründe gewesen, warum die Metropolitan-Police-Einheit in London (mein vorheriger Arbeitsplatz) mir so gut gefallen hatte. Ich trug nie Röcke oder Kleider, außer zu einem besonderen Anlass, und selbst dann führte ich eine lange innere Diskussion mit mir selbst darüber, ob eine schicke Hose nicht auch angebracht wäre. Schon als Kind waren Rüschen und Schleifen nicht mein Ding; Latzhosen vielleicht, definitiv Jeans, Blusen mit hübschen Schleifchen allerdings … nein. Und nun war ich hier.

Ich zupfte an der dummen, schimmernden, seidenen, furchtbaren Bluse herum, die gerade so über meine Oberweite passte (Joanies war wohl nicht ganz so ausladend wie meine, und sie war auch weiter entfernt vom Boden als ihre), und zerrte die große Schleife weg von meinem Hals, da sie drohte mich zu erwürgen.

„Ach du meine Güte!" Mum richtete die Schleife. „Du verhältst dich ja wie ein pampiger Teenager."

„Hey!", rief Daisy empört und als sie mich erblickte, kam ein „Das gibt's doch nicht …" von ihr.

„Sag bloß nichts", sagte ich. „Und ich warne dich auch: Wenn das hier auf Facebook landet, wird dein Schulfoto vom letzten Jahr auch viral gehen."

Daisy verstaute ihr Handy schnell in ihrer Tasche und lächelte.

„Daran hab ich überhaupt nicht gedacht ...“

***

Die Gäste kamen mittlerweile an. Das meiste des Essens war bereits auf dem Büfett präsentiert, das mit einem langen Stoff bedeckt war, also versuchte ich so viel von meinem Körper dahinter zu verstecken wie möglich und schenkte Champagner in Gläser ein, während Mum und Janet sie verteilten. Ich begann mich zu entspannen; obwohl ich die meisten der Gäste kannte, waren es nicht wirklich Freunde von mir, also war es mir relativ egal, wer mich in diesem lächerlichen Outfit sehen würde. Ich schob ein paar der Essenstabletts herum, immer noch nicht bereit, die Sicherheit des Büfetttisches zu verlassen, aber im Moment musste ich das auch nicht.

„Ich wollte dich schon immer mal in deiner Uniform sehen, aber ich hatte nicht gedacht, dass sie *so* aussehen würde ...“

Ich wirbelte herum und erblickte Tony, der mit einem riesigen Grinsen hinter mir stand. Seine Augen fielen auf die hässliche Schleife und sein Grinsen wurde noch breiter.

„Was zur – Was trägst du da?“, spuckte er aus, als er dabei scheiterte, den großen Lacher zu unterdrücken, der in ihm aufstieg. „Das ist ein interessanter Stil ...“

Ich lächelte süßlich. „Ja, ja, lach du nur. Dann lass uns mal herausfinden, ob du das immer noch so lustig findest, wenn ich dir eins dieser Cocktailwürstchen in den Ar–“

„Ah, Jodie!“

Ich wirbelte wieder herum – sich in einem engen Bleistiftrock und ungewohnten Pumps zu drehen, war keine gute Idee – und stand Maurice Holden, dem Bürgermeister von Penstowan, gegenüber.

Bürgermeister im Fernsehen waren immer diese großen, dicken, fröhlichen Männer, wie Alf Roberts in *Coronation Street*. Sie hatten einen festen Händedruck, laute Stimmen und lachten herzlich. Sie kannten den geheimen Handschlag und die Rituale der örtlichen Freimaurerloge und waren wegen der Ernährung, die ausschließlich aus städtischen Banketten und Büfetts bestand, dick geworden. Unser Bürgermeister war überhaupt nicht so. Er war ein großer Mann in seinen Sechzigern und so schlank, dass er fast zerbrechlich wirkte; er stolperte beinahe, da die schweren zeremoniellen Ketten eines Bürgermeisters sein Gleichgewicht zu stören schienen, was mich ein bisschen an Jacob Marley erinnerte, der dasselbe Problem mit seinen Geisterketten hatte. Aber er war immer freundlich und unermüdlich in seinen Bemühungen für die Stadt, in der er seit fast vierzig Jahren mit seinem ‚besonderen Freund‘ (wie die ältere Generation von Penstowan ihn euphemistisch bezeichnete) Tim lebte.

Ich senkte die Cocktailwürstchen, die ich aggressiv schwenkte und lächelte.

„Hallo, Maurice. Läuft ganz gut.“

„Nicht wahr? Ich bin sehr zufrieden. Ich hatte mir Sorgen gemacht, dass viele Karten übrig bleiben würden, aber der Abend ist ausverkauft! Jeder will unseren Ehrengast kennenlernen.“ Er sah sich um. „Ich hoffe nur, er taucht auf ...“

KAPITEL 2

Der Bürgermeister hätte sich keine Sorgen machen müssen, denn als er gerade fertig gesprochen hatte, öffneten sich die schweren hölzernen Doppeltüren, und unser Ehrengast (oder eher -gäste) stand auf der Schwelle. Maurice eilte hinüber zu ihnen, eine Hand zum Gruß ausgestreckt, während sich alle Blicke auf sie richteten.

Unsere Ehrengäste waren keine Geringeren als der bekannte Maler Duncan Stovall und seine Ehefrau, Managerin und Biografin, Genevieve Lorre. Er hatte seine Karriere mit einem Knall begonnen, als er nicht lange nach seinem Abschluss an der Kunstschule seine Penstowan-Bilder veröffentlicht hatte, eine Reihe von Gemälden, die *ein wenig* abstrakt waren, *irgendwie* Landschaften darstellten, nach einem legendären Monat der Ausschweifungen hier unten mit Genevieve und einem weiteren Künstlerfreund. Zu behaupten, die Gemälde wären berühmt geworden, war eine Untertreibung. Die Bilder waren in der Kunstszene explodiert, schafften die schwierige Gratwanderung dazwischen, den Kritikern und den Zeitgenossen zu gefallen und der allgemeinen Öffentlichkeit, die nicht viel von Kunst verstand, aber wusste, was sie mochte. Und sie mochten seine Bilder sehr. Die ganze Reihe – acht Bilder insgesamt – wurde zu der Zeit (1990) für sechseinhalb Millionen Pfund verkauft, aber ein einzelnes dieser Bilder war kürzlich für dieselbe Summe in andere Hände gewandert. Und wenn das noch nicht lukrativ genug schien, waren ein paar der Bilder so beliebt gewesen, dass massenproduzierte Nachdrucke Mitte der Neunziger auch verkauft worden waren. Ich hatte eines davon sogar bei Ikea erworben, als ich nach London gezogen war, um mich an zu Hause zu erinnern.

Penstowan war kurz darauf zu einer Pilgerstätte für Kunstliebhaber geworden, die scharf darauf waren, den Ort zu sehen, der solch ein kreatives Genie inspiriert hatte, aber es hatte sie offensichtlich nicht auf dieselbe Art bewegt, wie es bei Duncan Stovall der Fall gewesen war. Die Anzahl der Touristen hatte zwischen 1991 und 1992 ihren Höhepunkt erreicht und war kurz danach wieder auf das gewohnte Level gesunken.

Seither hatte Stovall eine schwindelnd hohe Anzahl an Gemälden produziert, die sich zwar noch verkauften, aber nie wieder denselben Zauber versprühten. Die ursprünglichen Penstowan-Bilder waren knallig und farbenfroh, schafften es aber trotzdem, die Launen der See darzustellen, die Strände und die Klippen, sogar die nüchternen nebligen Morgenstunden, wenn das Meer und der Himmel von derselben leblosen grauen Farbe waren. Seine späteren Werke waren nett, wirkten aber fast wie Nachahmungen. Trotzdem konnte er von deren Einnahmen ganz gut leben.

Maurice begrüßte das Paar begeistert. Genevieve war eine zarte, schlanke Frau mit einer natürlichen, ungekünstelten Art, wie sie die französischen Frauen zu haben schienen. Ich zupfte an der dämlichen Schleife um meinen Hals herum, die nur eine weitere Erinnerung daran war, dass ich definitiv keine französischen Wurzeln hatte. Sie lächelte Maurice herzlich an und sah absolut entspannt dabei aus, was man von ihrem Ehemann nicht behaupten konnte.

Duncan Stovall sah nicht wie ein Mann aus, der seinen Abend damit verbringen wollte, mit Wein und Essen verwöhnt und für sein kreatives Genie gefeiert zu werden. Sein Gesichtsausdruck entsprach eher einem Mann, der eine Prostata-Untersuchung erwartete – eine Veranstaltung, die hinter sich gebracht werden musste, als genossen werden konnte. Vielleicht war er einfach schüchtern, introvertiert wie viele Künstler. Wenn das der Fall war, hatte er hier Pech. Die Leute von Penstowan – vor allem nach ein paar Bier – hielten nicht viel von Zurückhaltung, und ich bezweifelte, dass sie an diesem Abend damit anfangen würden.

Er war in seinen Mittfünfzigern, groß und gut gebaut, hatte kurzes, dickes schwarzes Haar (die Art, die lockig werden würde, wenn es länger war, nahm ich an), welches langsam an den Schläfen ergraute, und einen sauber gestutzten Bart. Er trug ein altes Tweedjacket, welches geöffnet ein schwarzes T-Shirt entblößte, und eine Jeans; neben seiner glamourösen Ehefrau und dem immer schick gekleideten Bürgermeister (der mich an den Schauspieler Terence Stamp erinnerte, wenn nicht gerade an Jacob Marley) wirkte er ziemlich fehl am Platz. Vielleicht sah er deshalb so unglücklich aus. Während Genevieve mit Maurice sprach, wanderte sein Blick durch den Raum, bis seine stechend blauen Augen mich trafen. Ich nahm zwei Gläser Champagner auf und lief zu ihnen herüber.

„Bringen Sie mir einen Whiskey", sagte er mürrisch. Ich sah ihn an, die Augenbrauen erhoben und dachte, *Ich geb keinen Pfifferling drauf, wer Sie sind, wagen Sie es ja nicht, so mit mir zu reden.* Er schien meine Gedanken erraten zu können, denn er lächelte entschuldigend und sagte, „Tut mir leid. Ich hasse diese lächerlichen Veranstaltungen, diese ganzen neuen Leute machen mich wirklich nervös. Aber das ist keine Entschuldigung für solche Manieren. Würden Sie mir bitte einen Whiskey bringen? Meine Frau trinkt Champagner, sie wird sicher eins von den Gläsern nehmen ..." Er deutete auf die beiden Gläser in meinen Händen, als seine Frau sich umdrehte. Sie starrte meinen fürchterlichen Aufzug an und in diesen zwei Sekunden brachte sie es fertig, dass ich mich so fühlte, wie die Haufen, in denen sich meine Hündin Germaine, während unserer Spaziergänge über die Schafweiden hinter unserem Haus, rollte.

„Danke dir, *Darling*", schnurrte sie, nahm ein Glas und wandte sich wieder Maurice zu, der sie anhimmelte.

„Ignorieren Sie sie", sagte Duncan. „Ich tu's." Und er fixierte mich wieder mit seinen blauen Augen, als würde er mich gerade zum ersten Mal richtig ansehen. Hm. Er war ein sehr attraktiver Mann für sein Alter. „Also ... dieser Whiskey?"

„Natürlich", sagte ich und sammelte mich wieder. *Oh, diese Augen ...* „Ich komme wieder", sagte ich in meiner besten Arnold-Schwarzenegger-Stimme und eilte davon, verfluchte mich, dass ich so eine Idiotin war und fragte mich, wo zur Hölle diese Parodie plötzlich hergekommen war. Vermutlich verriet es, dass ich keine professionelle Kellnerin war …

Ich holte Duncan seinen Whiskey von der Bar am anderen Ende des Saals und kehrte dann zum Büfett zurück, an dem sich Tony heimlich an den Shrimpshäppchen zu bedienen versuchte. Ich schlug seine Hand weg.

„Nimm deine diebischen Griffel da weg! Noch nicht."

„Ich dachte, ich dürfte eine kleine Qualitätskontrolle durchführen? Ich bin doch ein Freund der Köchin" sagte er, während sein Blick immer wieder zu der Schleife an meinem Hals wanderte.

„Nicht mehr lange", grummelte ich. „Wie auch immer; wieso hängst du hier rum? Solltest du dich nicht unter die Leute mischen? Wo ist deine Begleitung?"

„Die einzige Frau, die ich hätte fragen wollen, hatte heute schon was vor", grinste Tony. Ich nickte.

„Natürlich, deine Mutter hat sonntags ja ihren Über-Siebzig-Zumba-Kurs."

Er lachte. „So was in der Art …"

Wir standen da und beobachteten, wie Maurice Genevieve weiter in den Raum hineinführte und ihr einige der anderen Gäste vorstellte. Duncan, der nun ein wenig entspannter aussah, wie er an seinem Whiskey nippte, trottete ihr hinterher, hob sein Glas in meine Richtung, als sie vorbeikamen. Tony schnaubte.

„Meine Güte, Nosey, du hast es geschafft und mit dieser furchtbaren Bluse einen an Land gezogen! Und auch noch den Ehrengast."

„Ach, halt den Mund", sagte ich und drehte mich weg. Ich konnte spüren, wie ich errötete. Gott, vielleicht brauchte ich wirklich einen Mann, wenn mich ein paar glitzernde blaue Augen so aus der Fassung brachten. Er war aber auch ein gut aussehender Mann ...

„Ist das da drüben Nathan? Ich wusste nicht, dass er auch kommt", sagte Tony. Ich fühlte, wie mein Herz einen Sprung machte, beim Gedanken daran, dass Penstowans heißester Polizist mich in diesem lächerlichen Aufzug sehen würde. Ich riss die Schleife auf und wirbelte herum, suchte den Raum ab.

„Wo? Ich kann ihn nicht sehen ..." Ich drehte mich wieder um, nur um Tony zu sehen, der mich breit angrinste. „Ups, mein Fehler", sagte er. Ich boxte seinen Arm. „Au!"

Maurice klopfte ein paar Mal an sein Champagnerglas – wenn ich es gewesen wäre, hätte ich einfach laut „Hey!" gerufen, bis alle die Klappe gehalten hätten, was vermutlich der Grund war, warum ich keine glänzende Karriere als Rednerin hingelegt hatte – und langsam verstummte das Geplapper im Saal.

„Ich danke Ihnen allen, dass Sie heute Abend erschienen sind", begann er und lächelte den Saal voller Gäste an, „zu dieser Eröffnungsfeier des ersten Penstowan-Kunstfestivals!" Es gab eine höfliche Runde Applaus. Er lächelte noch breiter und wandte sich an Duncan. „Und ein großer Dank geht natürlich an unseren Ehrengast, den wundervollen Künstler Duncan Stovall und seine wunderbare Frau Genevieve! Sie erweisen unserer kleinen Stadt mit Ihrer Anwesenheit eine große Ehre." Er hob sein Glas in ihre Richtung. Genevieve lächelte gönnerhaft, während Duncan im Gegenzug sein eigenes Glas anhob, das bereits leer war. „Wir freuen uns sehr auf Ihren Vortrag morgen, Genevieve – die Karten dafür sind bereits ausverkauft – und wir können es nicht erwarten, welch majestätisches neues Meisterwerk Sie hervorbringen werden, Duncan!"

Duncans Lächeln verschwand einen Augenblick. „Äh, wie bitte?"

„Das neue Gemälde!" Maurice wandte sich wieder an sein Publikum. „Meine Lieben, Duncan hat sich bereit erklärt, sein Atelier diese Woche zu öffnen. Die Besucher des Festivals werden die Möglichkeit haben, ihm dabei zuzusehen, wie er ein neues Penstowan-Bild malt, welches am Ende der Woche versteigert werden wird! Die Einnahmen werden dem neuen Rettungsboot zugutekommen."

Duncan warf seiner Frau einen wütenden – nein, einen *wutentbrannten* – Blick zu. Ihr Lächeln schmälerte sich, aber sie sah ihn nicht direkt an, sondern nickte, während die versammelten Zuhörer alle *Oohs* und *Aahs* von sich gaben und dann in einen riesigen Applaus, aufgrund der Neuigkeiten, ausbrachen. Er wollte seinen Drink hinunterstürzen, hielt aber inne, als er bemerkte, dass dieser leer war und sein Blick wanderte für eine Sekunde rüber zu mir.

DAS hatte er NICHT erwartet, dachte ich, während Maurice seine kurze Willkommensansprache beendete. *Ich hole ihm besser noch einen Whiskey ...* Aber das brauchte ich nicht, denn sobald es ihm möglich wurde, trennte sich Duncan von der Gruppe und eilte zur Bar.

Maurice hatte am Ende seiner Rede das Büfett für eröffnet erklärt, also halfen Mum und Janet mir dabei, die Deckel von den Essenstabletts zu nehmen und sicherzugehen, dass sich niemand um die veganen Würstchen im Schlafrock stritt. Ich zog mich zurück und beobachtete stolz, wie alle zugriffen – es hatte mir schon immer gefallen, Leute zu versorgen – aber meine Augen wurden immer wieder von einer Person an der Bar angezogen. Er war auf keinen Fall ein glückliches Honigkuchenpferd. Ich drückte mich hinter einem Käseigel herum (eine halbe Grapefruit, die mit Cocktailspießen versehen war, auf denen Cheddar und Ananasstückchen steckten – ein Siebzigerjahre-Party-Klassiker) und beobachtete ihn. Ich sah eine Sekunde lang weg und als ich wieder zu ihm zurückkehrte, erschrak ich, denn ich traf seinen Blick; er beobachtete mich auch. Er lächelte mich kurz an und drehte sich dann schuldbewusst weg, als Genevieve zu ihm kam. Er griff ihren Arm – nicht gerade sanft – und zog sie in eine ruhige Ecke des Saals. Obwohl er mit dem Rücken zu mir stand, konnte ich sehen, dass er sie anfuhr; seine Schultern waren angespannt, als bemühte er sich wirklich, sich zusammenzureißen, aber hin und wieder vergaß er sich und gestikulierte wütend. Ihr Blick wanderte zwischen ihrem zornigen Ehemann und dem Rest des Raumes hin und her, das Lächeln verließ nie ihre Lippen, doch mit ihren Augen hatte es nichts zu tun. Nur einmal ließ sie die Maske fallen und sah ihm ins Gesicht, ihr Ausdruck wandelte sich in kürzester Zeit von Verärgerung zu einer spöttischen Verachtung; aber dann war alles wieder vorbei und beide drehten sich um, lächelten falsch und suchten die Gesichter der Gäste ab, in der Hoffnung, dass keiner von ihnen den Riss in der Fassade bemerkt hatte. Ich beschäftigte mich damit, mit einer Hand Krümel von der Tischdecke in meine andere Hand zu fegen, während ich hoffte, dass es nicht zu offensichtlich war, dass ich die ganze Sache beobachtet hatte. Dann kippte ich die Krümel auf den Boden und lief hinüber zu Duncan, während seine Frau loszog, um wieder mit Maurice zu sprechen. Was soll ich sagen? Mein Spitzname ist nicht umsonst neugierige Nosey Parker.

„Sie sehen aus, als könnten Sie einen weiteren Whiskey vertragen", sagte ich. Duncan sah zu mir herunter – er war ziemlich groß, einen Meter fünfundachtzig oder einen Meter siebenundachtzig – und lächelte beschämt.

„Ich fürchte, ich habe den Punkt in meiner Karriere als Trinker erreicht, an dem einer nicht mehr viel ausrichtet", sagte er.

„,Karriere als Trinker'? Hab noch nie gehört, dass jemand das so bezeichnet hat."

„So nennt man das, wenn man irischer Abstammung ist und keinen nennenswerten Beruf ausübt."

Irische Abstammung, dachte ich. Also *daher kommen die strahlend blauen Augen und das dichte schwarze Haar.* „Ah, ich verstehe ..." Ich nickte wissend. „Dann bringe ich Ihnen wohl besser die Flasche."

Er lachte. „Und *das* nennt man ‚Beihilfe'."

Ich knickste schnell. „Ich bin hier, um zu dienen."

Darüber lachte er noch mehr. „Nein, sind Sie nicht. Wir haben weniger als fünf Minuten miteinander geredet und ich kann jetzt schon sagen, dass Sie Ärger bedeuten."

„War es das *Terminator*-Zitat, das mich verraten hat?"

„Es hat sicherlich geholfen." Er hielt mir seine Hand entgegen. „Mein Name ist Duncan."

„Ich weiß. Jodie. Hilfskellnerin."

Er schüttelte meine Hand. Er hatte einen warmen, sanften Händedruck, der hervorragend zu seinem warmen, sanften Lächeln passte und wir beide hatten es nicht eilig, voneinander zu lassen.

Um Himmels willen, Jodie, reiß dich zusammen!

„Ähm ... ich sollte dann mal weiterarbeiten", stotterte ich. Ich dachte, dass es wohl das Beste sein würde zu flüchten, bevor ich mich vor diesem (um ehrlich zu sein, traumhaften) Mann mit seinen hypnotischen Augen komplett idiotisch verhalten würde, obwohl ich das Gefühl hatte, dass es schon zu spät dafür war. Zumindest hatte ich mich davon abhalten können, mit meinen Fingern durch das volle Haar zu fahren, was nicht nur peinlich, sondern auch der Grund für eine Verhaftung hätte sein können. Ich ließ seine Hand los und rannte quasi zurück zum Büfetttisch, an welchem Tony sich (mal wieder) vollstopfte und Mum ihn mit einem mütterlichen Lächeln betrachtete.

„Wir brauchen mehr Servietten", platzte ich hervor. „Sie sind im Van."

„Ich hol sie –", begann Tony, aber ich unterbrach ihn.

„Kein Problem!" Und ich rannte los, bevor er sich überhaupt bewegen konnte.

Ich ging zu dem Wagen, öffnete die hintere Tür und setzte mich auf den Fahrzeugrand. Ich atmete ein paar Mal tief ein und genoss die kalte Abendluft. Es war drinnen ziemlich stickig gewesen, schon vor dem komplett unerwarteten Hormonrausch und der sanfte Kuss der abendlichen Brise auf meiner Haut fühlte sich gut an. Was zur Hölle war mit mir los? Ich war jetzt schon eine Weile Single und glücklich damit.

Ja, ich stand total auf Nathan, aber nicht so sehr, dass ich plante, mich voll an ihn ranzuschmeißen. Sollte er sich allerdings danach fühlen, sich an mich ranzuschmeißen, würde ich ihn mit offenen Armen auffangen. Aber da war etwas an Duncan, das mich an all die Nächte denken ließ, in denen ich allein in mein Bett gegangen war und mir gewünscht hatte, da wäre jemand neben mir. Nicht auf die sexy Art (okay, nicht *nur* auf die sexy Art), aber hauptsächlich – um nicht allein zu sein.

„Geht es Ihnen gut?" Wenn man vom Teufel spricht. Da war er, diese glitzernden blauen Augen starrten mich intensiv an, ernsthaft besorgt. „Ich habe gesehen, dass Sie aus dem Saal gerannt sind, und dachte, vielleicht geht es Ihnen nicht gut? Oder vielleicht habe ich etwas Falsches gesagt –"

„Oh nein, mir geht's gut, danke." Ich fühlte wieder, wie mir ganz heiß wurde. Duncan setzte sich neben mich. Ich rutschte etwas, um ihm mehr Platz zu machen, aber es gab nicht viel mehr Platz und mir war schmerzlich bewusst, dass unsere Oberschenkel sich berührten. „Sie sollten drinnen sein; Sie sind unser Ehrengast."

Er warf mir ein kleines, aber herzliches Lächeln zu. „Nicht der Ehre wert. Ich glaube, ich habe noch nie in meinem Leben etwas getan, dass ich diesen Titel verdient hätte." Er seufzte. „Die wirken alle wie ganz nette Leute, aber darf ich ehrlich sein? Bis ich mit Ihnen gesprochen habe, habe ich den heutigen Abend gehasst."

„Na ja, wissen Sie –" Ich versuchte mir irgendeine witzige Antwort einfallen zu lassen, aber mein Gehirn war zu Brei geworden und ließ mich im Stich.

„Nein, wirklich. Ich fühle mich immer wie ein Tier im Zoo bei solchen Events. Alle stehen um mich herum und beobachten Genevieve und mich, als würden sie darauf warten, dass wir etwas tun." Er lachte leise. „Sie mag das, natürlich. Sie liebt es, im Mittelpunkt zu stehen. Ich hasse es. Ich mag ehrliche Gespräche mit einer echten Person."

„Ich bin eine ehrlich echte Person", sagte ich leichthin und er sah mich an. Ich fühlte mich, als würde ich genau untersucht werden, was mir einerseits unangenehm war und mich andererseits doch irgendwie stolz machte, weil ich das Gefühl bekam, dass er mochte, was er sah.

„Wissen Sie, wie sich das anfühlt?", fragte er plötzlich. „Wie es sich anfühlt, sich in einer Menschenmenge aufzuhalten und sich doch einsam zu fühlen?"

Ich starrte in seine Augen zurück, überrascht, mein Mund war plötzlich ganz trocken.

„Ja", sagte ich rau, aber ich wusste es wirklich. Wenn man ein Bulle ist und man mit Freunden unterwegs ist, die *nicht* bei einer Einheit sind, gehört man nie wirklich zu der Gruppe. Außer es sind wirklich alte Freunde von früher, so wie Tony, entspannen sich die Leute mit dir nie wirklich; es ist, als hätten sie Angst etwas falsch zu machen und sich zu belasten. Da draußen unterwegs zu sein, macht einen einsam. Ich schluckte schwer, als er mich mit einem sehnsüchtigen Blick ansah. Wie einfach es wäre, sich hinüberzulehnen und ihn zu küssen. Wie einfach es wäre, sich nicht mehr einsam zu fühlen, nur für eine Nacht, ohne Konsequenzen, weil er am Ende der Woche ja wieder weg wäre.

„Darling, da bist du ja!" Genevieve tauchte vor uns auf und wir beide sprangen auf unsere Füße. Sie lächelte mich herablassend an, dann wandte sie sich mit einem bedeutungsvollen Blick an ihren Ehemann. „Es tut mir furchtbar leid, deine kleine private *Soiree* zu unterbrechen, aber ich denke, wir sollten jetzt nach Hause fahren." Dann wandte sie sich an mich. „Bitte danken Sie Ihrem Koch für das köstliche Büfett. Ich kann mich nicht daran erinnern, wann ich das letzte Mal eine Pilzpastete gegessen habe. Wahrscheinlich 1975."

„Tatsächlich bin ich die Köchin", sagte ich und dachte, *wie kannst du es wagen, meine Pasteten niederzumachen!* „Ich habe nur den Kellnern ausgeholfen. Ich wollte ein ironisches *Abigails-Party*-Thema kreieren."

„Und das haben Sie, bis hin zur Kleidung! Wie clever von Ihnen. Sollen wir, Darling?" Sie drehte sich um. Duncan sah mich an, als wollte er noch etwas sagen, entschied sich für ein geflüstertes „Entschuldige", bevor er seiner Frau in die Nacht folgte. Ich seufzte schwer, obwohl da eine Spur Erleichterung zu dem Bedauern kam – Erleichterung, dass ich nichts getan hatte, was mein Leben noch komplizierter machen würde, als es ohnehin schon war –, und ging wieder hinein.

Die Party – welche mehr eine „gesellige geschlossene Gesellschaft" war, als ein exzessiver Rave – löste sich nach etwa einer weiteren Stunde auf. Tony ging und wartete für mich auf Daisy, die aus dem Kino kommen würde – er war ein guter Freund und Daisy mochte ihn auch sehr gerne –, während Mum und Janet den Abend mit einer Tasse Tee und einem Teller Kanapees ausklingen ließen (es war eine ungewöhnlich hohe Anzahl Pilzpasteten übrig geblieben und ich war gezwungen zuzugeben, dass sie ein Fehler gewesen waren). Ich räumte die Essenstabletts auf, saugte die Überreste der veganen Würstchen im Schlafrock auf (die waren ein Erfolg gewesen) und blickte sehnsüchtig auf den Teller, der mit kleinen fruchtigen Scones und Sahne gefüllt gewesen war; natürlich waren *die* alle verputzt worden.

Fünfzig Minuten und hartnäckiges Schrubben von Tellern und Aufräumen später, stand ich mit Mum, Daisy und Tony vor dem Rathaus und sah in den Nachthimmel. Es war ziemlich spät, aber es begann gerade erst etwas abzukühlen, der klare Himmel ließ die Wärme des Tages aufsteigen, weg von unserer kleinen Gruppe, die sich zusammendrängte. Die Sterne leuchteten hell über der dunklen See und der Mond spiegelte sich auf dem Wasser, die Wellen kräuselten sich bei der kleinsten Brise. Daisy zitterte und ich zog sie zu einer Umarmung heran, um sie zu wärmen (und weil man jede Chance nutzen muss, um seinen Teenager zu umarmen), und wir standen da, in gemeinschaftlichem, etwas erschöpftem Schweigen, betrachteten die Aussicht und ich dachte, dass ich genau verstand, warum dieser Ort Duncan Stovall vor all den Jahren inspiriert hatte.

Kapitel 3

Am nächsten Morgen machte ich mit Germaine einen Spaziergang in die Stadt. Das Festival sollte an diesem Tag tatsächlich beginnen und ich wollte mir die zahlreichen Zelte und Bühnen ansehen, die in Penstowan aufgetaucht waren. Meine offizielle Mitarbeit bei dem Festival war nun erst mal vorüber, bis zum Tag der Auktion am Samstag, an dem die verschiedenen Kunstwerke verkauft würden, welche die teilnehmenden Künstler schufen: Musik-CDs der örtlichen Bands, die auftraten, Bücher von cornischen Autoren und natürlich die Bilder, nebst dem neuen von Duncan Stovall. Wenn es tatsächlich eines geben würde, denn ich konnte mich immer noch an sein Gesicht in der Nacht erinnern, als Maurice es verkündet hatte. Außerdem würde ein Kuchen versteigert werden, den ich vom Stadtrat überredet wurde zu backen, eine Nachahmung, eines von Duncans berühmten Penstowan-Gemälden *Der Strand bei Flut,* mit Zitronengeschmack. Ich hatte Schwierigkeiten dem Fondant-Überzug das richtige Blau zu verpassen, und überlegte, ob es zu sehr nach Kindergeburtstagstorte aussehen würde, wenn ich eine Möwe aus Zuckerguss hinzufügen würde, war mir aber sicher, dass es in Ordnung aussehen würde ... Ich kreuzte meine Finger jedes Mal fest, wenn ich daran dachte, dass der Erschaffer des eigentlichen Gemäldes (mit seinen schönen blauen Augen) ihn sehen würde; es drehte sich mir den Magen um.

Germaine trottete vor mir die Fore Street entlang, dann wandten wir uns nach rechts in Richtung Strand. Zwei große Zelte waren auf der Grasfläche zwischen dem Parkplatz und dem Strand aufgebaut worden. Die Zelte wurden normalerweise während der örtlichen Landwirtschaftsschauen genutzt und hatten einen leichten Duft von Kuhmist an sich, der sich nett mit dem Geruch von Speck und Würstchen paarte, die beim nahe gelegenen Foodtruck verkauft wurden. Germaine hielt dort einen Moment mit einem kleinen Wimmern inne – um fair zu sein, der Geruch von sehnigen, guten Schweinswürsten, ließ mich auch immer ein wenig wimmern. Ich hatte schon ein Frühstück gehabt, aber es war – ich sah auf meine Uhr – schon, nun ja, erst zehn Uhr, also hatte es noch keinen Sinn es einen Mittagssnack oder gar Brunch zu nennen, aber vielleicht ein zweites Frühstück ... Germaine genoss die Wurst genauso sehr wie ich, aber den Speck würde sie nicht von mir bekommen.

Ich war nicht sicher, ob Hunde im Künstlerzelt erlaubt waren, aber ich nahm meinen plüschigen, weißen Freund trotzdem mit mir. Ich hatte Germaine von Tonys verstorbener Ex-Frau geerbt und manchmal hatte ich das Gefühl, dass sie auf mich heruntersah, mich warnen wollte, dass ich ja auf ihr Baby aufpasste. Das musste man mir nicht zweimal sagen; abgesehen davon, dass Daisy mich auf die Straße setzen würde, wenn ihr irgendetwas passieren sollte, war ich (obwohl ich nicht gerade ein Hundemensch war) selbst schon

total in sie verliebt. Germaine schnüffelte am Zelteingang – ein Hauch *Eau de Schaf* hing vielleicht noch an
dem Stoff – und entschloss mich, dass es sicher war ein-
zutreten, solange ich sie nahe bei mir behielt.

Raumtrenner waren im Zelt aufgestellt worden, teilten jeden Bereich einem örtlichen Kunstclub zu und
präsentierten einen Teil ihrer Arbeit. Die Werke des
Penstowan Wasserfarben Anfängerclubs waren so gut,
wie man bei dem Namen vermuten konnte (d. h. nicht
besonders), während die Präsentation der städtischen
Grundschule ganz süß war, aber ... nun, um ehrlich zu
sein, alle Bilder von Fünfjährigen waren Müll (selbst
die des *eigenen* fünfjährigen Kindes). Geben Sie es zu.
Der Himmel hatte keine, fast transparente, blaue Farbe
mit einer weißen Lücke in der Mitte, bis man zum Gras
kam (welches ein dünner grüner Streifen am Boden
war); die Sonne war kein großes gelbes spinnenartiges
Ding, und wenn ich tatsächlich so aussah wie die Mons-
ter, als die Daisy mich, als sie jünger war, gemalt hatte,
dann war ich eine Mischung aus Chewbacca und
Marge Simpson. Ich hängte ihre Kunstwerke natürlich
dennoch an den Kühlschrank, aber ich wäre verdammt, wenn ich meinen Tag damit verbringen
müsste, die furchtbaren Bilder anderer Kinder anzusehen.

Ich tat es trotzdem, denn ich habe eine Schwäche für
alles Süße. Danach wandte ich mich den bekannteren
Künstlern zu. Das waren die, die schon seit Jahren mal-
ten. Einige von ihnen professionelle Maler; sie waren
Kunstlehrer oder verkauften ihre bunten Wasserfar-
benmalereien der Stadt und des Hafens in den Galerien, die sich an der Fore Street um den besten Platz

drängten, zwischen den Bäckereien und den Läden mit Strandspielzeugen. Die meisten von ihnen folgten demselben Schema: graue Häfen, blaue See, gelbe Strände, weiße Fischschwärme. Sie waren absolut spannungslos – einige waren sogar gut gemalt –, aber keines schlug große Wellen (Wortspiel nicht beabsichtigt). Sie waren hübsch, nehme ich an, aber wenn man sowieso mit dieser Aussicht lebte, brauchte man sie nicht noch an der Wand hängen haben.

„Ich habe keine Ahnung von Kunst, aber ich weiß, was mir gefällt", sagte eine Stimme hinter mir, und ich drehte mich, nur um die freundliche Nachbarschaftswache mich anlächelnd zu entdecken. Ich war einige Male mit DCI Nathan Withers aneinandergeraten (man muss dazu sagen, dass *er* Tony wegen eines Mordes verhaftete, den er nicht begangen hatte und das hatte mir nicht besonders gefallen), aber da es ein sehr hübscher Polizist war (mit einem nicht zu verachtenden Hintern) gestehe ich, dass ich unsere Treffen genoss.

„Gesprochen wie ein wahrer Bulle", sagte ich und er lachte.

„Oh, was, ein Kunstbanause, meinen Sie?" Er senkte seine Stimme. „Ich habe versucht mich diplomatisch auszudrücken, falls einer der Künstler hier herumschleicht."

„Dann sind Sie also nicht beeindruckt?"

„Oh nein, ich meine natürlich, die sind nicht schlecht, es ist nur … Wenn ich sehen will, wie es in Wirklichkeit aussieht, dann gehe ich raus und sehe es mir in Wirklichkeit an. Oder schaue mir ein gutes Foto davon an. Wenn man sich die Mühe macht, einen Ort zu malen, sollte es, finde ich, nicht bloß eine exakte Kopie davon sein." Er runzelte die Stirn. „Ich weiß nicht, ob das Sinn ergibt? Es sollte mehr sein als das, wonach das Objekt aussieht."

„Ich denke, ich weiß, was Sie meinen … Wie diese." Ich führte ihn hinüber zu dem Bereich, in dem der Ehrengast unseres Festivals präsentiert und seine Werke ausgestellt wurden. Duncan war nicht da, aber großflächige Drucke seiner berühmten Penstowan-Gemälde waren hier, zwischen den amateurhaften Wasserfarbenbildern, aufgehängt worden und wirkten fehl am Platz. Ich hatte vergessen, wie sehr ich die Bilderreihe mochte, besonders, wenn man sie in der Größe sah, in welcher sie auch ursprünglich gemalt worden waren; es war gut, die Details in dieser Größe zu sehen.

„Sehen Sie, das hier mag ich gerne." Nathan trat näher, um das größte von ihnen zu untersuchen, ein Gemisch aus Blau und Grün mit einem bedrohlichen Grau und einem Klecks Gold auf einer Seite. „Es sieht nicht wie ein Strand hier aus, aber es fühlt sich an, als wäre man dort. Man kann beinahe das Salz riechen und den Wind spüren."

„Genau!" Nathan und ich drehten uns um und sahen Genevieve hinter uns stehen. Ihr Vortrag fand in ein paar Minuten in dem Vortragszelt statt. „Bei einem guten Gemälde geht es genauso sehr darum, was der Künstler fühlt, wie auch darum, was er sieht." Sie lächelte Nathan breit an – er hatte die Art von Gesicht (und Figur), die Frauen dazu brachte, ihn breit anzulächeln, selbst, wenn man total irritiert von seiner Art war, einer Sache nicht nachgeben zu wollen (oder ging es nur mir so?) – und wandte sich dann mir zu. Ihr Lächeln wankte kurz, und ich wusste, dass sie mich von der vorherigen Nacht erkannte, trotz des Fehlens der furchtbaren Bluse.

„Ist Duncan heute nicht da?", fragte ich unbekümmert und sie lächelte wieder die Art von Lächeln, die ein hungriger Hai dem Bein eines Surfers zuwirft.

„Sein Magen spielt heute Morgen verrückt", sagte sie. „Vermutlich etwas, das er gegessen hat."

„Vermutlich", sagte ich. „Obwohl das Einzige, was ich ihn gestern schlucken sah, war" – *seine Wut darüber, dass er ein neues Penstowan-Bild malen sollte,* dachte ich – „eine halbe Flasche Whiskey."

Sie lächelte. „Nun, es war mir ein Vergnügen, Sie kennenzulernen, Mr ...?"

„DCI Nathan Withers", sagte Nathan, streckte ihr seine Hand entgegen. Ich war überrascht; ich hatte angenommen, er wäre nicht im Dienst, also hatte ich nicht erwartet, dass er sich mit seinem offiziellen Titel vorstellen würde.

„Einer der Jungs in Blau! Wie wundervoll!", sagte sie. „Jetzt muss ich aber los und meinen Vortrag vorbereiten. Kommen Sie auch? Ich werde mich mit Ihnen im Publikum sehr sicher fühlen." Und sie strahlte ihn an, den Charme voll aufgedreht. Nathan lächelte zurück; es hatte funktioniert.

„Das würde ich mir nie entgehen lassen", sagte er geschmeidig. Er sah ihr nach, wie sie durch das Zelt tänzelte, mit einem Lächeln im Gesicht, das mich ohne guten Grund denken ließ: *blöde Kuh.* Ich war auf keinen Fall eifersüchtig. Ehrlich.

„Nun, sie ist nett", sagte ich und er sah mich überrascht an. „Heißt das, sie ist es nicht?", fragte er vorsichtig. „Ich meine, ich nehme da eine kleine Spannung wahr."

Ich lachte sarkastisch. „Jetzt verstehe ich, warum Sie Detektiv geworden sind."

***

Wir machten uns auf zu dem Vortragszelt, wo ein Schriftsteller, von dem ich noch nie gehört hatte (und ich vermutete, dass ich auch nie wieder von ihm hören würde), aus seinem neuen Buch vorlas. Es war voll und er wirkte, als könnte er sein Glück kaum fassen. Aber um ehrlich zu sein, der schwülstigen Formulierungen wegen, die er zum Besten gab, war die Menge sicher nicht hier. Sie waren wegen Genevieve hier, die als Nächstes dran war.

Nathan und ich quetschten uns rein und stellten uns an die rückwärtige Wand des Zeltes. Während wir der Lesung lauschten, steckte Debbie ihren Kopf durch die Zeltöffnung.

Debbie war mit Callum verheiratet, meinem alten (unerwiderten) Highschool-Schwarm und Tonys Trauzeugen, während der unglücklichen Hochzeit. Sie hatten in Manchester gelebt, wo Debbie ursprünglich herkam, hatten sich aber dazu entschieden hierher zurückzuziehen, nachdem das ganze Theater mit Tonys Hochzeit und der Mordermittlung losgegangen war. Ich war froh darüber; Debbie hatte eine laute Stimme und die Tendenz, wie Liam Gallagher auf Helium zu

33

klingen, wenn sie aufgeregt war, aber sie war sehr lustig.

Ich winkte ihr, ihre Augen weiteten sich, als sie sah, mit wem ich dort stand. Sie grinste mir frech zu und kam zu uns.

„Hoffe, ich störe hier nicht", flüsterte sie und stupste mich an. Egal, wie oft ich ihr erklärte, dass ich glücklich war, Single zu sein und dass mich Nathan kein bisschen interessierte, glaubte sie mir nie … „Also, ich hab alles über dich und Duncan letzte Nacht gehört", murmelte sie, gerade so laut, dass Nathan es hören konnte. Er sagte nichts, aber ich hatte das Gefühl, er hörte zu.

„Nichts ist passiert, ehrlich", sagte ich und sie grinste schon wieder.

„Das ist nicht, was Tony mir erzählt hat. Er sagt, Duncan konnte die Augen nicht von dir lassen." Nathan hörte definitiv zu; ich konnte seine Ohren flattern hören.

„Ja, nun, er ist ein verheirateter Mann, oder nicht? Und seine Frau ist reizend, wenn auch ein bisschen …" Ich überließ es Debbie, sich zu überlegen, wovon Genevieve ein bisschen war. Sie lachte leise.

„Ja, das hat Tony auch gesagt. Er sagte, dass sie wirklich toll aussieht für ihr Alter, aber beängstigend ist."

„So kann man es auch sagen …"

„Pscht!" Eine gut gekleidete Frau in einem maßgeschneiderten dunkelblauen Hosenanzug (der sehr hübsch aussah und definitiv mehr meine Art von Kleidung war als alles mit Schleifchen-Ausschnitt), die in unserer Nähe stand, hob ihre Finger an ihre Lippen und neigte ihren Kopf in Richtung des Autors auf der Bühne. Ich murmelte ihr eine Entschuldigung zu und erinnerte mich daran, wie Duncan dasselbe mit mir gemacht hatte.

Wir standen still da und hörten dem Autor zu, der laut vorlas. Er trug eine Brille mit kleinen runden Gläsern und einen Seidenschal oder so ein Krawattending, welches nachlässig und locker um seinen Hals geschlungen war, was sicher Stunden vor dem Spiegel gedauert hatte. Mit anderen Worten, er sah wie ein typischer Schriftsteller aus.

„Sie schälte sich aus ihrer Baderobe und stellte sich vor ihren Schlafzimmerspiegel, betrachtete sich kritisch in dem Glas", las er. „Sie bewunderte ihre Brüste, die kessen rosafarbenen Kreise wackelten leicht, als sie sich zunächst zur Seite wandte, um sie zu betrachten, dann von vorne. Ihr gefiel deren trotzige aufrechte Haltung und deren Weigerung, sich den Gesetzen der Schwerkraft zu unterwerfen, die rosaroten Brustwarzen spannten in der kühlen Morgenbrise, ihre Nippel versteiften sich ..." Ein kollektives Raunen des Entsetzens fuhr durch die versammelten weiblichen Mitglieder des Publikums, während sein Blick über sie wanderte. Er leckte sich die Lippen, als er die Seite wendete.

„Igitt", sagte Debbie leise und ich dachte, *dieser Mann hat noch nie eine nackte Frau gesehen, außer vielleicht im Fernsehen.*

Am Ende der Lesung – welches nicht schnell genug kommen konnte – schloss er das Buch und lächelte er dem Publikum großmütig zu.

„Vielen Dank, dass Sie mir Ihre Aufmerksamkeit gewidmet haben", sagte er selbstgefällig und ich wollte ihm wirklich eine runterhauen, oder vielleicht mir selbst, dafür, dass ich zu höflich gewesen war, um nicht während des Nippel-Debakels das Zelt zu verlassen. „Gibt es irgendwelche Fragen, oder vielleicht Anregungen?“

„So viele Fragen“, murmelte Debbie, „die Hauptfrage wäre wohl *Warum?* Was soll's*, dachte ich. Ich hob meine Hand.

„Haben Sie denn schon mal eine Frau getroffen?“, fragte ich. Nathan lachte schallend und es gab ein wenig schockiertes Gekicher von den Damen im Raum. „Es ist nur so, dass ich Ihnen sagen kann, dass keine von uns jemals so viel Zeit vor dem Spiegel verbracht hat, um die eigenen Brüste zu betrachten. Die kriegen schon genug ungewollte Aufmerksamkeit. Das einzige Mal, das ich mir erlaube, mich so lange anzugucken, ist, wenn ich mir überlege, wie lange ich es wohl noch aushalte, meine Haare nicht zu waschen.“ Ich hatte wirklich gehofft, ich hätte den letzten Teil nicht hinzugefügt, als alle begannen meine Haare näher zu betrachten, um zu prüfen, ob ich sie kürzlich gewaschen hatte. Verdammt noch mal. Ich hatte sogar eine Spülung verwendet und sie geföhnt.

Der Autor sah fürchterlich enttäuscht aus und für einen Moment fühlte ich mich schlecht, aber um ehrlich zu sein, hatte ich so viele Bücher von männlichen Autoren gelesen, die eklige, sexistische und einfach falsche Beschreibungen von Frauen und deren Verhalten beinhalteten, dass meine Schuldgefühle nicht lange anhielten. Wir brauchten wirklich nicht noch ein Buch mit solchen Passagen darin. Er öffnete seinen Mund, um zu sprechen, aber genau da gab Germaine (die ich vollkommen vergessen hatte) von meinen Füßen aus, ein kleines Winseln von sich. Ich kannte dieses Winseln.

„Ich bringe sie besser raus, bevor sie ihr Geschäft hier drinnen erledigt", sagte ich. „Und ich würde nicht wollen, dass Sie das als Kommentar zu Ihrem Buch auffassen."

Ich trippelte ein wenig weiter vom Zelt weg, den Hundekotbeutel in der Hand und wartete darauf, dass Germaine loslegte. Das verdammte Tier schnüffelte an einem Haufen Blätter herum, aber die waren offenbar nicht von der richtigen Größe oder der richtigen Farbe oder so etwas, denn sie wanderte ein Stückchen weiter.

„Ach, komm schon, mach, Germaine", sagte ich ungeduldig. Ich folgte ihr zur anderen Seite des Zeltes, wo ich beinahe zwei Männern in die Arme lief, die leise miteinander sprachen. Einer war von mittlerer Größe (wie ich diese Beschreibung gehasst hatte, als ich ein Bulle gewesen war!), wohlgenährt und sah aus, als ob er so um die sechzig wäre. Er war lässig, aber teuer gekleidet – ich erkannte das Logo auf der Brust seines Poloshirts. Der andere Mann war klein und drahtig, mit kurzem rotem Haar und einem etwas aggressiven Gesichtsausdruck. Designer-Polo-Mann übernahm das Reden, während Rotschopf mich sah und ihn mit einem recht barschen „Hey, das wird schon, Kumpel" unterbrach.

Ich drehte mich weg und fragte mich, ob es helfen würde, Germaine in den Hintern zu treten, um ihren Stuhlgang anzuregen.

„Alles klar?" Ich sah auf und fand Rotschopf neben mir. Er hatte einen breiten schottischen Akzent und ein Lächeln auf dem Gesicht, und nur eines davon schien ehrlich. Er nickte in Richtung des weglaufenden Designer-Polos. „Bist du von hier, Süße? Hab nach der Richtung gefragt, aber der hatte keine Ahnung. Passiert natürlich mir, dass ich auch 'nen verdammten Touristen erwische." Er warf mir ein selbstironisches Grinsen zu.

„Oh ja.", sagte ich und fühlte mich unwohl. „Immer besser einen Einwohner fragen."

„Ja, richtig. Kennste das Bosun Gästehaus? Mein Kumpel ist da und ich soll ihn da treffen."

„Ja, das ist einfach", sagte ich. „Wenn Sie vom Parkplatz kommen, gehen Sie nach rechts, dann folgen Sie der Straße, bis Sie zur Calenick Street kommen und dann ist es schon auf der rechten Seite."

„Danke, Süße."

Er wandte sich um und schlenderte davon, fröhlich pfeifend, und ich ärgerte mich selbst, dass ich schon wieder herumschnüffelte. Er war nur ein weiterer Tourist und er war Schotte, also war er wahrscheinlich betrunken … Germaine wimmerte mich an, ermahnte mich, den armen Kerl nicht in eine Schublade zu stecken, und ich fragte mich, ob ich sie, jetzt, wo sie im Zelt Aufmerksamkeit erregt hatte, noch mit zu Genevieves Vortrag nehmen konnte. Aber genau da kamen Daisy und ihre Freundin Jade vorbei. Beide Mädchen liebten die Hündin und ich konnte sie ihnen aufschwatzen.

Als ich mich umdrehte, um zurück ins Zelt zu gehen, sah ich die Frau im Hosenanzug, die uns zum Schweigen gebracht hatte, vor dem Zelt stehen. Sie sprach mit Genevieve, die so ruhig wirkte; sollte sie irgendeine Form von Lampenfieber haben, verbarg sie es hervorragend. Maurice, der Bürgermeister, war auch bei ihnen, aber er sah ein wenig verloren aus; er versuchte sich mit dem vierten Mitglied der Gruppe zu unterhalten, Designer-Polo-Mann, der nur Augen für Genevieve hatte. Ich zögerte ein wenig, wollte nicht an ihnen vorbeigehen und außerdem wollte ich (wie ich zugeben musste) hören, worüber sie sprachen, aber ich war zu weit weg und wollte nicht zu offensichtlich lauschen. Während ich sie beobachtete, nahm der Mann Genevieves Arm und eskortierte sie in das Zelt, gefolgt von Maurice. Die Frau nahm einen letzten, langen Zug von ihrer E-Zigarette. Sie sah auf, entdeckte mich und lächelte. Ich ging auf sie zu.

„Tut mir leid wegen da drinnen", sagte ich. „Das war ein wenig unhöflich."

Sie lachte. „Oh, entschuldigen Sie sich nicht!" Sie schüttelte reumütig den Kopf. „Es war furchtbar, nicht wahr? Das war sein erster Ausflug in die Fiktion. Als Leserin hoffe ich, dass das sein letzter sein wird, und er zum Journalismus zurückkehrt, aber es gibt einen Markt für so etwas. Gott weiß wieso und weshalb, aber es gibt ihn."

„Trotzdem, ich weiß, obwohl er nach Feedback fragte, hätte ich ihn nicht so auflaufen lassen sollen ..." Ich wusste nicht, warum ich mich entschuldigte; ich stand immer noch hinter meinen Bemerkungen. Sie lächelte und schüttelte den Kopf.

„Machen Sie sich keine Gedanken." Sie hielt mir ihre Hand zum Schütteln hin. „Lauren Fulstrop. Ich bin seine Agentin. Er hat den Auftritt nur bekommen, weil ich auch Gen repräsentiere. Er wird Ihre Worte überleben."

„Sie sind Agentin? Das muss spannend sein."

Sie stopfte ihre E-Zigarette in ihre Tasche. „Oh nein, Schriftsteller sind *die Schlimmsten*. Sie sagen, sie wollen Feedback, aber alles, was sie wirklich wollen, ist, dass du ihnen sagst, wie wunderbar sie sind und dass sie nicht gerade ein Jahr damit verschwendet haben, einen Haufen Mist zu schreiben." Sie lächelte. „Wie auch immer, meine Star-Klientin beginnt gleich. Sollen wir?"

KAPITEL 4

Ich folgte Lauren zurück ins Zelt und stellte mich wieder zu Nathan; Debbie hatte einen Sitzplatz ergattert und ich fragte mich, ob sie sich etwa von der vorlauten Frau mit dem Hund distanzieren wollte ...

„Ich verspreche, dass ich mich benehme", sagte ich leise zu Nathan. Er warf mir ein Grinsen zu, dass mich versengte.

„Wegen mir müssen Sie das gar nicht", murmelte er. „Es ist viel witziger, wenn Sie es nicht tun."

Maurice stand auf der Bühne und dankte allen überschwänglich fürs Kommen; ich glaube, er hatte wirklich Angst gehabt, dass niemand auftauchen würde, vor allem, weil das ganze Kunstfestival seine eigene Idee gewesen war. Er stellte Genevieve vor und sie betrat die Bühne während eines wilden Applauses.

Genevieve war beinahe so bekannt wie ihr Ehemann, auf ihre eigene Art und Weise. Sie hatte in den Achtzigerjahren Kunstgeschichte am Goldsmith College studiert, an dem sie auch Duncan kennengelernt hatte. Seither waren sie zusammen gewesen – vielleicht nicht immer glücklich, wenn man an den Streit von gestern Abend dachte –, aber sie hatte sich einen eigenen Namen gemacht und als seine Managerin und Biografin Geld gemacht. Sie hatte vor ein paar Jahren ein Buch darüber geschrieben, wie es war, mit einem bekannten Künstler zu leben und es erzählte auch die Geschichte hinter Duncans berühmten Bildern, der Penstowan-Reihe.

Während sie da so auf der Bühne stand, den Applaus elegant abwinkte, musste ich zugeben, dass sie wunderschön war. Sie erinnerte mich an Isabella Rossellini oder einen französischen Filmstar der Sechzigerjahre. Sie war sicher glamouröser als ich, warum sie mir in der Nacht zuvor so arrogant gewesen war, konnte ich mir nicht erklären. Okay, ich hatte *kurz* darüber nachgedacht, ihren Ehemann zu küssen (irgendetwas war da in der Luft gewesen), aber sie konnte mich doch nicht ernsthaft als Konkurrenz sehen. Und meine Vol-au-Vents beleidigen? Das nahm ich sehr persönlich.

Ich sah mir die Menge an und fragte mich, ob Duncan gekommen war, um seiner Frau zuzuhören, teilweise weil ich nicht leugnen konnte, dass ich auf ihn stand, teilweise, weil mich die Beziehung der beiden interessierte. Er war nicht da. Die Augen aller im Zelt waren auf sie gerichtet und sie war sich dessen bewusst ...

Nicht aller Augen. Neben mir konnte ich sehen, dass Nathan auf ein paar Plätze in der ersten Reihe starrte. Was oder wen beobachtete er so genau? Ich stellte mich auf die Zehenspitzen, um über die Köpfe der Zuschauer sehen zu können und folgte seinem Blick; er sah den Mann, den ich vorhin gesehen hatte, der mit Genevieve und Lauren Fulstrop gesprochen hatte, intensiv an. Ich stupste Nathans Arm sanft.

„Wer ist der Kerl?"

Er drehte sich kurz zu mir, wandte sich aber sofort wieder dem Mann in der ersten Reihe zu.

„Erkennen Sie ihn nicht? Das ist Charles Harper."

Wer?

„Oh, natürlich …", nickte ich wissend. Er sah mich wieder an und lächelte.

„Sie wissen nicht, wer das ist, oder?"

„Keinen blassen Schimmer."

„Er ist einer der reichsten Männer in Großbritannien", sagte er. „Hat ein paar sehr gute Geschäfte an der Börse gemacht und hat dann vor dem Schwarzen Montag all sein Geld rausgezogen, fast so, als hätte er gewusst, dass was passieren würde." Er bemerkte wohl meinen ahnungslosen Blick, den ich gerade mit aller Macht verbergen wollte. „Der große Börsencrash von 1987?"

„Zu diesem Zeitpunkt war ich erst sieben", verteidigte ich mich. Er lachte.

„Wirklich? Ich war zwei … Wie auch immer, ich weiß nur darüber Bescheid, weil ich es kürzlich nachgelesen habe. Sehr verdächtig. Nach dem Crash hat er angefangen, in Kunst zu investieren, kaufte Werke neuer Künstler und eröffnete eine Galerie. Er war der erste Sammler, der ein Risiko mit Stovalls Werken einging. Genevieve Lorre wurde Partnerin in seiner Galerie, also sind sie ‚gut bekannt', habe ich gehört." Die Art wie er ‚gut bekannt' betonte, ließ mich vermuten, dass mehr dahintersteckte als bloße Geschäftspartner.

„Ach, so ist das?" Ich sah zu Genevieve auf die Bühne. Sie war ein Naturtalent, sprach entspannt mit dem Publikum und teilte Anekdoten aus ihrem Leben mit Duncan. Ich beschloss, dass ich sie letztendlich wirklich nicht mochte und das nicht nur, weil sie meine Kanapees nicht schätzte. „Warum all das Interesse von Seiten der Penstowan-Polizei? Sie können nicht erst nach dreißig Jahren seine verdächtigen Geschäfte untersuchen."

„Nein, das tue ich nicht, aber *jemand* hat ihm das noch nicht vergeben." Nathan sah sich um, lehnte sich dann nah herüber, damit niemand lauschen konnte. Ich konnte seinem Atem auf meiner Wange spüren, was mir schon wieder einheizte. *Konzentrier dich, verdammt noch mal, Jodie!* „Er hat scheinbar Todesdrohungen bekommen. Bekommt sie schon jahrelang, vermutlich von verstimmten Investoren. Sehen Sie den Typen da drüben im schwarzen Anzug?" Er zeigte auf einen Mann, der gebaut war, wie ein Chesterfield Sofa, seine Kleidung spannte sich eng über seinen muskulösen Körper, die Knöpfe seines Hemds kämpften schwer mit dem Ansturm seiner massiven Muskeln. Dasselbe passierte mir oft mit meinen Blusen, aber nur, weil ich etwas am Bauch zugelegt hatte, nachdem ich die Londoner Einheit verlassen hatte, und mich weigerte, es zu akzeptieren und mir die nächste (oder übernächste) Größe zu kaufen. Der Muskelmann stand nahe dem Zelteingang, nur ein paar Meter entfernt von Charles Harper, der entspannt und unbekümmert dasaß.

„Bodyguard?", fragte ich und Nathan nickte.

„Ja. Und ein echter Schläger, was man so hört. Harper hat keine formelle Beschwerde über die Todesdrohungen eingereicht – meint, er kriegt sie schon lange –, aber offensichtlich, nimmt er sie schon ernst, wenn man unseren Mann da am Eingang betrachtet." Er lächelte. „Er sieht ja nicht gerade unauffällig aus, oder? Die Londoner haben eine Liste mit den Drohungen und haben

Harper gebeten, sie über seine Reisepläne zu informieren, damit sie mit der örtlichen Polizei zusammenarbeiten können. Und deshalb bin ich hier."

„Um Harper im Auge zu behalten? Oder seinen Bodyguard?"

Er lachte leise. „Beide. Ich würde beiden nicht gerne im Dunkeln begegnen."

Ich wandte mich wieder der Bühne zu und beobachtete, wie Genevieve die Geschichte erzählte, wie sie Duncan kennengelernt hatte. Sie war witzig und charmant, und jeder, der zuhörte, musste denken, dass die beiden sich heute immer noch wahnsinnig und innig liebten, aber ich kaufte ihr das nicht ab. Duncan schien mir gestern Nacht nicht wie ein glücklicher Mann, schon bevor über das offene Atelier gesprochen wurde, das für ihn geplant war. Oder interpretierte ich da zu viel hinein, weil ich geschmeichelt war, dass er mich beachtet hatte?

„Wer ist das?", murmelte Nathan, als die Leute in der ersten Reihe sich bewegten, um einen Neuzugang durchzulassen, der sich auf den Platz neben Harper setzte, der, den Genevieve frei gemacht hatte. Ich streckte meinen Hals und entspannte mich dann wieder.

„Niemand, bloß dieser furchtbare Autor", sagte ich und verzog das Gesicht. Nathan lachte.

„Armer Kerl. Ich bin überrascht, dass er nicht gleich den nächsten Zug aus Cornwall genommen hat, bevor er gelyncht wird."

„Jeder ist ein Kritiker, natürlich ..." Wir beide wandten unseren Blick wieder Genevieve zu, aber meine Augen wurden wieder von einer Bewegung in der ersten Reihe angezogen.

Der furchtbare Autor – ich sah das Poster neben der Bühne an, auf welchem alle Sprecher des Montags gelistet waren – der furchtbare Autor, Robert Holmes, hatte sich zu der Person auf seiner anderen Seite gebeugt, seiner und Genevieves Agentin, Lauren. Sie nickte ihm kurz zu – eine Abfuhr, wenn ich je eine gesehen habe –, als er mit ihr sprechen wollte. Aber er sprach trotzdem weiter. Sie wandte sich ihm zu. Ich konnte ihr Gesicht nicht sehen, aber allein ihre Haltung (so viel konnte ich von hier aus erkennen) wirkte angespannt und entnervt. Um sie herum begannen sich die Leute nach Robert Holmes umzudrehen, da seine Stimme immer lauter wurde. Nathan und ich tauschten einen Blick aus; langsam wurde es interessant.

„… will die Wahrheit wissen!" Ich konnte Holmes' Stimme durch das ganze Zelt hören. „Es wird alles herauskommen!"

Neben ihm gestikulierte Charles Harper in Richtung des Muskelmanns im Anzug am Eingang, der sofort durch die Zuschauerreihen watete und Holmes am Kragen packte. Ich stürzte schon nach vorne – der Autor störte vielleicht die Veranstaltung, das rechtfertigte aber keinesfalls Gewalt –, aber Nathan hielt mich schon mit einem Arm zurück.

„Mein Job, nicht Ihrer, erinnern Sie sich?", sagte er und machte sich auf den Weg, während Holmes sich bereits aus dem Griff des Bodyguards befreit hatte. Der zornige Schriftsteller richtete sich auf und stellte sich trotzig vor Harper und Lauren.

„Du sitzt nur da!", schrie er. „Aber ich verschaffe mir Gehör!"

„Hier werden Sie das nicht", sagte Nathan und pflanzte sich direkt vor den wütenden Mann, zwang ihn ein paar Schritte zurückzutreten in Richtung Bühne. „Kommen Sie, Mr Holmes, ich denke, wir sollten nach draußen gehen, bevor sich noch jemand verletzt."

„Drohen Sie mir etwa?", spuckte Holmes aus.

„Nein", sagte Nathan sanft. „Aber ich denke, Sie werden bemerkt haben, dass er es tut." Er zeigte auf den muskelbepackten Bodyguard, der sich gerade vorlehnte, um ihn wieder zu schnappen. Nathan holte seine Polizeimarke hervor und hob sie dem Mann vors Gesicht. „Ja, das lässt du lieber, Sonnenschein." Ich konnte einige Damen (und wahrscheinlich auch ein paar Herren) im Zelt ob seiner heroischen Tat seufzen hören und musste mich davon abhalten, miteinzusteigen. Debbie drehte sich auf ihrem Platz um und sah mich an, fächerte sich gespielt Luft zu und mimte *Oh mein Gott!*. Der Bodyguard trat zurück und schien verwirrt, als Nathan Holmes aus dem Zelt führte.

Ich stand noch eine Sekunde da, sah zu, wie sich die Menge wieder beruhigte. Auf der Bühne lächelte Genevieve die Leute an.

„Männer, die sich um eine Frau meines Alters streiten? Ich werde ja ganz verlegen", sagte sie gefällig und alle lachten, die Unterbrechung beinahe schon vergessen. Sie fraßen ihr schon wieder aus der Hand. Ich verdrehte die Augen und ging nach draußen.

***

Nathan hatte Holmes zu einem ruhigen Plätzchen, etwas vom Zelt entfernt, geleitet. Ich sah, wie er ihm seine kräftige Hand auf die Brust legte, ruhig mit ihm sprach, ihn zwang, still zu stehen und sich zu beruhigen. *Wie im Lehrbuch*, dachte ich zustimmend. Ich wollte verzweifelt gerne hinübergehen und hören, was der Ausbruch zu bedeuten hatte, aber Nathan sah auf und bemerkte mich, schüttelte seinen Kopf. Er kannte mich zu gut ...

Ich lungerte noch eine Weile herum, nicht sicher, was ich tun sollte. Sollte ich warten, bis Nathan wieder frei war und mir vielleicht noch ein bisschen was von der Fete – dem Festival - mit ihm ansehen? Das wäre nett; wir hatten bisher nur Zeit miteinander verbracht, wenn er im Dienst war, nicht wirklich als Freunde. Aber wir waren ja nicht zusammen dort. Er rechnete sicher nicht damit, dass ich auf ihn wartete. Würde er es seltsam finden, wenn ich es tun würde? Ich wurde davor bewahrt, eine Entscheidung zu treffen, da Daisy und ihre Freundin mit dem Hund zurückkamen. Ich befreite sie von ihren Hundesitterpflichten und ging ein Stück.

KAPITEL 5

Mein Spaziergang führte mich zu den Klippen, zu einem wunderschönen Haus, dem ein großer gläserner Wintergarten angeschlossen war, der auf das Meer hinausblickte. Es war zufällig (ja, klar) genau das Haus, welches Duncan Stovall und Genevieve Lorre die Festivalwoche über bewohnten, das offene Atelier war im Wintergarten eingerichtet worden.

Ich ging die Auffahrt hinauf, überrascht, dass ich keine Besucher antraf; die ganze Sache mit dem offenen Atelier sollte doch Leute anlocken, die dem Künstler bei der Arbeit zusehen konnten, wie er an seinem nächsten Meisterwerk arbeitete.

Ich ignorierte die Schilder, die auf den Haupteingang des Hauses verwiesen, und ging durch den Garten, um durch die Fenster des Ateliers sehen zu können. Aus irgendeinem Grund war es mir unangenehm, einfach in das Haus zu gehen, als ob ich mich an Duncan anschleichen wollte und ihn überraschen, weshalb es so möglicherweise einfacher für ihn wäre, mich zu entdecken, bevor ich ihn überhaupt sehen konnte.

Das war zumindest meine Theorie. Ich lief um den Wintergarten herum und linste hinein. Da war eine große Leinwand, die auf einer Staffelei präsentiert war, ausgerichtet auf den wunderschönen Ausblick. Daneben stand ein großer Tisch, der voll war mit Farbtuben und Pinseln. Es war alles da, was ein Künstler brauchen könnte, um ein neues Werk zu kreieren. Nur eine Sache fehlte: der Künstler.

Ich presste meine Nase gegen das Glas und stierte hinein. War da irgendetwas komisch? Ich fühlte immer noch meine alten Polizistinneninstinkte und manchmal schlugen sie an … War das so ein Moment, den ich gerade hatte? Mein Blick fiel auf den gefliesten Boden des Raumes …

„Jesus Christus!" Ich schnappte nach Luft, als ich eine Stimme hörte und sprang zurück, um Duncan zu entdecken, der mich schockiert ansah. Er hielt ein Glas Wasser und demnach, wie er es auf dem Tisch abgestellt hatte und seine Hände an der Jeans abwischte, hatte er das meiste davon verschüttet. Er erholte sich schnell und lachte, bewegte sich auf die Tür des Wintergartens zu, um mich hereinzulassen.

„Sie haben mich zu Tode erschreckt", sagte er. „Ich gehe in die Küche, hole mir etwas zu trinken und niemand ist da, in der nächsten Minute komme ich zurück und plötzlich ist da dieses Gesicht an meinem Fenster …"

Ich grinste peinlich berührt. „Das tut mir leid. Sind Sie allein?"

„Vorhin waren ein paar Besucher da, aber …" Er zeigte auf die Leinwand. Ich ging um die Staffelei herum, um das Werk in Arbeit zu betrachten; es war weiß. Er lächelte reumütig. „Wie lange würden Sie hierbleiben und einem launischen Künstler dabei zusehen, wie er mürrisch eine Leinwand anstarrt?"

„Es kommt darauf an, wie er aussieht und ob er voll bekleidet ist oder nicht", sagte ich und bereute es sofort.

Mein Mund sprach manchmal Sachen aus, bevor er sich mit dem Rest von mir abstimmte. Er lachte.

„Sie sind offensichtlich ein sehr spezielles Publikum." Er setzte sich auf das nahe gelegene Sofa. „Ich wünschte nur, dass ich Ihnen etwas Interessanteres zum Ansehen bieten könnte." Ich setzte mich neben ihn und wir beide starrten auf die Leinwand. Wie auf Kommando schnüffelte Germaine an der Basis der Staffelei und hob das Beinchen.

Ich sprang auf. „Oje, ich hab vergessen zu erwähnen, dass mein Hund Kunstkritiker ist. Ich sollte wohl besser gehen ..."

Duncan sprang auch auf. Er war sehr groß; mein Kopf reichte gerade bis unter sein Kinn und ich merkte, wie ich seine Brust anstarrte. Er war mir sehr nah. Ich konnte sein Aftershave oder Deodorant riechen, nicht übertrieben, aber sauber, etwas holzig ... Es entwickelte sich hier ein bisschen in Richtung Liebesroman. Ich zwang mich dafür zu sorgen, dass die Hündin es nach draußen schaffte, bevor sie zu ihrer Beleidigung noch Beschädigung hinzufügte und das Bild (das es noch nicht gab) anpinkelte.

„Ich wollte mit ihr zu den Klippen", sagte ich. „Wollen Sie mitkommen?"

Duncan atmete tief ein, während er neben mir stand und auf das Meer blickte. Germaine, von der Leine befreit, schnupperte die Seeluft und an den Ginsterbüschen, die hier überall wuchsen.

„Ich bin froh, dass sie sagten *zu den Klippen* und nicht *über die Klippen* ...", sagte er, wandte sich mir mit einem Lächeln zu. Ich lachte.

„Ja, im Klettern ist sie nicht *so* gut." Ich linste über den Abgrund, obwohl ich, um ehrlich zu sein, nicht gerne so nah ran wollte. Unter uns brachen sich die Wellen an den Felsen, was mich, aus irgendeinem Grund, an das Wort ‚leidenschaftlich' denken ließ. Ich weiß nicht, wie Duncan so neben mir stand, lächelte und gut roch und all diese ‚leidenschaftliche' Atmosphäre, fühlte es sich an, als würden wir komplett an der Liebesroman-Szenerie vorbeiziehen und direkt ins Poldark-Territorium übersiedeln. Meine Brust würde in einer Minute zerspringen, wenn ich mich nicht etwas beruhigte. „Sie kann auch nicht besonders gut schwimmen."

Wir gingen einen kleinen Pfad entlang, genossen den Sonnenschein und hörten dem Summen der Bienen zu, die sich um die gelben Ginsterblüten und die reifenden Früchte der Brombeeren tummelten. In ein paar Wochen wären sie zum Pflücken bereit und ich würde meine Eiscrememaschine benutzen, um Brombeersahneeis zu machen. Oder ich würde sie mit gebackenen Äpfeln in ein Crumble mischen.

„Vielen Dank hierfür", sagte Duncan, als er anhielt, um die Aussicht zu genießen. „Ich musste mal raus aus dem Atelier."

„Es muss schwer sein, auf Kommando malen zu müssen", sagte ich leichthin und dachte an seinen Gesichtsausdruck auf der Party am Abend zuvor. Ich lief hinüber zu einer Bank, die zwischen zwei Büschen stand und vor dem Wind, der hier oben auf den Klippen wüten konnte, geschützt war, obwohl es heute nur sanft wehte. Von hier aus war der Elephant Rock zu sehen, der so genannt wurde, weil die Landzunge an dieser Stelle einem Elefanten ähnelte, der seinen Rüssel ins

Meer senkte – wenn man es aus dem richtigen Winkel betrachtete, nach ein paar Drinks und wenn man die Augen zusammenkniff. Duncan folgte mir und wir setzten uns.

„Ja …“ Er sah aus, als wollte er mehr sagen, aber er hielt inne.

„Ich hoffe, es macht Ihnen nichts, wenn ich das sage …“ Ich begann vorsichtig. „Sie sahen überrascht aus, als Maurice ankündigte, dass Sie ein neues Bild malen. Und auch nicht gerade erfreut.“

„Nein …“ Die Worte kamen wie ein Seufzer heraus, als ob er darauf gewartet hatte, es irgendwem gestehen zu können. „Nein, ich wusste nichts davon und ich hätte dem nicht zugestimmt, wenn ich es gewusst hätte.“

„Was hat Maurice veranlasst zu denken, dass sie zugestimmt *haben*?“

„Das dürfte meine Frau gewesen sein“, sagte Duncan knapp.

„Ah.“

„Ich kann nicht malen, wenn es mir jemand sagt. Ich kann das nicht einfach anschalten.“ Duncan wand sich.

„Sie brauchen eine Inspiration“, sagte ich. Er sah mich einen Moment an, dann lächelte er.

„Ja. Ich brauche eine Muse …“ Diese blauen Augen glitzerten und mir wurde plötzlich bewusst, wie warm es heute hier oben war. Ich zeigte in Richtung Aussicht.

„Nun, da ist Ihre Inspiration“, sagte ich, dachte, *bitte hören Sie auf, mich anzusehen, Sie sind verheiratet und mir gefällt das zu sehr.* Er drehte seinen Kopf weg und wir saßen einen Moment still da. Schließlich begann ich wieder zu sprechen.

„Es scheint mir ein bisschen unsensibel von Ihrer Frau, Ihnen das einfach zu organisieren", sagte ich. „Von allen Menschen sollte sie doch am besten wissen, dass Sie darüber nicht glücklich sind."

„Ihr Buch kommt bald raus", bemerkte er verbittert. „Ein neues Penstowan-Bild wäre gut für den Verkauf." Er seufzte und sah mir offen ins Gesicht. „Ich mag Sie, Jodie, Hilfskellnerin."

Mein Herz hüpfte und ich sah ihn überrascht an. „Ich mag Sie auch, Duncan, Maler ..."

„Sie haben diese *Energie*, diese *Art*. Als Sie letzte Nacht zu mir rüberkamen, in diesem furchtbaren Top –" Er hielt inne. „Das ist nicht Ihre Lieblingsbluse, oder so was, hoffe ich?" Ich lachte und schüttelte den Kopf. „Gott sei Dank. Sie kamen zu mir und sahen mich an, als würden Sie sagen wollen, *ja, ich weiß, das ist furchtbar, aber ich fordere Sie heraus, was zu sagen.*" Ich lachte erneut. „Sie haben meine Gedanken gelesen." Wir lächelten einander an. Er hatte so ein nettes Lächeln, verdammt ... Er lehnte sich spontan zu mir und nahm meine Hand.

„Darf ich Sie malen?"

„Was? Wieso?", stotterte ich.

„Wieso? Weil –" Er ließ meine Hand los und lehnte sich zurück, seine Stirn gerunzelt. „Ich weiß nicht. Diese Reaktion hatte ich nicht erwartet."

Wir sahen einander wieder an und brachen dann in Gelächter aus. Germaine sah von dem Busch auf, den sie eingehend untersucht hatte und starrte uns fragend an.

„Ihr Hund denkt, dass wir den Verstand verloren haben“, sagte Duncan lächelnd. Ich nickte. Meine Sonnenbrille hatte ich mir auf den Kopf geschoben, auch, um mir die Haare aus dem Gesicht zu halten, aber das Nicken hatte sie verschoben. Sie rutschte unelegant herunter, blieb an meiner Nasenspitze hängen und zwang mich, den Kopf zurückzuwerfen, damit sie nicht ganz herunterfiel. Duncan lachte und streckte die Hand aus, um sie mir abzunehmen. Seine warmen Finger streiften meine Wange und ich dachte, *oh nein, jetzt ist's vorbei ...*

Ich dachte, er würde sich zu mir lehnen und mich küssen, aber er tat es nicht. Er sah plötzlich furchtbar traurig aus, traurig und voller Reue. Er gab mir meine Brille zurück.

„Es tut mir leid, ich hätte nicht –“ Er sah zum Boden. „Ich könnte Genevieve nie verlassen.“

Das hab ich gar nicht verlangt, dachte ich entrüstet, aber ich wusste, was er eigentlich hatte sagen wollen. Nichts konnte passieren, selbst wenn wir beide das wollten, weil es bloß in einem furchtbaren Durcheinander enden würde. „Aber, wenn Sie nicht glücklich sind ...“, sagte ich, da er es offensichtlich nicht war.

„Bin ich nicht. Und ich bezweifele, dass sie es ist. Aber sie weiß, wo die Leichen vergraben sind ...“ Er lächelte über meine Verwirrung. „Das war nur so eine Redensart. Ich meine, unsere Leben, unsere Karrieren und auch alles andere sind so eng miteinander verwoben, ich weiß nicht mal, ob es überhaupt möglich wäre, sie zu verlassen. Es wäre schön, einfach vor allem weglaufen zu können und irgendwo neu anzufangen, nur ich.“

Meine Frau versteht mich nicht, aber ich kann sie nicht verlassen, dachte ich. *Typisch verheirateter Mann, erzählt mir eine Geschichte.* Aber tief in mir drinnen, wusste ich, dass er das nicht tat. Tief in mir drinnen wollte ich wissen, was mit ihm und Genevieve los war. Und wieder einmal würde meine Neugier mein Ende sein. Als er dann in meine Augen sah, und ich eigentlich den Hügel hätte hinunterrennen sollen, lehnte ich mich zu ihm hinüber und, wie auf ein unausgesprochenes Zeichen hin, küssten wir uns ...

***

Ich eilte den Hügel hinunter, schleifte Germaine beinahe hinter mir her, in meiner Absicht, von ihm wegzukommen. Was hatte ich nur getan? Duncan war verheiratet, vielleicht unglücklich, ja, aber trotzdem ...

Wir hatten uns verabschiedet, nicht atemlos oder schmachtend oder auf irgendeine Weise, die man in einem Roman nachlesen konnte. Das hier ist schließlich kein Liebesroman. Wenn überhaupt, waren wir danach ein wenig schüchtern. Duncan hatte etwas darüber gemurmelt, dass er zurück ins Atelier müsse und ich murmelte etwas darüber, dass ich den Hund nach Hause bringen müsse, dann standen wir peinlich berührt auf und umarmten uns, er schloss seine Arme um mich. Er fühlte sich warm an und ich mochte das Gefühl von ihm umgeben zu sein, an seine Brust gekuschelt; in der Vergangenheit war ich eher an den schlanken, aber muskulös gebauten, wie, ach, ich weiß auch nicht, Nathan, interessiert gewesen. Ich fühlte mich noch mehr durcheinander beim Gedanken an

Nathan, aber ich kannte ihn (und flirtete mit ihm) schon seit ein paar Monaten und nichts hatte sich daraus entwickelt, also wusste ich nicht, warum ich überhaupt einen Gedanken an ihn verschwenden sollte.

Auf meinem Weg nach unten begegnete ich dem Autor, Robert Holmes. Ich schnitt eine Grimasse, hoffte, dass er mich von vorhin nicht erkennen würde, aber er sah mich nicht einmal an, eilte fast asthmatisch den Hügel hinauf, an die Stelle, von der ich vor ein paar Minuten gekommen war. Germaine keuchte zu diesem Zeitpunkt beinahe genauso heftig wie er, also hielt ich inne, um ihr eine Pause zu gönnen und sah Holmes nach, wie er sich auf den Weg zu Duncans Ferienhaus machte. Ich fragte mich, ob er zu ihm wollte oder ob Genevieve jetzt vielleicht zu Hause wäre (bei dem Gedanken an sie wurde mir ein bisschen schlecht) und er sich bei ihr entschuldigen würde, dass er bei ihrem Vortrag so eine Szene gemacht hatte.

Germaine zog an der Leine, unterbrach meine Gedanken und wir machten uns auf den Weg in die Stadt.

KAPITEL 6

Den Rest des Nachmittags lief ich auf Autopilot, versuchte eifrig zu vermeiden an Duncan zu denken (eifrig vielleicht, aber nicht gerade erfolgreich) und plante meinen Kuchen für die Gala Auktion am Samstag. Ich hatte mir überlegt einen klassischen Zitronenkuchen zu machen – quasi ein Biskuitsandwich mit Zitronensaft und -schale, um dem Ganzen ein wenig Pep zu verleihen –, der leicht und saftig sein würde, gebacken mit sehr feinem Mehl, das dennoch die vierhundert Tonnen Fondant Glasur tragen könnte, mit der ich *Der Strand bei Flut* nachstellen wollte. Aber vielleicht sollte es ein fruchtiger Kuchen sein? Etwas Robusteres, um all das Fondant zu tragen, wie bei einer Hochzeitstorte. Andererseits würde er sowieso zerschnitten und an die versammelten Bieter verteilt werden (Maurice würde die Auktion nicht direkt manipulieren, aber er hatte angedeutet, dass einer der Stadträte sie ‚gewinnen‘ würde und es dann sofort dem Erfrischungszelt spenden würde, um noch mehr Spenden einzuheimsen); vielleicht sollte ich einen Schokokuchen daraus machen, der sicher beliebter war. Vielleicht sollte ich Buttercreme anstelle von einer Fondantdecke verwenden? Vielleicht sollte ich –

Vielleicht sollte ich einfach bei meiner ursprünglichen Idee bleiben und aufhören, alles infrage zu stellen. Ich *liebte* es, Teig zu kneten. Die Butter und den Zucker zusammen zu schlagen war immer ein gutes Arm-Work-out und nach einem Rezept zu backen (man kann nicht frei Hand backen; man braucht exakte Angaben bei der Butter, dem Mehl und allem anderen) machte den Kopf frei, aber ich lief Gefahr, mich damit zu quälen. *Entspann dich*, sagte ich mir, *du backst doch gerne.* Das Nächste, was ich mir überlegen musste, war, wie groß er tatsächlich sein sollte. Je größer der Kuchen, desto einfacher würde es sein, ihn zu dekorieren – jedes Detail konnte größer gemacht werden und weniger knifflig. Aber das würde bedeuten, dass ich meine normalen Rezepte umrechnen müsste und die größte Backform bräuchte, die ich finden konnte, oder ich würde viele kleine Kuchen backen und diese mit Buttercreme oder Glasur zusammensetzen, oder vielleicht könnte ich Lemon Curd nehmen, da ich ja einen Zitronenkuchen machen möchte ...

Ich ging das Rezept wieder und wieder durch, bis ich schreien wollte, berechnete, wie viele Eier ich brauchen würde, wie viel Butter und Mehl, dann änderte ich meine Meinung und entschloss mich, dass ein Fruchtkuchen *doch* besser wäre. Mum und Daisy fiel meine Stimmung auf und sie entschlossen sich beide, mir aus dem Weg zu gehen.

Ich musste schließlich aufhören und mich für den Abend vorbereiten. Tonys Familiengeschäft – das Kaufhaus der Stadt, Penhaligon's – sponsorte heute Abend das Veranstaltungszelt des Festivals, in dem eine Reihe Bands auftraten, unter anderem eine, in dem sein alter Vater mitspielte. Tony musste mit und sich zeigen, aber er freute sich nicht gerade darauf, deshalb hatte ich zugestimmt, ihn zu begleiten.

***

Ich traf Tony um halb sechs außerhalb des Zelts; sein Vater Malcom und seine Freunde waren als Erste dran, um sieben Uhr, also hatte er vorgeschlagen, dass wir uns früher treffen und etwas essen. Ich war überrascht, ihn allein warten zu sehen, er wirkte etwas verloren, also schlich ich mich an.

„NA, WAS MACHST DU?" Ich sprang ihn an und er erschrak fürchterlich.

„Verdammt, Jodie, du hast mich zu Tode erschreckt!", schrie er und ich kicherte.

„Hätte nie gedacht, dass du so schreckhaft bist", sagte ich. „Kein Callum und keine Debbie?"

„Nein", sagte er. „Ich dachte, es wäre nett, wenn es zur Abwechslung mal nur du und ich wären. Wenn wir uns sehen, ist da immer eine große Gruppe dabei und wir haben nie die Chance, mal richtig zu reden."

„Das klingt ja mysteriös …"

Er lachte. „Nicht wirklich. Ich wollte dich nur mal ein bisschen für mich haben."

Wir holten uns Fisch und Chips und aßen am Strand, dann gingen wir in Richtung Bierzelt. Ich ging sicher, dass ich viel aß, weil der lokale Apfelwein stärker als Raketenantriebsmittel und in nicht gerade geringem Maße bekannt dafür war, Blindheit zu verursachen, weshalb ein kluger Einheimischer seinen Magen vorher stets füllte. Zumindest war das meine Ausrede. Ich habe immer ein paar parat, wenn es ums Essen geht.

Das Veranstaltungszelt war überraschend voll. Ich sah mich nach bekannten Gesichtern um; kein Duncan und kein Nathan. Ich wusste nicht, ob ich erleichtert oder enttäuscht darüber sein sollte, aber dann kamen Callum und Debbie zu uns und ich verbannte die beiden Männer aus meinen Gedanken. Ich war hier, um mich zu amüsieren, mit guten Freunden. Debbie griff sich meine Hand und zerrte mich auf die Tanzfläche, unsere Begleitungen folgten uns etwas langsamer.

Malcolm und seine Mitsänger schoben sich auf die Bühne. Sie waren alle über sechzig und einer von ihnen hielt zögerlich ein Akkordeon, sah es an, als wäre es ein Otter, der seit zwei Wochen tot war. Das sah ja nicht gerade vielversprechend aus.

„Guten Abend, Penstowan, lasst uns abrocken!" Tony näherte sich mir von hinten – kam mir sehr nahe – und murmelte mir ins Ohr, erschreckte mich. *Die Rache für vorhin*, dachte ich.

„Guten Abend, Penstowan!", rief Malcolm und wir beide kicherten. „Wir sind der Fishermen's Chor."

Ich zählte einen Zahnarzt, einen Polizisten (Sergeant Adams, einer der Rekruten meines verstorbenen Vaters), mehrere Ladenbesitzer und den Typen, der die Parkhaustickets während der Sommersaison überprüfte und die Urlauber beim Stadtrat meldete, die die Zeit überzogen hatten (das war nicht mal sein Beruf, er hasste die Urlauber bloß), aber tatsächliche Fischer waren überraschenderweise abwesend. Nach einer kurzen Pause, während welcher der Akkordeonspieler ein paar verdächtige Geräusche rausquetschte (und dann tatsächlich auch Akkordeon spielte, *badam bam tusch!*

Ich bin die ganze Woche hier, danke Leute), begannen die nicht fischenden Fischer ihr Lied.

Die waren überraschend gut. Sie sangen ein paar mitreißende Seemannslieder, und als sie schließlich zu ‚The Wild Rover' kamen, klatschten die Zuhörer, stampften und sangen den Refrain mit. Malcolm und seine Chorknaben beendeten das Lied und strahlten ihr Publikum an, überrascht über die Reaktion.

„Vielen Dank! Gibt es irgendwelche Liedwünsche?", fragte der Akkordeonspieler. Tony stupste mich an.

„Na los, ich wette mit dir, du traust dich nicht", sagte er und grinste. Ich überlegte schnell.

„Könnt ihr was von Duran Duran?", fragte ich. Tony brach in schallendes Gelächter aus, während Malcolm uns anfunkelte. Ich fühlte mich ein bisschen schuldig, aber weil ich ein bisschen beschwipst war, nicht *so* schuldig.

***

Tony und ich stolperten aus dem Zelt, lachend, gefolgt von Debbie und Callum. Niemand konnte mich so zum Lachen bringen wie Tony; er hatte die Fähigkeit, mich in einen hysterischen Zustand zu versetzen, seit ich acht war. Wenn man jemanden findet, der einen so zum Lachen bringen kann, dass es weh tut, dass man weinen und dringend auf die Toilette muss, dann muss man diese Person nahe bei sich halten, weil das ein seltenes Talent ist.

„Ich habe bloß gesagt, dass ich „Hungry Like the Wolf" wahnsinnig gerne mal auf dem Akkordeon hören würde", protestierte Tony und wir alle kicherten wieder.

„Mehr Cider", verlangte Callum. Debbie und ich schüttelten den Kopf – keine von uns konnte noch ein Glas vertragen, denn wir wussten, dass wir sonst die halbe Nacht auf den Dixi-Klos verbringen würden, wenn wir zu viel zu uns nahmen –, also gingen die Männer los zum Bierzelt und wir ließen uns ins Gras fallen.

„Also, du Geheimniskrämerin ...", sagte Debbie, die dabei immer noch kicherte. „Du und Tony versteht euch ja sehr gut ..."

Ich verdrehte die Augen. „Hör auf, mich zu verkuppeln! Du bist ja schlimmer als meine Mutter."

Sie legte sich ins Gras. „Ich will dich nur glücklich sehen ..."

„Ich *bin* glücklich!" Ich sagte es beinahe verzweifelt. Sie setzte sich auf, gestützt auf ihre Ellbogen und beobachtete mein Gesicht. Plötzlich hatte ich das Gefühl, dass sie wusste, was ich früher am Tag getrieben hatte, aber sie konnte es gar nicht wissen. „Eine Schande, dass Duncan verheiratet ist. Er sieht für sein Alter verdammt gut aus. Und was ist mit Nathan?"

„Was ist mit Nathan?" Ich sah sie herausfordernd an, aber sie wusste, dass ich bluffte. „Okay, ja, er ist lächerlich gut aussehend und wir verstehen uns. Aber wir flirten seit Monaten und er hat weiter nichts unternommen. Ich bin sowieso noch nicht bereit, wieder zu daten. Daisy und Mum sind mir im Moment am wichtigsten. Jeder Mann, der mit mir ausgehen würde, müsste sich mit drei Generationen Frauen im selben Haus arrangieren. Vier, wenn man den Hund mitzählt.“

„Tony schafft das ganz gut. Deine Mum liebt ihn –“

„Tony ist was anderes; wir kennen uns seit der Grundschule.“ Ich schüttelte den Kopf. „Nein, ich bleibe Single. All die Männer, die ich mag, sind zu kompliziert. Duncan mit seiner unglücklichen Ehe, Nathan hat sich erst vor sechs Monaten von seiner Verlobten in Liverpool getrennt und Tony muss erst über Cheryl hinwegkommen ...“

„Also magst du Tony doch auf die Art?“

„Was? Nein. Ich meinte nur –“ Ich seufzte und begann gedankenverloren ein paar Grashalme herauszuzupfen. „Ich hab Duncan heute Nachmittag geknutscht.“

„Oh. Mein. Gott! Warum hast du das nicht gleich gesagt? Das sind richtige Neuigkeiten –“

„Nein, sind sie nicht. Ich kann nichts mit einem verheirateten Mann anfangen, auch wenn er ein unglücklich verheirateter *ist*. Das hab ich alles schon mal erlebt.“ Daisys Vater Richard war verheiratet gewesen, als ich ihn kennenlernte und es war nicht gut ausgegangen. Ich sollte es eigentlich besser wissen. „Es war eigentlich nichts, nur ein Kuss; es bedeutet gar nichts.“

„Nein? Das solltest du deinem Gesicht sagen. Das wurde ganz verträumt.“ Sie legte sich wieder zurück ins Gras, als ob sie selbst träumen wollte. „Oh, Duncan, du bist so hinreißend, und so reich ...“

„Oh, hör auf damit!“, sagte ich und lachte, während ich Gras nach ihr warf.

„Du musst mir alles erzählen“, sagte sie, wieder aufrecht. „Und ich meine *alles*. Wie ist es passiert? Ist er

wirklich nicht glücklich mit ihr oder ist er bloß ein be-
trügerischer Arsch? Ist er –"

Alles Weitere, was sie vielleicht gesagt hätte, wurde
vom Klang von Sirenen übertönt, welche die Fore
Street entlang und den Hügel hinauf, zu hören waren.
Wir sahen einander an und erhoben uns, um nachzusehen, aber wir konnten nicht erkennen, wie viele Wagen unterwegs, und ob es Polizei, Sanitäter oder die
Feuerwehr waren. Tony und Callum kamen mit ihren
Getränken aus dem Bierzelt und sprachen aufgeregt
miteinander.

„Hört ihr die Sirenen?", fragte Tony, als sie bei uns ankamen. „Davey Trelawney war im Zelt und hat einen
Anruf bekommen." Davey – oder ‚Old Davey', unter
welchem Namen er bekannt war (lange Geschichte) –
war ein weiterer der alten Polizeirekruten meines Vaters, und einer der Freiwilligen des örtlichen Notfall-
dienstes. „Sagte, dass es einen Unfall beim Aussichtspunkt nahe dem Elephant Rock gegeben hat." Mein
Herz blieb fast stehen; dort, wo ich am Nachmittag gewesen war.

„Was ist passiert?", fragte ich, obwohl ich mir nicht sicher war, ob ich das wissen wollte.

„Er sagte, es war dieser Künstlertyp, Duncan Wie-
auch-immer. Sagte, er wäre von den Klippen gestürzt."

KAPITEL 7

Ich rannte los, den Hügel hinauf in Richtung Klippen, bevor überhaupt irgendwer wusste, was passierte. Ich konnte Tony hören, der hinter mir aufholte und hinter ihm Debbie; Callum war heutzutage ein großer Bursche und nicht wirklich einer, der rannte, also hielt er nach ein paar Schritten inne.

„Jodie!", keuchte Tony. „Mach langsam!" Aber ich ignorierte ihn. Ich wollte auf diese Klippen …

Es war immer noch hell – es wurde hier im Sommer nicht vor neun oder zehn Uhr abends dunkel –, aber dank einer beträchtlichen Anzahl an Taschenlampen, welche die Stelle markierten, hätte ich sie, selbst in der dunkelsten Nacht, nicht verfehlen können. Meine Lungen brannten und ich hatte furchtbares Seitenstechen – Cider und einen Hügel hinaufzusprinten waren keine angenehme Kombination und ich war schon lange nicht mehr so fit wie zu der Zeit, als ich in der Einheit war – aber ich hielt nicht inne, bis ich die Gruppe Polizisten, Sanitäter und Feuerwehrmänner erreichte, die sich am Klippenrand versammelt hatten.

Ich drängte mich zwischen sie, suchte nach einem bekannten Gesicht, aber die meisten der alten Wache aus der Zeit meines Dads hatten sich freigenommen, um Sergeant Adams und seine fröhliche Bande von Sängern zu sehen. Ein paar der Feuerwehrmänner und Davey, der sich seine Rettungsausrüstung anzog, um die

Klippen hinunterzuklettern, standen da und blickten den Abhang mit den zerklüfteten Felsen hinunter. Ich schluckte schwer; ich *musste* wissen, ob Duncan da unten war, aber wollte ich wirklich über den Rand blicken und ihn da unten am Fuß der Klippen sehen, zerschmettert an ein paar Felsen?

„Jodie?" Ich hörte eine Stimme hinter mir und wirbelte herum. Duncan saß hinten in einem Krankenwagen, eingewickelt in eine folierte Decke.

„Ihnen geht es gut!", sagte ich dümmlich, denn natürlich ging es ihm gut; er befand sich ja direkt vor mir. Meine Beine, die mich schon seit Langem nicht mehr so weit getragen hatten, begannen furchtbar zu wackeln. Er griff meinen Arm und leitete mich zu der Stufe des Krankenwagens neben sich. Er sah blass und müde aus.

„Sie sagten … Ich dachte, Sie wären über die Klippe gestürzt …"

„Das bin ich", sagte er. „Es stellte sich heraus, ich bin Ihrem Hund sehr ähnlich. Nicht gut im Klettern."

Ich sah ihn ungläubig an. „Sie waren *klettern*? Sie sind absichtlich da runter?"

„Da unten war noch jemand." Er atmete tief ein und fuhr sich mit seinen Fingern durch das Haar. „Ich hörte ein Stöhnen, dann sah ich hinunter und da, auf den Felsen …"

Oh mein Gott, und ich dachte, wie verrückt, *er hat Genevieve über die Klippen geschubst!*

„Wer war es? War es –" Ich konnte meinen Satz nicht beenden, nur für den Fall, dass ich richtiglag.

„Ich weiß nicht, es war irgendein Kerl, ich hab ihn nie zuvor gesehen."

Da waren ein paar Schreie aus der Richtung des Klippenrandes. „Aus dem Weg, sie kommen rauf! Sie haben ihn!"

Wir standen auf und gingen hinüber, und wir sahen dem Rettungsteam zu, wie sie eine Bahre an Seilen heraufzogen. Der Körper auf der Bahre war unbeweglich und leblos, blass und zerschmettert, wie ich es von Duncan befürchtet hatte.

„Ist er tot?", fragte Duncan.

„Aye, das ist er", sagte einer des Teams. „Wir waren zu spät. Er ist nicht von hier. Erkennt irgendwer den armen Kerl?"

Duncan und ich tauschten Blicke aus und traten vor, ich hielt den Atem an. Ich erkannte den armen Kerl tatsächlich. Ich hatte ihn am Morgen unterbrochen, und seinen Aufstand bei Genevieves Vortrag gesehen. Und das letzte Mal, als ich ihn sah, war Robert Holmes auf dem Weg zu dem Cottage gewesen, in dem der Mann wohnte, der gerade neben mir saß.

***

Tony und Debbie kamen an, und fanden mich neben Duncan sitzend vor. Tony hob die Augenbrauen und warf mir einen Blick zu, sagte aber nichts. Irgendwer hatte es geschafft, Tee hervorzuzaubern – fragt mich nicht, wie, aber hier im Vereinigten Königreich schaffen wir es immer, während einer Krise Tee zu finden –, und Duncan und ich tranken aus Papierbechern, während sich mein alter Freund auf die Zunge biss und all die Fragen herunterschluckte, die er, wie ich bemerken konnte, unbedingt stellen wollte.

„Mr Stovall." Ich sah auf und sah Nathan vor uns stehen. Er sah aus, als hätte er auch ein paar Fragen an mich. Ich konnte es nicht erwarten, *die* zu beantworten ... „Wie fühlen Sie sich, Sir? DCI Withers. Ich werde eine Aussage von Ihnen brauchen."

„Duncan! Oh, mein *Darling*!" Genevieve tauchte hinter Nathan auf und eilte zu ihrem Ehemann. Ich rutschte unauffällig von ihm weg, aber ich hätte mir keine Sorgen machen müssen, denn sie ignorierte mich einfach.

„Mir geht's gut, mir geht's gut", sagte Duncan, wehrte ihre Hände ab und wandte sich an Nathan. „Ich beantworte gerne alle Ihre Fragen, Officer."

„Ich habe mir solche Sorgen gemacht!", sprudelte Genevieve hervor. „Wir kamen so schnell wie möglich, als wir davon hörten, dass du beteiligt bist."

„Wir?", fragte ich.

„Charles und ich nahmen gerade ein paar Änderungen an der Ausstellung vor. Ich war nicht erfreut darüber, wie einige deiner Gemälde aufgehängt waren", sagte sie zu Duncan und zeigte auf Harper, der sich etwas weiter entfernt herumdrückte. Sie schaffte es, mir zu antworten, ohne meine Präsenz überhaupt anzuerkennen. Es klang für mich nicht nach einer überzeugenden Erklärung, aber ich war kaum in der Position, über sie zu urteilen.

„Ms Lorre", sagte Nathan. „Ich muss mit Ihrem Ehemann sprechen. Gehe ich recht in der Annahme, dass Sie Lowenna Cottage gemietet haben? Vielleicht möchten Sie dort auf ihn warten? Er könnte sicher ein heißes Bad oder so was vertragen, nach der Befragung."

„Ich bleibe lieber –", begann sie. Duncan unterbrach sie bestimmt, dennoch sanft.

„Ich hätte es lieber, du gehst. Es gibt keinen Grund, hier herumzustehen und auf mich zu warten. Geh nach Hause, Gen."

Genevieve sah ihn an, nicht gerade überzeugt. „Wenn du das wirklich möchtest, Darling. Na los, lassen wir den Polizisten seine Arbeit tun." Sie drehte sich um. Ich stand auf und wollte Tony und Debbie folgen, die sich auch auf den Weg machten, aber Nathan hielt mich mit einem Kopfschütteln auf.

„Ich muss auch mit Ihnen reden, Jodie", sagte er.

„Warum? Ich war nicht hier, als es passiert ist."

„Tun Sie bitte nur einmal im Leben das, was man Ihnen sagt", sagte er, mit diesem verärgerten Tonfall, den ich von ihm schon einige Male vernommen hatte, als ich ihm bei der letzten Mordermittlung geholfen hatte (obwohl er ohne Zweifel sagen würde, es wäre andersherum gewesen, und dass es zur Debatte stand, ob ich eine Hilfe oder ein Hindernis für ihn war). Duncan sah mich an und grinste.

„Sie sind also der örtlichen Polizei schon bekannt?", murmelte er. Nathan hörte es.

„Sie denkt, sie *ist* die örtliche Polizei", sagte er, und beide sahen mich in verschiedenen Stadien von Verärgerung und Bewunderung an, was in mir ein unangenehmes Gefühl verursachte.

„Boss?" Einer von Nathans Junior-Kriminalpolizisten – ich erkannte ihn, wusste seinen Namen aber nicht mehr – kam herüber. Er sah mich und nickte. „Alles klar, Jodie?" Nathan funkelte ihn an, woraufhin er seine Aufmerksamkeit schnell wieder seinem Vorgesetzten zuwandte. Er hielt etwas in einem Plastikbeutel hoch. „Wir haben das in der Nähe des Klippenrandes gefunden, Boss."

Nathan nahm die Tüte und hielt sie hoch. Da drinnen war ein Smartphone, ein recht teures, wie es aussah. Duncan reckte den Hals, um es zu sehen.

„Das ist mein Telefon!", sagte er. „Ich habe es verloren, als – vorhin." Ich erriet, was er mit ‚vorhin' meinte – als er mit mir am Nachmittag auf den Klippen gewesen war –, aber ich zuckte bei seiner gestotterten Erklärung zusammen; es ließ ihn schuldig wirken. „Ich ging heute Nachmittag auf den Klippen spazieren und es muss mir runtergefallen sein, nachdem ich Fotos von der Aussicht gemacht hatte. Ich kam hierher, um danach zu suchen und da hörte ich diese Geräusche."

„Von dem Fuß der Klippe?"

„Ja. Ich dachte zuerst, es wäre ein Hund oder so was ..." Er wandte sich unbewusst zu mir, vermutlich an Germaine erinnert, aber wandte sich dann ab. „Also sah ich hinunter und konnte den armen Mann erkennen, wie er auf den Felsen da unten lag."

„Warum sind Sie nicht zurück ins Haus gegangen, um die Polizei zu rufen?", fragte Nathan. Er hatte einen sehr guten unverbindlichen Ton drauf, die Art, bei der man sich schuldig fühlte, obwohl man es gar nicht war. Ich konnte mir vorstellen, wie viele Kriminelle sich gegen diesen Ton versuchten zu verteidigen. *Das brachten sie einem bestimmt bei dem Kriminalpolizeikurs bei*, dachte ich.

„Das hätte ich ja, aber die Flut kam bereits und er war direkt auf dem Rand des Felsens." Duncan schüttelte den Kopf. „Ich fürchtete, dass er von den Wellen davongetragen werden würde. Ich dachte, ich könnte runterklettern und ihn vom Rand wegschieben, wieder raufkommen und dann Hilfe holen.“

„Aber sie steckten fest. Sie hatten Glück, dass einer der Fischer auf dem Weg zurück in den Hafen war, sie auf den Klippen gesehen und die Küstenwache gerufen hat.“ Nathan sah ihn streng an. „Das hätte viel schlimmer für Sie ausgehen können.“

„Ich weiß“, sagte Duncan, seine Stimme schwankte, als er begriff, wie nahe er dem Tod gewesen war.

„Wie gut kannten Sie den Verstorbenen?“

„Überhaupt nicht.“

„Er und seine Frau hatten dieselbe Agentin. Er hat ziemliches Aufsehen bei ihrem Vortrag heute Morgen erregt.“

Duncan zuckte mit den Achseln. „Hat er das? Ich war nicht dort. Ich kenne ihn trotzdem nicht. Kann ich mein Telefon haben?“

„Noch nicht. Wenn Sie uns ihren Sperrcode geben, werden Sie es schneller wieder zurückbekommen.“

Duncan sah genervt aus. „Wozu brauchen Sie meinen Sperrcode? Was erwarten Sie denn da drauf zu finden, um Himmels willen?“

Ich legte meine Hand auf seinen Arm. „Das ist reine Routine“, sagte ich. „Sie haben nichts zu verbergen, geben Sie es Ihnen einfach.“ *Bitte hab nichts zu verbergen,* dachte ich.

Er beruhigte sich. „Natürlich hab ich nichts zu verbergen, ich hätte nur gerne mein Telefon zurück ...“

„Zu welcher Zeit kamen Sie hier herauf?“, fragte Nathan.

„Zu welcher Zeit? Das erste Mal –?" Duncan sah mich an, bevor er es verhindern konnte, dann sah er schnell weg. Ich seufzte.

„Es war nach ein Uhr. Sie haben mich gesehen, als ich Genevieves Vortrag verließ", sagte ich zu Nathan. Er nickte. „Germaine brauchte einen Spaziergang, also kam ich hierher und beschloss, mal bei Duncans offenem Atelier vorbeizuschauen, dann begleitete er uns. Das muss um halb zwei gewesen sein? Viertel vor zwei? Wir waren etwa dreißig Minuten unterwegs, dann gingen wir beide nach Hause."

„Ich hatte nicht bemerkt, dass mein Telefon weg war, bis es sieben Uhr war", erklärte Duncan. „Ich durchsuchte mein Haus und realisierte dann, dass ich es verloren haben musste, als wir hier oben waren, also ging ich raus und begann zu suchen. Da muss es fast acht gewesen sein."

Nathan machte ein großes Ding daraus, all das aufzuschreiben.

Er hatte – für den Moment – keine weiteren Fragen, also ließ er Duncan, nachdem er ihm einen Beleg für sein Telefon gegeben hatte, gehen. Duncan sah mich an, nicht sicher, was er sagen sollte, dann entschied er sich für ein lahmes „Tschüss" und ging. Nathan drehte sich zu mir.

„Was tun Sie da?", sagte er. Er klang verärgert. Das schien die Standardeinstellung bei ihm, wenn es um mich ging.

„Was? Wir sind nur spazieren gegangen –"

„Da muss mehr gewesen sein, weil Sie hierhergestürmt sind, als Sie dachten, er sei in Gefahr."

„Es macht keinen guten Eindruck für das Festival, wenn der Ehrengast die Klippe hinunterstürzt, oder nicht?", sagte ich leichthin. Weil ich mir selbst nicht sicher war, warum ich den Hügel so heraufgeeilt war. Ja, wir hatten uns geküsst, aber es war ja nicht so, dass ich es zu mehr kommen lassen würde. Nathan schüttelte ungeduldig den Kopf.

„Er ist verheiratet, Jodie."

Ich sah ihn an, Zorn begann in mir aufzusteigen. Wir hatten in den letzten Monaten immer wieder geflirtet, aber er war nie weiter gegangen. Welches Recht hatte er, mir zu sagen, mit wem ich romantisch involviert war? „Sorry, aber muss ich zuerst bei Ihnen nachfragen, bevor ich mich mit jemandem anfreunde?" Er schnaubte bei dem Wort ‚anfreunden' und das nervte mich wirklich. „Okay, ja, ich weiß, er ist verheiratet. Nichts ist zwischen mir und Duncan vorgefallen, aber was wäre, wenn? Man kann sich nicht aussuchen, in wen man sich verliebt, oder?"

„Nein", sagte er, „aber man kann entscheiden, wie man daraufhin handelt." Er sah mich bedeutend an und ich musste einen Frustrationsschrei unterdrücken.

„Kann man das? Funktioniert das wirklich so? Meiner Ansicht nach sind Gefühle für jemanden, die man einfach so ignorieren kann, vielleicht von Anfang an nicht besonders stark."

Er starrte mich intensiv an und ich war mir nicht sicher, ob er nur sauer oder furchtbar zornig war. „Oder vielleicht ist man bloß die Art von Person, die nicht einfach in etwas hineinspringt, ohne vorher darüber nachzudenken."

Ich warf meine Hände in die Luft. „Und was soll *das* jetzt wieder heißen? Reden wir immer noch über mich und Duncan oder was anderes?"

Ich sah ihn an, aber sein Gesicht war komplett unlesbar geworden; er hatte wieder seinen professionellen Polizistengesichtsausdruck drauf, und ich konnte nicht ahnen, was er dachte.

„Tut mir leid, dass ich Sie aufgehalten habe. Sie können jetzt gehen", sagte er knapp, drehte sich um und lief davon. Ich fühlte, wie mir Tränen in die Augen stiegen und hätte ihm beinahe nachgerufen. Aber es war sein Pech – wenn er sich so verhalten wollte, dann war ich nicht interessiert.

Ich stürmte den Hügel hinunter, am Weg zum Lowenna Cottage vorbei. Die Lichter der Stadt begannen anzugehen und der Klang der Musik aus dem Veranstaltungszelt hing im Wind. Ich schluckte meine Gefühle herunter und mir fiel ein, dass ich Nathan nichts davon erzählt hatte, dass ich gesehen hatte, wie Robert Holmes früher am Tag den Hügel hinaufgegangen war. Ich wäre fast umgedreht, aber dann erinnerte ich mich daran, was ich in diesem Moment gedacht hatte: dass er auf dem Weg zu Lowenna Cottage war.

Er war auf dem Weg zu Duncan gewesen, und jetzt war er tot ...

KAPITEL 8

Am nächsten Morgen wachte ich auf und fühlte mich lustlos und, als ob ich einen Kater hätte, obwohl ich in der Nacht davor nicht mal genug dafür getrunken hatte. Nachdem ich den wütenden Nathan verlassen hatte, war ich gleich nach Hause gegangen, weil ich keine weiteren Fragen von Tony oder auch Debbie ertragen hätte. Ich musste erst meine Gedanken und meine Gefühle bezüglich Duncan ordnen.

Ich hätte nichts lieber getan, als in meinem Bett zu bleiben, die Decke über den Kopf zu ziehen, so zu tun, als ob alles schön und gut in meiner Welt wäre, und um ehrlich zu sein, war es das fast ... Bis ich über *den Kuss*™ und das Rätsel um den furchtbaren Autor und seine Reise an den Fuß der Klippen, möglicherweise über Duncans Cottage, nachdachte, aber ich hatte Mum versprochen, dass ich ihr heute im Erfrischungszelt helfen würde. Joanie, die mit der Schleifchenbluse und der schiefen Hüfte, hatte sich noch nicht von dem Sturz vor ein paar Tagen erholt und ich hatte zugestimmt, ihren Platz einzunehmen. Wenigstens muss ich nicht wieder dieses furchtbare Oberteil anziehen.

Ich zwang mich aufzustehen und für Daisy ein Lächeln aufzusetzen (zuerst war es ziemlich gezwungen, aber nach einer Weile schaffte es meine Tochter, wie immer, mich aufzumuntern, ohne es überhaupt zu wollen), schlüpfte in ein paar Shorts und ein T-Shirt und

machte mich auf den Weg zum Festival, Hund und
Tochter im Schlepptau.

Daisy nahm Germaine und ging los, um sich mit einer
Gruppe Freunde zu treffen. Ich sah zu, wie sich alle an
dem Weg zum Strand versammelten, und lächelte, weil
es mich an meine eigene Kindheit erinnerte. Die Som-
merferien waren immer heiß und sonnig gewesen (zumindest in meiner Erinnerung), und sie schienen Monate zu dauern. Ich verbrachte beinahe jeden Tag draußen, am selben Strand, mit meinen eigenen Freunden:
Tony und Callum, Nina Falconer, Louise Gifford, Lily
Swann ... Wir nahmen uns die Freiheit, Penstowan zu
durchkämmen, aber wir machten nie Ärger; mein Dad
war schließlich der Polizeichef von Penstowan und er
wäre sonst ausgerastet. Wir gingen immer sicher, dass
jemand wusste, wo wir waren, und dass wir zum Dinner wieder daheim waren.

Ich fand Mum schon in ihrer Schürze vor – sie hatte
das Haus schon verlassen, bevor ich überhaupt wach
gewesen war –, sie verteilte auf einem aufgebockten
Tisch Scones unter Tabletts mit Glashauben. Sie hob
eine Augenbraue, als sie mich sah.

„Gestern eine gute Nacht gehabt?", fragte sie. Ich war
nicht gerade spät nach Hause gekommen, aber sie und
Daisy waren beide nach einem langen Tag müde gewesen und schon im Bett, als ich kam. „Deshalb sollte man
nie Apfelwein trinken, es sei denn, man hat den Rest
der Woche frei."

„Erstens, ich habe tatsächlich gar nicht so viel getrunken und zweitens kann ich mich daran erinnern, dass
du an deinem Geburtstag sehr viel Baileys hattest, also
sprichst du besser nicht über Alkohol", bemerkte ich,

nahm mir eine weitere Schürze und band sie um meine Hüfte.

„Uh, da ist heute Morgen jemand empfindlich“, sagte sie und ich biss mir auf die Zunge. „Hast du Tony gesehen? Er hat vorhin nach dir gesucht.“

Ich stöhnte. Er hatte mir seit gestern Abend gefühlte acht Millionen Textnachrichten geschickt und ich hatte sie allesamt ignoriert, weil ich keine Standpauke von ihm erhalten wollte (die von Nathan war schlimm genug gewesen).

„Ich werde ihn nachher suchen“, sagte ich, während ich Teller verteilte.

„Brauchst du nicht. Ich bin hier“, hörte ich Tony hinter mir. *Na toll*, dachte ich sarkastisch. Ich wandte mich zu ihm um, er blickte mich besorgt an. „Kann ich mit dir reden?“

Ich drehte mich um und folgte ihm nach draußen. Wir gingen hinüber zu einem Picknicktisch, der in einer Ecke aufgebaut worden war, und er setzte sich. Ich blieb stehen, sah peinlich berührt auf ihn hinunter.

„Hör zu, ich will keine Standpauke –“, begann ich.

Er verdrehte die Augen. „Hast du deswegen alle meine Nachrichten ignoriert?“

„Welche Nachrichten? Ich hab gar keine gesehen.“ Ich setzte mich, sah ihm nicht in die Augen. Ich wusste, dass er wusste, dass ich log. Und er wusste, dass ich es wusste. Er lachte.

„Ja, klar … Du und ich kennen uns schon sehr lange. Wie viele schlechte Entscheidungen haben wir beide in dieser Zeit getroffen? Ich habe mich nie bei dir eingemischt und fange auch jetzt nicht damit an. Sieh mich an, Nosey!“ Ich hob den Blick und bemerkte, wie er mich sanft anlächelte, und plötzlich wünschte ich mir eine Umarmung. Aber ich bat nicht um eine, denn ich hatte mich in den letzten Tagen an genug Männer rangeschmissen. „Ich wollte nur sichergehen, dass es dir gut geht."

„Das tut es." Ich seufzte. „Was hat Debbie dir erzählt?"

„Genug. Es war sowieso offensichtlich. Ich hab auf der Feier schon gemerkt, dass du ihn magst. Er konnte jedenfalls die Augen nicht von dir lassen."

Ich fühlte, dass ich errötete. Mir gefiel der Gedanke, dass Duncan, obwohl er mit so einer wunderschönen und glamourösen Frau verheiratet war, nur Augen für mich gehabt hatte. Selbst, wenn sie dauernd auf die hässliche Bluse gefallen waren, die ich getragen hatte.

„Es ist verrückt. Ich hab ihn erst vor zwei Tagen kennengelernt. Eigentlich kenne ich ihn überhaupt nicht."

Tony seufzte. „So ist es manchmal, nicht? Manchmal trifft man jemanden und *BOOM!*" Er imitierte eine Explosion mit seinen Händen und ich nickte; das war tatsächlich, wie es sich angefühlt hatte, gestern auf der Klippe. Duncan sah mich an und *BOOM!* Es kribbelte überall. Und nun sah Tony mich an und anstelle von Kribbeln fühlte ich mich, als wäre ich von einer kuscheligen Decke umgeben. „Und manchmal geht es langsamer; man muss jemanden erst kennenlernen."

„Wie bei dir", sagte ich. Er sah schockiert aus.

„Bei mir?"

„Als du Cheryl getroffen hast. Du hast mir erzählt, dass du zuerst dachtest, sie sei eine eingebildete Ziege, bis du sie näher kennenlerntest."

Er lächelte reumütig. „Oh ja, das stimmt." Er sprach einen Moment lang nicht, und ich bekam das Gefühl, dass er seine nächsten Worte weise wählte. „Die Sache ist die, Duncan ist verheiratet ...“

„Ich dachte, das hier ist keine Standpauke?“ Ich grummelte. Er hielt mir seine Hände entgegen.

„Das ist es nicht! Hör zu, ich weiß, ich sollte es besser wissen, als dir zu sagen, du solltest dich da nicht einmischen –“

„Ich mische mich *nicht* ein“, sagte ich, verbesserte es in meinem Kopf, *noch nicht* ...

„Ich werde dir nicht sagen, dass du es lassen solltest, wenn es wirklich das ist, was du tun möchtest“, sagte er. „Es gibt ein paar Dinge, von denen ich wünschte, ich hätte sie getan und tat sie nicht; jetzt ist es wahrscheinlich schon zu spät, aber ...“

Er verlor sich in seinen Gedanken und schien zu bemerken, wie verwirrt ich war. Er seufzte erneut. „Sei einfach vorsichtig und wenn alles den Bach runtergeht, werde ich da sein, deinen Kummer mit dir ertränken und dir sagen, ich hab's dir ja gesagt.“

„Das bin ich“, erklärte ich.

Er lächelte und stand auf. „Dann ist meine Arbeit hier getan“, sagte er und machte sich daran zu gehen.

Ich wollte etwas sagen, wusste aber nicht, was es sein würde, bis es aus mir herausplatzte.

„Ich glaube, er hat den Kerl die Klippen runtergestoßen.“

***

Das Problem mit abgelegenen Häusern auf den Klippen war, nun, dass sie abgelegen waren. Ich hatte Robert Holmes den Hügel hinaufeilen sehen und für mich schien es, als machte er sich auf den Weg in Richtung Lowenna Cottage, aber ich hatte tatsächlich nicht gesehen, dass er dort wirklich hingegangen war. Wäre er dort angekommen, musste Duncan ihn gesehen haben; er hatte große Schritte gemacht, ganz anders als von einem wuseligen kleinen Schriftsteller zu erwarten war. Die Stelle, an welcher ich Duncan auf den Klippen verlassen hatte, war viel näher an der Stelle, die Holmes, schnaufend und pustend, passiert hatte, also muss er zu der Zeit dort gewesen sein, als das baldige Mordopfer schließlich eintraf. Aber er hatte Nathan (und in gewisser Weise auch mir) erzählt, dass er ihn nicht kannte.

„Vielleicht solltest du ihn mal alleine danach fragen", sagte Tony mit gerunzelter Stirn. „Es gibt vielleicht eine einfache Erklärung."

„Ja", sagte ich, „und die einfache Erklärung ist vielleicht, dass er lügt. Was sollte ihn davon abhalten, weiter zu lügen? Wie könnte ich das denn wissen?"

Tony stand auf und lief an den Rand des Erfrischungsbereiches, sah zu den Klippen hinauf.

„Hm", machte er nachdenklich.

„Hm, was?"

Er drehte sich um, mit dem Ausdruck des Triumphs auf seinem Gesicht. „Erinnerst du dich daran, wie du dich über mich lustig gemacht hast, als du gehört hast, dass ich immer mit meinem Großvater zum Vogelbeobachten ging?"

„Das hab ich nie!", protestierte ich, obwohl ich tatsächlich schuldig war. Er lachte.

„Lügnerin. Wie auch immer, meine nerdigen Hobbys werden uns vielleicht helfen." Er sah auf seine Uhr. „Wir treffen uns um halb eins im Pub."

***

Ich sah zu, wie er, zufrieden mit sich selbst, ging und machte mich dann auf den Weg zurück ins Zelt. Der Festival-Dienstag versprach ruhiger als der vorherige Tag zu werden – die Organisatoren hatten alles auf das Eröffnungsprogramm am Montag gesetzt und im Vergleich sah das Programm von heute weniger beeindruckend aus –, aber dennoch gab es eine Schlange an dem Tisch mit Erfrischungen. Mum sah aus, als würde sie das Ganze genießen, weil diese Aufgabe ihre beiden großen Lieben vereinte: ein bisschen klatschen und Kuchen. Ich war mir nicht sicher, ob sie selbst so viel Kuchen verdrücken sollte, wenn sie, sozusagen, im Dienst war, aber es beschwerte sich niemand … Ich gesellte mich zu ihr und half, die Schlange zu verringern, dann stand ich da (sah vermutlich ein wenig launisch aus), kratzte Schokocreme von einem Kuchen und aß sie. Und bevor mir jemand mit Hygiene kommt: Ich hätte das Messer nicht wieder verwendet, bevor ich es nicht gewaschen hatte.

„Die heutige Bluse gefällt mir *definitiv* besser." Ich blickte auf und sah, wie Duncan mich angrinste, während mein Herz und mein Magen diese Auf-und-Ab-Sache abzogen, als wäre ich ein dummes Schulmädchen mit einem Schwarm. Was ziemlich genau beschrieb, wie ich mich fühlte.

„Das ist wohl der Fall, da es sich um ein T-Shirt handelt", sagte ich verschmitzt. „Hätte der Herr gerne ein Stück Kuchen und eine Tasse Tee? Ich fürchte, wir servieren keinen Whiskey."

„Dem Whiskey habe ich abgeschworen", sagte er. „Ich trinke nicht, wenn ich arbeite."

Ich lächelte ihn an. „Sie meinen, Sie malen tatsächlich? Das ist fantastisch!"

Er sah aus, als freute er sich über meine Reaktion. „Na ja, ich bin noch nicht ganz beim Malen angekommen; ich mache ein paar vorbereitende Skizzen." Er grinste. „Leider ist es kein ‚Penstowan-Gemälde', nicht wirklich."

„Nicht? Ich bin sicher, das macht denen nichts aus, solange es sich bei der Auktion verkauft –"

„Ja ..." Er sah mich mit einem beschämten Grinsen an. Es war ein sehr süßes, beschämtes Grinsen. Dieser Mann konnte doch sicher niemanden über eine Klippe stoßen? „Ich glaube, das hier möchte ich nicht versteigern."

„Seltsamer und seltsamer ...", sagte ich und er lachte.

„Nicht wirklich. Ich dachte, ich komme auf eine Teepause vorbei, sehe mal, ob ich ein paar ansässige Damen zu einem Spaziergang überreden kann."

Mum, die auf die wohl offensichtlichste Art gelauscht hatte, trottete herüber.

„Oh, ich bin immer zu ein wenig sportlicher Betätigung mit einem gut aussehenden Mann bereit", sagte sie und zwinkerte ihm frech zu. „Ich bin Shirley, Jodies Mutter, falls Sie sich gefragt haben, wo sie das herhat." Duncan lachte, sah aber etwas verwirrt aus.

„Ich habe diese Frau noch nie in meinem Leben gesehen“, sagte ich. „Ignorieren Sie sie. Die würde Sie zum Frühstück verspeisen.“

Duncan warf mir ein freches Grinsen zu, dass mich denken ließ, *und ich würde dich zum Mittag, Abend und Nachmittagstee verspeisen* ... Ich stellte mir vor, wie er mich hier über den Klapptisch werfen und vernaschen würde, während meine Scones durch die Luft fliegen würden. Glücklicherweise war mein Hirn dieses Mal schnell genug, bevor mein Mund etwas von sich geben konnte. Ich nahm die Schürze ab und hängte sie über einen Stuhl, ignorierte den Gesichtsausdruck meiner Mutter – der ein unterhaltsameres Bild darstellte als manches im Kunstzelt Ausgestellte – und wies Duncan dann den Weg nach draußen.

***

Wir gingen zum Strand hinunter. Ich hielt an, um meine Sandalen auszuziehen, genoss den Sand zwischen meinen Zehen und Duncan lächelte. Er beugte sich hinunter und löste die Schnürsenkel seiner Schuhe, zog die Socken aus und rollte die Hosenbeine hoch.

„Haben Sie auch ein hübsches Kopftuch dabei?“, ärgerte ich ihn.

„Verdammt, das habe ich zu Hause gelassen ...“

Es war gerade Ebbe und viele kleine Pfützen hatten sich zwischen den Felsen angesammelt, die irgendwann austrocknen und den Fluss verringern würden, der durch die Stadt zum Strand und ins Meer führte. Wir überquerten ihn, Duncan stöhnte, als das kalte

Wasser seine Hosenbeine dennoch erwischte, die wohl nicht weit genug hochgerollt worden waren.

Wir fanden eine Steingruppierung, die im Schatten vor der heißen Sonne (und den neugierigen Augen) lag, unter den Klippen, setzten uns, um die Aussicht zu genießen und das Wasser aus seiner dünnen Chinohose zu wringen. Es war wunderschön und ich wollte den Moment nicht zerstören, aber ich musste. Ich nahm einen tiefen Atemzug.

„Gestern, auf den Klippen –“, begann ich.

„Ich weiß“, sagte er. „Ich hätte Sie nicht küssen sollen, es tut mir leid. Es war nur ... Ich kann es nicht beschreiben. Bilder liegen mir mehr.“ Er lächelte mich an. *BOOM!*, dachte ich. „Ich fühlte mich ... Sie sind so ... Ich ...“

„Nein, nein“, sagte ich und wand mich ein bisschen. Er machte es mir nicht einfacher. „Ich habe nicht den Kuss gemeint. Ich meinte den Kerl, der gestorben ist. Ich habe gesehen, wie er den Hügel hinaufging, als ich Sie verlassen hatte.“

Ein Stirnrunzeln flog so schnell über sein Gesicht, dass ich dachte, ich hatte es mir eingebildet.

„Nein, ich hatte es zunächst völlig vergessen.“ Ich sprach sehr vorsichtig. „Die Sache ist die, von meinem Standpunkt aus wirkte es, als wäre er auf dem Weg zu Ihrem Cottage. Und ich frage mich, wie Sie ihn nicht gesehen haben können, wenn er dorthin gegangen wäre? Sie müssen etwa um dieselbe Zeit wie er dort angekommen sein ...“

Duncan sah mich an, dann blickte er aufs Meer und seufzte. „Erwischt. Ich bin nicht gleich nach Hause gegangen.“

„Was?" Tony hatte gesagt, dass es eine einfache Erklärung geben könnte und vielleicht war es so.

„Nachdem ich Sie verlassen hatte, machte ich mich auf den Rückweg, doch dann dachte ich, wohin gehe ich zurück? In diesem Haus gab es nichts für mich. Also drehte ich wieder um, weil ich hoffte, dass Sie immer noch dort wären, und ich wollte Sie wieder küssen."

Ich sah ihn an, den Mund weit geöffnet. Er lachte.

„Wenn Sie Ihren Mund wieder schließen möchten, küsse ich Sie jetzt gleich wieder", sagte er. Ich schloss meinen Mund. Er lehnte sich vor, aber ich legte meine Hand auf seine Brust.

„Ja, aber ich war nicht dort. Es kann nicht lange gedauert haben, das zu bemerken und nach Hause zu gehen."

„Als Sie nicht mehr dort waren, bin ich einfach gelaufen. Gelaufen und habe nachgedacht. Und ich machte Bilder von der Aussicht, wobei ich dann mein Telefon verloren haben muss."

Ich sah in sein lächelndes Gesicht. Er wirkte so ehrlich, so vertrauenswürdig und ich wollte ihm wirklich glauben. Und ich glaubte ihm. Ein bisschen ...

„Worüber haben Sie nachgedacht? Abgesehen davon, mich wieder zu küssen, natürlich."

„Nun", er lächelte, „hauptsächlich ging es bei meinen Gedanken um den Teil mit dem Küssen, um ehrlich zu sein ..."

Ich nahm meine Hände von seiner Brust und ließ ihn sich weiter zu mir lehnen, und für ein paar Minuten waren Möwen, das glückliche Lachen von Kindern, die im Meer spielten, und all meine Zweifel über Duncan Stovall wie weggeblasen.

KAPITEL 9

Duncan ließ mich widerstrebend am Strand zurück, weil er zurück an die Arbeit im Atelier wollte, aber nicht, bevor er mit mir ein Treffen für später vereinbart hatte. Ich wusste, dass ich das Ganze stoppen sollte, bevor es zu weit ging, aber in den letzten zwölf Jahren hatte ich immer der verantwortungsbewusste Erwachsene sein müssen. Jetzt, wo ich zurück in der Stadt war, in der ich groß geworden war, wollte ein Teil von mir wieder eine dumme Teenagerin sein und sich in eine Ferienromanze stürzen. Scheinbar konnte ich es ohnehin nicht verhindern.

Ich ging den Strand hinauf, zurück in die Stadt und machte mich auf zum Kings Arms. Es war fast halb eins und ich hatte meinen Termin mit Tony. Ich fragte mich, was er vorhatte.

Ich fand ihn bereits an der Bar vor, bei einem Glas Cola.

„Was, kein Apfelwein?", sagte ich, während ich auf den Barhocker neben ihm schlüpfte.

Er grinste. „Ja, ich weiß, jetzt sehe ich gut aus" – ich schnaubte und er sah mich gespielt verärgert an –„aber ich hab mich heute Morgen gar nicht gut gefühlt. Wir werden alt, Nosey."

„Wahrscheinlich alt genug, um die Spitznamen aus unserer Kindheit zu verwenden, Rotznase", sagte ich, woraufhin er lachte.

„Verstehe. Obwohl ich meine Nase dieser Tage nicht mehr an meinem Ärmel abwische, während du noch immer neugierig bist ...“

Ich bestellte ein Glas Orangensaft bei Brendan, dem Wirt, und drehte meinen Stuhl, um mich umzusehen.

„Also, was ist los? Was für eine nerdige, geniale Idee hast du dir einfallen lassen?“, fragte ich Tony.

Er zeigte auf die Tür. „Jeden Tag um zwölf Uhr fünfundvierzig kommt Bandy Ron für das Mittagessen hierher. Schon seit seine Frau verstorben ist. Weißt du, was sein Hobby ist?“

„Keine Ahnung, ich nehme an, Vogelbeobachtung?“

Tony nickte. „Jep. Er ist besonders Fan von der cornischen Krähe –“

„Sind wir das nicht alle?“

Er stieß mir mit dem Finger in die Rippen. „Weniger Sarkasmus, Miss! Da ist er.“

Ron Quick, oder Bandy ‚der krumme‘ Ron, wie er liebevoll genannt wurde, war heutzutage nicht mehr schnell, aber er war wirklich krumm. Er hatte eine lange und erfolgreiche Karriere als Jockey hinter sich, und selbst jetzt noch, zwanzig Jahre nachdem er das letzte Mal seinen – Fuß? Wohl eher Hintern – auf ein Pferd gesetzt hatte, ging er immer noch, als wäre er gerade von einem abgestiegen. Er war während seiner Rennkarriere um die Welt gereist, aber er und seine Frau Doris waren, nachdem er sein Seidenhemd an den Nagel gehängt hatte, nach Penstowan heimgekehrt. Er war ein netter kleiner Mann, der immer aussah, als würde er Tweed tragen, auch wenn er es nicht tat. Er trug immer eine flache Kappe, egal bei welchem Wetter, und schlief vermutlich sogar mit einer auf dem

Kopf; tatsächlich waren die drei, nun erwachsenen, Quick-Kinder gezeugt worden, ohne dass er sie dabei abgenommen hatte.

„Alles klar, Ron?", sagte Tony, während Ron zur Bar watschelte.

„Aye, alles klar. Bei dir, kleiner Tony?", sagte Ron und lächelte Tony an. Tony war schlimmer als meine Mutter; er kannte jeden in der Stadt, aber während es mich bei ihr nervte, fand ich es bei ihm wirklich süß und nett.

„Erinnerst du dich an Jodie? Shirleys Tochter, die nach London gegangen ist?" Tony wies auf mich, und ich lächelte, fühlte mich, als müsste ich einen Knicks machen oder mich verbeugen. Ron sah mich von oben nach unten an und sein Lächeln wurde breiter, doch ich bezweifelte, dass er sich an mich erinnerte; ich hatte Penstowan, kurz nachdem die Quicks zurückgezogen waren, verlassen. „Ich hab ihr gerade von deinen Krähen erzählt."

Ron nahm sein Pint Bier auf – Brendan hatte ihm sein übliches Getränk, ohne zu fragen, hingestellt –, sah sich geheimniskrämerisch um, dann winkte er uns an einen Tisch hinüber, der etwas vom Tresen entfernt war. Tony zwinkerte mir zu und wir folgten ihm.

Ron setzte sich und wir folgten seinem Beispiel. Er sah sich um und sagte, „Was hast du gehört, kleiner Tony?"

Ich unterdrückte ein Kichern; das wurde alles sehr abenteuerlich wie in einem Mantel-und-Degen-Roman ... Tonys Hand legte sich unter dem Tisch auf mein Knie und er drückte warnend zu.

„Ich hab von den Klippen und einem nistenden Pärchen gehört“, sagte er. „In ein paar Bäumen bei Lowenna Cottage.“

„Hast du das, ja?“ Ron sah ihn nachdenklich an, vermutlich dachte er, er präsentierte sein bestes Pokerface, aber es war offensichtlich, dass Tony richtiglag.

„Mein Großvater sagte immer, dass die Krähen zurückkommen“, erklärte Tony mit Tränen in den Augen. *Oh, du liebenswerter alter Nerd*, dachte ich. „Ich würde sie Jodie gerne zeigen.“

„Dein alter Großvater war so gut wie Gold“, sagte Ron und griff nach seinem Pint Starkbier. „Schande, dass dein Vater sich nicht dafür interessiert. Na ja, wir können nicht alle dasselbe mögen, nicht?“ Er sah mich an. „Also der Kleine will dich auch zum Zwitschern bringen, wie?“ Ich zuckte sofort (aber unbewusst) zusammen und Tonys Hand – die noch immer auf meinem Knie unter dem Tisch lag – zwickte mich.

„Darüber weiß ich nichts, aber es wäre schön hinzugehen und die Vögel zu sehen“, sagte ich.

Ron lachte. „Hingehen und sie sehen? Das kann ich mir vorstellen! Aber man geht nie zu dem Nest, Liebes, wir wollen sie nicht beim Paaren stören. Nein, ich hab andere Mittel und Wege, sie im Auge zu behalten ...“

***

Rons Haus war klein und ordentlich, ähnlich wie Ron selbst. Stolz stand er draußen und wies uns an, ins Wohnzimmer hineinzugehen, während er in der Küche nestelte und den Wasserkocher anstellte.

„Aber geht ja nicht los und erzählt das allen“, sagte er, die Stimme über die Geräusche des kochenden Wassers und des klirrenden Geschirrs erhoben. „Streng genommen, ist es nicht erlaubt, da überall Kameras aufzustellen, wo man möchte, auch wenn es ein öffentliches Grundstück und zu einem guten Zweck ist. Dein Dad, Eddie, würde mir dazu was erzählen, wenn er noch hier wäre, Gott hab ihn selig. Besonders, weil es so nah an Lowenna Cottage ist und das ein privates Grundstück ist …“

Während das Wasser kochte, kam er zurück in das Zimmer, mit einem Laptop unter dem Arm.

„Wunderbar, diese Dinger, nicht?“, sagte er. „Mit dem Ding kann ich mit meiner Enkelin in Cardiff sprechen, von Angesicht zu Angesicht, fast so, als wär sie bloß die Straße runter. Wunderbar.“ Er klappte ihn auf und schaltete ihn an, dann watschelte er in die Küche und lauschte dem Wasserkocher, beobachtete, wie der Laptop hochfuhr. Wie er so in der Tür stand, war seine vorherige Beschäftigung offensichtlich; selbst mit den Beinen zusammengepresst, drang noch genug Tageslicht zwischen seinen Knien hindurch, um einen Bus durchfahren zu können. Er ging in die Küche, als der Wasserkocher sich ausschaltete und kehrte mit einem Tablett zurück, auf dem eine Teekanne und Tassen angerichtet waren.

Er setzte sich vor den Laptop und begann zu tippen. Er war sehr langsam, benutzte immer nur einen Finger und meine eigenen begannen zu zucken, wollten übernehmen und es für ihn vollenden, aber Tony griff meine zuckende Hand und drückte sie herunter.

„Der Tee sollte jetzt gezogen sein", sagte Ron, während er kurzsichtig auf den Bildschirm stierte. „Schenkst du bitte ein, kleiner Tony?"

Tony goss uns Tee ein. Ron tippte. Ich wollte schreien. Aber schließlich – mit einer Tasse Tee in einer Hand, einem Keks in der anderen – wurden wir mit geheimem Aufnahmematerial belohnt.

Der Bildschirm zeigte im Vordergrund ein Nest, das zwischen stark belaubten Ästen in einem Baum lag. Darinnen konnte ich gerade so ein paar zwitschernde Schnäbel von drei Vogelbabys ausmachen. „Oh, da sind die Küken!", sagte ich verzaubert, vergaß einen Moment lang, warum wir überhaupt hier waren.

„Aye." Ron nickte, sah aus wie ein stolzer Vater. „Ich hab auf sie aufgepasst, seit sie Eier waren. Sie sind vor ein paar Tagen geschlüpft und das war fast so aufregend wie der Tag, an dem mein Ältester geboren wurde." Er lachte. „Meine Misses, Gott segne sie, hätte mir dafür eine verpasst."

„Wie süß …", sagte Tony, stupste mich wieder und zog meine Aufmerksamkeit weg von den Küken. Hinter ihnen, in der Ferne, lag Lowenna Cottage. Das Bild war überraschend scharf und ich konnte das Tor am vorderen Garten erkennen, sowie den Pfad, der zur Haustür führte. Ich wandte mich Tony zu und er nickte.

„Weißt du, Ron, ich würde gerne sehen, wie sie geschlüpft sind", verkündete er. „Das geht, oder nicht? Das nimmt auch auf, zusätzlich zum Livebild, oder?"

Ron sah ein wenig verwirrt aus. „Nun, mein Ältester hat das eingestellt. Er meinte, man kann zurückspulen, für den Fall, dass man was verpasst, aber …"

„Ich kenn mich ganz gut mit Computern aus, darf ich es mal probieren?“, sagte ich.

„Ich weiß ja nicht ...“

Tony lächelte. „Vertrau mir, Ron, wenn es geht, dann ist Jodie dein Mädchen. Sie kennt sich gut mit der ganzen neuen Technik aus.“

„Also gut, ich nehme an, wenn du das sagst ...“ Ron sah immer noch unsicher aus, aber Tonys offenes und ehrliches Gesicht beruhigte ihn. „Na mach schon, Mädel! Versuch es.“

Ich verstand gleich, wie es funktionierte – es gab ein Menü an der Seite des Bildes, wo es hieß:

LIVE STREAM – AUFNAHMEN – UPLOAD – VORWÄRTS. Ich klickte auf Aufnahmen und mir wurden sofort weitere Knöpfe präsentiert:

AUFNAHME – STOP – PLAY – VORWÄRTS – RÜCKWÄRTS. Ich klickte auf *Rückwarts*, mir wurde schwindelig bei dem Versuch, das Datum und die Zeit am unteren Teil des Bildes zu beobachten, während zurückgespult wurde. Ich sah zu Tony und versuchte ihm eine telepathische Nachricht zu übermitteln: *Werde Ron los. Wenn es irgendwelches kompromittierendes Material gibt, will ich nicht, dass es jemand anderes sieht.* Auf wundersame Weise schien er zumindest ein bisschen was verstanden zu haben, denn er sah sich im Zimmer um, deutete auf eine Vitrine voller Trophäen auf der anderen Seite des Raumes.

„Wow, das ist ja mal eine Sammlung!“, sagte er, stand auf und ging hinüber. „Ich wette, hinter jeder einzelnen steckt eine großartige Geschichte ...“

„So ist es.“ Ron erhob sich und gesellte sich fröhlich zu ihm. Tony sah mich bedeutungsvoll über den Kopf des alten Mannes hinweg an, als dieser anfing zu erzählen, und dieser Blick verriet mir etwas, wofür ich keinerlei Telepathie brauchte, um es zu verstehen: *Hierfür schuldest du mir was ...*

***

Wir verließen das Haus des alten Jockeys fünfzehn Minuten später, voll mit Geschichten und Keksen und, in einem Fall, auch Bedauern. Bedauern, weil ich etwas entdeckt hatte.

„Was ist los?", sagte Tony, der meine Stimmung bemerkte, sobald wir allein waren. „Hast du was gesehen?"

„Nicht hier", sagte ich. Rons Haus war zwei Gehminuten vom Pub entfernt, aber ich wollte Tony das hier nicht in der Bar zeigen, wo uns vielleicht jemand belauschen konnte. Ich führte ihn in die Gasse zwischen Rowes, dem besten Pastetengeschäft in Cornwall, und der Apotheke, dann stoppte ich. Ich holte mein Handy heraus.

„Ich hab mir die Aufnahmen per Mail geschickt", sagte ich, holte die Nachricht auf den Bildschirm. „Hier." Wir beide beugten uns über den kleinen Bildschirm meines Telefons und ich drückte auf Start ...

94

Kapitel 10

„Jodie!" Duncan öffnete die Eingangstür von Lowenna Cottage. Er sah überrascht, aber froh darüber aus, mich zu sehen. „Ich dachte, wir treffen uns nachher auf dem Festival?", sagte er und machte einen Schritt zurück, um mich reinzulassen. „Ich hatte nicht erwartet, Sie hier zu sehen. Ganz gewiss nicht, dass Sie zur Eingangstür reinkommen ..."

„Ich dachte, das sollte ich, nach dem letzten Mal", erklärte ich und er lachte darüber.

„Sie hätten mich tatsächlich beim Malen sehen können", sagte er und führte mich in das Atelier. Die Leinwand stand noch am selben Platz, aber jetzt waren da ein paar vage Formen, die Andeutung einer Klippe und Wellen, die das Weiß durchbrachen. Ich war furchtbar gespannt.

„Ist das das Bild, über das Sie vorhin sprachen?", fragte ich. Er schüttelte den Kopf.

„Nein, das andere ... das andere ist für mich. Ich dachte, ich sollte wenigstens versuchen etwas für das Festival zu malen. Bitte, setzen Sie sich." Ich sah mich um, als mir plötzlich bewusst wurde, dass Genevieve auch hier wohnte und jeden Moment hereinkommen konnte. Duncan bemerkte es und erriet, was ich dachte. „Wenn Sie sich darüber Sorgen machen, Genevieve ist nicht hier."

„Auf dem Festival?", fragte ich. Er zuckte mit den Schultern.

„Wer weiß? Ich nicht." Er setzte sich aufs Sofa und ich setzte mich zu ihm. „Wenn wir in London sind, führen wir beinahe getrennte Leben. Sie ist immer unterwegs, bei Galerieeröffnungen und Partys, aber ich hasse das. Sie bemüht sich normalerweise mehr darum, so zu tun, als wäre alles in Ordnung, wenn wir bei solchen Veranstaltungen wie hier sind."

„Wieso?", fragte ich. Die Aufnahmen konnten noch einen Moment warten. „Wenn Ihre Ehe vorbei ist, und Sie beide es fühlen, wieso die Scharade aufrechterhalten?"

Er sah mich eine Minute lang an, während der es schien, als würde er mit sich selbst diskutieren, ob er mir antworten sollte.

„Unsere Karrieren, sie hingen immer voneinander ab", sagte er schließlich. „Sie war diejenige, die mich gepusht hat, sie war diejenige, die Wirbel um meine Gemälde gemacht hat, und natürlich hat sie eine Karriere daraus gemacht, mit mir verheiratet zu sein ..." Er seufzte. „Es ist kompliziert. Aber wegen Ihnen möchte ich es ver*un*komplizieren, wenn ich kann."

„Okay", sagte ich. „Wie wäre es dann, wenn Sie damit anfangen würden, mir die Wahrheit sagen?"

Er lehnte sich zurück, Fassungslosigkeit war ihm ins Gesicht geschrieben. „Wovon reden Sie?"

Ich zog meine Hand von seiner zurück und holte mein Handy hervor. Ich fand die Aufnahme und drückte Start.

Auf dem Bildschirm, umrahmt von den Blättern eines Baumes, tauchte die Haustür von Lowenna Cottage auf.

Es war nicht ganz klar zu erkennen, aufgrund der Babyvögelchen am Rand des Bildes, aber klar genug, um das Kommen und Gehen zu sehen. Und der Erste war Duncan, der von seinem Spaziergang zurückkam. Obwohl er im Hintergrund war, sah er so groß und breit aus, dass es einfach war zu erkennen, dass er es war, der den Pfad hinauflief und die Haustür öffnete.

Er drehte sich zu mir, einen Ausdruck von Verwirrung, gemischt mit Wut auf seinem Gesicht. „Was
zur –"

„Warte", sagte ich, zeigte auf das Bild. Die viel kleinere, hagere Figur von Robert Holmes tauchte auf. Er lief an die Eingangstür und klopfte, hart, mehrere Male.

„Jodie –", begann Duncan, aber ich hob die Hand, um ihn zum Schweigen zu bringen.

Auf dem Bildschirm war zu sehen, wie die Tür geöffnet wurde, von Duncan. Sein Gesichtsausdruck war unmöglich zu lesen, aber aus seiner Körperhaltung konnte man schließen, dass er überrascht war; er hatte Holmes offenbar nicht erwartet, er hatte ihn nicht eingeladen. Die zwei Personen unterhielten sich, anscheinend ganz freundlich. Holmes war sehr erregt gewesen, als er an mir vorbeigegangen war und als er an die Tür geklopft hatte, aber nach seinen Schultern und seiner Haltung zu urteilen, schien er ein wenig zu schrumpfen, als würde er sich zurückziehen wollen. Niemand würde ihm etwas vorwerfen, denn Duncan war wesentlich größer und hatte eine physische Präsenz, die einen überwältigen konnte (mich auf jeden Fall, nur gefiel es mir eher, als dass es mich bedrohte), während Holmes mich eher an ein bebrilltes Wiesel erinnerte.

Auf dem Bildschirm sah Duncan auf seine Uhr und gestikulierte dann auf den Weg zum Haus. Holmes folgte der Geste mit seinem Blick, drehte sich dann wieder um und sprach. *Oh, was hätte ich für Ton gegeben!* Duncan zögerte, dann trat er zurück, um ihn in das Cottage eintreten zu lassen, schloss die Tür hinter ihnen beiden.

„Jodie, das ist nicht, wonach es aussieht!" Duncan sah mich verzweifelt an. „Ehrlich, ich kannte den Mann nicht –"

„Ich bin noch nicht fertig", sagte ich, ruhiger, als ich mich fühlte. Ich spulte die Aufnahme vor – zehn, vielleicht fünfzehn Minuten waren vergangen –, dann kam Duncan heraus und schloss die Tür hinter sich. Er hatte einen Rucksack auf der Schulter. Dann drehte er sich um und lief den Fußweg hinunter, aus dem Bild. Ich sah ihn an. „Also? Sie haben Nathan gesagt, dass Sie ihn nicht kennen, und hier sind Sie und lassen ihn ins Haus. Was ist mit ihm passiert? Sie gehen, aber er ist immer noch drinnen –"

„Nein, nein, habe ich nicht!" Duncan sah mich wütend an. „Was denken Sie denn, was ich bin? Ich kann nicht glauben, dass Sie mir nachspioniert haben!"

„Ich habe Ihnen nicht ‚nachspioniert'", protestierte ich, obwohl ich das tatsächlich irgendwie gemacht hatte. „Ich wollte wissen, was Robert Holmes passiert war, um Sie von der Schuld freizusprechen. Aber Sie haben mich angelogen und die Polizei. Sie haben ihn gesehen."

„Ja, das habe ich", sagte er. „Und ja, ich habe gelogen – bei der Polizei, nicht bei Ihnen. Sie waren nur dabei und haben es gehört."

„Und was war das für ein Auf-der-Klippe-spazieren-
und-an-Sie-denken-Blödsinn?", sagte ich und blinzelte
wütend, denn meine dummen Augen beschlossen mich
in diesem Moment zu betrügen. Ich musste so dumm
gewesen sein, diesen romantischen Unsinn zu glauben.

„Das habe ich!" Er stand auf und lief zu einer Schublade, nahm einen Stapel Papiere heraus. „Als wir uns
trennten, *bin* ich zurückgegangen, weil ich Sie wieder
küssen wollte, aber als Sie nicht mehr da waren, beschloss ich zurückzugehen und mein Skizzenbuch zu
holen. Ich fühlte mich tatsächlich inspiriert und wollte
etwas zeichnen, bevor ich es wieder verlor. Ich suchte
gerade alles zusammen, als es an der Tür klopfte und er
dastand. Ich wusste wirklich nicht, wer er war; hab ihn
vorher nie gesehen. Er fragte, ob Genevieve schon zu
Hause war und ob er reinkommen und auf sie warten
könne. Ich sagte, nein, aber dann fragte er, ob er das Ba-
dezimmer benutzen könnte, also habe ich ihn reinge-
lassen."

„Aber er kam nicht wieder raus", sagte ich. Duncan
schüttelte den Kopf und zeigte auf die Tür, die vom
Wintergarten in den Garten führte.

„Sie, von allen Leuten, sollten doch am besten wissen,
dass es noch einen Weg ins und aus dem Haus gibt. Er
sagte, er würde einen Spaziergang die Klippen entlang
machen und ging da raus", erklärte er. „Er war vielleicht zehn Minuten hier. Er war Ewigkeiten auf der
Toilette und ich fand es langsam verdächtig, aber als
ich losging, um nachzusehen, hörte ich die Spülung
und er kam heraus. Er begann sich mit mir zu unterhalten und fragte nach meinen Bildern, aber ich wollte,
dass er geht. Ich ließ ihn da rausgehen, dann packte ich

meine Sachen zusammen und lief zum Aussichtspunkt. Ich setzte mich auf die Bank und zeichnete die hier" – er präsentierte die Bilder – „und dann muss ich mein Telefon fallen gelassen haben."

Ich sah ihn an. Ich glaubte nicht, dass er log, aber da war noch eine Sache, die mich störte.

„Wieso haben Sie das nicht Nathan erzählt?", fragte ich.

Er seufzte. „Weil ich mir Sorgen machte, dass Genevieve vielleicht etwas getan hatte, dass ihn verärgert hatte."

Ich war überrascht. Das war eine Sache, die ich nicht erwartet hatte. „Wieso dachten Sie das? Sie war doch gar nicht hier."

„Nein, aber … Sie haben sie kennengelernt. Sie kann absolut charmant sein, wenn sie will, oder wenn sie etwas von dir will, oder das komplette Gegenteil, wenn nicht. Ich meine nicht, dass sie ihn tatsächlich umgebracht hat, aber er schien genervt und wütend, als er anklopfte, also schrieb ich ihr, nachdem er gegangen war, und sagte, dass ein Mann hier gewesen war, der nach ihr suchte – ich hatte seinen Namen schon wieder vergessen –, und gefragt, was sie getan hatte, um ihn so zu verärgern."

„Deshalb wollten Sie ihr Telefon so schnell zurück", sagte ich und er nickte. Ich seufzte. „So haben Sie alles nur schlimmer gemacht", erklärte ich ihm. Er setzte sich wieder, hielt immer noch seinen Stapel Skizzen.

„Haben Sie das der Polizei gezeigt?", fragte er mit einem resignierten Ton in der Stimme.

„Nein", sagte ich. „Ich weiß noch nicht, was ich damit mache. Aber ich bin nicht die Einzige, die es gesehen hat. Der alte Vogelbeobachter, von dem ich es habe, versteht seine Bedeutung nicht. Er wird nicht zur Polizei gehen, es sei denn –“, ich schluckte schwer, „– es sei denn, ich verschwinde von der Bildfläche oder ende am Fuß der Klippen.“

Duncan starrte mich mit offenem Mund an. Er sah schockiert aus, aber mehr als das sah er verletzt aus. „Was meinen Sie damit? Dass Sie denken, ich stoße sie runter, um dieses Geheimnis zu bewahren?“ Er stand wieder auf, warf die Papiere auf den Boden. „Wie können Sie so etwas denken? Sie haben keine Ahnung – Ich brauche einen Drink.“

Er schien so verletzt und so durcheinander, dass ich meine Worte bereute. „Duncan, warten Sie. Es tut mir leid, okay? Wir kennen uns doch noch gar nicht lange.“

„Ich kenne Sie gut genug, um Sie nicht des Mordes zu beschuldigen“, sagte er und bückte sich, um die Papiere aufzusammeln. Ich beugte mich ebenfalls hinunter, um ihm zu helfen und hielt inne. Diese Skizzen waren von mir.

Ich nahm eine auf und studierte sie. Sie waren alle ähnlich, mein Profil, wie ich vom Aussichtspunkt aus aufs Meer sah. Sie ließen mich wunderschön aussehen (ich bin nicht übel, aber nicht wunderschön). Ich sah zu ihm hoch, wollte mit ihm sprechen, aber konnte nicht, weil sich ein Riesenklumpen in meiner Kehle geformt hatte. Er streckte seine Hand aus und nahm mir sanft ein Blatt Papier aus der Hand.

„Ich lüge dich nicht an“, sagte er. Ich stand auf, um ihm ins Gesicht zu sehen und als er mich an sich zog,

flogen die Skizzen wieder aus seiner Hand, und der Gedanke, dass er mir wehtun könnte, kam mir nicht einmal in den Sinn.

KAPITEL 11

„Nathan!"

Ich joggte die Orchard Lane entlang, schrie nach meinem Detektivfreund, bevor er in der Polizeistation verschwinden konnte. Ich hoffte, dass er immer noch mein Freund *war*. Meinen schlechten Schlaf verdankte ich nämlich zum Großteil der Sorge, dass ich ihn auf den Klippen verärgert hatte. Er hielt an und sah sich um, überrascht.

„Hallo", begann er vorsichtig, und ich hatte das Gefühl, dass es ihm auch ein wenig peinlich war, wie wir unser Gespräch letzte Nacht beendet hatten. Ich beschloss, mich erwachsen zu verhalten und es zu ignorieren, unter den Teppich zu kehren und so zu tun, als wäre es nie passiert.

„Ich bin froh, dass ich Sie erwische. Ich hab was für Sie", sagte ich und zog mein Telefon hervor. Er wirkte noch überraschter.

„Das tun Sie?", fragte er, während ich auf meinem Handy herumtippte und senden drückte. Sein Telefon pingte sofort.

„Ich habe Ihnen gerade ein paar Aufnahmen von Lowenna Cottage geschickt", erklärte ich. „Können wir reingehen und darüber reden, während Sie sich das ansehen?"

***

Wir gingen zu Rowes, widerstanden (gerade so) den Pasteten, die einem das Wasser im Mund zusammenlaufen ließen und hielten uns an Tee. Während Nathan die Krähen-Kameraaufnahmen ansah, wanderten seine Augenbrauen höher und höher, und während ich ihm erzählte, was Duncan mir berichtet hatte, waren sie so weit oben, dass ich dachte, sie würden aufgeben und sich seinen Haaren anschließen.

„Weiß er, dass Sie ihn bei mir verpetzen?", fragte er. Ich nickte.

„Ja. Er erwartet Ihren Besuch", sagte ich. „Ich nehme an, Sie haben seine Textnachricht an seine – an Genevieve, auf seinem Telefon, gesehen? Deshalb war er so scharf darauf, es wiederzubekommen."

„Ja …" Nathan rührte grinsend seinen Tee. „Das ist aber nicht der einzige Grund, warum er es wieder haben wollte." Er sah in mein verwundertes Gesicht. „Da sind eine Menge Bilder von Ihnen drauf. Wussten Sie das nicht?"

„Natürlich wusste ich das …" Ich log, erinnerte mich aber an die Skizzen, die Duncan von mir gemacht hatte. „Er hat sie gemacht, weil er mich malen wollte."

„Wie die Mädchen in Frankreich?" Nathan lachte laut auf, teils aus Sarkasmus, aber hauptsächlich, weil er seinen eigenen Witz bewunderte. Ich warf ein Zuckerpäckchen nach ihm.

„Nein! Ehrlich, wofür halten Sie mich? Ich kenne ihn erst ein paar Tage."

„Aber Sie glauben jetzt schon, dass er nichts damit zu tun hatte, dass Robert Holmes am Fuß der Klippen umkam, oder nicht?" Nathan lehnte sich nach vorne, und einen verwirrten Moment lang dachte ich, er würde mich küssen. „Duncan Stovall war die letzte Person, die ihn lebend gesehen hat –“

„Soweit wir wissen“, bemerkte ich und er nickte.

„Okay, ja, soweit wir wissen“, gab er zu. „Er ist ein großer Bursche, nicht? Wäre einfach für ihn, jemanden von den Klippen zu stoßen, ohne ins Schwitzen zu kommen.“

„Warum sind Sie so sicher, dass es Mord war? Holmes könnte gefallen sein“, sagte ich. „Er ist vielleicht sogar gesprungen. Wenn Duncan ihn gestoßen hat, warum ist er die Klippen hinuntergeklettert, um ihm zu helfen? Ich wäre weggerannt. Und dass er ein großer Bursche ist“ – ich errötete ein wenig, dachte daran, wie ich in Duncans Armen lag, an seine breite Brust geschmiegt – „Holmes war so ein kleiner schmächtiger Kerl, meine Mutter hätte ihn über den Rand schubsen können, ohne sich groß Mühe geben zu müssen.“

„Holmes könnte ihn gepackt haben, als er stürzte“, sagte Nathan stur. „Oder er konnte sich vor dem Fall retten oder sich auf dem Weg nach unten an einem Rand festhalten. Ihr Freund ist vielleicht nach unten geklettert, um ihm den Rest zu geben.“

„Ja ...“ Ich glaubte an keines dieser Szenarios. Ich glaubte nicht, dass Duncan Stovall fähig war zu morden. Nathan beobachtete mich scharf. Er seufzte.

„Das war ein ‚Ja, aber ...‘, oder nicht? Sie sind von seiner Unschuld überzeugt.“

„Und Sie sind von seiner Schuld überzeugt. Warum machen Sie das immer? Bei Tony war es genau dasselbe.“

„Was mache ich? Den Beweisen folgen und logische Schlüsse ziehen?“ Nathan tat so, als würde er grübeln. „Puh, ich weiß nicht, denken Sie vielleicht, es könnte daran liegen, dass ich nicht mit den Verdächtigen involviert bin? Und ja, bevor Sie etwas sagen, ich weiß, Sie und Tony waren nie ... so involviert, aber Ihre Beziehung hat die Ermittlungen doch beeinflusst.“

„Und trotzdem habe ich bewiesen, dass er unschuldig ist, ja.“ Unsere Blicke trafen sich, keiner von uns beiden wollte nachgeben. Er schüttelte den Kopf.

„Sie sind so stur wie ein Maulesel“, sagte er.

„Ja und Sie sehen wie einer aus“, sagte ich. Er lachte und wir waren wieder Freunde. *Puh.* Mir war nicht bewusst, wie viel mir unsere Freundschaft bedeutete, bis ich Gefahr lief, sie zu verlieren.

„Die Sache ist die: Sie verlassen sich ständig auf Ihren Instinkt und das ist in Ordnung für Sie; niemand erwartet etwas von Ihnen“, sagte er. „Ich muss aber Dinge tun wie, Sie wissen schon, tatsächlich *Beweise* finden. Unerfreulich, aber so ist es nun mal.“

„Darum sollten wir zusammenarbeiten“, sagte ich. Ich hatte noch nicht geahnt, was ich sagen würde, bis die Worte meinen Mund verließen, aber sobald ich es gesagt hatte, begriff ich, dass es absolut sinnvoll war. „Meine Eingebung und Ihre ... nun, was auch immer ...“

Er lachte. „Mein ‚was auch immer‘? Vielen Dank auch. Ich denke, Sie wollten sagen, meine Ermittlungsfähigkeiten.“

„Ich dachte mehr an Ihre Fähigkeit, mich an Orte zu bringen, ohne dass ich einbrechen muss.“

„Sie meinen, Sie brauchen mich nur wegen meiner Durchsuchungsbefehle“, sagte er.

„An was sollte ich sonst interessiert sein?", fragte ich und war erleichtert, dass er nicht antwortete.

***

Lauren Fulstrop wirkte überrascht, war dennoch so elegant, wie zu dem Zeitpunkt, an dem ich sie zuletzt gesehen hatte, in ihrem gut geschnittenen Wickelkleid und Schuhen, in denen ich nicht mal hätte stehen können, ganz abgesehen davon, durch einen Raum zu schweben. Ich war nach Hause gegangen und hatte mir ein Paar Leinenhosen angezogen – ich wollte professionell aussehen, und obwohl Cornwall sicher die entspannteste Ecke von Großbritannien war, trug die Polizei hier trotzdem keine Shorts –, aber im direkten Vergleich mit ihr, sah ich aus, als würde ich einen Kartoffelsack tragen. Sie kam in die Hotelbar – sie wohnte im Parkview Manor Hotel, das außerhalb der Stadt lag. Ein Ort, den ich nur zu gut kennengelernt hatte, als Tony vor ein paar Monaten versucht hatte, seine, vom Schicksal verfluchte, Hochzeit dort zu feiern. Sie musste zweimal hinsehen; ich war die einzige Person im Raum, abgesehen von dem Barkeeper, aber ich war offensichtlich nicht die Person, die sie erwartet hatte zu sehen.

Sie nahm an meinem Tisch Platz und winkte den Barkeeper hinüber, als sie sich setzte.

„Entschuldigen Sie, ich hatte nicht Sie erwartet", sagte sie. „Als die Dame von der Rezeption mir sagte, dass jemand hier wäre, um mit mir über den armen Robert zu reden, nahm ich an, es wäre der … Polizist aus dem Zelt." *Der HÜBSCHE Polizist aus dem Zelt.* Ich füllte diese Lücke für sie. Sie sah mich von oben bis unten an. „Sind Sie von der Polizei? Entschuldigung, ich weiß gar nicht, warum ich annahm, Sie wären es nicht …"

Ich warf ihr ein verständnisvolles Lächeln zu, verständnisvoll, da ich, erstens nicht von der Polizei war, und zweitens, weil ich ihr so den Eindruck vermitteln würde, dass das ein offizieller Besuch war, ohne dass ich deshalb lügen müsste. Als ich Nathan früher am Nachmittag verlassen hatte, waren wir stillschweigend übereingekommen, dass ich mir den Fall ansehen konnte, solange ich nichts Illegales unternehmen (wie zum Beispiel so zu tun, als wäre ich Polizistin. Ähm …) oder mich in seine Ermittlungen einmischen würde und ich ihm alle Informationen weitergab, auf die ich stoßen würde.

„Das ist schon in Ordnung, machen Sie sich darüber keine Gedanken", sagte ich mit beruhigender Stimme. „Ich wollte mich nur kurz mit Ihnen über Roberts Befinden unterhalten."

„Der arme Robert", sagte sie und klang dabei ehrlich, aber ich erinnerte mich daran, was sie über sein Buch gesagt hatte, dass es furchtbar war, und ich fragte mich, ob sie sein zu frühes Ende tatsächlich so schlimm fand. Dadurch würden sicher ein paar Ausgaben mehr von diesem furchtbaren Roman verkauft. „Er muss ja sehr verzweifelt gewesen sein, um so etwas zu tun."

Ich sah auf das Notizbuch herunter, das ich mitgebracht hatte, und kritzelte etwas hinein, mehr zur Show als irgendetwas anderes. „Also denken Sie, es war beabsichtigt? Sie glauben, er ist gesprungen?"

„Nun, ich nehme an, dass er das getan hat. Er war kein Outdoortyp – ich bin sicher, das ist Ihnen bei der Lesung auch aufgefallen –, deshalb kann ich mir nicht vorstellen, dass er sich entschied, dort einfach einen Spaziergang zu machen, und dann einen Unfall hatte. Ich kann mir nicht vorstellen, dass er da grundlos hinaufgegangen ist.“ Sie lächelte den Barmann an, als er ein Glas Weißwein vor ihr platzierte. „Oh, es tut mir leid, hätten Sie gerne etwas zu trinken, Detective ... äh ...?“

Ich lächelte wieder, schickte den Barkeeper weg. „Nennen Sie mich einfach Jodie. Es gibt keinen Grund für Förmlichkeiten. Also denken Sie, dass er zu den Klippen hinaufging, weil er alles beenden wollte?“

Sie nippte an ihrem Wein und nickte. „Ja, nun, ich bin nicht ganz sicher, um ehrlich zu sein. Robert sagte, er wollte mit mir über einen Vorschlag für ein neues Buch sprechen, ein Sachbuch, *Gott* sei Dank, und dass er einen der größten Skandale des zwanzigsten Jahrhunderts damit aufdecken würde. Er sagte, dass jemand eine Menge Geld ausgegeben hatte, um den Leuten Sand in die Augen zu streuen.“

„Hat er gesagt, um wen es geht? Oder was genau?“

„Nein, aber er war sehr aufgeregt deswegen und meinte immer wieder ‚Das Ganze wird wie ein Kartenhaus einstürzen.‘ Er sagte, jemand hatte in der Vergangenheit schon versucht darüber zu sprechen, aber derjenige wurde diskreditiert und als inkompetent hingestellt. Er redete sich in Rage und nervte mich, denn es war weder der Ort noch die Zeit, um darüber zu sprechen, dann wurde er wütend und es sprudelte förmlich aus ihm heraus, war aber kaum verständlich." Sie sah aus, als wollte sie noch mehr sagen, aber sie hielt inne.

„Nur weiter", wies ich sie sanft an. Sie seufzte.

„Ich sollte nicht schlecht über Tote sprechen", sagte sie, „aber er war ein wenig – Er war ein wenig prüde. Es ist lächerlich, wenn man an sein Buch denkt" – ich erinnerte mich an die grausige Passage, die er vorgelesen hatte und nickte – „und er hatte wirklich Probleme mit Charles und Genevieve."

Ich gab vor, dass ich nicht wusste, worüber sie sprach. „Was ist mit ihnen?" Sie zögerte. „Ich versichere Ihnen, dass alles, worüber wir heute reden, vertraulich behandelt wird." *Weil ich nicht möchte, dass die Welt erfährt, dass Sie nur mit mir reden, weil Sie davon ausgehen, dass ich immer noch bei der Polizei bin,* dachte ich. „Ich werde selbstverständlich alle relevanten Informationen an den DCI weitergeben, aber alles andere bleibt unter uns."

Sie lächelte. „Danke. Genevieve und Duncan haben ein Cottage irgendwo auf den Klippen gemietet; er hat dort sein offenes Atelier. Charles wohnt hier, weil es das einzige halbwegs anständige Hotel hier in der Gegend ist ..." Sie sah mich entschuldigend an. „Nicht böse gemeint. Robert wohnt ... *wohnte* in einem Bed & Breakfast in der Stadt, aber wir hatten hier gestern Morgen ein Treffen, sehr früh, vor seiner Lesung und er war schockiert darüber, dass Genevieve und Charles gemeinsam zum Frühstück herunterkamen ..."

Ich nickte langsam. „Ah, ich verstehe ..." Ich versteckte meine Erleichterung, denn wenn die beiden wirklich eine Affäre hatten, fühlte ich mich weniger schuldig wegen des Kusses mit Duncan. „Läuft das schon länger?“

„Oh, seit Jahren, denke ich“, sagte sie. „Sie ist schon seit Langem Partnerin in seiner Galerie. Duncan weiß davon“, erklärte sie nüchtern. „Ich glaube nicht, dass es ihm etwas ausmacht. Sie führen eine offene Ehe. Er hat natürlich seine eigenen Affären.“

„Natürlich ...“ Ich wollte nicht, dass es ganz ‚natürlich‘ für ihn war, ich wollte, dass er der Ehemann war, der schon lange litt, der Unschuldige, und ich wollte ‚die andere Frau‘ sein, nicht ‚eine weitere Frau‘. Ich sah hinunter, tat, als wäre ich beschäftigt mit meinen Notizen, aber die ganze Zeit dachte ich, *bin ich eine Idiotin? Mit wie vielen Frauen hatte er sie schon betrogen? Wie viele von denen hatte er schon gemalt?*

„Robert sagte nichts, aber er war auf jeden Fall schockiert und missbilligte es. Ich konnte es in seinem Gesicht sehen.“ Sie schüttelte traurig ihren Kopf.

„Wenn wir zu dem Vorfall im Zelt zurückkehren könnten ...“ Ich zwang mich, mich auf die Ermittlung zu konzentrieren; mein Schock über die scheinbar zahlreichen Affären von Duncan konnten bis nachher warten. „Konnte irgendwer anderes hören, was er sagte? Vielleicht Mr Harper? Die Leute hinter Ihnen?“

„Ich weiß nicht ... Ich denke, Charles muss es gehört haben. Robert saß direkt neben ihm und nach einer Weile, nachdem er sich so aufregte, sprach er sicher sehr laut. Möglicherweise sollten Sie mit ihm reden. Er hat vielleicht mehr Ahnung von dem, was Robert meinte.“

Ich nickte. „Ja, das werde ich. Haben Sie Mr Holmes danach noch gesehen? DCI Withers brachte ihn nach draußen, damit er sich beruhigte, aber konnten Sie später mit ihm sprechen?"

Sie schüttelte den Kopf. „Nein. Ich blieb im Zelt, um Genevieve zu unterstützen – nicht, dass sie irgendwie erregt deshalb war; diese Frau ist absolut professionell! Ich habe später nach ihm gesucht, aber ich glaube, zu dem Zeitpunkt muss er schon ..." Sie schluckte ein wenig, als hätte sie der Tod ihres Klienten eben erst getroffen. „Oje. Der arme Robert. Wenn ich ihm nur etwas mehr Mut gemacht hätte, hätte ich vielleicht verhindern können, was er sich antat."

Ich streckte meine Hand nach ihr aus und hielt ihre Hand. „Wenn er sich tatsächlich etwas angetan hat."

Sie sah mich an, die Augen weit geöffnet. „Sie denken doch nicht – Soll das heißen, es war Mord?"

„Die Polizei behandelt jeden Todesfall als verdächtig, bevor sie das Gegenteil beweisen können." Ich hätte mir in den Hintern treten können dafür, dass ich ‚sie' sagte, anstelle von ‚wir' und mich auffliegen ließ, aber zum Glück war sie so durcheinander, dass sie es nicht bemerkte. „Wenn Ihnen noch etwas einfällt, lassen Sie es mich wissen." Ich zögerte. Ich konnte ihr kaum meine Karte geben, denn darauf stand die Webadresse von Partys und Pasteten, und das Hintergrundbild bestand aus bunten Schnörkeln Glasur, davon Hunderte und Tausende. Ich riss eine Seite aus meinem Buch und bemerkte dann erst, dass es eines war, das Daisy von einer älteren Verwandten zum letzten Geburtstag bekommen hatte, die keine Ahnung hatte, dass Zwölfjährige heutzutage nicht mehr auf Feen standen. Ich schaffte es eine Ecke zu entfernen, die nur eine vage Andeutung von Feenstaub aufwies und schrieb meinen

Namen und meine Nummer darauf. Ich reichte es Lauren, die sich verwirrt das blassrosafarbene Papier und den Namen, ohne Polizeirang, den ich darauf geschrieben hatte, ansah.

„Tut mir leid, mir sind die Visitenkarten ausgegangen und die neuen sind noch im Druck.“

„Von welcher Wache sind Sie noch gleich?“, sagte sie. Ich stand hastig auf.

„Oder Sie können direkt die Penstowan-Polizeistation anrufen und mit DCI Withers sprechen“, sagte ich. „Ich danke Ihnen für Ihre Zeit.“ Und dann machte ich mich aus dem Staub.

KAPITEL 12

Ich saß im Bierzelt, grübelte darüber nach, was ich am Nachmittag erfahren hatte und überlegte, ob ich mir ein Glas Apfelwein kaufen sollte (etwas, das so stark nach Äpfeln schmeckte, musste doch gesund für einen sein, selbst wenn man sich am Morgen danach fühlte, als säße ein Elefant auf deinem Kopf). Ich entschied mich dagegen und holte mir stattdessen ein Glas Orangensaft; ich fühlte mich schon etwas benebelt und eine Alkoholvergiftung würde da sicher nicht helfen. Ich wusste, dass ich an Robert Holmes und seine kryptischen Drohungen gegenüber den großen Imperien, die einstürzen würden, aufgrund dessen, was er herausgefunden hatte, denken sollte. Stattdessen war alles, woran ich denken konnte, Duncan und seine Reihe von Liebhaberinnen.

„Anfängerin.“ Tony setzte sich mir gegenüber, ein Glas Apfelwein in der Hand.

„Also hast du dich erholt“, sagte ich. Er grinste.

„Jetzt ist zu viel Blut in meinen Alkoholadern“, sagte er. „Es ist ganz schön schwierig, die Balance zu halten …“ Ich lächelte, versuchte ganz sorglos auszusehen, aber er kannte mich zu gut, um darauf hereinzufallen. „Du hast Duncan die Aufnahmen gezeigt, nehme ich an? Was ist passiert?“

„Er sagte, er wäre zurück ins Cottage gegangen, um seinen Zeichenblock zu holen, Holmes hat angeklopft und gefragt, ob er Genevieve sprechen könnte, aber sie war nicht da, dann wollte er auf die Toilette und ist durch den Wintergarten rausgegangen. Duncan bleibt dabei, dass er ihn nicht kannte, aber hat angenommen, dass er jemand war, den seine" – ich zwang mich, es zu sagen – „seine *Frau* zu irgendeinem Zeitpunkt verärgert hatte."

„Und er hat das gegenüber der Polizei nicht erwähnt, weil er dachte, dass sie ihn vielleicht die Klippen runtergeschubst hat? Um ehrlich zu sein, kann ich mir nicht vorstellen, dass sie das tun würde."

„Lustig, ich dachte, sie wäre dein Typ Frau ..."

„Eine starke Frau, die es schafft, ihr gutes Aussehen damit zu kombinieren, dass sie einem richtig Angst machen kann?" Er sah mich an und grinste. „Jap, das klingt nach mir. Glaubst du ihm?"

Glaubte ich ihm? Wie Duncan gesagt hatte, technisch gesehen hatte er mich nicht angelogen; er hatte Nathan belogen. Er hatte mir später nicht die Wahrheit gesagt, aber warum sollte er das auch? Hätte ich ihm, jemandem, den ich gerade erst kennengelernt hatte, erzählt, dass alles eigentlich anders war?

Wenn ich dasselbe getan und gelogen hätte, um Daisy zu schützen, oder Tony oder meine Mutter? Ich hätte wahrscheinlich gedacht, je weniger Leute davon wussten, desto besser, und wäre stumm wie ein Fisch geblieben.

„Ja ...", sagte ich langsam. Tony hob die Augenbrauen. „Nein, wirklich. Es ist nur – Es ist kompliziert, nicht?", beendete ich lahm. Er lächelte mitfühlend.

„Zeig mir eine Beziehung, die es nicht ist."

„Unsere", sagte ich automatisch. „Du bist mein bester Freund, bringst mich zum Lachen, und ich weiß, dass ich mich immer auf dich verlassen kann. Warum können nicht alle Beziehungen so sein?"

Tony sagte nichts, nahm nur einen langen Schluck aus seinem Glas und sah sich die anderen Trinker an.

Ich griff in meine Tasche und holte ein Blatt Papier hervor. Duncan hatte mir eine seiner Zeichnungen gegeben, bevor ich gegangen war.

„Die hat er gemacht. Was denkst du?"

Tony nahm die Skizze und sah sie an, dann pfiff er anerkennend. „Wow, das ist eine ordentliche Arbeit. Junge, den hat's erwischt, wenn er dich schon malt. Ich wusste nicht, dass er auch Porträts anfertigt."

„Ich glaube nicht, dass er das normalerweise macht." Ich streckte meine Hand danach aus, aber Tony hielt sie neben mein Gesicht, sah von einem zum anderen.

„Er hat dich wirklich gut eingefangen", sagte er. „Dieser Ausdruck in deinen Augen ... Da ist er! Der, der sagt, *Tony, hör auf, dich wie ein Arsch zu verhalten ...*" Ich lachte und er gab sie mir zurück, lächelte sanft. „Nein, wirklich, das ist eine großartige Zeichnung. Er muss dich wirklich mögen."

Ich bemühte mich die Skizze wieder zurück in meine Tasche zu stopfen, ohne dass sie geknickt wurde, wollte nicht, dass Tony meinen verwirrten Blick bemerkte. Er wusste nicht, dass Duncan, wie es sich angehört hatte, eine Reihe anderer Frauen hatte, und dass ich lediglich die neueste war. Ich fragte mich, wie viele andere Frauen Zeichnungen von Duncan Stovall hatten. Wenn alles den Bach runterging, konnte ich sie vielleicht auf eBay verkaufen.

Tony ließ mich mit meinem Orangensaft allein – er musste sich heute Abend wieder im Veranstaltungszelt blicken lassen, weil er einer der Sponsoren war – und ich starrte nachdenklich in die Leere.

Ein plötzliches Kitzeln und Nässe an meinen Knöcheln ließen mich aufschrecken.

„Germaine!", rief ich, bückte mich, um ihren Kopf zu tätscheln. Sie hörte auf, meine Beine abzulecken – ja, mein Hund war so seltsam –, setzte sich auf ihre Hinterbeine und sah mit einem selbstzufriedenen Ausdruck auf ihrer pelzigen Schnauze zu mir auf.

„Hier bist du!", sagte Daisy. „Ich habe überall nach dir gesucht."

Ich fühlte mich plötzlich schuldig. Hier saß ich, machte mir Gedanken um mein Liebesleben und die Unschuld eines Mannes, den ich kaum kannte, obwohl meine Teenagertochter, die wahre und unbestreitbare Liebe meines Lebens, mich brauchte.

„Was ist los? Ich dachte, du bist bei deiner Freundin Jade zum Abendessen eingeladen?", fragte ich. Sie zuckte mit den Schultern.

„Das war ich. Aber da gab es Leber ..."

Ich lachte und zog sie auf die Bank neben mir, legte einen Arm um ihre Schulter. „Mehr musst du nicht sagen. Lass uns nach Hause gehen und ich koche uns was Nettes. Worauf hast du Lust?"

„Macht dir das nichts? Ich dachte, du triffst dich mit Debbie. Ich kann mir auch ein paar Pommes holen oder so was ..." Sie sah mich an und ich war mir nicht sicher, ob sie sich verlassen fühlte oder ob sie nur Geld für was zu essen wollte. Wie auch immer, ich fühlte mich schlecht. Ich brauchte ein eigenes Leben, denn eines Tages hätte sie eines, in dem ich nicht mehr vorkam. Sie wuchs so schnell (viel zu schnell) und brauchte mich immer weniger, aber gleichzeitig liebte ich es, Zeit mit Daisy zu verbringen, und ich hatte das Gefühl, dass wir das in letzter Zeit viel zu wenig getan hatten.

„Debbie macht das nichts aus", sagte ich wahrheitsgemäß; es würde ihr nichts ausmachen, weil ich eigentlich Duncan treffen und mit seinen Liebhaberinnen konfrontieren wollte, was aber auch bis morgen früh warten konnte. „Lass uns Oma finden und sehen, ob sie mitkommen möchte." Mum wohnte nicht offiziell bei uns und hatte immer noch ein eigenes Haus, aber sie begann immer öfter in meinem Gästezimmer zu übernachten; ich glaube, sie mochte die Vorstellung, unabhängig zu sein, aber was sie noch mehr mochte, war Gesellschaft und ich mochte es, ein Auge auf sie und ihre Gesundheit, die nicht mehr so gut wie früher war, zu haben.

Wir standen auf und machten uns auf den Weg zum Ausgang. Germaine war in einer verspielten Stimmung und lief dauernd zwischen meinen Füßen herum und gerade hatte sie es geschafft, meine Beine mit der Leine zu verknoten, als Nathan hereinkam. Ich hoppelte zornig herum, versuchte aufrecht zu bleiben, wurde aber schließlich doch von ihm aufgefangen. Kurz dachte ich, wie nett das war, obwohl nicht ganz so nett, wie gegen Duncans breite (und vermutlich behaarte) Brust gepresst zu werden, als Duncan selbst hereinkam, dicht gefolgt von Debbie und Callum, und mich in Nathans Armen sah.

„Na, das ist ja mal gar nicht peinlich", sagte Debbie fröhlich, und ich hätte ihr eine knallen können (sanft natürlich, denn schließlich war sie meine Freundin).

„Verdammtes Tier", murmelte ich, bückte mich und versuchte die Leine zu entwirren. Nathan entließ mich überraschend langsam aus seinen Armen.

„Ich mochte den Hund schon immer", grinste er und ich sah, wie Duncan ihm einen bösen Blick zuwarf. Also war er eifersüchtig auf Nathan? Sollte er vielleicht sein. Ich meine, es war ja nicht so, dass er verheiratet war oder einen veritablen Harem von Liebhaberinnen gehabt hatte, oder? Warte mal.

„Seid ihr auf dem Sprung?", sagte Callum. Ich nickte in Daisys Richtung, die Germaine verhätschelte.

„Ja, nur zwischen uns beiden, ich glaube, sie fühlt sich ausgeschlossen", sagte ich. „Ich habe eine Menge Zeit mit dem ganzen Festivalkram verbracht" – ich riskierte einen bedeutungsvollen Blick in Richtung Duncan – „und ich dachte, ich sollte einen Abend mit ihr zu Hause verbringen. Ich werde morgen da sein. Vermutlich muss ich Mum wieder im Kuchenzelt helfen." Duncan sah mich an, sagte aber nichts. Und Debbie sah Duncan an, wie er mich ansah, dann warf sie mir einen Blick zu, zwinkerte und grinste auf die *„uh, ihr beiden!"*-Art. Wenn sie nicht vorsichtiger war, würde ich ihr wirklich eine knallen.

„Ich muss mit Ihnen über ein paar Dinge reden", sagte Nathan, sah sich auch an, wie Duncan mich ansah, mit einem genauso unfreundlichen Ausdruck auf dem Gesicht. *Oh mein Gott, wo ist ein Loch im Boden, wenn man eines braucht?*, dachte ich.

Der Himmel weiß, dass es genug alte Minen hier in der Gegend gab, warum gab es keinen alten Schacht, der sich plötzlich unter meinen Füßen öffnete und mich verschluckte? Alles, um dieses intensive *Starren* zu unterbinden.

„Morgen", sagte ich. „Ich werde vorbeikommen und Sie finden. Ich muss jetzt los." *Ich muss aus diesem Zelt raus!* Daisy und der Hund waren schon zur Hälfte draußen, also stürzte ich hinter ihnen her.

Weder meine Tochter noch mein Haustier verstanden mein unbedingtes Verlangen nach einem schnellen Abgang, aber sobald wir aus dem Zelt waren, begannen sie an Bänken zu schnüffeln und mit einem Freund zu reden (der Hund schnüffelte und Daisy redete natürlich – alles andere wäre natürlich absolut seltsam). Ich wartete darauf, dass Daisy sich verabschiedete und fühlte, dass jemand hinter mir war. Ich wusste, dass es Duncan war, bevor ich mich überhaupt umdrehte; es war, als würden alle meine Nerven durchdrehen, wenn er in meine Nähe kam.

„Jodie!" Er sah besorgt aus. „Ist alles in Ordnung? Ich weiß, dass du mit DCI Withers gesprochen hast. Er kam, um mich zu sehen, aber –"

„Alles gut", sagte ich mit ruhiger Stimme, sah hinüber zu Daisy und hoffte, er würde den Wink verstehen. „Ich muss nur nach Hause mit meiner Tochter. Ich habe Verantwortungen."

„Natürlich, natürlich", sagte er schnell. „Ich wollte nur sichergehen, dass zwischen uns alles okay ist?"

Wie viele ,uns' hatte es wohl schon gegeben? Ich wollte ihn fragen, aber ich tat es nicht. Das konnte warten.

„Ich hab mir doch gedacht, dass ich dich mit einem gut aussehenden Mann vor dem Bierzelt finden würde!" Mum tauchte plötzlich vor uns auf. „Ich mach mich gerade auf den Weg nach Hause. Das Haus wird ganz schön still sein, nachdem ich den Tag hier verbracht habe …"

Ich verdrehte die Augen, obwohl ich froh war, sie zu sehen; es bedeutete, dass ich eine weitere Entschuldigung hatte, nicht mit Duncan zu reden. „Sei doch nicht albern, du kommst zum Essen mit zu uns."

„Hol deinen Mantel, Nana, du hast es geschafft!", rief Daisy amüsiert.

„Nun, Shirley, es sieht aus, als ob Ihre Enkelin auch etwas von Ihnen hat", sagte er und sie kicherte kokett, verzaubert davon, dass er sich an ihren Namen erinnerte. Es hatte ihm von mir auch ein paar Pluspunkte eingebracht.

„Ich hoffe, wir sehen Sie morgen wieder", sagte sie.

„Jodie wird eins ihrer besonderen Brötchen für Sie beiseitelegen."

Ich stöhnte. „Ich hab vergessen, dass ich versprochen habe, Safranbrötchen für den Kuchenstand zu machen, nicht wahr? Es tut mir leid, Duncan, aber ich muss los …"

Mum hakte sich bei Daisy unter und zog sie weg, was mir und Duncan (sehr diplomatisch, zu meiner Verwunderung) ein paar Minuten gab, uns zu verabschieden.

„Tut mir leid, dass du gehen musst. Ich hatte mich darauf gefreut, dich heute Abend zu sehen", sagte er.

„Ich mich auch", sagte ich, denn, obwohl ich mich nicht auf die Unterhaltung, die ich mit ihm über seine offene Ehe und all diese früheren Liebhaberinnen, die Lauren Fulstrop angedeutet hatte, führen musste, freute, wollte ich ihn doch besser kennenlernen. Ich hatte komplizierten Beziehungen eigentlich abgeschworen, als meine Ehe geendet hatte, aber es schien, als würde ich diesen Schwur brechen. „Meine Familie kommt aber zuerst." Duncan nickte, sah aber enttäuscht aus. Ich lächelte und sah mich verstohlen um, dann stellte ich mich auf die Zehenspitzen und gab ihm einen Kuss auf die Wange. „Ich sehe dich morgen. Aber versprich mir, dass du heute Abend nicht in die Nähe von irgendwelchen Klippen gehst."

***

Drei Generationen Parker liefen gemächlich nach Hause, ließen den Hund ihr Geschäft erledigen und grüßten die Leute, die ihnen auf der Straße begegneten. Ich war den besseren Teil der letzten zwanzig Jahre nicht mehr in Penstowan gewesen und erst seit ein paar Monaten zurück, es fühlte sich aber bereits so an, als wäre ich nie weg gewesen. Es freute mich zu sehen, dass Daisy, die immer nur in den Ferien bei ihren Großeltern am Meer zu Besuch gewesen war, sich genauso zu Hause fühlte, wie ich.

Wir erreichten unser Cottage. Es war nicht riesig oder beeindruckend, aber es lag am Ende einer schönen Sackgasse, die an die Felder grenzte und dann zum

Meer führte. Ich lächelte, während ich dem Geplauder von Daisy und Mum zuhörte. Was macht es schon, wenn sich mein Liebesleben von nicht existent zu kompliziert und wieder zurück entwickelte? Ich hatte alles, was ich brauchte, genau hier.

Wir gingen hinein und sahen die Küchenschränke durch. Da war eine halbe Chorizo Salami im Kühlschrank und ein paar Garnelen. Ich gab Mum die Aufgabe, die Chorizo in Stückchen zu schneiden, während Daisy die Garnelen schälte, sie hochhielt und währenddessen ‚reden‘ ließ, was uns alle zum Lachen brachte. Es gab wirklich nichts, was Kochen mit der Familie übertraf, wenn alle zusammenarbeiteten, um etwas Köstliches zu zaubern. So kitschig wie das klingt, es verleiht dem Essen eine weitere Zutat: Liebe. Ich hatte das Kochen von meiner Mutter gelernt, und als ich Daisy dabei zusah, wie sie die Garnelen wie ein Profi schälte, wusste ich, dass sie sich immer an Abende wie diesen, wenn sie mir und ihrer Oma half, erinnern würde. Ich schnitt ein wenig Lauch und presste ein wenig Knoblauch, bevor ich zu sentimental wurde, dann warf ich alles mit der Chorizo in die Pfanne und ein bisschen Olivenöl, sah zu, wie der Lauch weich wurde und die Salami ein schönes orange-getöntes Sonnenuntergangsrot annahm. Dann folgte eine Tasse Arborio-Reis und ein wenig Brühe.

Ich fand schon immer, dass Risotto kochen etwas Zenartiges hatte. Den Reis rühren, zusehen, wie er die Brühe aufsaugt, und mehr hinzufügen, kann einen in eine Trance versetzen. Es hilft, den Kopf frei zu kriegen oder ein schwieriges Problem zu entwirren. Und ich hatte tatsächlich das ein oder andere, dass meine mentale Kapazität herausforderte.

Aber ich wollte gerade nicht an das Duncan Problem denken. Gerade wollte ich mir Gedanken darüber machen, was ich heute Nachmittag von Lauren Fulstrop gehört hatte. Sie war sich ziemlich sicher gewesen, dass Robert Holmes nicht zum Spaß die Klippen hinaufgegangen war, und ich konnte sie verstehen; er sah wie ein Mann aus, der sich die Natur lieber von David Attenborough erklären lassen wollte und sie aus seinem bequemen Ohrensessel betrachtete. Sein teigiger Teint sprach eher für lange Tage vor dem Laptop und in staubigen Bibliotheken als für frische Luft und sportliche Betätigung.

Das schloss also vermutlich einen Unfall aus. Er *könnte* da hinaufgegangen sein, um auf Genevieve zu warten, und dann die Klippe hinuntergestürzt sein, aber, um ehrlich zu sein, war das gar nicht so einfach, wenn man sich nicht absolut risikofreudig verhielt, wie am Rand herumzuhüpfen oder zu versuchen hinunter zum Strand zu klettern – beides schien keine Aktivität zu sein, die Robert Holmes Art gewesen wäre.

War es Selbstmord gewesen, wie Lauren sofort gedacht hatte? Aber warum sollte er sich umbringen? Er hatte sich auf sein neues Buch gefreut, die neue Idee, von der er ihr so verzweifelt gern erzählen wollte. Ja, er hatte gebrüllt und getobt, nicht gerade ein Zeichen für eine stabile, mentale Gesundheit, aber genauso wenig war es ein Zeichen für jemanden, der genug vom Leben hatte und es beenden wollte. Ich hatte das Gefühl, sie war nur zu diesem Schluss gekommen, weil der Gedanke, dass jemand den armen, unwichtigen Robert

Holmes umbringen würde, so albern schien, dass es ihr nicht mal in den Sinn gekommen war.

Ich fügte mehr Brühe hinzu und eine Handvoll gefrorene Erbsen. Also warum würde jemand ihn ermorden wollen? Er hatte Lauren erzählt, dass er die Wahrheit herausbringen würde, über ... wie hatte sie es genannt? *Den größten Skandal des zwanzigsten Jahrhunderts.* Es hatte wahrscheinlich ein paar Skandale im letzten Jahrhundert gegeben, und mehr als ein paar in diesem, also welchen Skandal könnte er gemeint haben?

Und warum war Charles Harper irritiert genug gewesen, seinen Rottweiler im Anzug auf ihn loszulassen? Tatsächlich, warum? Wie war Charles Harper zu seinem Geld gekommen? Auf eine Art, von der nicht jeder begeistert gewesen war. Und einige waren deshalb noch immer unzufrieden, nach dreißig Jahren, daher der Bodyguard.

„Ist es bald fertig? Ich verhungere", sagte Daisy.

„Fast." Ich warf die Garnelen hinein und ließ die Pfanne noch ein paar Minuten erhitzt, bis sie pink wurden, dann streute ich eine Handvoll Käse hinein (von Rechts wegen hätte es Pecorino oder Parmesan sein sollen, aber ich hatte bloß Cheddar und der würde genauso wirken). Ich rührte den Käse unter, dann servierte ich das reichhaltige, cremige Risotto. Ein bisschen Balsamicoessig darüber geträufelt (ich hatte meiner Mutter vor Kurzem Balsamicoessig gezeigt, und man musste sie, nachdem sie zuerst snobistisch behauptet hatte, dass der übliche Essig gut genug für die *meisten* Leute war, jetzt gewaltsam davon abhalten, ihn überall drüberzugießen) und fertig war es.

Ich spießte eine Garnele mit meiner Gabel auf und dachte dabei, *wir müssen herausfinden, was Robert Holmes dachte, enthüllt zu haben.* Aber das konnte warten. Das Abendessen nicht.

KAPITEL 13

Am nächsten Morgen wachte ich zu einer unchristlichen Zeit auf, fünf Minuten bevor mein Wecker klingeln sollte. Ich musste aufstehen und diese Safranbrötchen machen, die ich versprochen hatte.

Ich zog mir Leggins und ein T-Shirt an und ging nach unten, vermied die quietschende Stufe auf der Hälfte des Weges, um den Rest des Hauses nicht zu wecken; es gab keinen Grund, warum die anderen zu dieser gottlosen Stunde wach sein sollten. Während ich darauf wartete, dass das Wasser kochte – ich kann ohne eine Tasse Tee nichts tun –, legte ich ein paar Fäden Safran zum Trocknen in den Ofen und grübelte über die Ereignisse des gestrigen Tages. Ich hatte mir selbst gestern eine strenge und ausführliche Standpauke gehalten über das Thema Duncan und war zu dem Schluss gekommen, dass ich nicht zu viel in diese Beziehung hineininterpretieren sollte. Er war verheiratet. Er hatte wahrscheinlich schon viele andere Frauen ‚skizziert‘ (und ja, das *war* ein Euphemismus). Er führte eine Art von Leben, die mir komplett fremd war, hielt sich in künstlerischen Kreisen auf, ging zu Galerieeröffnungen und war sozusagen wohlhabend. Was könnte schon daraus werden? Ich mochte ihn, und ich glaubte, dass er dasselbe fühlte, aber, beim besten Willen, in dieser Welt konnte das nicht mehr als eine Art Ferienromanze für Menschen mittleren Alters sein. Am besten behandelte man es als solche. Etwas, das man genießt und dann vergisst. Das sagte ich mir selbst jedenfalls ...

Meine nächste Aufgabe sollte es sein, die Informationen, die ich von Lauren erhalten hatte, mit Nathan zu teilen. Ich hatte da so eine Ahnung und fragte mich, ob er zum selben Schluss, wie ich, kommen würde.

„Mach uns auch einen, wenn du grad dabei bist", sagte Mum hinter mir, die die Küche so still wie ein geriatrischer Ninja betreten hatte. Ich erschrak.

„Verdammt, du hast mich zu Tode erschreckt!", schrie ich. „Ich hab dich gar nicht gehört. Sind deine Hausschuhe im Tarnmodus, oder was?"

Wir saßen am Tisch und tranken unseren Tee in Ruhe und Frieden, aber ich konnte förmlich spüren, dass sie etwas sagen wollte. Ich trank aus und beschloss, dass ich nicht mehr länger warten konnte.

„Was?"

Sie setzte eine Unschuldsmiene auf. „Ich weiß nicht, was du meinst."

„Du willst etwas sagen. Ich kann es fühlen."

„Nicht wirklich. Du bist erwachsen, du kannst deine eigenen Entscheidungen treffen ..."

Ich seufzte. „Was heißen soll, dass du findest, ich treffe die falschen."

„Nein, nein, ich bin ehrlich dafür, dass man ein bisschen Spaß hat. Ich liebe einen guten Flirt. Da gibt's ein paar der alten Jungs im Kaffeeklatsch, die auf mich stehen. Ein bisschen Nachtisch und ein paar schlüpfrige Gespräche sind was ganz Großes für die." Ich schüttelte mich bei dem Gedanken daran, wie Mum einen auf Femme Fatale machte, aber eher wie in einer Schmierenkomödie wirkte. „Wenn es bloß ein Flirt ist, entsteht kein Schaden, nicht wahr? *Wenn* es bloß ein Flirt ist. Ich mag Duncan. Seine Frau mag ich allerdings nicht ...“

„Lustig, dass du das sagst, ich nämlich auch nicht.“ Ich stand auf und stellte meine Tasse in die Spüle. „Und tatsächlich glaube ich, dass er sie auch nicht mehr mag.“

„Das sagen sie alle, Liebling.“

„Ich weiß.“ Ich seufzte und wandte mich ihr wieder zu. „Ich mische mich da nicht ein. Es ist nur ganz nett, dass jemand mich attraktiv findet, weißt du?“

Sie lachte und schüttelte den Kopf. „Du glaubst, hier findet dich sonst niemand attraktiv? Niemand, der vielleicht sogar Single ist? Läufst du denn mit geschlossenen Augen durch die Gegend?“

Ich drehte mich weg und öffnete einen Küchenschrank. „Es ist nur so anders mit Duncan. Ich weiß nicht, was es ist. Gestern tauchte er hinter mir auf und ich konnte *fühlen*, dass er es war, bevor ich es wusste. Ich hab da dieses Kribbeln, wenn er in meiner Nähe ist. Das hatte ich nicht seit ... seit Richard.“ Ich nahm eine Packung Mehl heraus und drehte mich um, sah, wie Mum mich mitleidig anlächelte. „Und bevor du etwas sagst, ja, ich kann mich noch gut erinnern, wie das ausging.“

„Oh, mein Liebling, ich kenne dieses Gefühl. Da war mal jemand, bei dem ich auch dieses Kribbeln spürte.“

„Dad“, sagte ich. Sie lachte.

„Nein, tatsächlich nicht. Raymond Kwiatkowski.“

„Wer zur Hölle ist Raymond Kwi-was-auch-immer?“

„Er war Pole.“

„Was du nicht sagst.“

„Seine Eltern kamen nach dem Krieg hierher, als er noch ein Baby war. Und er war ganz der grüblerische Held, was ihn hier ziemlich exotisch wirken ließ. Er kam für einen Sommer hierher, um Kohl zu ernten, als ich achtzehn war, oder neunzehn? Ich nehme an, er versteckte sich vor der Polizei oder so."

„Ein mysteriöser Typ, der nach Kohl riecht? Kein Wunder, dass du ihm nicht widerstehen konntest."

Mum ignorierte mich, verloren in ihrem nostalgischen Tagtraum. „Er war ein richtiger Bad Boy. Alle Mädels in Penstowan flogen auf ihn, aber er hatte ein Auge auf mich geworfen. Oh, er hatte dieses Lächeln, dass einer Nonne das Höschen locker werden ließ." Ich schüttelte mich und sie lachte bloß. „Oh, ich war versucht, aber ich wusste, dass er nach der Kohlsaison wieder zurück nach London gehen würde. Und das tat er. Und nachdem er aus dem Weg war, konnte ich erkennen, wie liebenswürdig dein Vater war. Und nett und witzig. Sehr viel verlässlicher als Kribbeln. Und er sah so gut aus in seiner Uniform." Nathans Abbild kam mir in den Sinn; er trug nicht oft Uniform, aber er war immer gut gekleidet und ich konnte nicht leugnen, dass er ein Hingucker war. „Ich kann es dir nicht verübeln, dass du das Kribbeln möchtest", sagte sie, „aber eine Beziehung braucht mehr als das. Und du musst bedenken, dass jeder Mann, mit dem du zusammen bist, auch Teil von Daisys Leben wird. Wähle also weise."

„Das werde ich", sagte ich wieder und schämte mich fürchterlich für mich selbst. Mum tätschelte mir die Wange.

„Na komm schon", sagte sie. „Es wird Zeit, dass wir ein paar Brötchen in die Röhre schieben!"

***

Es dauert eine Weile, Safranbrötchen zu machen – man muss heißes Wasser und Milch mit den getrockneten, zerdrückten Safranfäden aufgießen, den Teig kneten und ihn dann ruhen lassen –, aber es ist unglaublich befriedigend zu sehen, wie ein paar Zutaten, die für sich so unscheinbar sind, in etwas Köstliches verwandelt werden können. Nach zwei weiteren Stunden waren sie fertig und das ganze Haus roch nach Gebackenem. Daisy stand auf und wollte sofort ein heißes Brötchen, also genossen wir alle eines zum Frühstück, mit reichlich Butter bestrichen. Reichhaltig, aber das war es wert.

Ich lud den Kofferraum meines Autos voll; ich entschied mich dagegen, das Pornomobil zu nehmen, weil es nicht viele Parkmöglichkeiten gab. Daisy und Germaine sprangen auf den Rücksitz, Mum setzte sich nach vorne und wir machten uns auf den Weg.

Natürlich verließen mich alle drei sofort, als wir in der Stadt ankamen; Daisy ging mit Germaine am Strand rennen und Mum ging los, um mit einem ihrer älteren Bewunderer zu flirten (Bob vom Baumarkt – ich konnte nur ahnen, wie viele zweideutige Anspielungen in *diese* Unterhaltung fließen würden), während ich die Brötchen ganz allein ausladen musste. Es waren nur drei Plastikschachteln, aber sie waren bis obenhin voll mit Brötchen und recht schwer und sperrig, also wagte ich es bloß, eine nach der anderen zu tragen; ich wollte nicht riskieren, dass ich sie fallen ließ und mich mit Safranbröseln zufriedengeben musste.

Ich brachte die erste ins Erfrischungszelt und fand, als ich zurückkehrte, Nathan mit dunkler Sonnenbrille auf dem Rand meines Kofferraums sitzend vor. In seiner Arbeitskleidung – einem kohlegrauen Anzug, unter dem er ein weißes Hemd mit dünnen, blassgrauen Streifen trug – sah er auf jeden Fall sehr schick aus. Mums Worte kehrten in meine Gedanken zurück: *,Er sah so gut aus in seiner Uniform'*. Sie lag nicht falsch, aber an diesem Morgen sah er wie ein Gangster aus.

„Sie sehen aus, als wären Sie *Reservoir Dogs* entsprungen", sagte ich. „Oder als ob man Sie im Gericht erwartete. Auf der Anklagebank." Er lächelte schmal und schief und da bemerkte ich, wie blass er war.

„Lassen Sie mich raten, Sie sind gestern Abend im Bierzelt geblieben, nachdem ich gegangen bin?" Er nickte.

„Tony hat mir den Apfelwein gezeigt", sagte er. Ich war überrascht und, aus irgendeinem Grund, alarmiert, wenn ich mir vorstellte, dass er und Tony Kumpels wurden und um die Häuser zogen, aber sie *sollten* mittlerweile miteinander auskommen; es war, oh, fast zwei Monate her, seit Nathan versucht hatte, Tony wegen Mordes zu verhaften. Obwohl, wenn man Nathans Totenblässe sah, hatte sich Tony vielleicht auf seine Weise dafür gerächt.

„Wie viel haben Sie denn getrunken?", fragte ich. Nathan rülpste und verzog das Gesicht, und ich hätte darauf wetten können, dass es nach fermentierten Äpfeln schmecken würde.

„Nicht genug, um dieses Gefühl zu rechtfertigen. Brauchen Sie Hilfe?"

„Wenn Sie es schaffen, ohne sich zu übergeben ..."

Nathan nahm eine Schachtel aus dem Kofferraum und wartete darauf, dass ich die letzte aufnahm, dann wanderten wir ins Erfrischungszelt. Er stellte die Schachtel auf dem Klapptisch ab und wankte ein wenig. Ich legte eine Hand auf seine Schulter und drückte ihn auf einen der Stühle hinunter; er wehrte sich nicht.

„Sie setzen sich und ich mache Ihnen eine Tasse Tee“, wies ich ihn an. „Möchten Sie ein Brötchen?“

Er schluckte. „Nein, danke.“

Ich kochte Tee auf, und brachte zwei große dampfende Tassen rüber. Ich setzte mich neben ihn, nippte an meiner eigenen Teetasse und sah zu, wie er trank, zunächst zögerlich, dann immer durstiger, als er bemerkte, wie das heiße Gebräu seine wiederherstellende Magie wirkte.

„Besser?“

„Viel besser. Jetzt fühle ich mich nur noch furchtbar.“

Ich lachte, aber fühlte mit ihm. „Haben Sie versucht mit Tony mitzuhalten, Pint für Pint?“

Er lehnte sich in seinem Stuhl zurück und, trotz seiner dunklen Brille, wusste ich, dass seine Augen geschlossen waren. „Vielleicht hab ich das ...“

„Anfängerfehler. Tony ist mit dem Zeug aufgewachsen. Man kann damit auch Farbe wegätzen und Feuer machen. Und Raketen abfeuern.“

„Ich weiß. Da startet gerade eine in meinem Kopf.“

Ich tätschelte ihm den Kopf. „Müssen Sie heute denn arbeiten? Können Sie nicht nach Hause gehen und sich ein wenig ausschlafen?“

„Nicht wirklich. Es geht mir gut, solange die Leute ihre Verbrechen heute nur leise begehen. Was mich daran erinnert: Was habe ich Ihnen darüber gesagt, was

Sie *nicht* tun sollten, wenn Sie mit irgendwelchen Zeugen im Holmes-Fall sprechen?"

„Ich habe keine Ahnung, was Sie meinen", sagte ich abwehrend, obwohl ich es natürlich genau wusste. Lauren Fulstrop musste sich gemeldet haben. Nathan schob seine Brille hinunter auf seine Nasenspitze und sah mich an. Seine Augen waren ein wenig blutunterlaufen.

„Jodie, ich bin zu verkatert, um mich veräppeln zu lassen. Sie wissen, worüber ich rede."

„Na schön, ja, aber zu meiner Verteidigung, ich habe nie *gesagt*, dass ich Polizistin bin. Sie hat es einfach angenommen. Sie war ganz aufgedonnert und richtig enttäuscht, als sie realisierte, dass nicht Sie sie befragen würden."

„Ach, schmieren Sie mir keinen Honig ums Maul."

„Wie auch immer, ich bin nur zu ihr gegangen, weil ich auf dem Festival mit ihr gesprochen hatte und sie sich mir vorgestellt hatte. Ich dachte, ich könnte das als Einstieg nutzen, aber das musste ich gar nicht, weil –"

„Weil sie angenommen hat, dass Sie von der Polizei sind und Sie es nicht auf sich genommen haben, sie zu verbessern", beendete Nathan meinen Satz.

„Das nennt man ,mit dem Strom schwimmen'. Haben Sie mit Duncan gesprochen?"

„Ja. Wir haben ein interessantes Gespräch geführt." Jetzt war ich *wirklich* alarmiert. Er sah meinen Gesichtsausdruck und lachte. „Du lieber Gott, spielen Sie niemals Poker mit dem Gesicht. Ich fragte ihn danach, weshalb Holmes an seiner Tür aufgetaucht war und wo Genevieve zu der Zeit war und er meinte, sie war vermutlich bei Lauren und Charles Harper."

„Lauren sagte, Genevieve und Harper treiben es schon seit Jahren miteinander." Ich fragte mich, ob es in ihrem Gespräch von Mann zu Mann auch um mich gegangen war oder um irgendeine von Duncans früheren Eroberungen. Aber natürlich konnte es nicht so gewesen sein. „Lauren meinte, es wäre unvorstellbar, dass Holmes aus Spaß einen Spaziergang die Klippen hinauf unternommen hatte, also war er nicht nur in der Gegend und hatte beschlossen, mal bei Genevieve vorbeizuschauen; er ging dorthin, um sie speziell zu treffen."

„Ja, so viel war auf dem Video auch zu erkennen", sagte Nathan. „Er sah sehr aufgeregt aus."

„Also ist es unwahrscheinlich, dass es ein Unfall war, selbst wenn er da oben gewartet hatte, dass Genevieve nach Hause kommt, er kann nicht den Rand hinuntergestürzt sein, es sei denn, er stand direkt dort, und Lauren zufolge, war er nicht der risikofreudige Typ. Hat er Ihnen gesagt, worum es bei dem ganzen Geschrei ging, als Sie ihn aus dem Zelt geführt hatten?"

Nathan schüttelte den Kopf, dann schlossen sich seine Hände um ihn. „Au ... nein, das hat er nicht und um ehrlich zu sein, war mir das auch egal, ich wollte nur, dass er sich beruhigte. Ich hatte ja keine Ahnung, dass der Dummkopf loszieht und sich umbringen lässt, sonst hätte ich ihn sicher gefragt ..."

Ich lief rüber zur Teekanne und goss ihm eine weitere Tasse ein. Er nahm sie dankend an.

„Lauren sagte, er war ganz aufgeregt wegen seines neuen Projekts, an dem er arbeitete. Sie wusste nicht, worum es ging; er wollte ihr einen Vorschlag machen, aber sie sagte, es sei nicht angemessen, das während

Genevieves Vortrag zu tun und das ärgerte ihn." Ich wartete, während er einen Schluck Tee nahm. „Ich denke, er wollte Charles Harper vernichten."

KAPITEL 14

Nathan ging, sah immer noch nicht so ganz in Ordnung aus, unter seiner Sonnenbrille, obwohl er es jetzt wenigstens schaffte, aufrecht zu gehen. Er hatte sich meine Theorie über Charles Harper angehört und dazu (vorsichtig) genickt; es schien logisch. Natürlich konnte sich Harper auch nur darüber geärgert haben, dass Holmes den Vortrag seiner Geliebten störte, aber dass er seinen muskelbepackten Freund auf ihn gehetzt hatte, hatte nur noch mehr Aufregung und Ablenkung verursacht. Sicher muss es etwas Ernsteres gewesen sein, weshalb Harper Holmes dort wirklich, wirklich sofort zum Schweigen bringen musste, bevor er sich vor Lauren verriet. Lauren hatte mir nach dieser fürchterlichen Lesung erzählt, dass Holmes eigentlich ein Journalist war, also war er es wohl gewohnt, im Dreck anderer Leute zu wühlen; er hatte gewusst, wie man ermittelt und sich mit einer Geschichte beschäftigt, wie ein Hund mit einem Knochen, bis er jedes kleine Detail ausgegraben hatte. Hatte er etwas zustande gebracht, was niemand vor ihm geschafft hatte (nicht, weil man es nicht versucht hatte), und Beweise für Harpers verdächtige Geschäfte an der Börse entdeckt, Beweise, die ihn vielleicht endlich des Betruges überführten und ihn alles kosten würden?

Ich sah Nathan davonhoppeln – seine Balance war noch nicht wieder ganz hergestellt, da er einen wackeligen Umweg nahm, um etwas auszuweichen, das gar nicht existierte – und ich fragte mich, ob er irgendetwas Nützliches bei den persönlichen Gegenständen des Opfers finden würde. Er wollte los und Holmes' Zimmer im Sea Foam B&B auf der Carnfoth Terrace ansehen, ein günstiges, aber angenehmes kleines Gästehaus, das eine wunderbare Aussicht auf dieselben Klippen hatte, an deren Fuß ihr unglücklicher Gast aufgetaucht war. Ich nehme mal nicht an, dass sie *das* in ihre Beschreibung auf Airbnb mit aufnehmen würden. Ich wäre gerne mit ihm mitgegangen, aber Nathan hatte ruhig, aber angespannt erklärt, dass ich keine Polizistin mehr war, also wäre das nicht gerade angebracht. Aber er versprach, mir später von seinen Entdeckungen zu berichten.

Mum hatte ihren Vorrat an baumarktspezifischen Anspielungen mit Bob aufgebraucht (ich vermutete, dass es wenigstens eine kecke Bemerkung darüber gegeben hatte, dass mal wieder genagellt werden musste) und kam zu mir ins Erfrischungszelt. Es war noch früh und noch nicht so gut besucht, also stand sie bei ihrer Freundin Janet und quatschte, während ich mich mit Servietten abmühte, Teller herumschob, das Tablett mit den Safranbrötchen an die Vorderseite des Tisches schob, sie mit Scones austauschte, dann wieder herumtauschte. Alles, um mich zu beschäftigen und nicht über Duncan nachzudenken; denn, jetzt, da ich meine Entdeckungen vom Vortag mit Nathan geteilt hatte, beschloss mein Hirn, dass ich meine Pflicht getan hatte und dass es sich nun wieder mit meinem Liebesleben auseinandersetzen konnte.

„Süße Teilchen." *Oh mein Gott,* sogar seine Stimme verursachte das Kribbeln. Ich musste mich wirklich zusammenreißen. Ich sah auf, in Duncans lächelndes Gesicht und diese blauen Augen hatten mich wieder. *Verdammt.*

„Oh, danke, der Herr", sagte ich, knickste und setzte meinen stärksten cornischen Akzent auf. „Hab mein Bestes gegeben."

„Das Gebäck sieht auch gut aus." Er grinste, langte danach und ich schlug seine Hand weg (aber sanft, weil ich es mochte, wenn er frech wurde).

„Wie unhöflich! So solltest du nicht mit mir reden, nicht, wenn meine Mutter in der Nähe ist."

Er lachte. „Ich habe den Eindruck, dass es ganz schön schwer ist, deine Mutter zu schockieren." Ich lachte auch.

„Ja, das ist wohl wahr ..."

Er stand da, sah ein wenig beschämt aus, wie ein zu groß gewordener Schuljunge, und mein dummes Herz ließ wieder ein paar Schläge aus. Ich wäre von mir angeekelt gewesen, hätte ich es nicht so sehr genossen.

„Sollen wir uns davonmachen?", fragte ich. Er nickte.

„Ich wollte nach ein paar von meinen Gemälden sehen", sagte er. „Wir könnten zusammen gehen, solange es noch ruhig ist."

Das Kunstzelt roch immer noch ein wenig nach Dung, und ich war mir nicht sicher, ob der Geruch langsam verflog oder man sich nur daran gewöhnte. Es war nicht gerade ein romantisch riechender Ort für ein tiefgründiges Gespräch.

Duncan hielt die Plane der Zeltöffnung nach oben, damit ich eintreten konnte, folgte mir dann. Es war leer.

„Welche Bilder wolltest du dir denn ansehen?", fragte ich und er lachte.

„Tut mir leid, ich habe gelogen. Ich wollte nur mit dir allein sein", bekannte er, zog mich an sich.

„Das war hinterlistig, Duncan ...", murmelte ich, ließ mich in seine Umarmung sinken. So viel dazu, dass ich stark bleiben würde ... Ich ließ mich also küssen, recht leidenschaftlich würde ich behaupten und mir die Wange streicheln und mir tief in die Augen blicken. Was soll ich sagen? Ich bin schwach. Zu meiner Verteidigung, es *war* wirklich schön.

Ich raffte mich endlich auf und entzog mich. „Wir müssen reden."

„Uh, oh", sagte er leichthin, aber ich merkte, dass er besorgt war. „Geht es um gestern? Wegen des Videos? Ich kann alles erklären. Der DCI glaubt mir ..."

„Ja, ich weiß", sagte ich. Ich nahm seine Hand und führte ihn zu einer Reihe Stühle, die am Rand des Zeltes aufgestellt waren. Wir setzten uns und ich nahm einen tiefen Atemzug. „Ich habe gestern mit Lauren gesprochen."

Er sah überrascht aus. „Oh, okay. Darf ich fragen, wieso? Du bist nicht bei der Polizei."

„Nein, aber das war ich mal und jetzt bin ich – Ich bin so eine Art private Ermittlerin ..." Ich sah ihn an, wartete, dass er in Gelächter ausbrach (wie Nathan es getan hatte, als ich diese Worte das erste Mal benutzt hatte), aber das tat er nicht; er wirkte nur überrascht.

„Oh, wow!" Er schüttelte den Kopf. „Und ich dachte, du wärst bloß Caterer." Ich zuckte bei dem Wort ‚bloß', aber man muss ihm zugutehalten, dass er es bemerkte. „Tut mir leid, so habe ich es nicht gemeint. Ich meinte – ich hatte keine Ahnung. Wer hat dich engagiert?“

„Was?“

„Ein privater Ermittler wird normalerweise von jemandem engagiert, um einen Fall zu untersuchen. Wer hat dich engagiert?“

Diese Frage hatte ich nicht erwartet. „Na ja, niemand. Ich wollte nur –“

„Du wolltest nur sichergehen, dass ich es nicht getan habe?“ Er klang nicht wütend, aber die Atmosphäre hatte sich komplett verändert. „Was soll ich dazu sagen?“ Ich war verärgert. „Duncan, wir haben uns, was, vor vier Tagen kennengelernt? Ich kenne dich kaum. Die letzte Person, die das Opfer lebend gesehen hat, warst du. Er hat an deine verdammte Tür geklopft, um Himmels willen! Und trotzdem glaube ich dir immer noch, wenn du sagst, dass du es nicht getan hast. Was willst du denn noch von mir?“

Er legte seinen Kopf in seine Hände. „Ich will, dass du machst, dass das alles aufhört.“

„Nun, es tut mir leid, aber das kann ich nicht. Das alles aufhört? Deine Ehe? Die Ermittlungen?“

„Das Ganze. Alles. Wegen dir will ich alles hinter mir lassen und wieder von vorne anfangen.“ Er klang so verzweifelt, und eine Sekunde lang dachte ich, was alles hinter dir lassen? Den Mord? Aber ich war immer noch sicher, dass er Robert Holmes nicht getötet hatte; mein Instinkt sagte mir, dass er kein gewalttätiger Mann war, und mein Instinkt hatte bisher in neun von zehn Fällen richtig gelegen.

Ich ignorierte die Tatsache, dass es immer noch eine eins zu zehn Chance gab, dass ich falschlag.

Ich nahm seine Hände von seinem Gesicht und zwang ihn, sich aufzusetzen. „Über den Mord wollte ich auch eigentlich überhaupt nicht mit dir reden“, sagte ich, obwohl es jetzt ein bisschen dämlich schien, ihn nach seinen anderen Geliebten zu fragen.

„Geht es um Genevieve?“, fragte er. Ich begann schon „Nein“ zu sagen, unterbrach mich aber.

„Ja, irgendwie schon. Lauren sagte, dass Robert Holmes ihr erzählte, dass er mit ihr über ein neues Sachbuch reden wollte, an dem er arbeitete. Das war während Genevieves Vortrag, als Nath– als DCI Withers ihn letztendlich aus dem Zelt führte, damit er sich beruhigte. Ich bin sicher, dass sie davon erzählt hat.“ Duncan nickte. „Worüber er auch gesprochen hatte, es reizte Charles Harper genug, um seinen Bodyguard zu ihm zu schicken. Ich denke, vielleicht hatte er etwas darüber herausgefunden, wie Harper an sein Geld gekommen ist ...“

„An der Börse“, sagte Duncan automatisch. „Hat eine Menge Leute verärgert.“

„Genau. Ich denke auch, dass Holmes etwas gefunden hatte, was Harper wegen Betrugs drankriegen könnte. Und wenn das stimmt, warum sollte er mit Genevieve darüber reden wollen?“

Duncan sah mich einen Moment nachdenklich an, dann schüttelte er den Kopf. „Ich weiß nicht. Vielleicht weil sie Partner sind?“

„In der Galerie?“

Er seufzte. „Lauren hat dir offenbar erzählt, dass sie Geliebte sind.“

„Sie sagte, ihr führt eine offene Ehe."

„Ah, darum geht's hier also ..." Duncan sah mich amüsiert an. „Du fragst dich, wie viele andere Frauen ich noch malen wollte."

„Nein."

„Also wäre es dir egal, wenn es Hunderte gewesen wären?"

„Verdammt noch mal, so viele waren es besser nicht!", sprudelte es aus mir und er lachte und ergriff meine Hände.

„Diese offene Ehesache war bisher nur eine einseitige Sache, bis jetzt. Ich bin für Gen nie genug gewesen. Sie wollte immer, dass ich auch andere Frauen finde, um eine Art *Arrangement* mit jemandem zu treffen, damit sie sich wegen ihrer eigenen Affären nicht schuldig fühlen musste. Obwohl ich denke, dass aus Charles mehr wurde als nur ein Bettgeselle. Aber du – Nun, ich denke, das ist es, weshalb sie so unhöflich zu dir war, an dem Abend, an dem wir uns kennenlernten." Er lehnte sich vor und schob eine Haarsträhne hinter mein Ohr. Er hatte diese Angewohnheit und ich mochte es ganz gerne. „Du bist die erste Frau, seit ihr, an der ich wirklich interessiert bin, und sie weiß, dass du nicht nur ein ‚Arrangement' wärst." Er lächelte. „Ich sehe die Tatsache also als gutes Zeichen, dass du für einen Moment eifersüchtig warst."

„Eifersüchtig? Ich? Als ob." Ich schüttelte den Kopf. „Nur so eifersüchtig, wie du es auf Nathan bist."

„Nathan? Meinst du DCI Withers? Der gut aussehende Typ, der sich viel zu gut für einen Polizisten anzieht, der dir im Alter viel näher ist und der mich dauernd anfunkelt, wenn er uns beide zusammen sieht?"

Er grinste. „Warum in aller Welt sollte ich auf den eifersüchtig sein?"

Ich lachte und zog ihn näher zu mir. „Keine Ahnung."

KAPITEL 15

Mein Vorhaben, mich nicht (schon wieder) in eine komplizierte Beziehung zu stürzen, zerbröselte also bei dem Anblick von Duncan, der so gut aussehend und ein bisschen grüblerisch und mysteriös war. Wir blieben etwa eine Stunde lang im Zelt, sprachen über alles Mögliche und spielten recht intensives Zungenhockey, doch unsere Leidenschaft verpuffte ein wenig beim Gedanken an die Tatsache, dass Betty Lewis, Vorsitzende des Penstowan Wasserfarben Vereins (der heute Dienst im Zelt hatte), jede Minute hier sein würde. Betty war eine (mit Verlaub) pedantische, prüde, sauertöpfische alte Hexe, deren Persönlichkeit frische Milch im Nullkommanichts in Joghurt verwandeln konnte. Sie war treuer Anhänger des Kirchenvorstands sowie einiger anderer lokaler Institutionen, und ich war, zu meiner Teenagerzeit, einige Male mit ihr aneinandergeraten, wenn ich dem furchtbaren jugendlichen Fehlverhalten frönte, wie zum Beispiel mit Freunden vor der Bäckerei rumzuhängen, auf einer Parkbank (Cola) zu trinken, am Sabbath zu laut zu reden, kurz gesagt, irgendeine Form von Spaß zu haben. Ich wusste, wenn sie die Art von Spaß sah, die ich gerade mit Duncan hatte, würde sie vermutlich die Hexenprozesse von Salem rekonstruieren und uns beide auf dem Scheiterhaufen verbrennen wollen, als teufelsanbetende Ehebrecher.

Kurzum, ich mochte sie nicht besonders und dachte, es wäre wohl das Beste, eine Konfrontation zu vermeiden.

Wie auch immer, ich wand mich aus seinen Armen und schickte ihn zu seinem Cottage mit der strengen Anweisung, nicht zurückzukommen, bis er etwas auf die Leinwand gebracht hatte, dann begab ich mich ins Teezelt. Ich schob mir gerade die Schürze über den Kopf, als mein Handy pingte. Nathan.

Habe RHs Laptop und Telefon ... Lust auf einen Kaffee?

***

Es fühlte sich immer seltsam an, auf die Penstowan-Polizeiwache zu kommen. Ich war als Kind natürlich viele Male hier gewesen; mein Vater, Chief Inspector Eddie Parker, war viele Jahre Chef der Wache gewesen, bis er vor sieben Jahren während der Arbeit starb. Er war nur ein paar Monate von seiner Pensionierung entfernt gewesen, und (so dachte ich) sicher an seinem Schreibtischjob, der ihn die meiste Zeit im Büro festhielt. Er war zu alt für Verfolgungsjagden mit Kriminellen, verbrachte stattdessen den Tag damit, Papierschnipsel zu jagen – was, wie ich meinen Dad kannte, für ihn sicher furchtbar langweilig gewesen sein musste. Und dann, auf dem Weg nach Hause, hatte er ein paar Teenager in einem Auto entdeckt, von dem er wusste, dass es ihnen nicht gehörte, und war ihnen gefolgt, zunächst in gemäßigtem Tempo. Aber es hatte sich zu einer Verfolgungsjagd entwickelt und letztendlich zu einem Autounfall geführt, der zwei der jungen

Idioten schwer verletzt hinterließ und meinen Vater tot.

Er hatte so einen Einfluss, nicht nur auf mein Leben (er war der Grund, warum ich Polizistin geworden war, aber auch, weshalb ich beschloss, nach London zu gehen, statt hier in Cornwall zu bleiben), sondern auch auf das der Leute um ihn herum. Zu einem Zeitpunkt war die Hälfte der Polizisten in Penstowan dort, weil mein Vater sie rekrutiert hatte. Er hatte es drauf, Kinder zu finden, die Ärger machten, weil sie gelangweilt waren, aber eigentlich ein gutes Herz hatten, und überredete sie – mit verschiedenen Arten von Subtilität – einzusteigen und für die andere Seite zu arbeiten. Jetzt waren die meisten seiner Rekruten im Ruhestand und weitergezogen, aber ein paar waren noch übrig und es war nett, sie mal wiederzusehen und zu hören, wie gern sie heute noch an ihren Mentor zurückdachten.

Aber es fühlte sich trotzdem komisch an, dort hinzugehen und zu wissen, dass Dad nicht oben in seinem Büro sitzen würde.

„Alles klar, Liebes?" Sergeant Adams – er war einer der, überraschend guten, Männer vom Fishermen's Chor und einer von Eddie Parkers alten Rekruten – begrüßte mich vom Empfangstresen aus, als ich hereinkam. „Wie geht's unserer Jodie heute?"

„Mir geht's gut, danke", sagte ich. „Hab dein Konzert vor ein paar Abenden sehr genossen."

Er grinste. „Oh ja, ich hab dich und den rehabilitierten Tony Penhaligon gesehen! Hattet 'ne Menge Spaß, nicht?" Er tat so, als würde er ein Glas an seine Lippen führen, und lachte, dann lehnte er sich vor und flüsterte. „Unter uns beiden, ich glaube der DCI war gestern die ganze Nacht unterwegs feiern. War nicht gut drauf heute Morgen."

„Er hat versucht beim Apfelwein mit Tony mitzuhalten", erklärte ich. Sergeant Adams verdrehte die Augen und schüttelte wissend den Kopf.

„Na, das war sein Fehler, nehm ich an. Kein Wunder, dass er heute so empfindlich ist. Wie auch immer, was kann ich für dich tun?"

Ich grinste. „Ich bin hier, um ihn auszunüchtern."

Nathan kam zum Empfang, um mich abzuholen. Er hatte seine Sonnenbrille abgenommen, aber er war immer noch ein wenig blass. Er nickte Sergeant Adams zu, der den Sicherheitsknopf drückte, um mich zu den hinteren Büros der Wache durchzulassen.

„Wie fühlen Sie sich?", fragte ich ihn mitfühlend.

„Besser als vorhin. Was nicht viel heißt ..." Er rülpste, gefolgt von einem tiefen Stöhnen. „Wenn ich nur nicht immer wieder Äpfel schmecken würde, würde das immens helfen. Lassen Sie uns in der Kantine Kaffee holen und dann in mein Büro gehen."

Wir holten unsere Getränke in der kleinen Kantine im hinteren Teil des Gebäudes, dann gingen wir nach oben. Als wir am Büro meines Dads vorbeikamen, atmete ich tief ein, um die plötzliche Gefühlswelle, die mich übermannen wollte, zu unterdrücken. Sogar in seinem Zustand von selbst zugefügtem Schmerz und Leiden bemerkte Nathan es.

„Alles gut?"

„Ja. Das ist das alte Büro meines Dads." Wir hielten an und sahen zur Tür. Das Namensschild war abgenommen worden, natürlich, aber ich war überrascht zu sehen, dass es nicht ersetzt worden war.

„Wer benutzt das jetzt?“

„Es ist ein Ersatzverhörraum“, sagte Nathan. „Ich glaube, dass niemand, der zu der Zeit Ihres Dads hier war, es nach ihm benutzen wollte. Und alle Neuankömmlinge, wie ich, hören bald schon von dem großen Eddie Parker und wissen es besser, als nach seinem Büro zu verlangen. Er hat ein wahres Vermächtnis hinterlassen, Ihr Dad.“ Er lächelte mich an. „Möchten Sie reingehen?“

Ich dachte einen Moment darüber nach, dann schüttelte ich den Kopf. Der Gedanke, hineinzugehen und seinen Schreibtisch zu sehen, ohne ihn dahinter sitzend, in seiner Uniform, trieb mir die Tränen in die Augen. „Nein. Vielleicht ein andermal.“

„Klar.“ Nathan legte seine Hand auf meinen Arm, streichelte ihn auf mitfühlende, aber irgendwie peinliche Weise und machte schnell weiter. „Die Mordkommission ist hier unten.“

„Als ich ein Kind war, gab es noch keine Mordkommission in Penstowan“, sagte ich. „Wir hatten hier nicht viele Verbrechen, außer der üblichen Diebstähle oder Einheimischen, die sich betranken und in Schlägereien verwickelten. In neun von zehn Fällen war es dasselbe halbe Dutzend, das den Ärger verursachte.“

Nathan lachte. „Wenn es nur immer noch so wäre ...“

„Sie hätten keinen Job mehr. Ernsthaft, wenn in Ihr Haus eingebrochen wurde, Ihr Autoradio gestohlen und das Wartehäuschen an der Bushaltestelle zerstört war, wusste man, dass es einer der Bennetts gewesen sein musste. Die waren eine Einfamilienbande.“

„Ach, die guten alten Zeiten ..." Nathan schüttelte den
Kopf in gespielter nostalgischer Stimmung, dann trat
er zurück, um mich in das Büro eintreten zu lassen.

Es war ziemlich ruhig, ich erkannte nur ein paar Polizisten, darunter auch derjenige, der mit auf den Klippen gewesen war, an dessen Namen ich mich aber
nicht mehr erinnern konnte. Er nickte mir zum Gruß
zu, als wir zu dem schmalen Büro in der Ecke des Raumes durchgingen.

Nathan führte mich in sein Büro und schloss dann die
Tür hinter uns. Er zog einen Stuhl heran, damit ich
mich setzen konnte, und platzierte sich dann auf dem
Rand seines Tisches.

„Schauen Sie mal, was ich hier habe ..." Er lehnte sich
zurück, griff in eine Tischschublade und holte ein Mobiltelefon in einer Beweistüte aus Plastik hervor.

„Das ist nicht Duncans?", fragte ich schnell; ich war
mir nicht sicher, ob ich die Fotos sehen wollte, die er
von mir gemacht hatte, oder irgendwelche Nachrichten von ihm und Genevieve lesen wollte.

Nathan schnaubte. „Natürlich ist es das nicht. Da war
nichts Interessantes drauf ..." Er grinste mich an, sah zu,
wie ich zusammenzuckte, dann schüttelte er den Kopf.
„Robert Holmes hatte das in seiner Tasche und ich
hoffte, dass wir rausfinden könnten, mit wem er zuletzt
gesprochen hatte."

„Ist es gesperrt?"

„Das war es, aber glücklicherweise war der Daumen
des Opfers noch intakt, also ..."

Ich sah ihn schockiert an. „Sie haben seinen Daumen
da draufgehalten, um es zu entsperren? Igitt ..."

„Ja, ich hätte heute Morgen wirklich keinen Besuch in der Leichenhalle gebraucht, aber es war nötig."

Ich schielte durch das Plastik auf den Bildschirm. Er war gesprungen, aber mehr als das, war er wieder gesperrt.

„Äh, es ist jetzt wieder gesperrt, oder nicht?"

Nathan sah es verwirrt an. „Ist es? Verdammt." Er bückte sich und begann wieder in der Schublade zu wühlen. „Zum Glück hab ich seinen Daumen hier irgendwo ..." Er setzte sich triumphierend auf. „Da haben wir ihn!"

Ich sprang in Alarmbereitschaft zurück und er brach in Gelächter aus, hielt mir seine Hand entgegen, die leer war. Ich boxte ihn.

„Oh, Sie verdammter Mistkerl!"

„Sie hätten ihr Gesicht sehen sollen! Au." Er griff sich an die Schläfen. „Lachen tut meinem Kopf weh. Aber das war es wert."

„Ja, *suuuper* lustig."

„Haben Sie wirklich gedacht, ich hätte einem toten Mann den Finger abgeschnitten, damit ich sein Handy entsperren kann?"

„Ja, aber *wie* haben Sie es dann geöffnet?"

„Ich bin wirklich in die Leichenhalle gegangen, aber nachdem ich es entsperrt hatte, hat mir einer der Technikjungs gezeigt, wie man die Zahlenkombination vom Passwort ändert." Nathan wischte sich mit den Fingern über die Augen. „Oh, das war ein Klassiker." Ich boxte ihn noch einmal. „Au. Bitte hören Sie auf, mich zu schlagen, oder ich muss Ihnen Handschellen anlegen." Ich kann ehrlich von mir behaupten, dass mir so etwas nie gefallen hatte, aber Nathan ließ seinem Kommentar ein anzügliches Zwinkern folgen und ich musste tief einatmen, um nicht gleich spontan in Flammen aufzugehen. Nicht dass er es bemerkt hätte. Er holte das Handy aus der Beweistüte hervor und holte einen weiteren Stuhl her, damit er neben mir sitzen konnte. „Wir haben es nach Fingerabdrücken untersucht. Nur ein paar: die des Opfers. Es wird wahrscheinlich keine volle Autopsie geben, nicht, wenn nicht noch mehr Beweise für Fremdeinwirkung ans Tageslicht kommen, aber wir haben einen toxikologischen Bericht angefordert", erklärte er. „Keine Drogen oder Alkohol in seinem Körper, was es weniger wahrscheinlich macht, dass er von der Klippe gefallen ist."

„Er ist nicht gefallen", sagte ich überzeugt. „Und er ist nicht gesprungen. Er war wütend, als er an mir vorbeikam. Er war bereit, sich zu streiten."

Nathan nickte. „Ja, das hat das Kameramaterial auch gezeigt. Er muss ziemlich erregt gewesen sein, wie er da an die Tür hämmerte. Aber was ist passiert, nachdem er Lowenna Cottage verlassen hatte? Ihr Freund Duncan war die letzte Person, von der wir wissen, dass sie ihn lebend gesehen hat."

„Hat er irgendwen angerufen?" Ich zeigte auf das Telefon, hoffte, dass ich so die Unterhaltung von Duncan weglenken könnte.

„Nein, was mich vermuten lässt, dass er erwartete, dass Genevieve Lorre– oder wen auch immer er treffen wollte – schon auf den Klippen warten würde, entweder weil er das persönlich mit ihr vereinbart oder irgendwie arrangiert hatte oder weil es der Ort war, an dem sie sich befinden musste.“ Er sah mir ernst ins Gesicht. „Wie Duncan Stovall, der zu der Zeit in seinem offenen Atelier sein musste. Er hat allerdings einen Anruf bekommen ...“

Nathan zeigte mir den Bildschirm. Es war nur ein kurzes Gespräch gewesen – höchstens zwei Minuten.

„Konnten Sie die Nummer nachverfolgen?“

„Ist ein Burner Phone – man bezahlt, was man gerade braucht, also werden kein Name oder andere Zugangsdaten hinterlegt. Es sollte uns möglich sein, herauszufinden, wo und wann die SIM-Karte verkauft wurde, aber es wurden nur zwei Telefonate geführt – dieses und dann eines, das direkt an ein *weiteres* nicht nachzuverfolgendes, unbenutztes Burner Phone ging – bevor es ausgeschaltet wurde, also wer auch immer es benutzt hat, wusste, was er tat. Ich wette darauf, dass sie die bar bezahlt und einen Laden ohne Überwachungskameras ausgesucht haben oder sichergingen, dass sie nicht zu erkennen waren.“

„Mist.“

„Jap. Aber der Zeitpunkt des Anrufs ist interessant.“

Ich sah mir die Daten des Anrufs noch einmal an. Viertel nach drei. „Inwiefern?“

„Duncan hat seiner Frau eine Minute vor drei eine Nachricht geschickt, dass ein komischer, kleiner Mann mit einer runden Brille nach ihr suchte, und fragte sie, was sie getan hatte, um ihn so aufzuregen. Die Nachricht wurde eine Minute nach drei gelesen, aber sie hat erst eine halbe Stunde später geantwortet.“

„Weil sie damit beschäftigt war, eine neue SIM-Karte in ihr Handy zu stecken ...“, sagte ich. Nathan lachte.

„Hm, ich frage mich, warum Sie sie so schnell in die Schuldig-Partei stecken“, sagte er. „Tut mir leid, dass ich Ihre Blase zum Platzen bringen muss, aber sie hat eine spontane Fragerunde nach ihrem Vortrag im Kunstzelt abgehalten. So was macht sie wohl öfter, nach Vorträgen länger bleiben. Ihre Freundin Debbie war dort. Das Ganze war um halb vier zu Ende.“

Debbie und Nathan sprachen miteinander? *Wann ist DAS denn passiert?*, dachte ich. Ich war mir nicht sicher, ob mir der Gedanke zusagte, dass Nathan und Debbie herzlich miteinander plauderten, aber ich war mir auch nicht sicher, ob es mir nicht gefiel, weil ich mir Sorgen machte, dass sie etwas Peinliches über mich erzählen könnte, oder weil sie mit ihm flirtete. Und wieso ich mir überhaupt Sorgen machen sollte, ob sie mit ihm flirtete, war mir völlig unklar.

„Okay … dann hat sie die Nachricht gesehen und jemand anderem davon erzählt, und *derjenige* hat Robert angerufen“, sagte ich. „Ich wette, Charles Harper war auch bei ihr, oder nicht? Und was glauben wir, hat Robert Holmes ausgegraben?“

„Wir wissen doch gar nicht, ob –“

„Schmutzige Details über Charles Harpers finanzielle Aktivitäten. Das ist total logisch! Er ist mit seinem Bodyguard da, angeblich, weil er Todesdrohungen bekommen hat, die er normalerweise ignoriert, weil er so viele davon kriegt und es ja schon so lange her ist.“ Ich dachte laut nach, aber es ergab alles Sinn. „Was, wenn der *wahre* Grund, weshalb er diesen Schläger mitgebracht hat, der ist, dass er begriff, dass jemand in seiner Vergangenheit wühlte, und er einen Helfer an seiner Seite haben wollte, der diese Person heimlich, still und leise entsorgen konnte, wenn derjenige der Wahrheit zu nahekam? Und als Genevieve diese Textnachricht erwähnte, hat *er* das Opfer angerufen und ein Treffen arrangiert und dann seinen Bodyguard hochgeschickt."

Nathan sah mich an. „Das ist tatsächlich eine nicht ganz absurde Theorie."

„Sie klingen überrascht."

„Das bin ich, ein bisschen ... Vergessen Sie aber nicht, dass, egal wo alle waren, als der Anruf getätigt wurde, Robert Holmes gesehen wurde, wie er Lowenna Cottage um etwa Viertel vor drei betrat, und danach ward er nicht mehr gesehen, bis er am Fuß der Klippen entdeckt wurde, um etwa Viertel vor acht. Und beide Male war die einzige Person, die ihn sah, Duncan, der zufällig auch die ganze Zeit auf den Klippen war, ob zum Spazieren oder im Cottage." Er streckte seine Hand aus und leerte seine Tasse, verzog das Gesicht, als er auf den kalten Kaffee am Boden der Tasse traf. „Ich stimme zu, dass Robert Holmes irgendetwas rausgelassen haben könnte, dass Charles Harper verärgerte, von dem wir wissen, dass er eine verdächtige Vergangenheit hat. Ich stimme zu, dass ihm das ein Motiv geben würde, aber sie können die Tatsache nicht übersehen, dass Duncan die besseren Möglichkeiten hatte."

KAPITEL 16

Duncan hatte die besseren Möglichkeiten gehabt. Das konnte ich nicht leugnen. Bis wir genau wissen würden, wo Robert Holmes in der Zeit zwischen dem Verlassen des Cottage und des Auftauchens am Fuß der Klippe gewesen war, würde Duncan ein Verdächtiger bleiben.

Ich dachte vorsichtig darüber nach. Wir hatten nur Duncans Wort, dass das Opfer das Haus durch den Wintergarten verlassen hatte. Auf dieser Seite des Hauses gab es keine praktischen Vogelkameras und niemand hatte sich gemeldet, der in der Nähe gewesen war und ihn auf den Klippen gesehen hatte; die meisten der Stadtbesucher waren auf dem Festival gewesen oder vielleicht auch am Strand, weil es so ein schöner Tag gewesen war.

Also, was, wenn Robert Holmes das Cottage *nicht* verlassen hatte? Hätte Duncan ihn wirklich dort alleine gelassen, um auf Genevieve zu warten, während er zum Malen ausging? Oder hatte er ... hatte er ihn schon umgebracht und die Leiche dort gelassen, bis es dunkel genug wäre, sie zu bewegen? Beides schien unwahrscheinlich; er hätte ihn in dem Moment töten müssen, in dem er den Fuß über die Schwelle gesetzt hatte, auch so, dass seine Verletzungen mit denen übereinstimmten, die entstanden, wenn man von einer Klippe stürzte, und er *hätte* sowieso nicht auf eine gute Zeit gewartet, um ihn zu bewegen, denn es war immer noch hell genug, dass ein vorbeifahrender Fischer Duncan dabei sehen konnte, wie er später auf den Felsen mit den Armen ruderte.

Nathan seufzte. „Ich kann sehen, wie Rauch aus Ihren Ohren strömt. Na los, sagen Sie mir, dass ich mit Duncan total falschliege."

Ich schüttelte den Kopf. „Das kann ich nicht, oder? Er *hatte* die Möglichkeit. Aber was ein Motiv angeht, weiß ich ja nicht. Und sein Verhalten ergibt keinen Sinn, sollte er der Killer sein. Warum seiner Frau eine Nachricht schicken? Warum auf die Klippen gehen? Warum hinunterklettern?"

„Ich weiß, dass das keinen Sinn ergibt, aber das tun Morde selten." Nathan gähnte und streckte sich, hob die Arme über seinen Kopf. Meine Augen fielen sofort auf seine Brust und das schicke Hemd, das sich darüber spannte. Er war nicht so breit gebaut wie Duncan, aber die Muskeln darunter waren schön definiert ... Ich sah weg, bevor er bemerkte, dass ich ihn beobachtete, aber ich war etwas zu langsam. *Peinlich*, dachte ich. *Sag was, schnell!*

„Duncan meinte, er hätte ein Wimmern gehört, als er auf den Klippen entlanglief und dass er deshalb nach unten gesehen und den Toten entdeckt hatte", sagte ich. „Passt das mit dem Todeszeitpunkt zusammen?"

„Der Doc meint, der Tod ist in der Stunde vor der Bergung der Leiche durch das Rettungsteam eingetreten. Das bedeutet, dass Holmes wahrscheinlich noch am Leben war, als Stovall zu ihm runtergeklettert ist, ja. Es bedeutet nicht, dass er ihn nicht gestoßen hat."

Ich stöhnte. „Ach, kommen Sie schon …"

„Denken Sie mal darüber nach. Sie schubsen jemanden von der Klippe, die Flut kommt und die Wellen sind an diesem Tag ziemlich hoch. Sie erwarten, dass derjenige sofort tot ist, ins Wasser fällt und hoffentlich weggespült wird, weit weg von dort, wo Sie sind, und mit etwas Glück, wird er erst ein paar Tage später ein paar Meilen entfernt an der Küste angespült. Stattdessen fällt derjenige auf einen Rand und ist immer noch am Leben. Wenn Sie ein selbstbewusster Kletterer wären, dächten Sie vielleicht, dass es das Risiko wert sein würde, hinunterzusteigen, den Job zu Ende zu bringen und die Leiche zu entsorgen."

„Wenn Sie ein selbstbewusster Kletterer wären und wahrscheinlich nicht auf einem Felsen festsitzen würden", bemerkte ich. „Was hier nicht der Fall war, stimmt's? Duncan saß fest. Das Rettungsteam musste ihn mit einem Seil raufziehen."

„Ich meine ja nur, lassen Sie uns noch niemanden freisprechen." Er hielt das Telefon in einer Hand und die andere abwehrend in die Höhe. „Wie auch immer, lassen wir uns nicht ablenken. Wollen wir Robert Holmes' E-Mails checken …?"

***

Robert Holmes war überraschenderweise so etwas wie ein Technikliebhaber gewesen. Für jemanden, der so absurd altmodisch ausgesehen hatte, mit seinem Seidenschal und seiner runden Brille, hatte er eine Menge Apps auf dem Handy, und zu unserem Glück war er noch überall eingeloggt.

Wir checkten seine E-Mails und lasen uns durch den Posteingang, aber es fand sich, sehr zu meiner Enttäuschung, leider kein schlüpfriger oder belastender Dreck über Charles Harper (oder Genevieve Lorre, wenn wir schon mal dabei sind). Es gab einige E-Mails zwischen ihm und Lauren Fulstrop über die Details des Festivals und seiner Reservierung im B&B. Da war eine E-Mail einer Online-Buchhandlung, die den Kauf eines E-Books bestätigte – Genevieves *Biografie eines Meisterwerks*, das von den Penstowan-Bildern handelte. Ich dachte, dass er eifersüchtig auf Genevieves Erfolg gewesen war, aber dennoch konnte er nicht widerstehen, einen Blick auf ihr Debüt und größten Bestseller zu werfen, aber der Kauf war auf den Tag vor seinem Tod datiert, also hatte er wohl nicht mehr die Gelegenheit gehabt, es zu lesen.

Wir durchsuchten seine E-Mail-Ordner, aber er speicherte sehr wenige seiner Korrespondenzen und es gab nichts Kontroverses, das wir finden konnten, und auch keine Erwähnung von Harper, Genevieve oder Duncan.

„Was ist mit seinem Laptop?", fragte ich. Nathan schüttelte den Kopf und wies auf ein MacBook, das auf einem nahen Tisch stand, eingewickelt in eine weitere Plastiktüte.

„Ich bin noch nicht reingekommen", sagte er. „Es ist passwortgeschützt. Die Technikjungs müssen sich darum kümmern, aber die sitzen in Truro, also dachte ich, ich probier es selbst mal."

„War er verheiratet?", begann ich. „Hatte er Kinder?"

„Nö. Alleinstehender Mann, keine Geliebte, keine Kinder, soweit wir wissen. Eine Schwester in Woking, ein paar Nichten und Neffen. Wieso?"

Ich dachte über das Passwort meines Laptops nach: *Daisy123*.

Nicht gerade das sicherste und als ehemalige Polizistin sollte ich es wirklich besser wissen, aber ich hatte es einfach schnell eingegeben, als ich meinen neuen Computer einstellte, und hatte es nie geschafft, es zu ändern. „Wir finden sein Passwort vielleicht heraus, wenn wir etwas mehr über ihn erfahren."

Ich nahm das Telefon aus Nathans Hand und klickte das Facebook Icon an und wurde sofort von dem Bild eines lächelnden (nicht wiederzuerkennenden) Robert Holmes begrüßt, der einen wunderschönen Huskywelpen auf dem Arm hielt. *Happy Birthday to me!* Stand unter dem Post. *Mein neuer Seelenverwandter, Nanook.*

„Keine Kinder, aber ein wunderschöner Hund", sagte ich. „Ich hoffe, es kümmert sich jemand um den ..."

Nathan zuckte mit den Schultern. „Ein Versuch ist es wert", meinte er und öffnete den Laptop. Ich sah zu, wie er *Nanook123* eingab und lachte. Er sah mich grinsend an. „Sagen Sie mir nicht, Ihr Passwort ist *Daisy123*?"

„Möglich ..."

Nathan drückte Enter. Das Eingabefeld wackelte; es war falsch. Ich sah wieder auf den Facebook-Post. Es war am 18. Juni veröffentlicht worden. „Versuchen Sie seinen Geburtstag. *Nanook18*", schlug ich vor. Er tippte es ein und drückte Enter.

„Verdammt!", schrie Nathan, als der Laptop zum Leben erwachte. „Gute Arbeit, Jodie."

Ich lächelte. „Wir sind ein gutes Team."

Wir sahen die E-Mails auf dem Laptop auch noch einmal durch, für den Fall, dass er einen zweiten Account hatte, aber wir konnten nur dasselbe finden, was auch auf seinem Handy gewesen war.

„Sehen Sie in seinen Dokumente-Ordner“, machte ich zum Vorschlag. „Lassen Sie uns mal nachsehen, ob wir herausfinden, woran er gearbeitet hat.“

Robert Holmes war bei der Arbeit methodisch und sauber vorgegangen; innerhalb seines Dokumente-Ordners waren weitere Ordner, alle mit den Namen seiner Bücher betitelt oder den Zeitungen, für die er schrieb. Nichts fiel als kontrovers genug auf, was ihn das Leben gekostet hätte, und es würde den ganzen Tag dauern, das alles zu lesen.

„Das muss das Letzte gewesen sein, woran er gearbeitet hatte“, sagte ich. „Am Tag seines Todes hat er es zum ersten Mal Lauren gegenüber erwähnt, also muss er auf etwas gestoßen sein, das zu wichtig war, um damit bis nach dem Festival zu warten. Schauen Sie in Word nach; da gibt es eine ‚zuletzt geöffnet‘-Option oder so was im Menü ...“

Nathan klickte in die Menüleiste und fand die Leiste ‚zuletzt geöffnet‘. Er stieß einen Pfiff aus.

„Was haben wir denn da? Kein Titel, nur das Datum, an dem er angefangen hatte, daran zu arbeiten. Letzte Woche.“

„Öffnen Sie es!“, schrie ich, lehnte mich vor, aber als er die Datei anklickte, tauchte eine Fehlermeldung auf.

„Sie ist nicht mehr da“, sagte er. „Sehen Sie mal den Dateienverlauf an. Es wurde auf einen externen Speicher übertragen.“

„Mist.“ Ich lehnte mich enttäuscht zurück und Nathan tat es mir nach.

„Vielleicht dachte er, dass es ein zu gefährliches Exposé war, um es auf seinem Laptop zu lassen", überlegte Nathan. „Wahrscheinlich hat er es auf einen USB-Stick geladen. Der wäre einfacher zu verstecken. Ich schicke einen der Jungs ins B&B, um das Zimmer noch mal zu durchsuchen, aber ..."

Wir saßen einen Moment in gemeinschaftlichem, frustriertem Schweigen da, bis das Telefon, das ich in meinen Händen hielt, brummte und uns erschreckte. Wir sahen einander an, dann das Telefon.

„Ich nehme nicht an ...", sagte Nathan. Ich las die Textnachricht und seufzte.

„Nein, nur eine automatische Benachrichtigung einer Mietwagenfirma, die ihn daran erinnert, dass er das Auto morgen zurückbringen muss." Ich runzelte die Stirn. „Die Firma ist in Barnstaple."

„Na und?"

„Warum mietet er ein Auto bei einer Firma in Barnstaple? Er wohnte nicht hier in der Nähe, oder?"

„Nein, er lebte in Windsor", antwortete Nathan.

„Also hat er es nicht gemietet, um hierher zum Festival zu fahren. Dafür hätte er eins näher an seinem Wohnort gemietet ..."

Wieder sahen wir einander an. Ich entsperrte das Telefon und öffnete die Karten App, dann tippte ich auf das Suchfeld. Eine Reihe kürzlich nachgesehener Orte tauchten auf, die neueste Suche war eine Adresse in St Mawes, etwas weiter die Küste von Cornwall runter. Ich hielt Nathan das Telefon so hin, dass er den Bildschirm erkennen konnte.

„Bingo!"

Wir schlugen die Adresse nach, aber es war dort nichts gelistet; es war ein Privathaus. Ich war drauf und dran ins Auto zu springen und runterzufahren, aber Nathan bemerkte, dass es eine drei Stunden lange Autofahrt und bereits mitten am Nachmittag war. Wir hatten keinen Grund anzunehmen, dass, wer auch immer bei dieser Adresse wohnte, der Mörder war, oder im weitesten Sinne etwas mit Robert Holmes' Tod zu tun hatte, also wäre es das Beste, zu einer zivilisierten Zeit dort aufzutauchen, vielleicht morgen sogar erst anzurufen (wenn möglich). Ganz nebenbei hatte Nathan auch noch Pläne, mit Charles Harper zu sprechen.

„Warum haben Sie das vorhin nicht gesagt?", sagte ich und sprang auf. „Wo treffen wir ihn?"

„Oh nein", sagte Nathan bestimmt, schüttelte den Kopf. „Wir reden hier von Charles Harper. Er ist kein Dummkopf und ich nehme an, dass er schon einige Male von der Polizei verhört wurde. Wenn ich da jetzt mit einer Zivilistin auftauche –"

„Einer Beraterin", protestierte ich.

„Einer *inoffiziellen* Beraterin", korrigierte er. „Es ist ja nicht so, als würden wir Sie bezahlen."

„Dann tun Sie's. Kommen Sie, Sie können nicht ohne mich mit ihm reden; ich war es, die herausgefunden hat, dass er hinter allem steckt!"

„Ein weiterer Grund, weshalb ich Sie raushalten sollte", sagte er. „Ich bin immer noch offen für alles. Sie sind zu schnell damit, jemanden – *irgendwen* – zu verurteilen, nur um Ihren Freund Duncan zu entlasten."

„Das ist nicht wahr!" Ich sagte es kraftlos, weil ich wusste, dass ich eine verlorene Schlacht ausfocht. Und um ehrlich zu sein, Nathan hatte recht; ich war mir schon sicher, dass Harper auf irgendeine Weise etwas damit zu tun hatte.

Nathan lächelte und streckte seine Hand nach Robert Holmes' Telefon aus. Ich seufzte und gab es heraus.

„Ich schließe Sie nicht von den Ermittlungen aus", sagte er. „Gott weiß, warum nicht; es würde mein Leben so viel einfacher machen."

„Ja, aber das haben Sie schon mal versucht, erinnern Sie sich? Als Sie Tony einen Mord anhängen wollten."

„Ich wollte niemandem etwas anhängen –" Er hielt inne, als er mein Grinsen wahrnahm. „Ärgern Sie mich bloß nicht, ich bin zu verkatert, um zu kapieren, wenn Sie es machen. Sehen Sie, ich kann Sie wirklich nicht mit zu Charles Harper nehmen. Der Mann wird Sie sehen und sich weigern, ohne seinen Anwalt zu sprechen, und wenn der erst mal da ist, krieg ich nichts mehr aus ihm raus. Ich lass es Sie wissen, was ich herausgefunden habe, wenn wir morgen unseren Roadtrip machen."

„Sie nehmen mich mit nach St Mawes?", fragte ich.

„Natürlich. Das liegt tief im cornischen Inland; ich werde jemanden brauchen, der mit den Einheimischen kommunizieren kann …"

Kapitel 17

Ich überließ Nathan seiner Vorbereitung, für das, was wohl Spiel und Spaß mit Charles Harper sein würde (es tat mir immer noch weh, dass ich das verpassen würde, obwohl ich seine Argumentation verstand), und ging zurück zum Festival. Ich schickte Daisy eine Nachricht, um rauszufinden, wo sie war, und bekam sofort eine zurück, die mir mitteilte, dass es ihr gut ging und dass sie bei Jade zu Hause war und mit dem Hund spielte – was heißen sollte, *hör auf zu nerven, Mum.* Ich kam am Rand des Parkplatzes an und stoppte, sah gedankenverloren den Hügel hinauf. Duncan hatte ein paar gute Stunden gemalt. Sicher wäre er jetzt zu einer Pause bereit ...?

Ich drehte eine kurze Runde im Erfrischungszelt und nahm ein paar Safranbrötchen mit (ich war zufrieden, als ich sah, dass nur noch wenige übrig waren) und machte mich wieder auf und davon, bevor Mum mich bemerkte, aber sie war zu beschäftigt damit, mit ihrer Freundin Anthea (die mit den Augen) zu sprechen, die sich offensichtlich von dem erholt hatte, was sie davon abgehalten hatte, am Eröffnungsabend zu helfen. Ich schuldete ihr und Joanie ein Dankeschön, wirklich, denn wenn sie mir nicht abgesagt hätten, hätte ich den Großteil des Abends versteckt in der Küche verbracht, anstatt mich eisern mit dieser hässlichen Bluse ans Büfett zu stellen, und ich hätte Duncan nicht kennengelernt. Hm. Vielleicht war es noch zu früh, zu entscheiden, ob ich ihnen dafür danken oder sie verfluchen sollte.

Mit zwei Brötchen, in eine Serviette eingewickelt und in meine Tasche gestopft, wanderte ich den Hügel hinauf zu Lowenna Cottage. Es war ein weiterer wunderschöner Tag, obwohl es heute windiger war, was die Sonne weniger stark wirken ließ. Nachdem ich an der Baumreihe vorbei war, in der sich die cornischen Krähen häuslich eingerichtet hatten, gab es auf den Klippen keinen Schatten mehr, weshalb vermutlich niemand hier oben gewesen war an dem heißen Tag, an dem Robert Holmes starb. Der einzige Schattenplatz an diesem Tag war die Bank gewesen, auf der Duncan und ich unseren ersten Kuss hatten, umrahmt von Ginster und Brombeerbüschen.

Ich lief den Gartenpfad entlang, nicht sicher, ob ich an der Eingangstür klopfen oder zum Wintergarten herum gehen sollte, aber die Haustür stand weit offen, beschildert mit Hinweisen zu dem offenen Atelier und ich konnte Stimmen hören. *Verdammt.* Ich hoffte, keine davon gehörte Genevieve.

Meine Ängste waren schnell beseitigt. Die Stimmen wurden lauter und drei ältere, aber gut gekleidete Touristinnen erschienen in der Tür, mit Duncan im Schlepptau.

„Es ist so interessant, dem Künstler bei der Arbeit zuzusehen", sagte eine von ihnen.

„Danke, dass Sie gekommen sind", sagte Duncan, der versuchte sie aus der Tür zu schieben. Die Dame vor mir bemerkte, dass ich auf dem Gartenweg wartete und hielt abrupt an, was einen Seniorenauffahrunfall verursachte. Duncan sah verärgert auf und nahm mich ebenfalls wahr. Sein Gesicht wandelte sich zu einem erleichterten Lächeln.

Ich trat zur Seite. „Bitte, ich will Sie nicht aufhalten", sagte ich und deutete ihnen mit einem Lächeln an, an mir vorbeizugehen. Ich hielt die Safranbrötchen nach oben. „Ich bin nur hier und gehe sicher, dass unser Künstler nicht in seinem Kämmerlein verhungert." Alle drei sahen mich beim Vorbeigehen genau an, versuchten sich offensichtlich zu entscheiden, ob ich die lokale Schönheit war.

„Gott sei Dank. Ich dachte schon, die gehen nie mehr", sagte Duncan durch zusammengebissene Zähne, während er ihnen winkte, als die Frauen am Gartentor stehen blieben. Er schloss die Tür hinter uns fest und führte mich ins Innere des Cottage, hindurch in den Wintergarten. „Es war so peinlich. Sie haben mir nicht mal wirklich beim Malen zugesehen – was so schon peinlich genug gewesen wäre; sie haben es sich bloß auf meinem Sofa bequem gemacht und über ihre Senkfüße gesprochen."

Ich ließ mich auf die Couch fallen und klopfte auf das Kissen neben mir. „Um fair zu sein, es ist ein sehr bequemes Sofa."

Er setzte sich neben mich. „Das ist wahr ..." Er lehnte sich zu mir hinüber und für ein paar Minuten vergaß ich alles, was mit Touristen, Gemälden und Brötchen, die ich immer noch festhielt, zu tun hatte.

***

Irgendwann mussten wir uns, zum Atmen, doch voneinander trennen. Duncan wusch vorsichtig seine Pinsel aus, während ich losging und in der Küche nach Tellern, Messern und etwas Butter suchte. Puristen sagten, man müsse Safranbrötchen ohne etwas genießen, so wie sie waren, aber meiner Ansicht nach waren sie halbiert, mit ein wenig Butter oder sogar Sahne, unschlagbar gut. Ich hatte die Clotted Cream, diese feste Sahne, beinahe vergessen, während ich in London lebte, aber nun, da ich zurück war, wollte ich sie auf *allem*.

Wir saßen zusammen am Küchentisch, ein großes, gestrichenes Ding aus Pinienholz mit Bänken, anstelle von Stühlen, zu beiden Seiten, aßen unsere Brötchen und unterhielten uns.

„Wo ist Genevieve?", fragte ich. „Ich weiß, ihr habt diese offene Ehesache, aber mir gefällt die Idee immer noch nicht, dass sie nach Hause kommt und uns findet."

Duncan schüttelte den Kopf. „Wird sie nicht. Sie hat heute Nachmittag eine Autogrammstunde in irgendeiner Galerie in Bideford."

„In der Burton Art Gallery?"

Er nickte. „Ja, ich glaube, so hieß sie. Es soll zwischen drei und vier Uhr nachmittags sein, aber sie bleibt immer länger, um mit den Fans zu sprechen, die sie anbeten." Er sagte es ohne Verbitterung in der Stimme. „Sie liebt diese Seite des Geschäfts – die Partys, die Galerieeröffnungen, mit den Medien sprechen und das alles. Ich hasse es, schon immer."

Ich dachte plötzlich daran, was Nathan über ihren Aufenthaltsort am Tag von Robert Holmes' Tod gesagt hatte.

„Der Tag, an dem Robert Holmes er– Der Tag, an dem Robert Holmes bei den Klippen gefunden wurde“, sagte ich vorsichtig, „ging ihr Vortrag um eins los, oder? Und er sollte um zwei fertig sein, aber sie sprach länger und warf noch eine Fragerunde ein, die über eine Stunde ging.“

Duncan nickte. „Ja. Wie ich sagte, so was macht sie immer. Ich wusste, dass sie noch lange brauchen würde, was uns beiden viel Zeit auf der Anhöhe gab ...“ Er streckte seine Hände aus und ergriff meine, lächelte und ich zwang mich, mich wieder auf die Fragen zu konzentrieren, die sich in meinem Kopf bildeten.

„Ich brauche etwa zwanzig Minuten, um vom Festival hier heraufzulaufen“, sagte ich. „Ich bin recht zügig gelaufen, und habe eine Abkürzung über den Klippenpfad genommen, über den Pub-Parkplatz, von dem Besucher wahrscheinlich nichts wissen.“

„Na und?“ Duncan sah mich an, die Stirn gerunzelt.

„Also, als ich Robert Holmes auf dem Hügel begegnete, war es zwanzig nach zwei. Das heißt, er muss das Festival spätestens um zwei verlassen haben.“

„Wenn er tatsächlich von dort kam“, sagte Duncan.

„Als ich das Festival verließ, war es zehn nach eins und er war gerade von Nathan von Genevieves Vortrag entfernt worden. Er hielt ihn eine Weile dort fest, damit er sich beruhigte, ich weiß nicht, wie lange ...“

„Na und? Worauf willst du hinaus?“ Duncan wurde langsam gereizt, aber ich machte einfach weiter.

„Also hat er das Festival verlassen und war hier hochmarschiert, um Genevieve zu treffen, bevor sie ihren Vortrag überhaupt beendet hatte. Selbst wenn sie nicht noch dageblieben wäre, um danach mit den Leuten zu reden, selbst wenn sie ihren Vortrag um Punkt zwei beendet hätte, wäre sie auf keinen Fall vor ihm im Cottage gewesen. Er muss das gewusst haben."

Duncan runzelte die Stirn. „Er könnte gedacht haben, dass sie ein Taxi zurückgenommen hatte –"

„Selbst wenn sie das getan hätte, vom Stadtzentrum führt nur ein Weg hinaus. Man musste den ganzen Weg umfahren und dann die Straße Richtung Bude nehmen, bevor man auf den Cliff View Drive abbiegen könnte. Es ist nicht schneller, als zu laufen. Warum sollte Robert Holmes trotzdem zum Reden hierherkommen? Es wäre sehr viel einfacher, sie auf dem Festival in die Ecke zu drängen."

Duncan ließ meine Hände los und stand auf.

„Ich weiß nicht, Jodie. Du *sagst,* du bist auf meiner Seite, du *sagst,* du glaubst mir, aber im Moment fühlt es sich an, als würde ich von der Polizei verhört werden. Bin ich unter Verdacht? Warum fragst du mich nicht einfach direkt, ob ich lüge?"

„Lügst du?", fragte ich. Er warf seine Arme verärgert in die Höhe.

„Um Himmels willen! Nein, ich lüge nicht! Wieso sollte ich dich anlügen?"

„Weil jemand an deine Tür geklopft hat und ein paar Stunden später tot war", rief ich. Ich hasste es, wie sich die Worte, die da aus meinem Mund kamen, anhörten. Ich klang wie Nathan. „Und bevor du etwas sagst, nein, ich denke nicht, dass du lügst, und ich denke auch nicht, dass du ihn getötet hast."

„Aber du denkst, dass ich etwas damit zu tun habe."

„Nein. Nein, das tue ich nicht ..." Aber ich hörte mich für mich selbst nicht mal überzeugend an. Er lief zum

Fenster hinüber und starrte raus zu dem Klippenrand, atmete schwer; ich konnte nicht sagen, ob er wütend oder verärgert war. *Ich hab's ja gesagt, fang nicht wieder eine komplizierte Beziehung an*, sagte eine kleine, schlaue Stimme in meinem Kopf. Ich sprang auf und ging zu Duncan, berührte ihn am Arm und drehte ihn mir zu.

„Duncan, bitte, ich glaube ehrlich nicht, dass du etwas mit seinem Tod zu tun hattest, nicht absichtlich zumindest." Er hob die Augenbrauen. „,Nicht absichtlich?' Was soll das denn bedeuten?"

„Ich meine, es scheint, dass, weshalb auch immer er hier war, hatte mit Genevieve und vermutlich auch Charles Harper zu tun, und die haben mit dir zu tun. Was hat er wirklich gewollt?"

„Ich hab doch gesagt, er wollte zu Gen–"

„Nein." Ich schüttelte den Kopf. „Ich meine nicht, was er gesagt hat. Ich meine, was *wollte* er? Er wollte reinkommen, selbst, nachdem du ihm gesagt hattest, dass sie nicht da wäre. Und dann lungerte er herum, wollte sich mit dir unterhalten."

Duncan wirkte nachdenklich. „Weißt du, als er an die Haustür klopfte, war es nicht nur ein Klopfen, er hämmerte regelrecht dagegen. Er sah zornig aus, als ich die Tür öffnete, aber auch irgendwie überrascht, als er mich sah."

„Aber er muss doch gewusst haben, dass du da sein würdest? Das offene Atelier –"

„Er wirkte – das klingt jetzt vielleicht komisch – es schien, als wäre er total aufgeplustert und dann sah er mich und ihm ging die Luft aus. Ergibt das irgendwie Sinn?"

„Natürlich!" Ich schlug mir selbst mit der Hand auf die Stirn, als ich mich an die Vogelkamera erinnerte. „Das habe ich auch gedacht, als ich die Aufnahmen sah. Er sieht aus, als wäre er bereit, sich zu prügeln, dann öffnest du die Tür, und du bist ein großer Kerl, viel größer als er, und er schreckt zurück. Es sah aus, als ob er Angst vor dir hätte."

Ich dachte scharf nach. Und dann erinnerte ich mich an etwas, das Lauren Fulstrop erwähnt hatte, das früher am Tag passiert war.

„Vielleicht war er gekommen, um mit dir zu sprechen", sagte ich. „Er wollte dir etwas sagen, etwas über Genevieve, weil er verärgert darüber war, dass Lauren sie ihm vorzog, und als er dich sah, änderte er seine Meinung, weil er dachte, dass du auf ihn wütend sein könntest, also fragte er stattdessen nach Genevieve, obwohl er genau wusste, dass sie nicht da sein würde."

„Okay ... das klingt plausibel, nehme ich an ..." Duncan wandte sich einen Moment von mir ab und ich bekam den Eindruck, dass er sich auf etwas vorbereitete. „Aber was wollte er mir sagen, das so furchtbar war?"

„Lauren erzählte mir, dass sie im Hotel ein Frühstücksmeeting hatten an diesem Morgen. Du und Genevieve haben die Eröffnungsparty am Abend zuvor früher verlassen, nicht? Also konnte sie sich mit Charles Harper treffen und die Nacht bei ihm verbringen. Robert Holmes sah die beiden zusammen zum Frühstück kommen und Lauren meinte, er sei schockiert gewesen."

Duncan drehte sich mit überraschter Miene um. „Du meinst, er könnte hergekommen sein, um mir von der Affäre zu erzählen?" Er lachte kurz auf, und es schien mir, als wäre da ein Hauch Erleichterung dabei. „Oh mein Gott, und ich dachte schon, es könnte ... ich weiß nicht, irgendetwas Schlimmeres gewesen sein."

„Wie was?"

„Oh, keine Ahnung, ich weiß es wirklich nicht. Aber es stellt sich heraus, es war etwas, was ich tatsächlich schon wusste." Er zog mich zu sich und ich ließ die Umarmung zu. „Ich glaube, du liegst ganz richtig. Ich glaube, das ist genau das, was passiert ist. Es ergibt Sinn, oder nicht? Sich an jemandem rächen zu wollen, den er als Rivalen sieht, indem er ihre Affäre an den Ehemann verrät." Er lachte, hob mein Kinn an. „Wenn er nur gewusst hätte ..."

***

Ich blieb nicht viel länger; ich vertraute mir nicht gänzlich in Duncans Nähe. Ich wusste immer noch nicht, was es war, was ich an ihm mochte, abgesehen von den offensichtlichen Dingen, wie dass er ein bisschen mysteriös war, berühmt, reich ... Er brachte mich zum Lachen, aber das schaffte Tony auch; er war physisch sehr attraktiv, aber das war Nathan auch, selbst mit einem Riesenkater. Ließ es sich alles auf die simple Tatsache zurückführen, dass Duncan, im Gegensatz zu Nathan, es offensichtlich machte, dass er mich mochte und sich auf mich stürzte? War ich wirklich so einfach zu erobern? Es sah ziemlich danach aus, als wäre die Antwort dazu *Ja*.

Ich schüttelte den Kopf angesichts meines lächerlichen, irrationalen, ja geradezu unverantwortlichen Verhaltens, aber ich konnte nicht leugnen, dass mein

Herz jedes Mal schneller schlug, wenn ich ihn sah, und ich würde lügen, wenn ich behauptete, dass mir das Drama dieser Situation nicht gefallen würde.

Ich fuhr nach Hause – ich war so tief in Gedanken, dass ich beinahe vergaß, dass ich mein Auto auf dem Parkplatz gelassen hatte –, nachdem ich Mum zuerst vom Festival eingesammelt und Daisy bei Jade abgeholt hatte (ihr Haus lag nur sechs Häuser weiter von uns), und ich verbrachte den Abend damit, mich zu fragen, was das ‚Schlimmere‘ sein könnte, das Duncan sich vorgestellt hatte.

KAPITEL 18

Die Nacht verbrachte ich damit, mich zu fragen, ob Nathan mich wohl anrufen und mir alles über sein Gespräch mit Charles Harper erzählen würde, aber er tat es nicht. Ich war mir nicht sicher, ob das bedeutete, dass er nichts erfahren hatte oder ob er mich nicht mehr zur Hilfe haben wollte, so wie es in der Vergangenheit passiert war. Als wir zusammen an dem Mord an Tonys Ex-Frau, Mel, gearbeitet hatten, erzählte er mir, dass er auf der Wache niemanden zum Reden hatte, niemanden, mit dem er seine Theorien durchsprechen konnte. Er wurde immer noch wie ein Außenseiter behandelt, da er erst seit wenigen Monaten in Penstowan wohnte (um fair zu bleiben, jeder, der seit weniger als drei Generationen hier lebte, wurde mit Argwohn beäugt); plus, als der hochrangigste, erfahrenste Polizist auf der Wache würde es nichts bringen, mit den Kollegen zu sprechen, weil sie ihm vermutlich einfach zustimmen würden. Während ich hingegen keinerlei Verpflichtung fühlte, ihm Honig ums Maul zu schmieren oder ihn bei Laune zu halten, und ich hielt mich nicht damit zurück, ihm zu sagen, wenn ich dachte, dass er Mist erzählte. Er hatte mich damals ein paar Mal angerufen, war sogar bei mir zu Hause aufgetaucht und ich will nicht leugnen, dass es ein bisschen wehtat, dass er das schon lange nicht mehr getan hatte. Es entging mir auch nicht, dass Nathan Withers mich, für jemanden, der eigentlich ein Freund sein sollte, eine überraschende Anzahl an schlaflosen Nächten gekostet hatte.

Am nächsten Morgen erwachte ich von einer Textnachricht von ihm.

Bin um 9.30 da. Habe eine Playlist fertig für unseren Ausflug. Hoffe, Sie mögen Country-Musik ...

Ich lachte und hoffte inständig, dass der Country-Musik-Kommentar wirklich ein Scherz war. Ich war mir nicht sicher, ob ich drei Stunden Kenny Rogers ertragen würde.

Mum war in der Küche, bediente sich an meinem Granola (ich sollte langsam wirklich Miete von ihr zu verlangen) und Daisy aß Toast mit Marmite, als ich hinunterkam, schon angezogen.

„Oh, du siehst aber hübsch aus", sagte Mum. „Ist das ein neues Kleid? Dreh dich mal."

„Sei nicht albern", sagte ich und zog den Saum hinunter. Es *war* ein neues Sommerkleid – ich trug sie nicht oft – und ich fühlte mich darin jetzt schon unwohl, auch ohne ihre Kommentare. „Ich habe dir doch erzählt, dass ich heute mit Nathan jemanden verhören gehe und ich muss dafür anständig aussehen."

„Ich bin sicher, ihm würde es gefallen, wenn du *unan*ständig aussehen würdest", sagte Mum und grinste, den Mund voll mit Haferflocken. Daisy schüttelte sich.

„Hör auf, Oma", sagte sie und sah mich von oben nach unten an. „Willst du wirklich so rausgehen?"

„Was stimmt denn nicht damit?", fragte ich und wünschte mir insgeheim, ich hätte doch meine Jeans angezogen.

„Bisschen kurz, nicht?"

„Bück dich mal", sagte Mum. „Ein bisschen Oberschenkel ist okay, solange wir deine Unterwäsche nicht sehen können." Sie überlegte einen Moment. „Und selbst *das* wäre okay, wenn du dich um deine Bikinizone gekümmert hast."

„OMA!"

„Oh mein Gott", sagte ich, „hört ihr beide bitte damit auf? Ich muss wie eine Polizistin oder Beraterin oder so was aussehen, und die einzigen smarten Sachen, die ich habe, sind meine Leinenhosen, auf denen ich vor kurzem Chorizo-Risotto verkleckert habe, oder das hier. Ich werde aber gleich raufgehen und mir einen Müllsack anziehen."

„Nein, nein, du siehst sehr hübsch aus." Mum lächelte versöhnlich. „Ich bin mir sicher, Nathan gefällt's."

Daisy verdrehte die Augen, sagte aber nichts. Ich setzte Wasser auf und machte mir Frühstück, aber aus irgendeinem Grund war mir ganz flau im Magen.

Eine Minute vor halb zehn war zu hören, wie ein Auto draußen vorfuhr und als die Uhr exakt halb zehn schlug, klopfte es an der Tür. Ich öffnete und fand Nathan vor, der sehr viel wacher und aufmerksamer aussah, als er es gestern gewesen war. Er schob seine Sonnenbrille auf seine Nasenspitze und sah mich über den Rand an, seine Augen nahmen das Kleid auf, bevor sie bei meinem Gesicht ankamen, das sich bereits erhitzte.

„Bereit?", fragte er. Ich nickte.

„Sie haben ja wieder ganz glitzernde Augen und sind herausgeputzt", sagte ich, nahm meine Tasche. „Wunderbar, was eine gute Nachtruhe bewirken kann."

Er grinste. „Sich von Ihrem Kumpel und seinem Apfelwein fernzuhalten, hilft auch."

„Hallo, DCI Withers!", rief Mum, die hinter mir auftauchte. „Schön, dass Sie sich auch ein bisschen hübsch gemacht haben, besonders da Jodie sich so viel Mühe gegeben hat."

Ich werde sie im Schlaf umbringen, dachte ich und biss die Zähne zusammen.

„Ja", sagte Nathan beschämt. „Sie sieht hübsch aus." Er wandte sich an mich. „Sie sehen ... Sie sehen ... hübsch aus. Wir sollten wirklich los; es wird eine lange Fahrt ..."

„Nicht lang genug", sagte ich und funkelte Mum an, die nur lächelte und mir zuzwinkerte. Ich schnappte mir Daisy, die gerade die Treppen hinter mir herunterkam, für einen Kuss und dann folgte ich Nathan hinunter zum Auto.

Es fühlte sich zunächst ein wenig unangenehm an. Ich hatte zuerst gedacht, dass es zwischen uns geknistert hatte, aber nachdem wir uns einige Wochen ohne Ende geneckt und miteinander geflirtet hatten, war ich zu dem Schluss gekommen, dass ich damit falschlag. Es war lange her, dass ich mit jemandem aus gewesen war, also sah ich vielleicht Signale, wo gar keine waren, und interpretierte zu viel hinein. Mit Duncan gab es keine solche Zögerlichkeiten – es war von Anfang an klar gewesen, dass er mich mochte, sehr sogar – und das hatte mich noch mehr zweifeln lassen, bis ich sicher war, dass Nathan und ich nur Freunde waren –

Freunde, die gerne flirteten, zugegeben, aber letztendlich nicht mehr als das.

Es dauerte, bis wir aus der Stadt raus waren, dass wir uns beide entspannten. Nathan streckte sich nach dem Schalter des Autoradios und schaltete es an. Es folgten ein paar scharfe Gitarrensounds, dann begann Tammy Wynette zu singen und Nathan stieg mit ein. Ich war nicht sicher, ob ich beeindruckt oder verstört sein sollte, aufgrund der Tatsache, dass er den ganzen Text zu ‚Stand by Your Man‘ kannte.

Ich brach in Gelächter aus und er drehte sich zu mir, sah mich beleidigt an.

„Wie können Sie es wagen! Ich habe mein Herz und meine Seele in diesen Song gesteckt“, sagte er.

„Nichts gegen Ihr Herz und Ihre Seele“, begann ich. „Ihre Stimme ist das Problem.“ Er lachte und streckte sich wieder nach den Knöpfen.

„Sie sind wahrscheinlich eines dieser britischen Popmusik-Mädchen“, sagte er und Tammy Wynette wurde rüde von den süßen Klängen von Damon Albarn und Blur unterbrochen. Wir grinsten einander an, als er die Lautstärke hochdrehte und die Fenster herunterließ, und wir fuhren und sangen dabei gemeinschaftlich (wenn auch schlecht) zu ‚Park Life‘.

Während der Song sich dem Ende neigte, lächelte Nathan und wandte sich zu mir.

„Also, Sie sind sehr geduldig gewesen“, sagte er.

„Was meinen Sie?“

„Ich dachte, Sie würden mich wegen meines Gesprächs mit Charles Harper löchern.“

Ich konnte es fast nicht glauben, dass ich alles über Harper vergessen hatte, weil meine Familie nicht aufhören konnte darüber zu reden, was ich anhatte, und wegen meiner Panik bei dem Gedanken, mit Nathan drei oder vier Stunden allein in einem Auto festzusitzen.

„Ich habe meine Zeit abgesessen", sagte ich und lächelte süßlich. „Sie in falscher Sicherheit wiegen, bevor ich mich auf Sie stürze."

Er lachte. „Wenn Sie sich auf mich stürzen wollen, sollte ich wohl besser rechts ranfahren ..." Ich spürte, wie mein Gesicht wieder rot wurde – dummes, dummes Gesicht – und wand mich in meinem Autositz; mein genauso dummes Kleid schob sich dauernd weiter an meinen Oberschenkeln hoch. *Daisy hatte recht gehabt*, dachte ich und schielte rüber, um zu sehen, ob Nathan mein Unbehagen bemerkt hatte, aber das hatte er nicht.

„Na, dann spannen Sie mich mal nicht auf die Folter!", sagte ich.

„Ich wollte ein wenig Spannung aufbauen, aber tatsächlich war es ein bisschen enttäuschend." Nathan wechselte den Gang und überholte einen sehr neuen, sehr teuren Audi, der von einer älteren Frau gefahren wurde, die sich scheinbar weigerte, mit einem Auto mehr als zwanzig Meilen pro Stunde zu fahren. „Allmächtiger! Wenn die noch langsamer fährt, verhafte ich sie wegen Falschparkens ... Was wollte ich gerade noch sagen? Oh ja, wie ich vermutete, war Charles Harper in der Vergangenheit schon mehrere Male befragt worden und er weiß genau, wie viel er sagen kann, um den Eindruck zu erwecken, hilfreich zu sein, ohne tatsächlich irgendwas zu verraten. Wenn man den Begriff ‚ausweichend‘ im Wörterbuch nachschlägt, ist darunter ein Bild von ihm.“

„Also was genau hat er gesagt? Haben Sie ihn zu dem Aufruhr im Zelt befragt?“

„Natürlich habe ich das. Er sagte, er hatte nicht mitbekommen, worüber Robert Holmes sprach; er war nur sehr wütend auf ihn, weil er Genevieves Vortrag unterbrach, weil sie eine enge Freundin ist. Deshalb hat er seinem Bodyguard signalisiert, zu kommen und ihn rauszubringen. Er hatte nicht erwartet, dass sein Bodyguard so hart rangehen würde, und er hat ihn jetzt natürlich entlassen.“

„Dann hat er nicht länger einen Bodyguard? Er macht sich plötzlich keine Sorgen mehr um die Todesdrohungen?“, fragte ich.

„Scheinbar nicht. Was die Frage in den Raum stellt, wenn er tatsächlich nicht so besorgt wegen der Drohungen war, wieso hatte er denn überhaupt einen Bodyguard dabei?“

„Weil er Harper gar nicht schützen, sondern nur seine Drecksarbeit erledigen sollte“, sagte ich und Nathan nickte.

„Ja, das denke ich auch. Kann es natürlich nicht beweisen. Und die Tatsache, dass der Bodyguard schon wieder in London ist, heißt, dass es schwer sein wird, ihn zu finden und zu befragen.“

„Wenn er Holmes die Klippen runtergestoßen *hat*, hatte er, bis Sie ihn finden, genug Gelegenheit gehabt, sich seine Geschichte zurechtzulegen, sich ein Alibi für den Abend zu verschaffen, potenzielle DNA-Spuren von seinen Kleidern zu entfernen ..."

„Jap."

Wir fuhren auf die A30 und in Richtung Truro; Nathan hatte mir gesagt, wir würden dort einen kurzen Stopp einlegen und Robert Holmes' Laptop abliefern. Obwohl wir es geschafft hatten, ihn zu entsperren, war das Einzige, was wir gefunden hatten, eine verdächtig aussehende Datei gewesen, die auf einen externen Speicher verschoben worden war, und Nathan dachte, dass die Truro-Techniker – wenn Robert Holmes die Datei erstellt und auf dem Laptop gespeichert hatte, bevor er sie irgendwo anders hinverschoben hatte – vielleicht eine Spur davon auf dem eingebauten Speicher finden würden. Wir hofften das jedenfalls, da bisher kein USB-Stick oder Ähnliches bei den weiteren Suchen im Zimmer oder den Taschen des Opfers aufgetaucht war.

Nathan ließ mich an der Fußgängerzone an der Pydar Street aussteigen, direkt vor einem netten, kleinen Café. Die Polizeiwache war nur etwa zweihundert Meter die Straße rauf.

„Ich kann Sie da wirklich nicht mit hinnehmen", sagte er entschuldigend. „Offiziell bin ich allein hier. Ich mach so schnell, wie ich kann. Warum holen Sie sich nicht einen Kaffee oder so was, während Sie warten?"

Ich sah zu, wie er weiterfuhr, und verfluchte die Tatsache, dass ich meinen Job bei der Polizei gekündigt hatte, anstatt mich nur hier runter versetzen zu lassen. Aber ich hatte es schließlich für Daisy getan. Ich erinnerte mich nur zu gut daran, wie sehr ich mir als Kind immer Sorgen um meinen Vater gemacht hatte; manche Tage, nachdem ich fürchterliche Dinge in den Nachrichten gesehen hatte (meistens Meilen von uns entfernt, sogar im Ausland), sah ich, wie er zur Arbeit ging, überzeugt, dass er nicht zurückkommen würde. Und das war im verschlafenen Penstowan, wo niemals etwas passierte – zumindest nicht während meiner Kindheit. Wie muss sich Daisy gefühlt haben, während ich in London arbeitete?

Der letzte Tropfen war gekommen, als ich in einen Terroristenanschlag auf die Südlondon-U-Bahn-Station verwickelt war, bei dem ein Irrer angerufen und von einer Bombe berichtet hatte und dann mit einem Van in die fliehende Menschenmenge fuhr, die die Station verließ. Ich war mit einigen Kollegen dort gewesen, wir versuchten alle gesittet zu evakuieren, als das Geräusch eines Motors und die Schreie der Menschen, die einfach nur nach Hause zu ihren Familien wollten, uns erreichten. Wir hatten an diesem Tag Glück; der Van hatte ein Wartehäuschen erwischt und wurde eingeklemmt, bevor er irgendjemanden töten konnte. Als der Fahrer heraussprang und mit einem Messer herumwedelte, waren wir da, warfen uns auf ihn und setzten ihn fest. Da wir aber eine Gesellschaft waren, die von Sozialen Medien besessen ist, filmten einige Leute die ganze Sache mit ihren Handys und die Aufnahmen landeten beim Fernsehen. Daisy war noch zu jung, um sich für die Abendnachrichten zu interessieren, aber eine ihrer Freundinnen hatte es gesehen und sie gefragt, wie es ist, eine Heldin als Mutter zu haben. Sie hatte tagelang geweint und mich nicht aus den Augen gelassen. Mir ging es gut – relativ unberührt von der Erfahrung –, aber als ich den Effekt sah, den das Ganze auf sie hatte, begann ich mir all die furchtbaren Sachen auszumalen, die *hätten* passieren können, nicht nur an diesem Tag, aber auch an den anderen, an denen wir zu brutalen Fällen gerufen wurden. Wie konnte ich das jemandem, den ich liebte, antun? Jemandem, der sich auf mich verlassen musste? Wenn mir irgendetwas passierte, würde sie bei ihrem Vater leben müssen und ich würde dem nicht mal zutrauen, auf einen Goldfisch aufzupassen, geschweige denn auf ein Kind.

Ich sah zu, wie Nathan davonfuhr, seufzte und ging in das Café. Dort gab es Kuchen. Es würde wohl gar nicht so schlimm sein, hier auf ihn warten zu müssen.

***

Nathan hielt Wort, ich hatte kaum mein Cornish Split – ein süßes Hefebrötchen, das mit Sahne und Marmelade serviert wurde – angerührt, als er hereinkam. Er sah mich und grinste.

„Hätte wissen müssen, dass Sie den Kuchen finden", sagte er, signalisierte der Kellnerin, dass er dasselbe wollte. „Ich spioniere gerne die Konkurrenz aus", sagte ich, so verteidigend, wie es mir mit einem Mund voll Süßem möglich war. „Ich hätte solche für das Festival machen sollen."

Die Kellnerin brachte Nathan eine Tasse Tee und ein Split. Er nahm einen Bissen.

„Also das ist wirklich gut", sagte er. „Ich hatte gestern eins dieser komischen Safranbrötchen. Ich habe keine Ahnung, wer die gemacht hat, aber die vertragen sich

184

nicht mit dem Nachgeschmack des lieblichen Apfel-
weins ..."

Ich lachte. „Nicht vieles passt dazu."

„Wie auch immer", sagte er und nahm einen Schluck
Tee. „Ich habe den Laptop bei den Techniknerds gelassen und sie meinten, sie schauen sich das gleich an, also
hoffentlich finden sie was."

„Halten Sie bloß nicht die Luft an", sagte ich. „Wenn
die ,gleich' sagen, denken Sie vielleicht, dass es ,gleich'
bedeutet, aber das tut es nicht. Es bedeutet, ,wenn wir
Lust dazu haben'."

Er lachte. „Ja, das hab ich mir schon gedacht. Hier laufen alle irgendwie nach anderen Uhren, oder nicht?
Niemand erledigt etwas gleich."

„Wir machen langsam, aber wir machen es nur einmal, und zwar richtig", erklärte ich, während er wieder
lachte.

„Ich nehm Sie beim Wort."

KAPITEL 19

Wir beendeten unsere spontane Tee- und Gebäckpause, gingen zurück zum Auto und fuhren weiter nach St Mawes. Ich wollte die Ermittlung beinahe streichen und den Tag damit verbringen, mit Nathan durch Truro zu schlendern, ihn besser kennenzulernen als Person, nicht nur als Polizist.

„Welchen Weg nehmen wir?", fragte ich. „Fahren Sie auf die A390 oder nehmen wir die Fähre?"

„Es gibt eine Fähre?", sagte Nathan. Ich nickte.

„Die King Harry Ferry, bei Treslissick. Sie waren noch nie da?"

Er schüttelte den Kopf. „Ich wohne seit weniger als einem Jahr hier; es gibt eine Menge Orte, die ich noch nicht gesehen habe. Und allein auf Sightseeing-Tour zu gehen, ist ein bisschen traurig, oder?"

„Oh ja, ich hab vergessen, dass Sie ein Häufchen Elend sind …"

„Danke vielmals."

„Es gehört zum National Trust. Nette Gärten. Die Fähre ist niedlich; es dauert nur fünf Minuten, aber es kürzt eine lange Fahrt ab. Ich war ewig nicht mehr dort. Lassen Sie es uns machen! Das wird lustig."

„Darf ich Sie daran erinnern, Madam", sagte Nathan ernst, „dass wir im Auftrag der Gendarmerie Ihrer Majestät unterwegs sind."

„Heißt das, man darf dabei keinen Spaß haben?"

„Oh nein, das bedeutet nur, dass Sie zahlen. Auf geht's."

Wir fuhren durch enge Landstraßen, vorbei am Eingang zu den Trelissick Gardens, quetschten das Auto an großen Steinmauern und Hecken vorbei, bis wir schließlich den Fluss Fal erreichten. Wir reihten uns in die kurze Schlange der Fahrzeuge ein, die auf die Fähre warteten – wir hatten gerade eine verpasst – und stiegen aus, um uns in den Sonnenschein zu stellen und dabei zuzusehen, wie die Boote den Fluss überquerten. Er war hier nicht sehr breit und auf der anderen Seite waren, außer der Anlegestelle, nichts weiter als Bäume zu sehen. Es war ein ruhiger und friedvoller Ort, nach der Geschäftigkeit von Truro (was eigentlich schon recht ruhig war, im Vergleich zu einem Leben in London). Der Fluss schlug sanfte Wellen an das feste Seil, das hinunter ins Wasser reichte, das Wasser glitzerte im Sonnenschein, die einzigen Geräusche waren der gelegentliche Schrei einer Möwe und das tiefe Brummen des Bootmotors, wenn sich die kleinen Transportmittel den Fluss hinunter nach Falmouth, und letztendlich zur See, aufmachten. Das und das Klack-klack-klack der dicken Metallkette, an welcher die Fähre von einer Seite zur anderen gezogen wurde.

Die Fähre vollendete ihre kurze Reise, lud ihre kleine Fracht an Autos und Passagieren aus, nahm weitere auf und machte sich wieder auf den Weg über den Fluss, das Klack-klack-klack ihre Rückkehr ankündigend. Ich sah rüber zu Nathan, während er zusah; er hatte ein breites Grinsen im Gesicht, und plötzlich hatte ich eine Vision von ihm als kleiner Junge, wie er mit Spielzeugautos spielte oder einem Zug nachsah. *Wie süß*, dachte ich und in meinem Bauch flatterte es wieder. *Oh, hör auf damit!* Ich sprach ein ernstes Wörtchen mit mir selbst.

Wir setzten uns zurück in den Wagen und fuhren auf die Fähre, parkten und kamen wieder heraus, für unsere kurze Bootsfahrt. Wir standen da und sahen über die Reling, als das Klack-klack-klack wieder erklang.

Ich sah erneut zu Nathan, als mir etwas einfiel.

„Als Sie mit Charles Harper sprachen, haben Sie ihn da gefragt, was er an dem Nachmittag und Abend tat an dem Tag von Robert Holmes' Tod?"

Nathan wirkte überrascht. „Ja, natürlich. Ich hab es Ihnen gar nicht zu Ende erzählt ... Wir haben uns von der Bodyguard -Sache ablenken lassen, oder? Harper sagte, er war bei Genevieves Vortrag und blieb zu ihrer Fragerunde. Die war um halb drei fertig. Er sagte, dass sie danach müde gewesen sei und eine Pause brauchte. Sie wollte nicht zurück ins Cottage, weil sie Duncan in seinem offenen Atelier nicht stören oder unterbrechen wollte, also schlug er vor, dass sie mit ihm zurück in sein Hotel ging und sich im Gäste-Spa entspannen sollte."

„Oh, *das* war aber gütig von ihm", sagte ich sarkastisch.

„Sie sind also für ein bisschen Herumtollen im Heuhaufen verschwunden und niemand hat sie gesehen. Sie ist sein Alibi und er ihres."

„Mehr oder weniger. Er sagte, sie gingen in den privaten Spa-Bereich, der nur für Hotelgäste ist, also habe ich das an der Rezeption überprüft, während ich dort war, und sie bestätigte es. Aber es war niemand sonst dort."

„Aber was ist mit dem Anruf, denn Holmes um Viertel nach drei bekam? Könnte er ihn gemacht haben?"

„Ich weiß nicht. Niemand hat ihn wirklich beachtet und in einem Zelt sind natürlich keine Kameras, weshalb es absolut möglich ist, dass er sich nach draußen schlich und den Anruf machte. Ich habe ihn gefragt, ob Genevieve eine Nachricht erhielt und er sagte, dass sie das nicht erwähnt hätte."

„Aber wir wissen, dass sie sie gelesen hat, oder nicht? Auch wenn sie bei der Fragerunde *war*, braucht es nicht viel, mal kurz aufs Handy zu gucken, oder? Und sie hätte es ihm sagen oder zeigen können."

„Ja. Aber das wissen wir nicht und wir können es ohnehin nicht beweisen. Außerdem erwähnte die Nachricht von Duncan nicht Holmes' Namen, also kann sie immer noch behauptet haben, dass sie keine Ahnung hatte, um wen es dabei ging."

„Haben Sie schon mit ihr gesprochen?", fragte ich. Er schüttelte den Kopf.

„Nein. Ich hatte gehofft, dass ich mit ihr sprechen könnte, nachdem ich bei Harper war, aber sie war bei einer Signierstunde."

„Ja, in Bideford ..." Nathan hob die Augenbrauen. „Ich war bei Duncan und er hat es mir erzählt", sagte ich schuldbewusst, komischerweise zögerte ich, es zuzugeben. Nathan sah weg, aber nicht, bevor ich nicht den Hauch der Missbilligung auf seinen Zügen entdecken konnte. Ich wünschte, ich hätte nichts gesagt.

Die Fähre kam dem anderen Flussufer schon näher, also wurde ich davor bewahrt, mehr darüber zu sprechen, denn wir mussten zurück ins Auto. Das Boot legte an und wir wurden schnell hinuntergeleitet, zurück aufs Festland. Wir fuhren weiter über verschlungene Landstraßen und es dauerte nicht lange, da hatten wir St Mawes erreicht.

Die A3078 nach St Mawes war nichts Besonderes; es war eine normale, fast langweilige Landstraße. Zumindest, bis man die Spitze des Hügels erreichte, dann wurde man mit einer spektakulären Aussicht auf den Fluss Percuil belohnt, der sich dort verbreitert und ins Meer mündet. An diesem schönen Sommertag hatten das Meer und der Himmel dasselbe tiefe, fast türkisfarbene Blau, das Wasser war hier und da mit kleinen, weißen Booten verziert, hauptsächlich Jachten, die eher wohlhabenden Hauseigentümern gehörten denn den Fischern, die meinen Teil Cornwalls ausmachten. Ich liebte Penstowan und der Strand dort war einer der besten, an denen ich je gewesen war, aber St Mawes war viel, *viel* schöner. Und auch viel, viel teurer.

„Wahnsinn", sagte Nathan und nahm, über das Lenkrad hinweg, die Aussicht auf. „Also das ist wirklich nicht zu verachten."

„Diese Aussicht ist Millionen Dollar wert", erklärte ich. „Mindestens."

Wir ignorierten die Schilder zu St Mawes Castle und blieben auf der Polvarth Road, vorbei an einigen wirklich schönen Häusern, kamen dem Hafen immer näher. Die Straße machte eine Kurve nach rechts und vor uns lag eine niedrige Trockensteinmauer, hinter der eine fein gestutzte Hecke lag und dahinter das Haus meiner Träume.

Die untere Hälfte war aus dem örtlichen grauen Stein wie viele der Häuser hier; sogar mein kleines Haus war aus demselben Material gebaut. Aber da hörten die

Ähnlichkeiten auf. Es war, zunächst einmal, riesig – bestimmt fünf Schlafzimmer, vermutete ich –, mit, mit Ziegeln verhangenen, Giebeln um die Erkerfenster herum und drei hohen, schmalen, weiß gestrichenen Kaminen, die dem Dach entstiegen. Es war alt, vermutlich Georgianisch, aus dem frühen 19. Jahrhundert und ich wusste, bevor ich überhaupt drin gewesen war, dass es hohe Decken, große steinerne Kamine und einen wundervollen Treppenaufgang haben würde.

„Ich bin verliebt …", murmelte ich und Nathan lachte.

„Ich auch. Aber mit einem Polizistengehalt wird das wohl eine unerwiderte Liebe bleiben."

Wir fuhren die Auffahrt entlang, Kies krachte unter den Autoreifen. Dieser Ort *klang* sogar teuer.

„Wer sind diese Leute?", fragte ich und wurde mir meines billigen Sommerkleides nur noch mehr bewusst. Wer sie auch waren, ich bezweifelte, dass die bei Tesco einkauften, was heutzutage mein Go-to-Klamottendesigner war.

„Brian und Charmaine Lester", erklärte Nathan. „Laut LinkedIn haben sie vor vielen Monden eine große PR-Firma in der Stadt geführt, sich dann entschlossen, eine untergeordnetere Rolle in der Firma einzunehmen und hier unten eine Familie zu gründen. Verdammt reich und leidenschaftliche Kunstsammler."

„Interessant …", bemerkte ich. Wir stiegen aus dem Auto und gingen auf die Haustür zu. Es gab keine Klingel im gewöhnlichen Sinn, aber eine große, eiserne richtige Glocke hing an der Veranda. Nathan wollte gerade diskret an der Tür klopfen, doch ich zog natürlich an der Schnur, die an der Glocke angebracht war. Kräftig. Es wurde sehr laut.

„Jesus Christus!“, schrie Nathan beinahe genau so laut und sprang zur Seite. Ich grinste, als von drinnen Hundegebell zu hören war.

„Ich wollte nur sichergehen, dass sie wissen, dass wir da sind“, sagte ich ganz unschuldig. Er verdrehte die Augen.

Das Kläffen kam näher, gefolgt von Schritten und einer Frauenstimme, die sagte: „Runter! Geht in eure Körbchen!“ Die Stimme hatte einen Ton, der suggerierte, dass sie es gewohnt war, dass ihr Folge geleistet wurde. Nathan und ich tauschten vorsichtige, aber auch amüsierte Blicke aus, als sich die Tür öffnete.

„Ja bitte?“ Eine Frau in ihren Mittfünfzigern, gekleidet in der Reiche-Frau-vom-Land-Uniform, die sich aus schicken, aber bequemen Hosen, vernünftigen Schuhen und einer kurzärmeligen Leinenbluse (die Winterversion wäre genau dieselbe, nur mit einem Kaschmirpullover über der Bluse und einer gesteppten Barbour-Jacke) bestand. Zwei Labradore sprangen um sie herum, die Zungen ausgestreckt, und sahen uns mit einem dümmlichen (aber liebevollen) Ausdruck an, den alle Labradore draufhatten. Die Frau musterte uns von oben bis unten, und ich hatte den Eindruck, dass wir genau so aussahen, wie sie es sich vorgestellt hatte; sie hatte scheinbar keine allzu großen Erwartungen gehabt und wir hatten sie sicher nicht übertroffen. „Oh, Sie müssen von der Polizei sein. Kommen Sie doch herein.“

Sie trat beiseite, um uns über die Schwelle treten zu lassen, und ich war überrascht zu sehen, dass Nathan die Hunde vorsichtig beobachtete. Er war natürlich Germaine gewohnt und sie war wesentlich kleiner als diese zwei goldenen Vertreter der etwas sabbrigen und enthusiastischen Hundewelt, aber sie waren wohl kaum gefährlich.

„Oh, machen Sie sich um die zwei Idioten keine Sorgen“, sagte die Frau. „Die beißen nicht; die schlecken Sie eher zu Tode, und wenn dieser hier Sie besonders mag, wird er versuchen Sie zu bespringen. RUFUS, RUNTER! In dein Bettchen!“

Diese Stimme veranlasste mich beinahe, in das Hundebettchen zu steigen, aber ich konnte mich gerade noch zurückhalten. Ich sah zu Nathan, der Schwierigkeiten hatte, an sich zu halten und so blickte ich schnell wieder weg, für den Fall, dass ich ihn zum Lachen bringen würde.

Nathan räuspert sich. „Mrs Lester? Ich bin DCI Nathan Withers von der Penstowan-Polizei. Wir haben am Telefon miteinander gesprochen. Hier ist mein Ausweis.“ Er hielt ihn hoch und machte eine vage Bewegung in meine Richtung. „Und das ist meine Assistentin, Jodie.“ Ich war versucht zu knicksen, beließ es aber bei einem diskreten Nicken.

„Bitte kommen Sie doch in – RUFUS! LASS DIE HOSE DES NETTEN POLIZISTEN IN RUHE!“

Wir schafften es endlich in das Wohnzimmer – oder das ‚Tageszimmer‘, wie es Mrs Lester nannte. Sie hatte offenbar noch einen Wohnraum für den Abend, und wahrscheinlich auch noch ein Speisezimmer für besondere Anlässe, eine Wohnküche und einen gemütlichen Salon und ein Arbeitszimmer. Nicht dass ich auch nur ein bisschen eifersüchtig war. Das Erste, was mir auffiel, als wir den Raum betraten, war das große Fenster, welches die beste Aussicht auf den Hafen bot.

Wenn ich so eine Aussicht hätte, bräuchte ich keinen Fernseher. Ich bräuchte nicht mal Kunst an der Wand. Aber die Lesters empfanden offensichtlich nicht genauso, denn die zweite Sache, die mir auffiel, war eines von Duncans Bildern.

Tatsächlich war es dasselbe Penstowan-Gemälde, das ich als Druck in meiner ersten Wohnung in London gehabt hatte, um mich an zu Hause zu erinnern. Nur war das kein billiger Nachdruck; das war das Originalölgemälde.

„Oh, wow …", sagte ich und vergaß, dass ich ‚im Dienst‘ war. Ich lief hinüber zu dem Bild und betrachtete es voller Bewunderung. Es war eines der größeren Bilder der Reihe, eine riesige Leinwand voller Farbe und Leben, dass es nicht mehr nur wie eine Strandszene wirkte, sondern den Sand und das Meer und den Klang der Wellen in deinem Kopf spürbar machte.

Mrs Lester lächelte und wirkte gleich ein wenig menschlicher.

„Sind Sie ein Fan von Duncan Stovall?", fragte sie. Nathan schnaubte leise und unfreiwillig.

„So könnte man es ausdrücken", murmelte er fast unhörbar. Ich ignorierte ihn.

„Ich liebe seine Arbeit", sagte ich. „Ich bin in Penstowan aufgewachsen, also haben sich diese Bilder für mich schon immer besonders angefühlt."

Sie nickte. „Meinem Ehemann geht es genauso. Er sagt, er mag ihre kräftigen Farben. Ich bevorzuge Aquarellmalerei. Aber das hier ist eine wirkliche Investition. Setzen Sie sich doch. Hätten Sie gerne etwas Tee?"

„Das ist sehr nett von Ihnen, Mrs Lester", sagte Nathan, der etwas wankte, da der enthusiastische und etwas lüsterne Rufus seinem Bein mehr Aufmerksamkeit widmete, als es verdiente, „aber wir möchten nichts. Wir versuchen die Schritte eines Mr Robert Holmes während der letzten Woche nachzuvollziehen. Ich nehme an, dass er bei Ihnen war? Haben Sie mit ihm gesprochen?"

„Ja, ja, das habe ich ..." Charmaine Lester setzte sich auf das weiche Samtsofa, das mit Knöpfen verziert war, und an dessen Rand eine gefranste, goldene Borte angebracht war – sie sah aus, als hätten die Hunde schon darauf rumgekaut. Nathan und ich saßen ihr gegenüber, etwas unangenehm, da der einzige freie Sitzplatz eine Chaiselongue war. Ich versuchte mich nach rechts zu lehnen, wo sich die Armstütze und das Rückenteil der Chaise befanden, während Nathan sich auf den Rand zwängte, Stift und Notizbuch bereit in den Händen. Ich versuchte mir außerdem *nicht* vorzustellen, wie ich hier wohnen würde, auf der Chaise ausgestreckt, belgische Schokoladentrüffel aß, während Duncan die Aussicht malte, die man durch das riesige Fenster betrachten konnte, oder besser noch, *mich*, nur mit einer losen Seidenrobe bekleidet und wie ich mich sexy und mit wissendem Blick räkelte. Vielleicht während Nathan mir diese Trüffel fütterte. *Oh mein Gott, ich werde ohnmächtig*, dachte ich. Es gab nur Raum für einen Mann in meinen Tagträumen. Ich hatte nur nicht rausgefunden, für welchen.

Mrs Lester verzog ihr Gesicht, angestrengt nachdenkend. „Lassen Sie mich überlegen ... es war am Sonntagmorgen. Oder war es Samstag? Nein, es *war* Sonntag, denn Grace – unsere Putzfrau – wäre hier gewesen, wenn es ein Samstag gewesen wäre. Mein Ehemann war da, aber er hielt sich fern; er mag es nicht, mit solchen Leuten zu sprechen.“

Ich hätte einen Journalisten nicht zu ‚solchen Leuten‘ gezählt, aber ich ließ es durchgehen.

„Können Sie mir sagen, worüber Sie und Robert Holmes sprachen?“, fragte Nathan.

„Was hat er gesagt?“ Mrs Lester sah uns scharf an. „Ist etwas passiert?“

„Dazu kommen wir noch“, versicherte Nathan, schob den Labrador sanft mit einer entmutigenden Geste weg von sich. „Sie sprachen über …?“

„Wir sprachen tatsächlich über das Gemälde“, sagte sie und zeigte auf Duncans Bild. „Wir haben natürlich einen weiteren Stovall, eine seiner späteren Arbeiten, aber beinahe genauso wertvoll. Wir haben es in das Speisezimmer gehängt. Er wollte etwas über die Restaurationen wissen, die wir an beiden Gemälden haben vornehmen lassen. Die Restauratorin hatte zu der Zeit ein wenig Aufmerksamkeit erregt. Er sagte, er wolle mit ihr sprechen, aber nach der ganzen Geschichte, wollte ich sie nicht wieder anstellen, also habe ich ihre Kontaktdaten nicht behalten. Er hatte ihren Namen, aber er sagte, sie sei von der Bildfläche verschwunden und er könne sie nicht finden. Wartet sicher, bis Gras über die Sache gewachsen ist, würde mich nicht wundern. Ich bezweifle, dass sie immer noch in der Kunstbranche arbeitet.“

Nathan und ich tauschten Blicke aus.

„Können Sie uns etwas über diese Sache erzählen?“, fragte Nathan, bevor ich es tat. Ich hatte ihm versprochen nicht zu sprechen, es sei denn, es wäre absolut nötig, und er wusste ja auch, was er tat, also musste ich nicht wirklich einschreiten ... aber still zu bleiben, würde mich noch umbringen, bevor diese Unterhaltung zu Ende war.

„Also wirklich, das war zu der Zeit doch in jedem Klatschblatt. Sagen Sie mir nicht, Sie erinnern sich nicht daran?“ Sie seufzte und lehnte sich auf dem Sofa zurück – *brachte sich in Pose*, dachte ich – und begann mit ihrer Geschichte.

KAPITEL 20

„Das muss jetzt zehn oder elf Jahre her sein", sagte Mrs Lester. „Wir hatten die Gemälde erst seit einem Jahr und sie waren in einem guten Zustand; sie waren nicht sehr alt. Wir präsentierten sie in der Eingangshalle, an der Treppe, damit die Leute sie sehen würden, wenn sie das Haus betraten. Sie gaben dem Raum einen gewissen Wow-Faktor, den richtigen Effekt. Aber wir hatten in unserem Haus ein kleines Feuer. Unser Au-Pair-Mädchen zu der Zeit war eine *furchtbare* Köchin –"

Ich lächelte mitleidsvoll. „Sie hat das Essen angebrannt?"

„Was? Oh, nein. Nein, wir haben sie gefeuert." Sie sah Nathan gewinnend an. „Sie wollte den Kindern Ofenfritten füttern, um Himmels willen. Uns blieb nichts anderes übrig."

„Nein, wirklich nicht", sagte Nathan gleichmütig, ignorierte die Würgegeräusche, die ich neben ihm machte. „Also das Feuer ...?"

„Oh, ja. Sie ging mit irgendeinem Kerl aus einem Dorf in der Nähe und nachdem wir sie entlassen hatten und sie ausziehen musste, kam er hierher und steckte Feuerwerkskörper in unseren Briefkasten. Die Kinder waren, Gott sei Dank, in der Schule. Glücklicherweise war ich mit dem Gärtner hier, und sobald wir das Feuer bemerkten, löschten wir es. Es hatte nicht viel Schaden angerichtet, aber der Rauch war überall hingelangt und wir fürchteten, dass er die Bilder ruiniert hatte."

„Und da zogen Sie die Restauratorin hinzu?", fragte ich.

Nathan warf mir einen Blick zu – *überlassen Sie das Reden mir* – und ich nickte kurz, obwohl ich nicht versprechen würde, dass ich still blieb, wenn mir etwas einfiel.

„Ja. Ich kontaktierte die Galerie, von der wir die Bilder gekauft hatten, um zu hören, ob sie jemanden empfehlen könnten, aber die Person, die sie vorschlugen, war lächerlich teuer, also suchten wir nach jemand anderem. Sie wurde uns wärmstens von einer Freundin empfohlen." Sie schürzte die Lippen. „Jetzt eine ehemalige Freundin, natürlich."

„Wie war der Name der Galerie, von der Sie die Bilder kauften?", fragte Nathan, den Stift erhoben über seinem Notizbuch.

„Die Hyperion Galerie in London", sagte sie. „Sie wird von Charles Harper geleitet. Mein Ehemann und ich machten vor ein paar Jahren die PR-Arbeit für ihn. Er ist der größte Duncan-Stovall-Händler der Welt."

Nathan schrieb konzentriert alles auf, verriet nichts.

„Okay, also Sie fanden diese Gemälderestauratorin ...", gab er vor. Sie nickte heftig.

„Ja. Samantha Groves." Dann schüttelte sie den Kopf. „Wenn wir es nur vorher gewusst hätten ... Sie hatte ein Atelier in St Ives, aber das gibt es jetzt nicht mehr. Wir brachten die Bilder zu ihr und sie begann ihre Arbeit. Sie waren furchtbar dreckig, schwarz vom Rauch, besonders dieses hier." Sie nickte zu dem Bild hinüber. Ich stand auf und ging hinüber, um es mir noch einmal anzusehen. Es sah perfekt aus für mich.

„Jetzt sieht es wunderbar aus", sagte ich. „Die Farben wirken so lebendig."

„Ja", sagte sie. „Die Frau hat wirklich gute Arbeit geleistet, was das Säubern angeht, das kann ich nicht leugnen. Es war, was sie danach tat, als wir die Bilder abholten."

„Was –" begann ich, aber Nathan funkelte mich an, also hielt ich den Mund.

„Was hat sie getan?", fragte er.

„Sie sagte, dass unser Gemälde – das andere, nicht dieses hier – eine Fälschung sei."

Nathan und ich tauschten erstaunte Blicke aus.

„Eine Fälschung?", stieß ich hervor.

Sie nickte. „Ja. Es war lächerlich! Sie meinte, sie wüsste, dass das hier ein wirkliches Duncan-Stovall-Bild wäre; sie hätte bereits einmal an einem gearbeitet und kannte seinen Pinselduktus, die kräftige Nutzung von Farbe. Es wäre sofort als eines seiner Bilder zu erkennen. Aber das andere – Hier, sehen Sie es sich an ..." Sie sprang auf und schritt aus dem Zimmer, und wir folgten ihr schnell in das Speisezimmer, in dem ein weiteres Bild hing. Es war nicht so kräftig oder farbenfroh wie das im Wohnzimmer, aber es sah auf jeden Fall auf ähnliche Art gemalt aus; ich wusste von den Drucken im Kunstzelt auf dem Festival, dass es eins von Duncans Bildern war.

„Sehen Sie es sich an! Ja, es ist anders als seine früheren Werke, aber es zeigt doch, wie er sich als Künstler weiterentwickelt hat", sagte Mrs Lester. „Das sagt mein Ehemann zumindest. Niemand malt immer und immer wieder dieselbe Sache, oder? Ich meine, es ist ähnlich, aber ... Damien Hirst legt auch nicht länger Kühe in Formaldehyd ein, nicht?"

„Ja ..." Nathan studierte das Gemälde, aber ich konnte sehen, dass er nicht wirklich wusste, wonach er suchen sollte. „Haben Sie mit der Galerie über ihre Vorwürfe gesprochen?"

„Ich wollte es zunächst nicht ... Ich hätte sie einfach ignoriert, aber als ich ihr sagte, dass sie nicht wüsste, wovon sie spricht, und dass ich ihr nicht den vollen Betrag zahlen würde, den sie mir versuchte abzuknöpfen – ein lächerlich hoher Betrag für jemanden, der offensichtlich keine Ahnung von der Kunstwelt hatte –, wurde sie ganz verrückt. Sie sagte, sie hätte einen Onkel bei der BBC und würde ihm alles erzählen und das gäbe einen großen Skandal. Natürlich konnten wir das nicht zulassen – unser Bild würde wertlos sein –, also sprach mein Ehemann selbst mit Charles Harper."

„Was sagte Mr Harper dazu?", fragte ich.

„Ich weiß, dass es lange her ist", sagte Nathan, „aber, woran Sie sich auch erinnern, kann ..."

„Oh, ich erinnere mich noch sehr gut!", sagte sie stur. „Er ist so ein netter Mann. Er hatte uns bereits ein Zertifikat über die Authentizität ausgestellt, als wir die Bilder kauften, aber er nahm unsere Sorgen sehr ernst und kam persönlich hierher, um mit uns zu sprechen. Er sah sich die Bilder an und versicherte uns, dass sie echt wären und dass die Papiere, die wir hätten, es bewiesen. Wir waren sehr zufrieden und das war das Ende davon, soweit es uns betraf, aber diese Frau ließ einfach nicht locker. Sie ging zur Presse." Sie schnaubte. „Sprach sogar mit ihrem schmuddeligen, kleinen Onkel bei der BBC und brachte es in die Nachrichten. Sie erinnern sich wirklich nicht?“

Ich dachte, ich konnte mich vage an einen Skandal darüber erinnern, weit weg im Nebel der Zeit, aber ich war nie in der Position, ein echtes Kunstwerk zu besitzen, weshalb die Kapriolen der modernen Kunstwelt nie wirklich von Interesse für mich gewesen waren, und ich konnte an Nathans Gesichtsausdruck erkennen, dass es ihm genauso ging.

Sie erwartete keine Antwort von uns, denn sie sprach weiter. „Es gab so einen großen Aufruhr darum; es begann meine Nerven anzuschlagen und ich wurde tatsächlich sehr krank wegen der ganzen Sache. Das Einzige, was sie schlussendlich zum Schweigen brachte und den ganzen Skandal einschlafen ließ, war, als Charles Harper den Künstler selbst dazu brachte, die Vorwürfe zu zerschmettern.“

„Duncan war involviert?“ Die Worte verließen meinen Mund, bevor ich sie aufhalten konnte, aber sie bemerkte die Vertrautheit, mit der ich gesprochen hatte, nicht.

„Das war er. Er und seine wunderbare Ehefrau, so eine elegante Frau ...“ Ich biss die Zähne zusammen, während sie weitersprach. „Sie traten im Fernsehen auf, hier, in diesem Haus, vor dem Bild und schworen, dass es wirklich eines seiner Bilder ist. Sie hat sogar ein Foto gezeigt, dass sie gemacht hatte, als er es malte, in ihrem wunderschönen Apartment in London.“

„Also die Gemälderestauratorin – diese Samantha Groves – lag falsch?“ Nathan sah das Bild noch einmal an, als ob es alle Fragen in seinem Kopf beantworten könnte, es aber im Moment nicht sehr mitteilsam war.

„Ja, das tat sie. Wie wir alle längst schon wussten."

„Was passierte dann mit ihr?", fragte Nathan. „Sie sagten, ihr Atelier sei geschlossen ..."

„Nun, ja. Wer würde sie nach diesem Debakel noch anstellen? Selbst schuld, wie ich finde."

„Warum sollte sie behaupten, dass das Bild eine Fälschung war?", fragte ich nachdenklich. Mrs Lester zuckte missbilligend mit den Schultern. „Wer weiß? Sie war entweder eine sehr ignorante Frau oder darauf aus, sich einen Namen zu machen oder so etwas." Sie rümpfte die Nase. „Sie hat danach definitiv einen Namen bekommen, nur nicht den, den sie wollte."

***

Wir verließen Charmaine Lester, ihre lüsternen Hunde und die zwei Duncan-Stovall-Bilder nicht viel später. Nathan fuhr das Auto schweigend aus der Ausfahrt und keiner von uns sprach, bis wir die Hälfte der Strecke hinter uns hatten.

„Also!", begann ich. „Das hatte ich nicht erwartet."

„Robert Holmes verfolgte die Vorwürfe, dass das Gemälde eine Fälschung war", sagte Nathan.

„Aber das war es nicht, nicht wahr? Harper hatte den ganzen Papierkram, um es zu beweisen, und Duncan selbst bestätigte auch, dass er es gemalt hatte." Ich schüttelte den Kopf. „Die beiden haben sich ganz schön bemüht, sie zu diskreditieren."

„Natürlich taten sie das", sagte Nathan. „Sie haben doch gehört, was sie sagte: Charles Harper ist der führende Händler, wenn es um Duncans Arbeiten geht. Wenn die Leute denken, dass jemand wie er mit einer

Fälschung reingelegt werden konnte – oder schlimmer noch, daran beteiligt war –, würde es seine Glaubwürdigkeit und sein Geschäft ruinieren."

„Also, warum war Robert Holmes so sehr an etwas interessiert, von dem bereits bewiesen war, dass es nicht stimmte?" Das alles ergab keinen Sinn.

Nathan runzelte die Stirn. „Ich weiß nicht. Wir müssen Samantha Groves finden."

Wir fuhren nach Hause, nicht in absoluter Stille, aber tief in Gedanken versunken, über das, was wir erfahren hatten. Es war eher kameradschaftlich als unangenehm; ab und zu, fiel einem von uns etwas zu dem Fall ein oder einer dachte laut nach und der andere nickte dazu. Ich dachte, wie nett es doch war, jemanden zu kennen, der meine Gedankengänge verstand; ich musste nicht alles erklären, weil Nathan immer sofort begriff, worauf ich hinauswollte. Tony und ich hatten auch unsere eigene Verständigungsmethode; unsere lange Freundschaft bedeutete, dass wir so viele gemeinsame Erinnerungen hatten, dass wir oft wussten, was der andere dachte, ohne dass ein Wort gesagt werden musste. Es fühlte sich an, als entwickelten Nathan und ich eine ähnliche Beziehung. War das so, weil er ein Polizist war? Vielleicht. Aber ich hatte schon mit vielen anderen Polizisten zusammengearbeitet und mit denen hatte ich nicht dieselbe Verbindung. Vielleicht war es ja doch nur mit Nathan so ...

Unser Besuch bei den Lesters hatte mehr Fragen aufgeworfen als beantwortet. Wären die Zweifel an der Echtheit des Bildes *nicht* zerschmettert, sondern das Ganze unter den Teppich gekehrt worden, wäre Robert Holmes' Interesse verständlich gewesen. Aber Duncan war aufgetaucht und hatte es als eine seiner Arbeiten anerkannt, zusammen mit Genevieves Fotografie von ihm während des Malprozesses. Es war schwer, einen solchen Beweis zu widerlegen; also, warum war Holmes so scharf darauf gewesen, die Geschichte zu hören und die verschwundene Restauratorin aufzuspüren?

Wir erreichten Penstowan um etwa vier Uhr nachmittags und trennten uns mit dem Versprechen, uns am nächsten Tag wieder zu treffen und zu brainstormen. Ich erwischte mich dabei, wie ich plante, was ich anziehen würde, und stoppte mich selbst verärgert.

Ich hatte vereinbart, mich mit Daisy und Mum um fünf in der Stadt zu treffen, damit wir im Kings Arms zu Abend essen konnten, bevor wir uns zum abendlichen Unterhaltungsprogramm des Festivals aufmachen würden, eine Vorstellung der örtlichen Amateur-Theatergruppe. Ich war mir nicht ganz sicher, ob ich mich darauf freute – eine Amateur-Vorführung (es sei denn, einer deiner Lieben spielt mit) war beinahe so, wie die Ausstellung von Bildern anderer Leute Kinder anzusehen und das hatte ich diese Woche schon erledigt –, aber der Ehemann des Bürgermeisters, Tim, würde mitspielen und der stolze Maurice sorgte dafür, dass ein großes Publikum den Moment seines Triumphes bezeugte.

Es war nicht wirklich genug Zeit, nach Hause zu gehen, also schlenderte ich zwischen den Festivalzelten herum und sah mich halbherzig um.

„Jodie!" Ich drehte mich von der heutigen Festival-Ausstellung weg – Gemüse-Skulpturen (ich war besonders beeindruckt von der Darstellung von Rodins *Den-*

ker in Form von Wurzelgemüse, der Kontrast der Farben und Texturen der Karotten und der Pastinaken, die verwendet worden waren, fügten einen weiteren interessanten Punkt hinzu, den der ursprüngliche Künstler für sein eigenes Werk in Betracht hätte ziehen sollen) –, um Duncan zu entdecken, der mir von der anderen Seite des Zeltes winkte.

Wir trafen uns in der Mitte des Zelts, das (überraschenderweise für eine Ausstellung von Gemüse-Skulpturen) recht voll war.

„Hallo! Ich hoffte, dass ich dich hier sehen würde", sagte Duncan, lächelte und starrte mit seinen glitzernden blauen Augen in meine.

„Ich bin gerade mit DCI Withers aus St Mawes zurückgekommen", erklärte ich und beobachtete seine Reaktion, aber sein Ausdruck änderte sich nicht.

„War das geschäftlich? Oder sollte ich eifersüchtig sein?"

„Geschäftlich natürlich, aber wenn du ein wenig eifersüchtig sein wolltest, würde ich mich geschmeichelt fühlen ... Sollen wir ...?" Ich wies auf die Öffnung des Zelts und wir gingen nach draußen.

Es war ein schöner warmer Nachmittag, und da war immer noch eine große Gruppe Besucher, die sich auf dem Festival aufhielt; wenn überhaupt, war es so voll, wie ich es die ganze Zeit nicht gesehen hatte, außer am Montag, als die Eröffnungssprecher, im speziellen Genevieve, viele angezogen hatten. Wir entfernten uns von der Menge, liefen über den Parkplatz und den Hügel hinauf, der den Strand überblickte, wo wir uns im Gras niederließen.

Er sah mich erwartungsvoll an. „Du willst mir etwas sagen, oder nicht? Oder etwas fragen."

„So was in der Art." Ich wollte mit ihm über die Ermittlungsergebnisse von heute sprechen, aber ich konnte mir im Leben nicht vorstellen, warum Robert Holmes sie wichtig genug gefunden hatte, um sie nachzuverfolgen.

„Nun, ich war bisher nur einmal in St Mawes und es war kein Besuch, den ich wohl vergessen würde. Also lass mich raten, ihr seid bei den Lewis' gewesen und habt mit ihnen gesprochen."

„Lesters."

„Mr und Mrs Lester, ja, das war's ..." Duncan legte sich zurück ins Gras, stützte sich auf seine Ellenbogen.

„Was habt ihr herausgefunden?"

„Du weißt, was wir herausgefunden haben. Der Punkt ist, warum hatte das Robert Holmes so interessiert?"

Er setzte sich auf. „Was meinst du damit, interessiert?"

„Er ging am Tag vor seinem Tod dorthin, um mit ihnen zu reden. Er hat versucht die Gemälderestauratorin zu finden –"

„Ah, ja ..." Er schüttelte seinen Kopf vehement. „Sie tat mir leid. Sie hatte wirklich gute Arbeit geleistet und dann weigerten sich die Lewi– die Lesters, sie zu bezahlen. Furchtbare Leute."

Ich starrte ihn verwundert an. „Sie hat dir leidgetan? Aber sie hat behauptet, dein Bild wäre eine Fälschung! Sie hat dir ganz schön Ärger gemacht."

„Ja, das weiß ich. Ich war ja dabei." Duncan lächelte ein wenig amüsiert. „Es wurde alles furchtbar aufgebauscht aufgrund der Art, wie diese Leute sie behandelt hatten, als ob sie dumm wäre. Sie lag natürlich falsch, was mein Bild anging, aber sie hat nur ihren Job gemacht. Sie hat einen Fehler gemacht. Sie hat es nicht verdient, dass man schlecht über sie redet und sie diskreditiert, wie es ihr passierte. Wenn sie sie einfach bezahlt hätten, hätte sie kein solches Theater veranstaltet. Als ich davon hörte, wollte ich anbieten, sie zu bezahlen, weil sie eine fantastische Arbeit bei der Restauration geleistet hatte – hast du die Bilder gesehen? Haben sie sie immer noch?" Ich nickte. „Oh, gut. Ich hätte ihr das Geld gegeben, aber Gen und Charles meinten beide, das würde wirken, als wollten wir ihr Schweigegeld zahlen, weil ich etwas zu verbergen hätte."

„Aber das hattest du nicht."

„Natürlich hatte ich das nicht! Warum sollte ich eine Fälschung als mein eigenes Bild ausgeben? Und Gen hatte natürlich auch einen Beweis." Er seufzte. „Wie auch immer ..."

„Was noch?"

„Selbst, als wir die ganze Sache aufgeklärt hatten, war es noch nicht vorbei. Danach hatte jeder Mann und sein Hund eine Meinung zu meinen späteren Arbeiten im Vergleich zu der Penstowan-Reihe, und die allgemeine Meinung dazu war – ist es immer noch, denke ich –, dass sie nicht so gut wären." Er seufzte erneut. „Ich wünschte manchmal, dass die Penstowan-Bilder verdammt noch mal nicht existieren würden."

Ich schüttelte den Kopf. „Sag das nicht. Die haben deine ganze Karriere doch erst in Gang gebracht –"

„Und sie überschatteten den Rest. Jedes Mal wenn ich etwas versuche so zu malen, wie ich es will, meinen Charles Harper oder Genevieve oder einer der anderen Millionen Kunstkritiker, dass ich das nicht sollte, denn das wären keine echten ‚Duncan Stovalls‘. Also zwang ich mich, diese dämlichen Ideen wieder und wieder zu verwerten ...“ Er lächelte dünn. „Wie bei Radiohead.“

„Ich kann dir nicht folgen. Was?“

„Du kennst die Band Radiohead? Ich hab mal ein Interview mit denen gelesen, vor Jahren. Sie haben all diese unglaublichen Songs geschrieben, Millionen Alben verkauft, Musikpreise gewonnen und alles, was die Leute hören wollen, ist ‚Creep‘.“

„Und die Penstowan-Gemälde sind dein ‚Creep‘.“

Er nickte. „Alles, was ich in Zukunft erschaffen werde, wird immer mit ihnen verglichen und für mangelhaft befunden werden.“

„Vielleicht solltest du dich Porträts widmen“, schlug ich vor, lächelnd, während ich an die Skizzen dachte, die er von mir gemacht hatte. Er lächelte, was mich von innen heraus wärmte.

„Vielleicht habe ich das schon ...“ Er rutschte näher und legte seinen Arm über meine Schulter. „Die Lesters – Sie waren furchtbare Leute, vor allem sie, aber zumindest präsentieren sie die Bilder weiterhin und haben sie nicht in einem Lagerhaus versteckt.“

Ich lachte, dann sah ich zu ihm. „Was, meinst du das ernst? Das machen Leute?“

„Oh, ja. Wenn ein Bild oder ein anderes Kunstwerk in eine bestimmte Preiskategorie fällt, werden sie nicht mehr wegen ihrer ästhetischen Qualitäten gekauft,

sondern werden wegen ihres finanziellen Wertes ge-
handelt. Wenn man sich ein Bild an die Wand hängt, ist
es den Elementen zu einem gewissen Grad ausgesetzt.
Bei den Lesters natürlich ist das was anderes, die hatten
einen Hausbrand oder so etwas –"

„Der Freund ihres ehemaligen Au-Pair-Mädchens
hatte versucht, ihr Haus abzufackeln", schob ich ein. Er
lachte.

„Warum überrascht mich das nicht? Die Leute hängen Bilder auf, wo sie vom Licht getroffen werden, die
Sonne sie ausbleicht oder die Feuchtigkeit des Hauses
ganz falsch ist und die Leinwand austrocknet, weshalb
die Farbe abfällt ... Für mich gehört das zum Leben eines Bildes dazu, die Kunstwerke altern mit einem. Es ist
immer noch wunderschön, nur auf eine andere Art." Er
lächelte und schob eine Haarsträhne hinter mein Ohr.
„Es ist so, als bekäme die Frau, die man liebt, ein paar
graue Haare. Es mindert nicht den Grund, aus dem man
sich in sie verliebt hat."

Ich war mir nicht sicher, ob ich ihm für die Erwähnung grauer Haare, während er meine berührte, eine
runterhauen sollte, oder den Hügel hinaufrennen
sollte, weil er das ‚L'-Wort ganz nebenbei erwähnte,
aber ich entschied mich einmal dafür, nichts zu sagen
und es zu ignorieren.

„Es sind also wirklich Gemälde in Lagerhäusern weg-
geschlossen?", fragte ich.

„Ja, tatsächlich viel mehr, als du dir wahrscheinlich
vorstellen kannst. Klimatisch kontrollierte, sichere Lagerhäuser, in denen die Bilder ewig rumstehen können
und so perfekt bleiben wie an dem Tag, an dem sie ge-

schaffen wurden, ohne dass jemand seine ungeschmälerte Schönheit sehen kann." Er blickte hinaus aufs Meer. „Ich möchte, dass meine Kunst jeden Tag betrachtet und geliebt wird von seinen Besitzern. Darum male ich, nicht wegen des Geldes ..."

„Das Geld, das dir allerdings die Freiheit gibt, malen zu können", bemerkte ich und er lächelte.

„Ja. Denk mal an all die wunderbaren Künstler da draußen, die, aus irgendeinem Grund, nicht genug Geld haben, ihre Tagesjobs aufgeben zu können, damit sie einfach nur malen können. Denk an all die unglaublichen Kunstwerke, die nicht gemalt werden und die der Welt entgehen." Er platzierte einen Kuss auf meiner Stirn. „Du hast recht. Ich sollte mich wegen meiner Karriere nicht beschweren."

Ich hob meine Hände, um sein Gesicht für einen Kuss näher zu mir zu ziehen, und warf dabei einen Blick auf meine Armbanduhr.

„Oh, Scheiße, ich muss gehen!", schrie ich und sprang auf. „Es ist fünf; ich sollte mich mit Mum und Daisy zum Abendessen treffen."

Duncan kam auf die Beine. „Was machst du danach? Ich bin zu so einer fürchterlichen Amateur-Drama-Show überredet worden –" Er hielt inne. „Du spielst da doch nicht etwa mit, oder?"

Ich lachte. „Nein, aber ich werde da hingehen und mir geht's genauso wie dir ..."

„Reservier mir einen Platz neben dir", verlangte er. „Lauren lässt die Peitsche knallen und sagt, Gen und ich sind nicht oft genug zusammen gesehen worden diese Woche, also fürchte ich, sie wird auch da sein, aber sie

kann bei Charles sitzen. Wenn ich schon Amateurthea-
ter ansehen muss, dann will ich wenigstens neben jemandem sitzen, mit dem ich die ganze Zeit darüber reden kann …“

KAPITEL 21

Ich kam gerade in den Pub, als Mum damit begann, auffällig auf ihre Uhr zu sehen und schnaubende Geräusche von sich zu geben.

„Ach, komm schon!", protestierte ich. „Es ist zehn nach. Ich bin doch kaum zu spät ..."

Im King's Arms war heute Abend viel los, die Amateurschauspieler trafen sich an der Bar für einen kleinen Drink gegen das Lampenfieber, bevor sie ins Zelt mussten, um sich umzuziehen. Wir fanden einen Tisch am Fenster und bestellten Getränke, während wir das Menü durchsahen, aber wir wussten eigentlich schon, was wir bestellen würden: Fisch und Chips für Mum, Cheeseburger und Pommes für Daisy, Steak und Ale Pie mit Kartoffelbrei für mich. Das King's Arms hatte keine große Auswahl, aber was sie machten, machten sie gut.

Wir berichteten uns gegenseitig von unserem Tag – Mum und Daisy waren zur Abwechslung mal in ihrem Haus gewesen, um nachzusehen, ob es noch stand (sie war seit der Eröffnungssoiree am Sonntag nicht mehr dort gewesen), dann waren sie losgezogen, um sich ein paar Shows des Festivals anzusehen. Eine örtliche Cheerleadergruppe hatte ihr Können gezeigt und ich vermutete, dass Daisy ihnen gerne beitreten wollte, weil sie es liebte zu tanzen, aber, weil sie im Herzen immer noch eine coole Teenagerin aus dem Süden von

London war, würde sie das niemandem gegenüber zugeben, nicht, wenn Jade nicht vielleicht auch mitmachen würde ... Ich erzählte ihnen kurz von dem Ausflug mit Nathan auf der Fähre und der Schönheit von St Mawes und dem Haus der Lesters, aber nichts von der Gemälderestauratorin und ihren Vorwürfen; ich musste das Ganze noch verarbeiten und herausfinden, wie wichtig das war (wenn es das tatsächlich wäre – es könnte auch eine Sackgasse in Robert Holmes' Untersuchungen gewesen sein, die er dann links liegen gelassen hatte).

Wir beendeten unsere Hauptgänge, dann taten wir so, als würden wir kein Dessert bestellen wollen, aber na gut, wir könnten die Speisekarte ja noch mal anschauen und teilten uns dann einen riesigen Schokobrownie-Eisbecher (mit drei Löffeln). Schließlich, nachdem wir absolut vollgestopft waren – zum Glück hatte mein Sommerkleid noch ein wenig Platz – gingen wir ins Veranstaltungszelt.

Wir fanden Tony, Debbie und Callum, die bereits saßen. Ich war erleichtert zu sehen, dass Tony zwischen Debbie und Mrs Syed vom indischen Restaurant saß (deren Tochter der Star der Penstowan Players war), weil er wahrscheinlich verletzt gewesen wäre, wenn ich mich nicht neben ihn gesetzt hätte – und natürlich musste ich einen Platz neben mir für Duncan freihalten. Er beobachtete, wie Mum und Daisy sich durch die Reihe quetschten und sich neben Mrs Syed platzierten, und zwinkerte mir dann über ihren Kopf hinweg zu, als ich mich auf den vorletzten Stuhl fallen ließ und meine Tasche auf den freien Platz knallte, bereit, jeden anzufunkeln, der ihr nahe kam.

Maurice' Bitte um ein großes Publikum, war offensichtlich Folge geleistet worden, denn das Zelt war beinahe voll, als Duncan und seine Entourage auftauchten. Der Bürgermeister, der sich aufgeregt umherlief und Leute begrüßte, hielt kurz inne, um mit ihnen zu sprechen, offensichtlich dankbar, dass sie gekommen waren. Er zeigte auf vier leere Plätze in der ersten Reihe, aber Duncan sagte etwas und sah sich um, suchte mit seinen blauen Augen den Raum ab, bis er mich entdeckte. Er lächelte, drehte sich um, um Maurice etwas mitzuteilen, der zwar überrascht aussah, aber nichts erwiderte, dann kam er in meine Richtung. Dahinter beobachteten ihn Genevieve, Lauren und Charles Harper, sahen mich erstaunt an, zumindest Lauren, die anderen wirkten eher feindselig. Wie konnten sie, von allen Leuten, unsere Beziehung verurteilen, diese Heuchler ...

Duncan ließ sich auf den Stuhl neben mir fallen. Er war für jemanden Kleineren vorgesehen und die Reihen waren nicht für die gedacht, die über eins achtzig groß waren, es gab kaum Beinfreiheit, aber er sah glücklich aus, hier zu sein.

„Hallo noch mal", sagte er leise, dann lehnte er sich vor, um Daisy und Mum sehen zu können. „Hi, Shirley, wie geht es Ihnen? Und Daisy, freust du dich auf das Stück?"

„Nicht wirklich", murmelte Daisy, und ich ermahnte sie. „Sprich leise, Liebling, du könntest hinter der Mutter der Hauptdarstellerin sitzen ..." Hinter ihr sah ich, wie Tony sich drehte, um den Neuankömmling zu sehen, dann wandte er sich schnell ab. Er hatte vielleicht versprochen, mich nicht wegen meiner Beziehung zu belehren, aber sein Gesichtsausdruck sagte mir genau, was er darüber dachte. Ich rutschte auf meinem Sitz herum. Tony hatte mir einmal erzählt, dass er, falls er je wieder heiraten sollte, es jemand sein müsste, den alle seine Freunde mochten, da niemand von uns seine damalige Verlobte Cheryl besonders gemocht hatte. Lief Duncan etwa Gefahr, meine Cheryl zu werden? Aber Tony mochte normalerweise *jeden* …

Die Lichter wurden gedimmt und ich schob diese unerfreulichen Gedanken in den Hintergrund. Das Zelt wurde überraschend dunkel, wenn man bedachte, dass die Sonne zu dieser Tageszeit immer noch recht hell war. Duncans Hand fand meine und er drückte sie sanft.

„Also, welcher von denen ist Maurice' Ehemann?", flüsterte er, als die ersten Schauspieler auf der Bühne auftauchten. „Ich glaube, ich habe ihn am Sonntag nicht kennengelernt."

„Nein, er und Maurice haben eine große, Antiquitätenscheune bei Bude und er war auf dem Weg zurück von einem Antiquitätenmarkt im Norden und schaffte es nicht rechtzeitig zurück." Ich sah Leute, die ich aus der Bäckerei, vom Apotheker und vom Arzt kannte, auf die Bühne stolzieren, schlendern und in einem Fall nervös herumschleichen, gekleidet in ein Jakobiner-Kostüm. „Er ist der, der den Herzog spielt – da."

Tim war wie Maurice in seinen frühen Sechzigern, aber während der Bürgermeister groß und schlank war und wie Terence Stamp aussah, war Tim untersetzt, kräftig und sah mehr wie Idris Elbas Vater aus. Er hatte eine der ansteckendsten Lachen, die ich je gehört hatte (nicht dass ich erwartete, sie heute Abend auf der

Bühne zu hören), und seine Stimme hatte immer noch einen Hauch Birmingham-Akzent inne, obwohl er bereits in meinem Geburtsjahr hierhergezogen war.

„Der schwarze Typ?“ Duncan wirkte verwundert. „Und wie lange sind die beiden zusammen? Die müssen seinerzeit viel Gegenwind erfahren haben.“

„Was meinst du damit?“, fragte ich.

„Ich meine, sie sind nicht nur ein homosexuelles Paar, sondern auch noch ein rassengemischtes Paar. Heutzutage ist das egal, aber während ich auf der Kunstschule war, kannte ich viele homosexuelle Männer und manche der Kommentare, die sie an den Kopf geworfen bekamen ... Und das im kosmopolitischen London, nicht im verschlafenen Cornwall.“

„Weißt du, ich habe nie darüber nachgedacht“, sagte ich. „Ich erinnere mich an einen albernen Scherz, als ich Kind war, über den Lone Ranger und Tonto –“ Duncan sog scharf die Luft ein und schüttelte den Kopf. „Ich weiß, furchtbar, nicht? Aber ich glaube, die meisten hier haben die beiden einfach akzeptiert, weil sie sie mochten. Sogar die ältere Generation.“ Ich lachte leise. „Obwohl, selbst meine Mum, die so liberal für ihr Alter ist, wie es nur geht, findet es immer noch schwer, das Wort ‚Lesbe‘ zu sagen und flüstert es meistens nur.“

Duncan kicherte leise, dann wandte er seinen Blick zurück zur Bühne. „Trotzdem, es muss schwer für sie gewesen sein.“

„Ja, aber wenn man jemanden liebt, tut man alles für denjenigen, nicht wahr?“, sagte ich. Ich fühlte, dass er sich zu mir drehte und mich ansah, behielt meine Augen aber auf den Schauspielern auf der Bühne, während er mich untersuchte. Es brauchte eine Menge Willenskraft, mich nicht umzudrehen und ihm in seine blauen Augen zu sehen.

„Ja", er sagte es nachdenklich, dann fügte er entschiedener hinzu: „Ja, da hast du recht ..."

Das Theaterstück war ... interessant. *Die Tragödie der Rächer* von Thomas Middleton war sicher eine mutige Wahl für eine Amateurtheatergruppe und ich begann zu denken, dass, wer auch immer die Wahl getroffen hatte, wahrscheinlich lange Zeit keine mehr treffen durfte. Am Ende des ersten Aktes hatten wir mehr Vergewaltigung und Mord gesehen, als man in einer ganzen Staffel CSI Miami fand. Die Hälfte des Publikums saß in erstauntem Unglauben da, mit offenen Mündern, und ich denke, der einzige Grund, weshalb es die andere Hälfte nicht genauso hielt, war, weil sie nicht mit der Sprache der Jakobiner mithalten konnten; es war wie Shakespeare auf Drogen, aber zumindest erkannte man bei Shakespeare wenigstens die berühmten Reden und Sprichwörter.

Die Lichter gingen für die Pausen an und für einen Moment bewegte sich niemand; ein kollektives „Was zur Hölle haben wir da gerade gesehen?" hing in der Luft, bis ich eine Stimme hinten im Zelt hörte (die sich nach Davey Trelawney anhörte), die verkündete: „Ich brauche ein Pint Bier. JETZT." Der Gedanke an Alkohol rüttelte alle wach und brachte sie auf die Beine, und es gab einen regelrechten Ansturm auf das Bierzelt.

Duncan allerdings blieb sitzen und nahm meine Hand. „Bleib eine Minute sitzen", sagte er. Ich sah Mum an und sie nickte, trieb Daisy an, um sich eine Cola zu holen oder Ähnliches (nach dem, was wir eben gesehen hatten, hätte ich ihr nicht mal ein Bier verweigert, obwohl ich wahrscheinlich beim Apfelwein die Reißleine gezogen hätte). Tony ignorierte uns und nahm einen anderen Weg hinaus, aber Debbie warf mir ein großes und sehr, *sehr* auffälliges Zwinkern zu und dann waren wir allein.

„Ich habe darüber nachgedacht, was du gesagt hast", sagte Duncan und ich bekam den Eindruck, dass er sich während des letzten Teils der dargestellten Bühnengewalt, überlegt hatte, was er nun sagen wollte. „Darüber, dass man manchmal durch die Hölle gehen muss, wenn man mit jemandem zusammen sein will."

Mein Herz schlug schneller und in meinem Inneren flatterte es. *Er will wirklich mit mir zusammen sein!*, dachte ich, gefolgt von, *oh, verdammt ...*

„Ich werde Genevieve sagen, dass ich die Scheidung will", sagte er. Mein Inneres flatterte noch schlimmer, dieses Mal aus schierer Panik, und ich dachte, *dieses ständige Gefühlschaos würde bei mir noch ein Geschwür verursachen.*

„Wir kennen uns noch nicht lange", sagte ich vorsichtig. Ich dachte, es war wahrscheinlich eine diplomatischere Antwort als *Oh mein Gott, das ist viel zu früh und du wirst mich bitten, dich zu wählen, und ich sage nicht, dass ich das nicht wollte, aber wir kennen uns weniger als eine Woche und hatten noch nicht einmal Sex*, aber dann stoppte er mich, legte ganz zart einen Finger auf meine Lippen.

„Ich weiß, und ich tue das nicht für dich." Er lachte sanft. „Ja, okay, irgendwie tue ich das schon, aber ich mache mir keine Vorstellungen über dich und mich. Tatsächlich wollte ich das schon lange tun und du hast mir den letzten Schubs gegeben, es zu tun. Ich freu mich allerdings nicht darauf, es den anderen zu sagen.“

„*Den anderen*? Meinst du Harper und Lauren? Was geht sie das an?“

„Das ist es ja. Es geht sie etwas an, weil es geschäftlich ist. Es war schon lange keine Ehe mehr.“ Er sah mir in die Augen, während er meine Hand nahm und sie küsste. „Ich verdiene vielleicht nichts Besseres, aber ich will es.“

***

Wir gingen hinaus und fanden Mum, Daisy und Tony, die sich am Bierzelt unterhielten. Duncan sah sich um und entdeckte Genevieve mit den anderen, sie standen etwas weiter auseinander und redeten recht aufgeregt miteinander. Er ließ meine Hand los.

„Wenn nicht jetzt, wann dann“, sagte er.

„Du willst es ihr jetzt sagen?“ Ich war etwas beunruhigt. Ein Teil von mir wollte schreiend über den Parkplatz rennen, aber dann wollte ein weiterer verwirrter Teil von mir einen kleinen Tanz aufführen, denn es bedeutete, dass es offiziell war: Er hatte mich gewählt.

Und ich *mochte* ihn. Sicherlich sollte ich darüber glücklicher sein?

Er nickte, dann bückte er sich, um mir einen Kuss auf die Wange zu geben. Es kribbelte immer noch, trotz meiner milden Panikattacke.

„Ich komme wieder“, sagte er, mit seiner besten Arnold-Schwarzenegger-Stimme.

Ich lächelte. „Meine Imitation war besser …" Ich sah zu, wie er sich durch die Menge kämpfte, meine Wangen erröteten, während ich alle Augen auf mir spürte. Ich drehte mich um, da sah ich, dass Tony mich beobachtete. „Was?"

„Alles okay?", fragte er ruhig.

„Natürlich", sagte ich bestimmt. Aber es war mir nicht entgangen, dass mein allererster, beinahe unbewusster Gedanke, als Duncan eine Scheidung erwähnte, war: *Oh, Scheiße.*

Es klingelte hinter uns, signalisierte, dass in zwei Minuten der Vorhang wieder aufgehen würde. Mum seufzte. „Müssen wir wirklich?", sagte sie.

Daisy sah schockiert aus. „Gefällt es dir nicht?"

„Heißt das etwa, dir gefällt's?" Meine Tochter schaffte es immer wieder, mich zu überraschen. Mit einem letzten Blick über meine Schulter, wo ich Duncan sah, wie er mit den anderen redete, folgte ich meiner Familie ins Zelt und setzte mich, um die zweite Hälfte der Show zu sehen.

***

Die zweite Hälfte war genauso … interessant wie die erste, aber ich fand es immer schwieriger, mich zu konzentrieren, mit einem leeren Stuhl neben mir. Ich rutschte auf meinem Hintern herum, der langsam auf dem harten Plastikstuhl einschlief, und starrte auf den leeren Platz, fragte mich, wo Duncan war, ob er es Genevieve gesagt und wie sie es aufgenommen hatte … Es waren gute zwanzig Minuten des zweiten Akts vergangen, als ein lauter Schrei außerhalb des Zelts zu hören war und dann das Geräusch eines röhrenden Motors und quietschender Reifen, vermutlich bei einer hastigen Flucht. Auf der Bühne zögerte Tim, der böse Herzog, während das Publikum sich der Tür zuwandte, und ein paar standen sogar auf.

Die Stoffplane des Eingangs flog auf und Genevieve tauchte auf, kreidebleich.

„Hilfe! Bitte, jemand muss helfen!", schrie sie, bevor sie schwankte und wieder davonlief. Ich sprang auf die Beine und sah Tony auch aufstehen. Daisy erhob sich auch, aber ich drückte sie sanft wieder runter.

„Bleib hier bei Oma, bis ich weiß, was passiert ist!", befahl ich, dann machte ich mich auf zum Ausgang.

Draußen hatte sich eine kleine Menge auf dem Parkplatz versammelt, die auf etwas – oder jemanden – auf dem Boden hinunterblickte. Ich sah Charles Harper, der wankend auf Genevieve zuging, sie am Arm nahm und an einem jungen Mann vorbeiführte, den ich nicht kannte, er telefonierte und beobachtete die Menge. Während ich ihn passierte, hörte ich die Worte ‚von einem Auto angefahren' und fror ein. Wo war Duncan?

„Lassen Sie mich durch!", schrie ich, drängte mich durch die Menschen.

„Ich bin Ersthelfer." Mir war während meiner Zeit bei der Polizei beigebracht worden, was zu tun war, sollte ich die Erste am Unfallort sein, und ich hatte diese Fähigkeiten mehr als einmal gebraucht, aber ich hoffte, dass ich sie nicht an Duncan anwenden musste ...

Die Menge teilte sich. Duncan war am Boden, Blut tropfte von seiner Stirn, er krümmte sich neben einer bewusstlosen Lauren am Boden. Er hielt ihre Hand und sprach sanft mit ihr. „Bleib bei uns, Lauren", sagte er,

sah auf und erblickte mich. Sein Gesicht war weiß wie
das eines Geistes und seine Lippen zitterten. „Der Krankenwagen ist auf dem Weg. Alles wird gut." Aber sein
Gesicht sagte etwas anderes.

KAPITEL 22

Krankenhausflure sehen alle gleich aus und riechen alle gleich: Wände und Linoleumböden in blassen, beruhigenden, einheitlichen Farben, damit die Patienten oder deren Besucher nicht überstimuliert wurden, und der Geruch von Desinfektionsmittel, fragwürdigem Kaffee aus dem Getränkeautomaten und Verzweiflung.

Ich rutschte auf dem harten Plastikschalenstuhl herum, die Sohlen meiner Schuhe quietschten auf dem kalten, sauberen Linoleum. Ich hatte tatsächlich so einen seltsamen Kaffee aus der Maschine in den Händen, vergaß mich gelegentlich und nippte daran, bevor ich das Gesicht vor Ekel verzog, aber es war mir noch nicht eingefallen, dass ich ihn einfach wegwerfen oder wegstellen könnte. Er war jetzt kalt, weshalb man meinen könnte, dass es ihn noch ekelhafter machen würde, aber wenn ein Getränk von Anfang an schlecht war, gab es nichts, was es noch schlimmer machen könnte.

Ich sprang auf und schüttete den Kaffee über mein Bein, als Duncan auftauchte.

Er sah immer noch blass aus und er hatte ein großes Pflaster auf der Stirn und ein paar Stiche am Kinn, aber er lebte. Ich wusste noch nicht, ob wir dasselbe über Lauren Fulstrop sagen konnten.

„Duncan!" Ich nahm seinen Arm und zog ihn auf einen Stuhl, untersuchte sein Gesicht genau. Er warf mir ein kleines Lächeln zu.

„Mir geht es gut, ehrlich“, sagte er, nahm meine Hände und hielt sie fest. „Hast du etwas von Lauren gehört?“

Ich schüttelte den Kopf. „Noch nicht. Der Arzt sagte, dass sie eine Hirnblutung hatte, verursacht von dem Sturz auf den Kopf. Sie haben sie gleich in den Operationssaal gebracht und es wird Stunden dauern, bis wir etwas erfahren werden, denke ich.“

„Gott, die arme Lauren“, sagte er betroffen.

„Was ist passiert? Kannst du dich erinnern?“, fragte ich. Die Polizei war natürlich zum Unfallort gerufen worden, um herauszufinden, was passiert war, und das Auto zu finden, das involviert gewesen war, und sie waren vermutlich auch noch irgendwo hier im Krankenhaus. Aber ich wusste, dass Nathan auch irgendwann mit von der Partie wäre und dass er Duncan befragen würde.

Duncan ließ meine Hände los und lehnte sich vor, stützte seine Ellenbogen auf die Knie. Er legte sein Kinn in seine Hände, während er nachdachte, zuckte ein wenig, als er das frisch Genähte berührte.

„Da war ein Auto ...“, begann er. „Ich hörte es eher, als dass ich es sah; es passierte alles so schnell ...“

Ich legte einen Arm um seine Schulter. „Sag mir einfach alles, woran du dich erinnerst, auch wenn es noch so dumm und unwichtig erscheint. Du und Lauren standen offensichtlich nebeneinander. Wo waren Genevieve und Charles?“

„Mr Stovall?“ Wir sahen auf. Nathan stand vor uns, mit grimmigem Gesicht. Hinter ihm standen zwei uniformierte Polizisten, an beide erinnerte ich mich, kannte sie aber nicht wirklich. Bevor ich realisierte, was ich tat, riss ich den Arm von Duncans Schulter, als ob sie Feuer gefangen hätte.

„DCI Withers", sagte Duncan resigniert. „Fragen Sie, was immer Sie wollen. Ich bin mir nur nicht sicher, ob ich eine große Hilfe bin; ich habe nicht viel gesehen."

„Alles, was sie sagen, wird hilfreich sein", sagte Nathan. Er sah mich an. „Sie dürfen gerne bleiben, Ms Parker, wenn Mr Stovall es lieber hätte?"

„Ja, bitte", sagte Duncan, streckte seine Hand nach meiner aus und ergriff sie fest. „Ich bin nicht sicher, wo ich anfangen sollte ..."

„Am Anfang", sagte ich.

Nathan nickte. „Es hilft manchmal, früher zu beginnen, vor dem Unfall. Sie waren außerhalb des Veranstaltungszelts, als der Unfall passierte. Waren Sie drinnen, haben Sie sich die Show angesehen?"

Duncan nickte. „Ja. Es war ... interessant. Wir gingen in der Pause nach draußen, um etwas zu trinken."

„‚Wir'? Sie, Ihre Frau" – ging es nur mir so, oder betonte Nathan diese Worte ein wenig zu sehr und richtete sie an mich? – „Mr Harper und Ms Fulstrop?"

„Nein. Ich meine, ja, ich ging raus und sah sie, aber ich ging mit Jodie nach draußen – wir hatten das Stück gemeinsam angesehen. Ich ging und suchte die anderen auf, weil ich ihnen etwas mitteilen wollte. Ich musste mit meiner Frau sprechen."

Nathan hob eine Augenbraue, machte sich aber weiter Notizen. „Also Sie vier blieben draußen, als Jodie – Ms Parker – und alle anderen wieder für die zweite Hälfte reingingen?"

„Ja. Wir redeten immer noch." Duncan sah mich an und ich begriff, dass er noch nicht die Chance gehabt hatte, mir von den Auswirkungen zu berichten, die das Platzen seiner Bombe verursacht hatte. Unfälle mit Fahrerflucht tendierten dazu, alles zu überschatten.

„Wir hatten uns von den Festivalzelten wegbewegt und waren auf den Parkplatz gegangen, weil ich nicht wollte, dass man uns belauschte. Ich hatte meiner Frau gerade gesagt, dass ich die Scheidung will." Nathan sagte nichts, aber ich bemerkte, dass sein Stift von seinem Notizbuch abrutschte. Mir war schlecht. Duncan wandte sich halb zu mir, obwohl er seine Worte immer noch an Nathan richtete. „Sie war nicht besonders überrascht, aber sie war auch nicht glücklich darüber, und Charles Harper ließ mich unzweifelhaft wissen, was er davon hielt, aber ... es ist, was ich möchte."

Nathan räusperte sich und riskierte einen flüchtigen Blick zu mir, dann richtete er seine Aufmerksamkeit wieder auf Duncan.

„Also haben Sie sich gestritten? Was war mit Ms Fulstrop? Hat sie deren Meinung geteilt?"

Duncan sah sauer aus. „Ich habe sie nicht vor ein Auto geschubst, weil sie nicht meiner Meinung war, wenn es das ist, worauf sie hinauswollen. Das hätte ich wohl besser mit meiner Frau gemacht, denken Sie nicht? Wenn überhaupt, hatte Lauren Mitleid. Sie weiß über Gen und Charles Bescheid –" Er zögerte, dann fuhr er fort. „Meine Beziehung war seit einer Weile nur noch Show, DCI Withers. Es ging hauptsächlich um repräsentative Auftritte und ich bin nicht mehr daran interessiert, das fortzusetzen."

Nathan sah ihn nachdenklich an, dann nickte er. „Als das Auto Ms Fulstrop traf, wo befanden Sie sich zu diesem Zeitpunkt? Standen sie vier alle beieinander?"

„Nein … Nein." Duncan verzog das Gesicht, während er sich erinnerte. „Als ich zunächst zu ihnen ging und mich mit ihnen unterhalten wollte, waren alle beim Bierzelt und sie sprachen über Robert Holmes. Lauren war sehr aufgeregt; ich glaube, sie gibt sich die Schuld dafür, dass sie nicht auf ihn gehört hat, als er mit ihr reden wollte. Charles entschuldigte sich einen Moment und lief ein Stück, um ein Telefonat zu führen – ich weiß nicht, mit wem oder worum es ging. Als er zurückkam, sagte ich, dass ich mit ihnen sprechen möchte, und wir gingen zum Parkplatz." Er pausierte einen Augenblick, damit Nathan sich alles notieren konnte. „Dann, während wir über die Scheidung redeten, klingelte sein Telefon und er sagte, dass er da rangehen müsste, also lief er wieder weg und Gen ging mit ihm."

„Warum ist sie mit ihm gegangen, wenn er telefonieren musste?", fragte ich. „Und das mitten im Gespräch über eure Scheidung?"

„Ich glaube, sie war sauer", sagte Duncan, sah mich stetig an. „Aufgewühlter, als ich es von ihr erwartet hatte."

Ich fühlte, wie mein Magen rumorte, aber schließlich schlief sie schon *seit Jahren* mit Charles Harper, also hatte sie nicht das Recht sich darüber aufzuregen.

Nathan hatte aufgehört zu schreiben. Er sah Duncan intensiv an. „Also hatte Mr Harper einen Anruf empfangen, bevor das Auto auftauchte?"

„Ja. Ich nahm an, dass es mit dem zu tun hatte, den er davor getätigt hatte –"

„Warum nehmen sie das an?", fragte Nathan. Duncan wirkte überrascht.

„Ich weiß nicht. Es war nur die Art, wie er sagte, dass er den ersten machen *musste,* und dann sagte, er *müsste* den zweiten annehmen ...“

„Okay. Also Mr Harper und Ms Lorre standen wo?“

„Sie waren auf der anderen Seite des Parkplatzes, nahe dem Ticketautomaten. Sie waren zwanzig Meter von mir und Lauren entfernt, vielleicht etwas näher. Wir waren nahe am Ausgang.“

„Haben Sie das Auto gesehen?“

„Nicht, bis es uns fast erreicht hatte.“ Er wurde wieder blass. Ich drückte seine Hand.

„Alles in Ordnung, sag einfach alles, was du kannst“, wies ich ihn an. „Ich hörte, dass es hinter uns auf den Parkplatz fuhr“, sagte er vorsichtig. „Ich hab mir nichts dabei gedacht, aber dann plötzlich röhrte der Motor, als würde er beschleunigen, dann schrie Gen und das Nächste, woran ich mich erinnere, ist, dass Lauren auf dem Boden lag ...“ Er fasste vorsichtig an das Pflaster auf seiner Stirn. „Ich wurde zur Seite geschleudert, als sie fiel, und habe mir den Kopf an der Wand gestoßen. Und dann war das Auto weg und ich saß auf dem Boden und versuchte sie aufzuwecken.“ Er sah zu mir hoch, dann zu Nathan. „Ich hab nicht gesehen, wer den Wagen gefahren hat. Vielleicht haben es Gen oder Charles gesehen?“

Nathan schüttelte den Kopf. „Die Uniformierten haben mit ihnen am Unfallort gesprochen und sagten, dass sie den Fahrer nicht erkennen konnten.“

„Was ist mit dem Nummernschild?“, fragte ich. „Erinnert sich jemand daran?“

Nathan nickte. „Ja, aber das ist keine Hilfe. Es war vom Parkplatz gestohlen worden. Wir wissen nicht, wann – der Besitzer ist ein Urlauber, wegen des Festivals hier, und hatte den Großteil des Tages hier geparkt. Es wurde zwei Meilen die Straße rauf gefunden, weggeworfen."

„Gibt es Überwachungsbänder?", fragte ich, aber er schüttelte den Kopf. „Nichts. Ein Augenzeuge sah, wie der Fahrer falsch herum vom Parkplatz fuhr, um die Straßenführung und somit die Kameras zu vermeiden, und von dort aus, auf die Landstraße."

„Wohin ist er von dort aus hingefahren?", fragte ich, aber Nathan sah mich warnend an. *Nicht vor Duncan.*

„Das wissen wir noch nicht", sagte er in seiner besten gleichgültigen Polizistenstimme. „Unsere Ermittlungen dauern an. Das Auto wurde neben dem Park in der Wrestwood Avenue gefunden, und zwar recht schnell, also kann der Fahrer nicht weit weg gewesen sein, aber es gibt keine Spur von ihm."

Duncan beobachtete uns, sein Kopf sprang zwischen ihm und mir hin und her, wie bei einem Zuschauer auf dem Tennisplatz. Es war offensichtlich, dass er wusste, dass mehr dahintersteckte, als Nathan sich anmerken ließ, aber er stellte es nicht infrage.

„Mr Stovall?" Wir sahen uns alle nach der Frau in OP-Kleidung um, die neben uns auftauchte. „Sie sind wegen Lauren Fulstrop hier?"

„Ja", sagte Duncan. Nathan hielt ihr seinen Polizeiausweis hin und sie nickte.

„Die gute Nachricht ist, wir konnten die Blutung lokalisieren und sie schnell stoppen, bevor sie zu viel Schaden anrichten konnte", verkündete sie. Duncan atmete erleichtert aus.

„Wann werden wir mit ihr sprechen können?“, fragte Nathan. *Immer langsam mit den jungen Pferden*, dachte ich. Die Ärztin dachte wohl dasselbe, denn sie runzelte die Stirn.

„Noch eine ganze Weile nicht, Detective Chief Inspector“, erklärte sie. „Ms Fulstrop wird immer noch operiert. Ich wollte sie nur wissen lassen, dass es so gut verlaufen ist, wie wir nur hoffen konnten. Wir müssen sie vielleicht für ein oder zwei Tage in ein künstliches Koma versetzen, um ihrer Heilung Zeit zu geben, aber ich denke nicht, dass sie bald in einem Zustand sein wird, in dem sie Fragen beantworten kann, zumindest nicht für ein paar Tage.“

„Verdammt“, murmelte Nathan. Er gab ihr seine Karte. „Bitte rufen Sie mich an, sobald sie zu sich kommt. Ob sie nun mit uns reden kann oder nicht.“ Die Chirurgin nickte und ging, eine fleißige Frau, die Leben retten musste.

Ich wandte mich an Nathan. „Haben Sie noch weitere Fragen an Duncan? Ich denke, er sollte besser nach Hause gehen.“

„Nein, im Moment nicht“, sagte er. „Sie haben ja meine Nummer, Mr Stovall. Wenn Ihnen noch etwas einfällt, egal wie klein, rufen Sie mich jederzeit an. Ms Parker, kann ich kurz mit Ihnen sprechen?“

Wir liefen ein Stück den Korridor entlang, ließen Duncan peinlich berührt mit den beiden uniformierten Polizisten stehen.

„Verdammte Scheiße!“, platzte es aus mir heraus, als wir außer Hörweite waren. „Was glauben Sie? War es ein Unfall oder etwas Schlimmeres? Das kann kein Zufall sein.“

„Das kann ich im Moment noch nicht sagen", sagte er. „Wo bleibt Duncan heute Nacht?" Ich öffnete meinen Mund, um ihm zu sagen, dass ihn das nichts anging, aber er hielt mich auf. „Ich will nicht neugierig sein, ich denke nur, dass es sicherer ist, wenn er in diesem Cottage nicht allein gelassen wird."

„Der Arzt hat ihm beste Gesundheit bescheinigt."

„Ich rede nicht von medizinischer Sicherheit. Ich frage mich nur, ob das Auto die richtige Person getroffen hat ..."

***

Das Haus war ruhig, während ich die Tür aufschloss und hineinging. Duncan folgte mir in die Küche und sah sich um, während ich das Licht anschaltete.

„Wir müssen leise sein", sagte ich, als ich Mums Schuhe an der Hintertür stehen sah. „Mum und Daisy schlafen vermutlich schon."

„Natürlich", sagte er. Ich füllte den Wasserkocher und schaltete ihn an, Duncan stellte sich hinter mich und schlang seine Arme um mich, während wir darauf warteten, dass es kochte. Ich fühlte seinen Atem in meinem Nacken, als er sich vorbeugte, um meine Wange zu küssen, dann verharrte er dort, sein stoppeliges Gesicht gegen meine glatte Haut. Ich mochte eigentlich immer eher die glatt rasierten Männer, aber irgendwie mochte ich seine Kratzigkeit.

Ich drehte mich in seiner Umarmung um und küsste seine Lippen, dann zog ich mich zurück, um in sein Gesicht sehen zu können, hob ruhig die Hand, um die Wunde an seinem Kinn zu berühren.

„Wie fühlst du dich?“

„Wund“, bekannte er. „Und total fertig. Im Krankenhaus fühlte ich mich ganz in Ordnung, aber jetzt tut mir wieder alles weh.“

„Das Adrenalin verflüchtigt sich langsam“, sagte ich. „Das hat dich am Laufen gehalten. Jetzt beginnst du dich zu entspannen und fängst an, deine Verletzungen zu spüren.“

„Was auch immer es ist, danke, dass du dich meiner annimmst. Ich wollte heute Abend nicht allein sein und ich kann mir nicht vorstellen, dass Gen im Cottage bleiben wird, nachdem –“

„Nachdem du die Scheidung verlangt hast“, beendete ich. „War sie wirklich verärgert?“

Duncan dachte darüber nach. „Nicht verärgert, nicht, als wäre ihr Herz gebrochen oder so etwas. Ich hab dir ja erzählt, dass ich glaube, dass sie mich schon eine ganze Weile nicht mehr liebte. Aber … ich sagte auch, dass es kompliziert ist, nicht wahr? Es gibt eine Menge … eine Menge *Zeug*, das jetzt rauskommen könnte, was für uns beide nicht gut wäre und ich denke, dass sie sich darum Sorgen macht. Nicht dass ich etwas ausplaudern würde. Ich möchte nicht, dass unsere Beziehung in den Nachrichten ausgeschlachtet wird.“

Ich kochte Tee, dann gingen wir ins Wohnzimmer und setzten uns auf das Sofa. Ich unterdrückte ein Gähnen, als wir uns zurücklehnten und kuschelten; es war ein sehr langer Tag gewesen und eine Menge war passiert.

„Vielleicht sollten wir ins Bett gehen …“ Duncan sah mich an und ich hatte das Gefühl, dass er nervös war;

er wusste genauso wenig wie ich, wohin das hier führte. Ich schüttelte den Kopf.

„Ich gehe gleich ins Bett. Du schläfst hier", sagte ich, sicherer, als ich mich fühlte, weit ab von Nathans und Tonys missbilligenden Blicken, fand ich ihn immer noch attraktiv. *Bitte versuch nicht, mich zu verführen,* dachte ich, *weil ich weniger Willenskraft habe als ein Weight-Watchers-Mitglied, das mit einem fettfreien Schokoladen-Käsekuchen konfrontiert wird, und ich würde nachgeben.*

Duncan lachte und sah mich an. „Oh, du meinst das ernst ..."

„Ja, das tue ich. Ich bin noch nicht bereit dafür, dass du mich nackt siehst."

„Ich könnte meine Augen geschlossen halten", sagte er grinsend. Ich stieß ihm mit dem Ellenbogen in die Seite und er keuchte. „Okay, ich mache nur Witze. Ich verstehe und du hast recht, es ist zu früh." Er seufzte. „Aber auch eine Schande ..."

„Also, Lauren ...", begann ich, versuchte verzweifelt das Thema zu wechseln. „Du sagtest, sie sei aufgeregt gewesen wegen Robert Holmes. Sie muss doch gewusst haben, dass das nicht ihre Schuld war?"

„Ich weiß nicht", sagte er. „Ich habe das meiste dieser Unterhaltung verpasst. Sie sagte, er würde ihr die Ergebnisse seiner Recherchen schicken, die er für seine neue Buchidee gemacht hatte, aber sie hatte ihre E-Mails gecheckt und da war nichts. Aber dann sagte sie, er hätte eine seltsame E-Mail-Adresse und dass die Hälfte des Zeugs, das er ihr schickte, im Spamordner gelandet war und sie den ein paar Tage lang nicht gecheckt hatte."

„Also vielleicht ist es noch dort?“ Ich sah ihn an. „Das könnte möglicherweise sehr wichtig sein.“

„Könnte es das?“, sagte er, sah zweifelnd aus. „Ich kann mir nicht vorstellen, dass er sich irgendetwas Weltbewegendes ausgedacht hat.“

„Es war wichtig genug, dass er deshalb getötet wurde, oder nicht?“

Duncan starrte mich gedankenverloren an. „Du hast gesagt, du glaubst, es könnte etwas mit Charles zu tun haben? Dass Robert Holmes etwas zu laut darüber gesprochen hatte und er es mitangehört hatte, also hat er …?“ Er zog die Finger über seinen Hals, in einer schneidenden Bewegung. „Er musste ihn zum Schweigen bringen. Wenn er dachte, dass Lauren vielleicht dieselben Recherchearbeiten in ihrem Spamordner entdecken könnte …“

Ich nickte. „Wenn es schlimm genug war, dass Holmes sterben musste, konnte es schlimm genug sein, dass man Lauren auch umbringen wollte, oder sie zumindest aufhalten, bis sie ihre E-Mails durchsuchen und alles Kompromittierende löschen könnten.“

„Könnte er das? Ihre E-Mails durchsuchen, meine ich?“

„Wenn man genug Geld hat und die richtigen Leute kennt, kann man *alles* tun“, sagte ich. „Ich muss Nathan anrufen …“

KAPITEL 23

Nathan war offensichtlich wegen meines Anrufes überrascht, aber er war diplomatisch genug, nicht nach meinem Hausgast zu fragen. Er hörte zu, während ich ihm von Laurens Spamordner erzählte, sagte dann, ich könne das ihm überlassen, und verabschiedete sich etwas unbeholfen: „Dann lass ich Sie mal weitermachen." *Weitermachen mit WAS genau?* Ich hätte beinahe entrüstet gefragt, entschied mich dann aber dagegen.

Ich holte Duncan eine zusätzliche Decke und ein Kissen, sagte Gute Nacht mit einem, nicht gerade gesitteten, Kuss und machte mich dann schnell auf nach oben, bevor ich es mir anders überlegen konnte und der Versuchung nachgab. Als ich meinen Ex-Mann kennenlernte, Richard, war es mir egal gewesen, dass er verheiratet war (um ehrlich zu sein, wusste ich es einen Monat lang nicht einmal) und hatte mich kopfüber in die Beziehung geworfen, ohne zu überlegen, auf was ich mich da einließ. Aber das war nur bei mir so. Ich konnte es mir jetzt nicht mehr leisten, so etwas zu tun, nicht mit Daisy in meinem Leben; ich musste sichergehen, dass derjenige, in wen auch immer ich mich verliebte, ihrer würdig war, so wie mir.

Ich lag in meinem Bett, hörte Germaines schläfrigem Schnuppern zu, die am Ende von Daisys Bett im Raum nebenan lag, und Mum, die im Gästezimmer schnarchte. Ich dachte, dass ich auch Duncan hören konnte, wie er sich auf dem Schlafsofa unten hin und her warf, und lächelte in der Dunkelheit; er war genauso rastlos wie ich. Aber ich würde nicht hinuntergehen und mich mit ihm zwischen den Laken tummeln, nein, Sir, auf keinen Fall, auf gar keinen Fall.

Ich zupfte an der Decke herum, zog sie hoch bis unters Kinn, dann wieder herunter, weil es zu heiß war, was durch die Hitzewelle verursacht wurde, die wir diesen Sommer genossen, oder durch die Gedanken an Duncan, der sich unten, in Unterwäsche befand. Ich hoffte, dass es Boxershorts waren – enge Slips waren nicht nach meinem Geschmack. Vielleicht sollte ich mich runterschleichen und nachsehen ...

Ich seufzte, rollte mich auf die andere Seite und zog die Decke wieder bis an mein Kinn hoch und nach einer letzten Wiederholung meines neuen Mantras *Ich werde NIEMALS mit ihm in diesem Haus schlafen*, fiel ich prompt in einen tiefen, traumlosen Schlummer.

***

Ich wachte früh am nächsten Morgen auf und schlich mich in meinem Pyjama nach unten, natürlich hatte ich mein Gesicht gewaschen und von nächtlichem Gesabber befreit, meine Zähne geputzt, um den schlechten Atem loszuwerden, und hatte meine Haare künstlerisch zerzaust, sodass es aussah, als wäre ich sexy auf eine sehr sexy Art aus meinem sexy Bett gestiegen. Ich weiß nicht, wie es bei anderen ist, aber es ist egal, wie vorsichtig ich schlafe, am Morgen sehen meine Haare immer so aus, als hätte ich an einem sehr komischen, heidnischen, nächtlichen Ritual teilgenommen, bei dem man von tollwütigen Dachsen durch die Ginsterbüsche gezogen wird.

Duncan war schon auf und angezogen, die Decke lag fein säuberlich gefaltet auf dem Ohrensessel und das Schlafsofa war sorgfältig aufgeräumt. Er saß peinlich berührt da, wartete darauf, dass ich herunterkam, und sprang auf, als ich den Raum erreichte.

„Morgen", sagte ich, fuhr mir mit meiner sexy Hand durch mein sexy Haar, „wie hast du geschlafen?"

Das sexy Haar wirkte seinen Zauber, denn er zog mich für einen Kuss zu sich. „Fürchterlich. Ich wäre beinahe zu dir nach oben geschlichen, aber ich fürchtete, dass ich bei Shirley lande und bei ihr einen Herzanfall verursachen könnte."

Ich lachte. „Gott, nein. Sie hätte gedacht, das wäre die Nacht ihres Lebens. Tee?"

„Nein", sagte er, „ich denke, ich sollte jetzt besser gehen, bevor der Rest des Hauses aufwacht."

„Du musst dich nicht rausschleichen", sagte ich enttäuscht, aber ich musste zugeben, dass es mein Leben einfacher machen würde, wenn ich seine Anwesenheit nicht erklären müsste. Und auch, wenn ich auf die Decke als Beweis dafür, dass er auf dem Sofa geschlafen hatte, deuten würde, würde Mum mir diesen Blick zuwerfen, der sagte, *mach mir nichts vor, Liebling, ich bin nicht von gestern ...*

„Ich weiß, dass ich das nicht muss", sagte Duncan, aber ich konnte sehen, dass er dasselbe dachte. „Das nächste Mal, wenn ich übernachte, sagen wir es ihnen vorher, damit es keine unangenehmen Überraschungen am nächsten Morgen gibt."

Ich hob eine Augenbraue. „Das nächste Mal‘? Du bist dir deiner Sache ja sehr sicher …“ Er lachte und küsste mich wieder, lange und leidenschaftlich, dann zog er sich bedauernd zurück. Er öffnete den Mund, um zu sprechen, aber wurde von einem Klopfen überrascht.

„Verzieh dich!“, rief ich, aber leise. „Es ist zu früh …“

„Geh und sieh nach, wer es ist.“

Es war Nathan.

„Oh, gut, Sie sind wach“, sagte er. „Ich war mir nicht sicher, ob Sie vielleicht ausschlafen würden …“ Er sah bedeutungsvoll zur Treppe.

„Morgen, DCI Withers“, sagte Duncan, der aus dem Wohnzimmer kam und das Kissen und die Decke trug. Nathan wirkte überrascht, scheinbar angenehm. „Wo soll ich das hinlegen …?“

„Ach, lass es einfach auf der Treppe liegen. Ich seh dich dann später, ja?“

Duncan nickte, gab mir einen Kuss auf die Wange und ging.

Nathan sah mich an.

„Was? Oh, Sie haben erwartet, dass er die Treppe hinuntergestolpert käme, nachdem er die Nacht damit verbracht hatte, meine Vorzüge zu genießen. Es tut mir leid, Sie zu enttäuschen. Tee?“ Ich wirbelte herum und ging in die Küche. Als ich mich wieder umdrehte, um Nathan anzusehen, der mir gefolgt war, grinste er breit von einem Ohr zum anderen. „Oh, was ist jetzt schon wieder?“

„Ich bin nicht enttäuscht, aber ich wette, Duncan war es …“ Ich wollte ihm einen Klaps auf den Hinterkopf geben, aber er duckte sich. „Sie müssen wirklich damit aufhören, mich zu schlagen.“

„Sie lieben das doch.“

Ich kochte Tee und wir setzten uns an den Küchentisch.

„Also, Detective Chief Inspector, was bringt Sie so früh hierher?“, fragte ich. Nathan pustete auf seinen Tee und nahm einen Schluck, bevor er antwortete.

„Signifikante Entwicklungen“, sagte er kryptisch. Ich wartete. Er trank noch etwas.

„Oh, um – Muss ich es Ihnen aus der Nase ziehen?“, verlangte ich zu erfahren. Er lachte.

„Ich genieße nur den Moment. Okay. Es geht um das, was Sie mir letzte Nacht während des Anrufs erzählten; da war ein Polizist im Krankenhaus postiert, der dort warten sollte, bis Lauren aufwacht. Ich rief ihn an und sagte ihm, dass er ihre persönlichen Sachen durchsuchen sollte, die sie bei sich hatte und jetzt raten Sie mal? Da war kein Telefon dabei.“

„Kein Telefon?“ Ich runzelte die Stirn. „Sie ist eine Agentin und eine medienorientierte noch dazu. Ich habe sie nie ohne ihr Handy rumlaufen sehen.“

„Ich auch nicht. Also habe ich auf der Station nachgesehen, ob noch was vom Unfallort hergebracht worden war, und da war es auch nicht.“

„Jemand hat es nach dem Unfall an sich genommen“, sagte ich gedankenverloren. Vor meinem inneren Auge sah ich Duncan, wie er sich über Lauren beugte ...

„Entweder am Unfallort im Eifer des Gefechts oder später im Krankenhaus“, erklärte Nathan.

„Sie kann keine Besucher gehabt haben –“, begann ich, aber Nathan schüttelte den Kopf.

„Nein, aber laut dem Uniformierten waren da eine Menge Leute um sie versammelt, während man auf den

Krankenwagen wartete, also könnte es auch da jemand genommen haben", sagte er und ich nickte. Ich hatte versucht alle wegzuschicken oder sie fernzuhalten und ihr ein bisschen Platz zu lassen, aber sie hatten es bloß langsam und zögerlich getan. Das war genug Zeit für jemanden, um in ihre Handtasche zu greifen. „Und natürlich folgten Harper und Genevieve dem Krankenwagen zum Krankenhaus. Es hatte zumindest da vielleicht eine Gelegenheit gegeben, sie oder ihre Sachen zu durchsuchen."

„Ja, das ist wahr ...", sagte ich. „Also, wenn jemand ihr Telefon genommen hat, wenn sie es entsperren könnten, könnten sie ihre E-Mails checken und alles löschen, was Holmes ihr geschickt hat."

Er nickte. „Das denke ich auch. Also bin ich zurück an Holmes' Telefon gegangen und habe mir alle gesendeten E-Mails angesehen. Ich weiß, wir haben das vorher schon mal überprüft, aber ich dachte, wenn wir wüssten, wem er es geschickt hatte, wäre es vielleicht einfacher zu finden."

„Und?" Ich lehnte mich vor. „Was hat er ihr geschickt?"

„Absolut gar nichts. Robert Holmes hat an seinem Todestag keine einzige E-Mail verschickt und die einzige, die er kürzlich an Lauren schickte, hatte mit seiner B&B-Buchung zu tun und dem Festival, und die hatten wir schon gesehen."

„Verdammt", sagte ich, lehnte mich wieder zurück. „In welcher Hinsicht ist das denn nun signifikant? Wir sind wieder ganz am Anfang."

„Nein, sind wir nicht“, sagte er mit einem selbstgefälligen Grinsen. „Weil ich noch nicht beim wichtigen Teil angekommen bin.“

„Wenn Sie sich nicht beeilen und mir *sagen*, was der wichtige Teil ist, werde ich schreien, und es wird meine Mum aufwecken und das möchten Sie nicht, glauben Sie mir.“

Nathan schüttelte sich. „Schon gut, ich erzähle es! Sie wissen ja, dass Duncan sagte, Harper machte einen Anruf, als sie draußen vor dem Bierzelt waren?“

„Ja …“

„Ich sah mir seine Telefondaten an und das tat er tatsächlich.“ Er nahm einen Schluck Tee, wusste genau, dass ich mich bald herüberlehnen und ihm wieder einen Klaps geben würde, wenn er nicht sofort zum Punkt kommen würde.

„Raten Sie mal, wen er angerufen hat?“

„Keinen blassen Schimmer. Den Dalai Lama?“

„Nein. Sich selbst.“

Ich sah ihn an. „Wie bitte?“

„Er hat sein Haustelefon angerufen.“

„Aber er war doch nicht dort …“, sagte ich dämlicherweise.

„Ja, *ich weiß* das. Das ist ja der Punkt.“

„Aber warum –“

„Und wissen Sie noch, dass Harper einen Anruf kurz vor dem Unfall bekam?“ Ich nickte. „Harpers Telefon hat zu diesem Zeitpunkt *keinen* Anruf empfangen.“ Nathan lehnte sich zurück und sah mich triumphierend an.

„Was? Aber Duncan sagte das doch. Er sagte, dass sein Telefon klingelte und Harper sagte, er müsste rangehen, und wegging."

„Was uns mit zwei Möglichkeiten zurücklässt. Erstens, Duncan lügt –"

Ich schnaubte. „Warum sollte er lügen? Und Harper und Genevieve *sind* weggegangen, oder nicht?"

„Sie waren nicht bei Duncan und Lauren, als das Auto sie traf, nein, aber sind sie weggegangen oder hat er sie weggeschickt?"

„Was, damit er sie praktischerweise unter ein rasendes Auto schubsen konnte? Natürlich hat er das nicht! Warum, um Himmels willen, würde Duncan Lauren aus dem Weg haben wollen? Ich dachte, wir verdächtigen Charles Harper?"

„Jodie, ich verdächtige *jeden*", sagte Duncan deutlich. „Ich bin Polizist. Und das sind Sie, tief drinnen, auch noch. Denken Sie wie einer. Wie auch immer, Sie haben mich nicht ausreden lassen. Ich sagte, es gäbe zwei Möglichkeiten. Die erste ist, dass Duncan lügt, und die zweite, Harper besitzt ein Burner Phone. Wie die Burner Phones, die vor Robert Holmes' Tod verwendet wurden."

***

Nathan trank seinen Tee aus und ging dann; er musste zurück auf die Wache. Mum und Daisy standen auf, und ich spulte meine Morgenroutine *fast in Trance* ab, die aus Toast machen, das eine, bestimmte T-Shirt finden, das meine Tochter heute tragen musste oder ihr ganzes Leben wäre ruiniert, und Mum daran erinnern, ihre Blutdrucktabletten zu nehmen, bestand. Die Nacht zuvor war, gelinde gesagt, ereignisreich gewesen: Erst erzählt mir Duncan, dass er nach der Scheidung fragen wird, damit er für mich frei wäre, dann der Unfall mit Fahrerflucht und dann war er über Nacht geblieben ... Mein Kopf drehte Kreise, wie ein Hamster im Rad. Wieder und wieder sah ich Duncan, der neben Lauren kniete, mit ihr redete, sie wach halten wollte, obwohl sie offensichtlich schon bewusstlos war. Wo war ihre Tasche abgeblieben? Ich erinnerte mich nicht daran, sie gesehen zu haben, aber ich hatte ja auch nicht danach gesucht. Oder war ihr Handy in ihrer Hosentasche gewesen? In diesem Fall wäre Duncan wohl die einzige Person, die ihr nahe genug gewesen war, um es zu stehlen. Ich musste mit ihm darüber reden. Oder ins Krankenhaus gehen und nachsehen, ob Lauren wach war. Oder losziehen und gegen Charles Harper ermitteln – Nathan hatte mich bisher von ihm ferngehalten, aber vielleicht hätte ich mehr Glück. Aaargh! Ich musste irgendwas tun, weil dieser Fall mich in den Wahnsinn trieb.

Daisy machte sich mit Germaine auf zu ihrem Morgenspaziergang – sie hatte sich daran gewöhnt, auf dem Weg bei Jade vorbeizuschauen, da ihre Freundin den Hund genauso liebte wie wir – und Mum sah mich an.

„Ich sagte, hat Duncan schon etwas aus dem Krankenhaus gehört?"

„Was? Oh, tut mir leid, ich war mit meinen Gedanken woanders ...", sagte ich vage.

„Ja, das habe ich bemerkt. Also, war er die ganze Nacht auf dem Sofa? Oder habt ihr ...?"

„Oh mein Gott, Weib! Nein, haben wir nicht und woher weißt du, dass er hier war?"

Sie sah mich süffisant an. „Ich habe meine Mittel und Wege. Außerdem hat er die Extradecke am Fuß der Treppe liegen gelassen."

Verdammt.

„Nathan und ich dachten, dass er nicht allein sein sollte."

„Nathan hat vorgeschlagen, dass er hierbleiben sollte? Ja, ja, ja ..." Ich fragte sie nicht, was das bedeuten sollte; da gab es ein paar Kaninchenbauten, die man besser nicht hinunterstürzen sollte, und das war eines davon.

„Wie auch immer, ich habe heute viel zu tun", sagte ich. „Ich muss los –"

„Du nimmst dir aber viel vor, wenn du auch noch den Kuchen für die Auktion morgen backen musst."

Zweimal verdammt! „Das wird schon", sagte ich, verfluchte die Tatsache, dass ich dem Ganzen zugestimmt hatte. „Ich werde die Böden jetzt backen und sie dann zum Kühlen hier lassen ..."

Trotz der Tatsache, dass meine Küche der letzte Ort war, an dem ich sein wollte, schaltete ich den Ofen an und begann meine narrensicheren Zitronenkuchen zu backen. Und davon reichlich.

KAPITEL 24

Ich lief in der Küche auf und ab wie ein eingekerkerter Tiger (ein eingekerkerter Tiger in einer gestreiften Schürze, mit Mehl in seinem Fell, einem ungeduldigen Ausdruck in seinem Gesicht und einer zweiten Ladung vier klassischer Biskuitkuchen mit Zitronenschale versetzt, die in den Ofen wanderten). Ich hatte ursprünglich einen viel, viel größeren Kuchen geplant – ich dachte, es wäre eine gute Werbung für Partys und Pasteten –, aber ich hatte auch nicht erwartet, dass mein Liebesleben oder ein Mord oder ein versuchter Mord so viel von meiner Backzeit einnehmen würde. Acht rechteckige Teige, zusammengesetzt mit Lemon Curd und Sahne als Mörtel, zu zwei hohen Kuchen, würden immer noch eine beeindruckende Torte ergeben – wenn ich die Dekoration hinbekommen würde. *Wenn.* Ich fragte mich, ob Duncan sich vielleicht an einem neuen Medium versuchen wollte: sein berühmtes Kunstwerk aus Buttercreme zu rekonstruieren. Wahrscheinlich nicht; er war ja auch nicht mal besonders scharf darauf, es mit Farbe nachzuahmen.

Ich hatte Anfang der Woche etwas experimentiert und in den Tagen vor dem Festival mit den Farben für die Creme, aber ich bekam den richtigen Blauton einfach nicht hin. Ich hatte so viele Variationen ausprobiert, dass mir die blaue Lebensmittelfarbe ausgegangen war, außerdem die Geduld und das letzte bisschen

Verstand. Ich war mir nicht sicher, wo ich von Letzterem mehr bekommen konnte, aber zum Glück gab es ein neues Back- und Kochzubehörgeschäft in der Stadt, das sicher mehr Lebensmittelfarbe haben würde, und vielleicht sogar essbaren Glitzer. Ich hatte schon herausgefunden, dass es sich bei Kuchen für besondere Anlässe empfahl, alles mit Glitzer zu bedecken. Nur für den Fall.

Ich lief in die Stadt – Parken war im Sommer verrückt und das Festival machte es nicht besser – und nahm Germaine mit mir. Daisy hatte sie wieder zurückgebracht und war gleich wieder losgezogen, informierte mich (anstatt erst mal zu fragen), dass sie mit Jade und ihrer Mutter nach Exeter fahren und ‚irgendwann‘ zurück sein würde (zum Glück hatten Jades Mum Nancy und ich eine wechselseitige Vereinbarung getroffen, dass, wer immer sich im Besitz der Mädchen befand, sie fütterte und bei sich behielt, bis ein verantwortungsbewusster Erwachsener zu Hause war).

Germaine gefiel unser Spaziergang, sie schnupperte die Luft mit all den wunderbaren Gerüchen der britischen Küstenlandschaft. Der Specksandwich-Van war wieder am Festivalplatz geparkt und sogar zu dieser Zeit, am Morgen (es war gerade mal zehn Uhr) lag da dieser bestimmte Duft von Salz und Essig auf heißen Pommes, der vom Fish-and-Chips-Shop kam, in der Luft, um nicht auch die weniger bekannten Düfte der vielen Menschen, die zu Besuch in der Stadt waren, zu erwähnen. Germaines Nase war viel beschäftigt.

Wir erreichten den Laden gerade, als mein Telefon klingelte. Eine Nachricht von Nathan.

*Habe die verschwundene Gemälderestauratorin ge-
sucht. Mitbewohnerin hat sie als vermisst gemeldet, St
Ives Polizei hat ermittelt, alle Kleidung weg, Konto
leer geräumt, wird angenommen, dass sie freiwillig
ging. Seither kein Kontakt mit irgendwem. Verdächtig?*

Ein kleines bisschen, dachte ich, dann klingelte es
schon wieder.

*Habe jetzt einen Zahnarzttermin, treffen uns später.
Werde schreiben. N x*

‚X'? Ich versuchte nicht zu viel in das ‚x' hineinzuin-
terpretieren. Es *könnte* ein Kuss sein oder er könnte
sich vertippt haben. Vielleicht beendete er alle seine,
nicht geschäftlichen Nachrichten mit einem Kuss und
hatte es automatisch getan, aus Versehen, und
schwitzte jetzt schon bei dem Gedanken daran, hoffte,
dass ich es nicht als Erklärung seiner unsterblichen
Liebe oder Ähnliches an mich verstand. Ha! Als ob!
Niemals war ein einzelner Buchstabe des Alphabets
so eingehend untersucht worden, wie das kleine ‚x'.
Warum machte ich mir darüber so viele Gedanken?
War ich nicht zu dem Schluss gekommen, dass wir
nur flirtende Freunde waren? Und hatte Duncan seine
Frau nicht für mich verlassen? Auch wenn ich ihn nicht
danach gefragt hatte?
Ich antwortete auf Nathans Nachricht – ich hielt
mich zurück, meine auch mit einem ‚x' zu unterzeich-
nen, und fragte mich dann, ob ich es vielleicht hätte tun
sollen, nur damit er sich nicht dumm vorkam, dass er

es aus Versehen getan hatte –, dann band ich Germaine außerhalb des Ladens an, während ich schnell reinging und einige Gallonen blauer Lebensmittelfarbe, essbare silberne Farbe und den wichtigen Glitzer kaufte. Ich war normalerweise sehr leicht durch hübsche Kochutensilien abzulenken und davon gab es reichlich in diesem Laden, aber ich sah gerade aus dem Fenster und entdeckte eine Frau, die ich nicht sofort erkannte, die den Hund streichelte. Ich konnte es ihr nicht übel nehmen – mein Fellbaby war eine ganz Süße, auch wenn ich mich selbst dafür verachtete, dass ich sie Fellbaby nannte –, aber ich hatte mit überraschend vielen Hundediebstählen zu tun gehabt, als ich bei der Londoner Polizei gearbeitet hatte, und wenn man fast zwanzig Jahre seines Arbeitslebens damit verbrachte, Menschen zu misstrauen, war es schwierig, damit aufzuhören.

Ich bezahlte meine Sachen und ging nach draußen, wo die Frau stand, und begriff, dass sie auf mich wartete.

„Hallo, ich dachte doch, dass das Ihr Hund ist!“ Sie lächelte und ich erinnerte mich, wer es war: Margaret Tiddy, die das B&B leitete, in dem Robert Holmes untergekommen war.

„Hi, Margaret“, begrüßte ich sie und band Germaine los. „Wie geht es Ihnen? Ein ganz schöner Schock, dass einer Ihrer Gäste von den Klippen gestürzt ist.“ Sie schüttelte sich. „Oje, sagen Sie nichts, man will gar nicht daran denken, oder? Armer Mann. Er war sehr ruhig und schüchtern, aber schien mir ganz nett zu sein. Dieser nette Polizistenfreund von Ihnen kam vorbei und sprach mit uns, hat seine Sachen durchgesehen, aber hat nicht viel verraten."

„Laufende Ermittlungen", sagte ich vage. „Zu diesem Zeitpunkt darf er nicht viel sagen, denke ich."

„Eine Schande, alle seine Sachen sind noch in dem Zimmer und ich werde es bald brauchen. Es kommen neue Leute am Montag. Glauben Sie, dass es in Ordnung ist, wenn ich sie wegbringe?"

„Ich weiß nicht", sagte ich, „das sollten Sie die Polizei fragen."

„Ja, das dachte ich mir", sagte sie. „Ich sollte los und ihn fragen, nehme ich an, ich hab nur so viel zu tun, mit dem Gästehaus und alledem ..."

Ich dachte an die Nachricht, die ich gerade bekommen hatte. „Er ist im Moment sowieso nicht da", erklärte ich.

„Ah ..." Sie sah mich an und da dachte ich, *jetzt kommen wir also zum Punkt.* „Sehen Sie ihn später noch? Könnten Sie ihm etwas von mir geben?"

***

Ich ging die Fore Street wie in Trance entlang, klammerte mich an den Umschlag, den Margaret Tiddy mir eben gegeben hatte. Ich hatte eine ziemlich gute Vorstellung davon, was sich darin befinden könnte, was mich in eine Zwickmühle brachte.

Ich war so tief in Gedanken, dass ich Debbie nicht bemerkte, bis ich mit ihr zusammenstieß.

„Verdammt noch mal, da schläft aber jemand tief!“, sagte sie und hielt die schwere Tasche fest, die um ihren Körper schwang.

„Tut mir leid, ich war gedanklich meilenweit entfernt“, sagte ich. „Ja, das hab ich gemerkt“, sagte sie. „Männerprobleme? Oder Männerspaß?“

„Ich bin in einem ernsthaften moralischen Dilemma.“

„Oh, ich hab keine Zeit für moralische Dilemmas“, verkündete sie. „Erzähl deiner Tante Debbie alles darüber.“

„Was wohl der wichtigste Beweis im Fall Robert Holmes sein *könnte*, ist mir gerade zufällig in den Schoß gefallen“, sagte ich. Ich hielt den Umschlag hoch. „Ich sollte ihn sofort zu Nathan bringen, aber der ist gerade beim Zahnarzt, also kann ich das nicht. Ich werde die nächste Stunde damit verbringen, ihn ansehen zu wollen, und wenn ich das tun sollte, ist es vielleicht gar nichts Wichtiges. Also ...“

„Also willst du wissen, ob du selbstständig handeln und es dir gleich anschauen solltest“, sagte Debbie. Ich nickte.

„Ich meine, ich weiß, ich sollte es nicht, aber ...“

„Aber du willst nicht die Zeit der Polizei verschwenden, oder? Klingt für mich, als hättest du einen guten Grund, nein, wohl eher eine moralische Pflicht, es dir zuerst anzusehen.“ Sie grinste. „Wie wär’s mit einem Tässchen Tee?“

***

Wir setzten uns in eines der ruhigeren Cafés am Ende der Fore Street, am weitesten weg vom Festival, dem

Strand und dem Wahnsinn. Wir bestellten Kaffee und setzten uns an einen Ecktisch. Germaine schob sich unter den Tisch und lag dort hoffnungsvoll, wartete darauf, ob es wohl bald Kuchen für sie gäbe.

Ich legte den Umschlag auf den Tisch und sah ihn an.

„Na, mach schon!", drängte Debbie. Sie war wirklich ein schlechter Einfluss und ich war wirklich froh, dass sie hierhergezogen war.

Ich öffnete den Umschlag und ein USB-Stick fiel heraus, zusammen mit einem Brief. Ich hob ihn auf. Ich war mir ziemlich sicher, was da drauf war:

Robert Holmes' letztes Projekt.

Debbie grinste wieder und schwang ihre Tasche auf den Tisch.

„Weißt du, wo ich gerade war? Ich hatte ein Vorstellungsgespräch im Gemeinde-Rehabilitationszentrums für Drogenabhängige und ich musste eine PowerPoint-Präsentation dafür vorbereiten. Ein absolutes Desaster." Sie öffnete ihre Tasche und holte einen Laptop heraus, der dem aus Robert Holmes' Zimmer sehr ähnlich war. „Nun, man könnte sagen, dass es ein Zufall ist, dass ich meinen Laptop exakt in diesem Moment bei mir habe. Ich bevorzuge es, das als Schicksal zu betrachten ..."

***

Ich eilte den Hügel in Richtung Lowenna Cottage hinauf, Germaine galoppierte voraus, denn sie hatte eine Hasenfährte aufgenommen. Ich betete, dass Genevieve nicht dort sein würde, obwohl sie das hier genauso betraf wie Duncan, aber ich wollte zuerst mit ihm sprechen.

Ich hatte die Informationen von Robert Holmes' USB-Stick durchgelesen. Witzig, dass wir, als er Lauren sagte, dass er ihr seine Recherchen schicken würde, automatisch annahmen, dass er sie ihr per E-Mail zukommen lassen würde. Aber wenn er gedacht hatte, es sei nicht sicher, die Information auf dem Laptop zu lassen, war es nur logisch, wenn er sich auch Sorgen machte, dass seine E-Mails abgefangen werden könnten. Wie Nathan gesagt hatte, waren USB-Sticks klein, einfach zu verstecken und weiterzugeben. Nur, dass in diesem Fall der Mittelsmann – Margarets Ehemann Brian – ihn nicht weitergegeben hatte.

„Ich fühle mich furchtbar", hatte Margaret gesagt, „aber Brian ist gerade erst vor der Arbeit zurückgekommen" – Margarets Ehemann arbeitete bei einer Langstrecken-Lastwagen-Firma und es war nicht ungewöhnlich für ihn, ein paar Tage lang fort zu sein – „und hörte die Nachrichten von diesem Unfall und gab mir das." Sie reichte mir den Umschlag mit einem besorgten Ausdruck auf ihrem Gesicht. „Er sagte, dass Mr Holmes ihn am Sonntag aufgehalten hatte – der Tag des Unfalls –, und bat ihn, dies für ihn zu verwahren. Er sagte, es sollte verschickt werden, aber er war nicht sicher, ob er es am nächsten Tag zur Post schaffen würde, und falls er nicht rechtzeitig käme, ob wir es tun könnten. Nun, Brian nahm es an sich und dann ging er am Abend zur Arbeit, bevor der arme Mann von den Klippen fiel, und vergaß es dann komplett, bis er zurückkam und es dann in seiner Jackentasche fand. Ich weiß nicht, ob es wichtig war, aber ich dachte, ich sollte es der Polizei erzählen, besonders da es an die arme Dame adressiert ist, die gestern Nacht überfahren wurde. Das passiert wohl, wenn die Stadt voller Leute ist, nehme ich an. So viele Unfälle."

„Ja, so viele Unfälle …", sagte ich, nahm ihr den Umschlag ab und starrte auf den Namen und die Adresse, geschrieben von der Hand des Toten.

Lauren Fulstrop,
Parkview Manor Hotel

***

„Jodie!"
Duncan sah von seinem Bild auf und eilte hinüber, um die Tür zu öffnen, als ich an das Fenster des Wintergartens klopfte. Er küsste mich auf die Lippen, dann führte er mich zu der Leinwand.

„Was denkst du?", fragte er und trat stolz zur Seite, damit ich es sehen konnte.

„Es ist wundervoll …", sagte ich und das war es. Es war eine wunderschöne, romantische Ansicht der Klippen, auf denen wir an diesem ersten Nachmittag spazieren gegangen waren, was erst sechs Tage her war, sich aber wie eine Million Jahre anfühlte. Was es aber nicht war, war ein weiteres Penstowan-Gemälde – der Stil war ganz anders – und da wusste ich, dass der Verdacht, der sich in Robert Holmes' Gedanken gebildet hatte und nun auch in meinen, korrekt war.

Duncan hatte nichts Ungewöhnliches an meiner Reaktion erkannt – um ehrlich zu sein, gefiel mir das Bild vor mir wirklich – und fuhr damit fort, es zu präsentieren, zeigte auf Stellen, die er besonders mochte. Sogar Germaine schien es zu mögen, denn sie machte keine Anstalten, es anzupinkeln, sondern setzte sich auf den kalten Fliesenboden, um sich abzukühlen.

„Es ist gemalt, wie *ich* es malen möchte", sagte er. „Ich bin fertig damit, Kopien von früheren Meisterwerken rauszuhauen. Das bin ich, jetzt, als Künstler."

„Das ist toll", sagte ich flach und er bemerkte es.

„Ist alles in Ordnung?" Er nahm meinen Arm und führte mich hinüber zum Sofa. „Du siehst blass aus."

„Mir geht's gut", sagte ich, obwohl ich mich plötzlich ein wenig wackelig fühlte. Wenn das, was ich vermutete, korrekt war, wie sicher war ich dann hier? Ich dachte immer noch nicht, dass Duncan eines Mordes fähig war, und da waren so viele andere Dinge, die keinen Sinn ergaben – Charles Harper und seine Anrufe, fürs Erste –, aber ich erinnerte mich daran, wie wenig ich eigentlich über diesen Mann wusste.

„Du sagtest, du könntest Genevieve nie verlassen, weil sie wüsste, wo die Leichen begraben sind …", sagte ich. Duncan lachte kurz auf.

„Ja, das war eine unglückliche Formulierung im Hinblick auf die vergangenen Ereignisse", sagte er reumütig. „Aber das ist mir jetzt egal." Er sah mich genauer an. „Warte, du glaubst doch nicht – ich meinte nur, dass wir die Geheimnisse voneinander kennen und dass ich ihr nicht vertrauen würde, meine für sich zu behalten."

„Was hat sich geändert?"

„Was hat sich geändert? Du weißt, was sich geändert hat. Ich habe dich getroffen."

„Du hast mich getroffen und plötzlich war dir egal, ob diese Geheimnisse herauskommen?“ Ich klang anklagend, aber ich musste es wissen. Er legte seine Hand auf meinen Arm.

„Sie werden nicht rauskommen. Ich bin sichergegangen, dass das nicht passiert, denke ich.“

„Wie?“ *Damit, dass du einen dieser Leute, die davon wussten, von der Klippe geschubst und die andere ins Krankenhaus gebracht hast? Ist deine Frau die nächste?*

Er seufzte. „Gen und ich haben heute Morgen lange miteinander geredet, nachdem ich von dir weggegangen war. Ich habe ihr ein sehr großzügiges Angebot gemacht – nicht dass sie es wirklich bräuchte – und sie begriff, dass es das Beste für sie wäre, wenn wir uns einfach im Stillen trennen würden. Wir waren zu lange nur noch der Vergangenheit wegen zusammen.“

„Also, was sind diese Geheimnisse?“ Ich entzog mich und verschränkte meine Arme fest vor meiner Brust, sowohl als verteidigende Maßnahme als auch, um mich davon abzuhalten, einzuknicken und mich von ihm in den Arm nehmen zu lassen. „Was ist vor all den Jahren mit deinem Mitbewohner passiert?“

Er sah überrascht aus. „Mein Mitbewohner? Alistair Ward? Was –?“

„Er kam mit dir und Genevieve nach Penstowan, nicht wahr?“

„Oh, ja, natürlich – du musst in Gens Buch davon gelesen haben. Ich weiß nicht, was mit ihm passiert ist; wir haben vor Jahren den Kontakt verloren.“

„Kontakt verloren? Man würde doch denken, dass ein anderer Künstler bei dir rumlungern würde, als du berühmt wurdest, um ein wenig Glanz abzufangen."

Duncan sah mich neugierig an. „Ich weiß ja nicht. Wie auch immer, Alistair hatte Probleme ..."

„Das eine große war", sagte ich leichthin, „dass er von der Bildfläche verschwunden ist, ein paar Monate, bevor das erste Penstowan-Gemälde ans Licht kam, und er ist nie wiederaufgetaucht, soweit man weiß."

„Wovon zur Hölle sprichst du?" Duncan sah wütend aus, aber mehr als das, war er besorgt.

„Samantha Groves", sagte ich. „Sie verschwand auch."

„Du meinst die Gemälderestauratorin? Ich weiß, dass sie aus der Kunstwelt verschwand, aber –"

„Ihre Mitbewohnerin meldete sie vermisst, ein paar Monate nachdem sie Charles Harper beschuldigt hatte, den Lesters ein falsches Duncan-Stovall-Bild verkauft zu haben. Die Polizei sagte, dass sie Kleider mitgenommen und ihre Bankkonten geleert hatte, also schlossen sie Fremdverschulden aus, aber sie ist nie wiederaufgetaucht. Es ist wirklich nicht so einfach, seinem alten Leben zu entfliehen und unter einem neuen Namen anzufangen. Eine Gemälderestauratorin aus Cornwall hat vermutlich keine Kontakte, um an einen falschen Ausweis ranzukommen."

Duncan sah mich jetzt wirklich ängstlich an. „Was willst du damit sagen? Dass sie ermordet wurde? Ich verstehe nicht ..."

„Was ist mit deinem Mitbewohner passiert, Duncan?"

Er stand auf und lief hinüber zum Fenster.

„Ich bin mir nicht sicher, wonach du fragst. Fragst du mich, ob ich ihn getötet habe?"

KAPITEL 25

Ich sah ihn stet an.

„Robert Holmes hatte deine Kunstschulzeit untersucht", sagte ich. „Ich habe seine Recherchen gefunden. Sie sind im Moment bei Nathan Withers auf der Polizeistation" – ich schluckte schwer, weil sie tatsächlich in meiner Tasche waren – „aber ich wollte mit dir sprechen, bevor er die Chance hat, es sich anzusehen."

Duncan starrte mich an, dann seufzte er und setzte sich in den Ohrensessel mir gegenüber.

„Was genau willst du wissen?"

„Wie wäre es mit allem und dann machen wir von da aus weiter."

Duncan dachte einen Moment lang nach, atmete tief ein und begann.

„Alistair und ich trafen uns am Goldsmith College. Nachdem wir unseren Abschluss gemacht hatten, teilten wir uns ein Haus. Wir teilten Material, Inspirationen und nachdem Genevieve eingezogen war, teilten wir auch sie." Er sah zu mir auf, einen offenen Ausdruck auf seinem Gesicht. „Worüber ich nicht gerade sehr glücklich war, aber ich war verliebt in sie und ich wollte sie nicht verlieren."

„Weiter."

„Alistair war mein Freund, aber er war auch ein Idiot. Er hatte so großes Talent, aber er behauptete immer, dass er nur malen könnte, wenn er high war. Absoluter

Blödsinn; er brauchte nur eine Ausrede, um einen durchzuziehen. Nach einer Weile machte er sich nicht einmal mehr die Mühe, seine Arbeit vorzuschieben. Als wir einen Monat hier herunterkamen, dachte ich, ihm würde das einen klaren Kopf verschaffen und dass die Gegend ihn inspirieren würde, aber in Wirklichkeit versteckte er sich vor einem Riesendealer, dem er Geld schuldete."

„Als ihr hier wart ... Du hast die Penstowan-Bilder nicht gemalt, oder?"

Duncan wirkte verschlagen. „Natürlich nicht. Es waren acht von ihnen; es hätte mich mehr als einen Monat gekostet, so viele zu malen. Ich habe gemalt, aber nichts, was es wert gewesen wäre, zu behalten. Alistair machte ein paar Skizzen und viele Fotos, und weit weg von London und seinem Dealer begann er seine Kunst wieder ernst zu nehmen. Sobald wir wieder zu Hause waren, ging er aus und dröhnte sich zu, aber es war anders. Er schloss sich in seinem Studio ein und malte zum ersten Mal seit Langem wieder ernsthaft. Das ging drei Monate so."

„Und was ist dann passiert?"

„Dann hat er mich und Gen in sein Studio gelassen, um uns zu zeigen, was er gemalt hatte." Er sah mich an, Schuld war über sein gesamtes Gesicht geschrieben und ich wusste es.

„Samantha Groves hatte recht, nicht wahr? Die Bilder der Lesters *waren* von zwei verschiedenen Künstlern. Nur, dass sie es genau falsch herum sah. Alistair Ward hat die Penstowan-Gemälde gemalt, nicht du. Darum wärst du so verärgert, als Genevieve der Sache mit dem offenen Atelier zugestimmt hatte. Du wusstest, dass alle ein weiteres Penstowan-Gemälde erwarten würden und du es ihnen nicht geben könntest."

Er nickte langsam. „Sie waren wundervoll. So viel besser als der Blödsinn, den ich fertiggebracht hatte. Ich dachte, das war's, dass er jetzt richtig erfolgreich werden würde und ausziehen und sie mit sich nehmen würde –"

„Das klingt sehr nach einem Motiv, sich seiner zu entledigen, wenn du mich fragst", sagte ich mit meiner besten Polizistinnenstimme. Und es war ein gutes Motiv, aber ich glaubte es nicht.

„Ja, das ist es wahrscheinlich, aber ich brauchte es nicht, denn das Nächste, was passierte, war, dass er sich in ein Flugzeug nach Indien setzte, wo er in irgendeinen Ashram wollte. Die Leute, denen er etwas schuldete, hatten gedroht, ihn umzubringen, wenn sie ihr Geld nicht bekamen, und natürlich hatte er es nicht, also lief er davon."

„Er hat euch in seinem Durcheinander einfach zurückgelassen?"

Er nickte. „Ja. Wir hatten ein paar Besuche vom harten Kern des Mobs." Sein Lächeln wurde reumütig. „Ich bin vielleicht ein großer Kerl, aber ich schäme mich nicht zuzugeben, dass ich Angst hatte. Ich bin keine aggressive Person; ich hab mich noch nie geprügelt. Ich wusste nicht, wie ich Genevieve am besten beschützen sollte. Und dann rief Alistair mich an."

„Aus Indien?"

„Ich nehme es an. Er sagte, dass ich seine Bilder verkaufen sollte, um die Dealer zu bezahlen. Er dachte, dass sie genug Geld bringen würden, um ihm ein bisschen mehr Zeit zu verschaffen. Also habe ich das getan.“

„Und die Bilder als deine ausgegeben?“

Er sah mich offen an. „Zu diesem Zeitpunkt hasste ich Alistair. Ich hasste die Tatsache, dass er mit meiner Freundin geschlafen hatte und dann abgehauen war und uns in Gefahr gebracht hatte. Ich hasste die Tatsache, dass er all das Talent hatte und es damit verschwendet hatte, sich abzuschießen. Ich hasste es, dass, egal wie sehr ich es versuchte, ich niemals so gut sein würde wie er. Aber ich hatte nie daran gedacht, dass das alles passieren würde.“

Er hielt abrupt inne. „Ich brauche einen Drink. Willst du auch einen?“

„Ja, bitte“, sagte ich, überraschte mich selbst damit. Ich trank nie so früh, aber im Moment brauchte ich es. Er ging in die Küche und kam mit zwei Gläsern und einer Flasche Whiskey zurück. Er reichte mir ein Glas und goss eine großzügige Menge Alkohol ein, seine Hand zitterte ein wenig.

Er kippte seinen Drink herunter und wollte einen weiteren eingießen, besann sich dann aber eines Besseren. Er stellte die Flasche vorsichtig auf den Boden und sprach weiter.

„Ich habe eines von Alistairs Bildern in die Hyperion Galerie gebracht. Charles Harper war zu der Goldsmith Abschlussfeier gekommen und obwohl er nichts gekauft hatte, hatte er Visitenkarten verteilt. Er war der einzige Händler, den ich kannte, wenn auch nur flüchtig. Er liebte das Bild und fragte, ob ich noch mehr hätte, also habe ich natürlich Ja gesagt. Und dann erklärte er, dass, wenn er meine Arbeiten für mich verkaufen sollte, ich sie doch auch signieren sollte." Er bewegte sein leeres Whiskeyglas, drehte es in seinen Fingern herum, erinnerte sich. „Da sah ich plötzlich rot. Alistair hatte all das Talent, er hatte diese wunderbaren Bilder geschaffen und sich so wenig Gedanken darüber gemacht, dass er sich nicht mal die Mühe gemacht hatte, seinen Namen darauf zu setzen."

„Also hast du sie unterzeichnet."

„Ja, das habe ich. Dann ging ich nach Hause und signierte alle Penstowan-Gemälde und brachte sie in Charles' Galerie. Er kaufte mir sofort zwei ab für seine eigene Sammlung und verkaufte dann die anderen für mich. Er wollte von ihrem Ursprung wissen, ihre Entstehungsgeschichte erfahren, weil er meinte, dass die Menschen nicht nur Kunst kaufen, sondern Geschichten. Also erfand Gen diese ganze Legende darüber, wie sie während diesem verkommenen Aufenthalt in einem cornischen Cottage am Meer geschaffen wurden. Sie ließ es so klingen, als wären wir Shelley und Byron, die sich mit Laudanum vollpumpten und all diese wunderbare Kunst herstellten. So war es überhaupt nicht gewesen, aber die Medien liebten es und sie, natürlich, ich meine, schau sie dir an. Sie sah aus wie ein Filmstar."

„Das tut sie immer noch", sagte ich bitter. „Was passierte, als Alistair herausfand, was ihr getan hattet?"

„Ich habe keine Ahnung, weil wir nie wieder von ihm gehört haben", erklärte Duncan. „Soweit wir wissen, ist er immer noch in dem Ashram in Indien. Oder die Leute, denen er Geld schuldete, haben ihn gefunden und getötet."

„Wie praktisch", sagte ich, mehr, um etwas zu sagen, als dass ich an ihm zweifelte. Ich konnte verstehen, warum er diese Bilder spontan als seine ausgegeben hatte, und ich konnte verstehen, warum er sich freute, dass Alistair aus seinem Leben verschwand, aber ich konnte ihn nicht als Mörder sehen – auch wenn er ein Riesengeheimnis zu hüten hatte.

„Ich weiß, wie das klingt." Duncan knetete seine Hände im Schoß und ich fühlte eine Welle des Mitleids für ihn über mich kommen. „Ich weiß, dass ich es nicht hätte tun sollen, aber es ging alles so schnell, dass ich nicht mal Zeit hatte, über die Konsequenzen nachzudenken. Ich habe meine Karriere auf einer Lüge aufgebaut. Meine eigene Arbeit hat sich nur wegen dieser Bilder verkauft. Wenn ich es nicht getan hätte, säße ich wahrscheinlich in so einer Galerie in der Stadt und würde Touristen Aquarellbilder aufdrängen."

„Das wäre wenigstens ehrlich gewesen", sagte ich. Er sah zu Boden.

„Ich weiß."

Wir saßen einen Moment schweigend da, während er sich einen weiteren Drink eingoss und mir die Flasche anbot. Ich kippte meinen Whiskey hinunter, keuchte auf, als er mir im Hals brannte und lehnte ab; die Wärme des Alkohols beruhigte meine Nerven, aber ich würde das nie zum Vergnügen trinken. Ich hätte lieber eine Tasse Tee, aber es schien mir nicht der richtige Augenblick, ihm zu sagen, dass er den Wasserkocher anwerfen sollte.

„Wie auch immer, ich verstehe jetzt, warum du meintest, deine Ehe sei kompliziert", sagte ich und er lachte sanft.

„Ja. Jetzt weißt du, dass ich das nicht nur so dahingesagt habe." Er sah mir in die Augen und ich rüstete mich, aber es funktionierte nicht ganz, verdammt noch mal, weil ich ihn, trotz der Tatsache, dass er mich belogen hatte, seit wir uns kennengelernt hatten, immer noch mochte. Aber es war keine *Beziehungslüge*, sagte ich mir, nicht wie der Haufen Scheiße, mit dem mir Richard gekommen war, als ich herausfand, dass er verheiratet war. Es war eher eine berufliche Lüge, die eigentlich nichts mit mir zu tun hatte, und deshalb war es mir möglich, ihm das zu vergeben ...

Er nippte langsam an seinem Getränk. Er schien nun viel ruhiger, als hätte er die ganze Zeit darauf gewartet, dass das Schlimmste passiert, und jetzt, da es geschehen war, war es gar nicht so schlimm gewesen.

„Was passiert nun?", sagte er. Ich zuckte mit den Schultern.

„Ich weiß nicht", sagte ich. „Aber du musst verstehen, dass dir das ein Motiv für den Mord an Robert Holmes gibt."

Er öffnete den Mund, um zu sprechen, aber ich stoppte ihn. „Ich weiß, dass du es nicht getan hast. Ich glaube dir, wenn das was wert ist. Aber er hatte ein Geheimnis entdeckt, das du verzweifelt geheim halten wolltest und er wollte es öffentlich machen. Das ist ein Motiv."

Er seufzte. „Ich weiß. Aber ich habe ihn nicht umgebracht, oder Alistair, oder Samantha Groves ... wenn sie tot *ist,* und ich habe sicherlich nichts damit zu tun, dass Lauren überfahren wurde. Ich wurde selber angefahren, erinnerst du dich?"

„Ich weiß."

„Abgesehen von alldem, jetzt, wo ich dir davon erzählt habe, fühlt es sich wirklich gut an, es mir von der Seele zu reden.“ Er lächelte. „Ich bin so lange bei Genevieve geblieben, nur, damit es nicht herauskommt, aber jetzt will ich es eigentlich allen erzählen. Ich will nicht mehr so tun, als wäre ich jemand, der ich nicht bin.“

„Das hast du gesagt, am Nachmittag auf den Klippen“, sagte ich und erinnerte mich. „Du sagtest etwas darüber, dass du alles hinter dir lassen und als du selbst noch mal anfangen möchtest. Zu der Zeit fand ich, dass das eine seltsame Art das auszudrücken.“

„Es *wird* herauskommen, oder?“, sagte er. „Jetzt, da die Polizei Robert Holmes’ Recherchearbeiten hat.“

„Ja“, sagte ich, fühlte mich ein wenig schuldig, dass ich den Umschlag mit dem USB-Stick darin noch immer in der Tasche hatte und Nathan noch nicht wusste, dass er existierte. Aber ich würde es ihm geben. „Und das wird schlecht für dich aussehen. Es sei denn, wir finden jemanden, der einen noch besseren Grund hätte, es geheim halten zu wollen. Wer weiß noch davon?“

„Ich habe es nie jemandem erzählt.“

„Das habe ich nicht gefragt. Wer *weiß* es noch? Was ist mit Genevieve? Hätte sie … etwas unternommen?“

Er schüttelte den Kopf. „Nein. Sie ist vielleicht vieles, aber keine Mörderin. Sie kann sehr skrupellos sein, wenn sie ihre Ziele verfolgt, aber … Und überhaupt, es ist doch viel schlimmer für mich als für sie, oder? Sie könnte immer noch die hilflose Frau spielen, die von ihrem herrischen Ehemann als Sklavin gehalten wurde, und jeder würde ihr glauben. Sie ist eine glaubwürdige Schauspielerin.“

Duncan starrte nachdenklich auf die Aussicht durch das Fenster. „Weißt du, während der ersten Jahre waren wir sehr glücklich. Ich meine, ich fühlte mich schlecht, dass ich die Arbeit eines anderen als meine ausgegeben hatte, aber ich würde lügen, wenn ich sagte, dass das Geld, das nicht kompensierte, am Anfang zumindest. Wir wurden zu den besten Partys eingeladen und den exklusivsten Eröffnungen, was Gen liebte. Sie hatte ein paar Affären – sie mochte schon immer die Aufregung alles Neuen –, aber es gab nie etwas Ernstes oder länger Anhaltendes. Das erste Mal, dass ich vermutete, dass sie und Charles ein Verhältnis hatten, war, als die Lesters mit ihren Bildern kamen.“

„Also denkst du, sie könnte es Charles da gesagt haben? Aber er hat es sich nie anmerken lassen?“

„Vielleicht. Wenn ich daran denke, dass ich die ganze Zeit bei ihr blieb, weil sie wusste, dass ich ein Geheimnis hatte, und sie hatte es ihm ohnehin vielleicht schon erzählt.“ Er lachte bitter. „Es würde tatsächlich Sinn ergeben. Ich nehme an, er hat geschwiegen, weil es seinen Ruf als Händler ruiniert hätte. Und es hätte meine Bilder weit weniger lukrativ gemacht, und er besaß einige zu der Zeit. Obwohl es in der Kunstwelt ja möglich ist, dass ein solcher Skandal ein paar Nullen an den Preis anhängen könnte.“

Ich dachte darüber nach. „Mord ist dafür immer noch ein wenig drastisch. Besitzt er immer noch viele deiner Bilder? Wie viel Geld könnte er potenziell verlieren? Genug, dass ein Mord eine vernünftige Lösung darstellen würde?“

„Ich weiß nicht. Ich glaube nicht, dass er irgendwelche meiner späteren" – er sah mich mit einem beschämten Lächeln an – „ich meine, meiner *eigenen* Arbeiten besitzt, nur noch ein paar der Penstowan-Gemälde. Wahrscheinlich mit Absicht, für den Fall, dass es jemals herauskommt. Aber er fungiert als Vermittler zwischen privaten Kunstsammlern, von denen einige meine Arbeit scheinbar mögen." Er schnaubte. „Meine Arbeit ‚mögen'! Die meisten sehen vermutlich nie, was sie kaufen; sie hängen die Kunst, für die sie so viel Geld ausgeben, nie in ihren Heimen auf."

„Sie lagern es in Lagerhäusern, wie du mir erzählt hast?"

Er nickte. „Ja, weil sie viel zu wertvoll sind, um sie *anzusehen* oder zu bewundern ... Aber ich bin keinesfalls der einzige Künstler, den er handelt. Ich weiß, er hat ein paar Arbeiten von Damien Hirst, Fiona Rae und Sarah Lucas verkauft ..."

„All die anderen YBAs", sagte ich und er wirkte überrascht.

„Die Young British Artists, ja." Er warf mir wieder so ein beschämtes Grinsen zu, dass mein Herz flattern ließ. „Sie waren Studienkollegen auf der Goldsmith, aber ich war nie ein Teil der Gruppe", sagte er. „Ich war nicht cool und exzentrisch genug ..."

„Wer will schon cool und exzentrisch sein?", sagte ich und er lachte.

„Ich wollte es, verzweifelt. Ich war bestimmt dazu, enttäuschend zu sein, bis Alistair verschwand. Nur ein weiterer Grund, warum ich nie dazugehörte."

„Nicht dazuzugehören macht dich viel cooler. Aber nichts davon gibt Charles Harper ein starkes Motiv."

Ich war von mir selbst genervt; ich war mir absolut sicher gewesen, dass er etwas damit zu tun hatte. Da war diese Sache mit dem kräftigen Bodyguard bei dem Vortrag, sein seltsamer Anruf – oder Anrufe – kurz vor dem Unfall mit Fahrerflucht ...

Oder wurden meine Gefühle ihm gegenüber von der Tatsache beeinflusst, dass er verdächtigt wurde, vor Jahren Geld hinterzogen zu haben? Er war offensichtlich nicht vertrauenswürdig, arrogant und eine äußerst unangenehme Person, aber das machte ihn nicht zwingend zum Mörder. *Schloss ihn aber als Mörder auch NICHT aus*, dachte ich stur.

Mein Handy pingte.

Wo sind Sie? Bin jetzt beim Zahnarzt fertig und gehe zur Wache zurück, wenn Sie vorbeischauen wollen. N

Ich versuchte nicht den Mangel eines ‚x' am Ende seiner Nachricht zu bemerken, aber ich tat es, was ein wenig dämlich war, wenn man bedachte, dass ich hier mit Duncan saß.

Ich sah von meinem Telefon auf und sah, wie er mich anlächelte.

„Sag mir nicht, du musst gehen", meinte er. „Jodie Parker bleibt am Ball." Ich grinste, hoffte, dass sein Glauben an mich nicht unbegründet war und er nicht mit seinen Bildern in einer Gefängniszelle landete ...

KAPITEL 26

Ich ließ Duncan mit einem Lächeln auf seinem Gesicht zurück an seine Arbeit. Trotz der Tatsache, dass dies unzweifelhaft turbulente Zeiten waren, schien er erleichtert, als wäre eine riesige Last von seinen Schultern genommen. Ich nahm an, so war es auch. Er musste nicht länger mit den Penstowan-Bildern konkurrieren; er konnte endlich tun, was er wollte, und er konnte endlich seine Frau verlassen. Meine Gedanken kreisten darum, unsicher, was genau das für mich bedeutete, oder ob ich wollte, dass es etwas für mich bedeutete.

Ich joggte hinunter in die Stadt, ließ Debbie wissen, dass alles okay war; sie hatte Robert Holmes' Recherchearbeit über meine Schulter hinweg mitgelesen und sosehr ich das auch vermeiden wollte, konnte ich sie wohl kaum davon abhalten, wenn ich ihren Laptop dafür verwendete. Germaine trottete neben mir her, die Zunge hing ihr heraus, denn es war ein heißer Tag und die Sonne war jetzt, wo wir nahe am Mittag waren, gleißend.

Wir gingen zur Polizeistation, vor der Nathan mit einem etwas schiefen Lächeln stand.

„Alles in Ordnung? Sie sehen aus, als hätten Sie einen Schlaganfall gehabt", sagte ich, atmete ein wenig heftig (bevor hier irgendetwas vermutet wird, mir war die Puste ausgegangen; es war definitiv nicht, weil er so scharf mit seiner Sonnenbrille aussah oder so was. Obwohl ...) „Können Sie was essen oder werden Sie dasitzen und sabbern?“

„Nicht mehr als sonst“, meinte er. „In den Pub?“

Wir gingen zum Anchor, einem etwas heruntergekommenen Pub, der am Strand lag. Nach Recht und Ordnung hätte dieser Standort bedeuten sollen, dass er gerammelt voll mit Urlaubern und Festivalbesuchern wäre, aber das Management hatte sich klugerweise für das „Spucke und Sägemehl“-Thema entschieden und es für alle anderen ungenießbar gemacht, außer den Hardcore Einheimischen, wenn sie vor dem Wahnsinn des Sommers flüchten wollten. Gott allein weiß, wie sie geöffnet blieben, aber es war definitiv ein guter Ort für eine ruhige Unterhaltung.

„Riskiert man hier sein Leben, wenn man hier Essen bestellt?“, fragte Nathan und sah sich um. „Ich bin tatsächlich noch nie hier gewesen. Ich dachte nur, es wäre ein guter Ort für uns, ein geheimes Rendezvous zu haben ...“

„Nein, es ist in Ordnung“, sagte ich. „Ich kenne die Wirtin. Sie ist eine überraschend gute Köchin und die hatten den ganzen Sommer über noch keine Ratten.“ Nathan sah mich schockiert an, dann, als er begriff, dass ich einen Witz gemacht hatte, entspannte er sich wieder.

Nathan bestellte ein Sandwich mit Speck und ich wählte Avocado auf Toast, dann saßen wir da und sahen uns gegenseitig erwartungsvoll an.

„Also?“, begann ich. „Haben Sie Neuigkeiten?“

„Das habe ich, aber ich warte darauf, Ihre zu hören." Er sah mich stet an. „Kommen Sie schon, ich weiß, dass Sie was verbergen."

„Ich verberge überhaupt nichts", protestierte ich, und um fair zu sein, das tat ich nicht; ich wollte wirklich den Inhalt des USB-Sticks mit ihm teilen, aber ich wollte erst seine Neuigkeiten hören.

„Debbie lag falsch, oder?", fragte er leichthin. Mein Herz tat einen Sprung.

„Hm, Sie und Debbie sind dieser Tage ja ganz dicke Freunde", sagte ich und gab mein Bestes, gleichgültig zu klingen. „Sie wissen, dass sie verheiratet ist, oder?"

„*Sie* halten *mir* eine Standpauke darüber, sich von verheirateten Menschen fernzuhalten?" Er hob eine Augenbraue.

„Ja, schon klar, aber er wird nicht mehr lange verheiratet sein, nicht wahr? Er hat sie um die Scheidung gebeten. Wie auch immer, ja, ich *habe* Ihnen etwas mitzuteilen, aber Sie zeigen mir Ihres, wenn ich Ihnen meins zeige."

Wir blickten uns in die Augen und ich wusste, ich hatte ihn – ich bin eine Weltklasse-Starrerin und war schon lange, lange nicht mehr geschlagen worden. Der Trick dabei ist, die Augen nicht zu fokussieren, sodass man seinen Gegner quasi gar nicht ansah, so konnten sie dich nicht ablenken und dich blinzeln oder weggucken lassen und man begab sich in eine Art Trance. Ich nahm das vielleicht etwas zu ernst, aber es ist wahr und es funktionierte.

Er lachte. „Stur wie ein Maulesel." Er wartete ab, als der Barmann unser Essen brachte und eine Schüssel Wasser für Germaine unter den Tisch stellte, dann holte er ein Blatt Papier aus seiner Tasche und faltete es auf. Er legte es auf den Tisch und schob es mir zu. „Geschenk für Sie.“

„Was ist das?“, sagte ich, zog es näher und überflog den Inhalt. Es war eine Liste von Telefonnummern und Uhrzeiten.

„Mobiltelefondaten. Ich habe mir den Abend des Unfalls noch mal angesehen. Charles Harper hat einen Anruf – an sich selbst – um sieben nach acht getätigt, während der Pause des Theaterstücks. Hier.“ Er zeigte auf eine Nummer. „Duncan sagte, er hat einen Anruf erhalten kurz vor dem Unfall, um kurz vor halb neun –“

„Also glauben Sie ihm?“

„Ich habe nie behauptet, ich würde ihm *nicht* glauben. Sehen Sie sich die Liste an.“

„Da ist nirgends ein Anruf an Harpers Telefon um diese Uhrzeit.“

„Genau. Sehen Sie sich die anderen Nummern an, die ich rausgesucht habe. Erkennen Sie eine von denen?“

„Sollte ich?“ Ich sah sie genauer an. „Denn das tue ich nicht, aber Sie haben sicher gesehen, dass eine davon um sieben nach acht einen Anruf machte *und* um kurz vor halb neun einen erhielt ...“

Nathan nickte. „Ja. Es ist ein nicht nachzuverfolgendes Burner Phone –“

„Aber nicht das, was am Tag des Todes von Robert Holmes verwendet wurde, oder?“

„Nein, das ist es nicht. Aber die Nummer, die es angerufen hat, ist dieselbe, die am selben Tag, wie Robert Holmes, einen Anruf empfing.“

„Also ... Moment, was? Ich bin ganz durcheinander von diesen ganzen Burner Phones.“

Nathan tippte mit einem Finger auf eine der Nummern auf der Liste.

„Okay, das hier, nennen wir es Burner Phone Eins. Burner Phone Eins hat Robert Holmes am Tag seines Todes angerufen, nicht lange nachdem Duncan Genevieve die Nachricht geschickt hatte."

„Okay ..."

„Es hat dann, direkt danach, diese Nummer hier angerufen – nennen wir die Burner Phone Zwei. Klar?"

„Kristallklar."

„Dann, am Abend des Unfalls, hat *diese* Nummer, die wir Burner Phone Drei nennen werden, Burner Phone Zwei angerufen, zur selben Zeit, zu der Charles Harper mit sich selbst am Telefon war. Sie sprachen etwa drei Minuten, es legte fünf Sekunden vor Charles Harpers Handy auf. Und dann um kurz vor halb neun, rief Burner Phone Zwei Burner Phone Drei zurück und sie sprachen weniger als eine Minute, bevor aufgelegt und beide Telefone ausgeschaltet wurden."

Ich starrte ihn an, den Mund weit offen. „Dann ... dann war Burner Phone Zwei vor beiden Vorfällen aktiv? Und in beiden Fällen wurden die Telefone, die es anriefen, danach sofort abgeschaltet und seither nicht wieder genutzt?"

Nathan nickte.

„Denken Sie, was ich denke?", fragte ich. Er nickte wieder.

„Wenn Sie denken, dass Burner Phone Zwei unser Mörder ist, dann ja."

Ich lehnte mich erstaunt in meinem Stuhl zurück. „Verdammt. Sie wissen, was das heißt, oder? Es bedeutet, dass Duncan nicht der Mörder sein kann."

„Aber das wussten Sie schon, oder nicht?“ Er sah amüsiert aus, was mich ärgerte, denn *natürlich* hatte ich das schon gewusst – ich hatte es nur *tatsächlich* nicht gewusst, nicht definitiv, nicht absolut.

„Duncan hat keine Anrufe gemacht oder empfangen am Abend des Unfalls“, sagte ich.

„Soweit wir wissen, oder von jemandem gehört haben, nicht, nein“, sagte Nathan. Er lächelte. „Es gab ein paar weitere Zeugen und ich habe sie gefragt, was Duncan und Lauren, bis zu dem Moment, als das Auto in sie krachte, taten, und keiner von ihnen erwähnte, dass Duncan einen Anruf entgegennahm. Also ja, ich denke, dass ihn das wahrscheinlich ausschließt.“

Ich fühlte mich plötzlich acht Tonnen leichter. Ich realisierte, dass, sosehr ich Duncan auch geglaubt hatte, ich immer noch diese riesige Unsicherheit mit mir herumtrug, denn wenn man es genau betrachtete, kannte ich ihn kaum. Aber ich war zehn Jahre mit meinem Ex zusammen gewesen, Richard, dem untreuen Arschloch, als ich herausfand, dass er mich betrogen hatte.

Manchmal war es egal, wie lange man schon zusammen war, man kannte die Menschen nie wirklich.

„Also, Harpers Anruf – denken Sie, dass er sich selbst ein Alibi verschaffen wollte oder so was?“, fragte ich. Nathan nickte.

„Ich nehme es an. Er lebt allein, also wäre dort niemand, mit dem er hätte reden können. Ich hab die Nummer heute Morgen angerufen und landete sofort auf dem Anrufbeantworter.“

„Er könnte seine Nachrichten abgehört haben, nehme ich an …“

„Ich denke, dass er genau das behaupten wird. Und wer kann das Gegenteil behaupten? Aber es gab nichts, was ihn aufhalten konnte, einen weiteren Anruf zur selben Zeit von einem der Burner Phones zu machen.“

„Und er hat kein Alibi für die Zeit, als der Mörder ihn zurückrief.“

„Nein ...“ Nathan sprach vorsichtig. „Leider ist Duncan die einzige Person, die sagt, dass er einen Anruf erhielt. Niemand sonst hat ihn groß beachtet und die einzigen anderen Menschen, die nahe genug waren, um es zu sehen, waren Lauren, die immer noch raus ist, und Genevieve, mit der ich bis jetzt noch nicht sprechen konnte.“

Ich sah ihn alarmiert an. „Was meinen Sie damit, Sie haben noch nicht mit ihr gesprochen? Glauben Sie, dass ihr was passiert ist?“

„Ich weiß nicht. Ich habe sie zweimal angerufen und Nachrichten hinterlassen, in denen ich sie um ein Gespräch bat, aber sie hat mich bisher noch nicht zurückgerufen.“

„Sie könnte im Krankenhaus sein. Lauren und sie sind eng befreundet.“

Nathan schüttelte den Kopf. „Ich habe immer noch ein paar Leute, die strenge Anweisung haben, mich zu unterrichten, falls sie auftauchen sollte. Ich bin kurz über das Festival gelaufen, als ich vom Zahnarzt kam, aber dort ist sie auch nicht. Ich dachte, dass ich vielleicht zum Hotel gehe und da nachsehe, ob ich sie finden kann. Wollen Sie mit?“

Ich verzog das Gesicht. „Ich glaube, das ist keine gute Idee, wenn man meine Beziehung zu ihrem baldigen Ex-Mann bedenkt ...“

„Wie Sie wollen." Nathan lehnte sich zurück. „Wie auch immer, ich habe Ihnen meins gezeigt, jetzt sind Sie dran …"

Ich holte den Umschlag aus meiner Tasche hervor und schüttete den Inhalt heraus.

„Ich habe heute Margaret Tiddy getroffen, die das B&B leitet, in dem Robert Holmes wohnte." Nathan nickte. „Sie erzählte, dass ihr Ehemann Brian gerade von einem Job zurückgekommen ist; er ging am späten Sonntagnachmittag los. Bevor er ging, raten Sie mal, wen er da getroffen hat?"

„Robert Holmes."

„Spielverderber, Sie sollten nicht wirklich raten. Aber ja, Robert Holmes ging nach dem mysteriösen Anruf von Burner Phone Eins zurück in sein Hotel. Brian war an der Rezeption und vermutet, dass er so gegen vier Uhr nachmittags hereinkam und fünfundvierzig bis sechzig Minuten später an die Rezeption kam. Er erklärte, er müsse etwas verschicken, aber natürlich hatte das Postamt zu und er keine Briefmarke. Gott sei Dank hat er mit Brian gesprochen, denn Margaret sagte, sie hätten Briefmarken an der Rezeption und sie hätte ihm eine gegeben, aber egal, Robert Holmes fragte Brian, ob er diesen Brief für ihn aufbewahren könne, und sagte, dass er noch mal rausmüsse und wenn er in der Nacht nicht zurückkäme, ob er ihn für ihn am nächsten Tag zur Post bringen könnte. Brian, der nicht die hellste Kerze im Leuchter ist, dachte nicht, dass das irgendwie verdächtig klingt, und sagte bloß, na klar, dann steckte er es ein und eine Stunde später ging er damit, immer noch in seiner Tasche, zur Arbeit."

Nathan streckte die Hand aus. „Also hier drauf ist Robert Holmes' weltbewegende Recherche? Was ist mit der Nachricht, die dabei war?" Ich gab ihm den USB-Stick und die handgeschriebene Notiz und wartete, bis er sie gelesen hatte.

„Wow ... er dachte wirklich, dass jemand in sein Zimmer einbrechen und seinen Laptop stehlen könnte, um an seine Arbeit zu kommen. Also hat er zwei Kopien auf zwei verschiedene USB-Sticks gezogen."

Nathan drehte den Stick in seiner Hand. „Er hat diesen hier Lauren geschickt, zur Sicherheit, und den anderen, was ist damit passiert?"

„Er hatte ihn bei sich", vermutete ich. „Er wollte sich treffen mit ... jemandem. Vielleicht wollte er denjenigen erpressen? Oder vielleicht ist er noch woanders versteckt?"

„Nicht in seinem Zimmer", erklärte Nathan bestimmt. „Davey Trelawney hat das Zimmer auf der Suche danach auseinandergenommen."

„Dann hatte er ihn wohl bei sich", sagte ich. „Wer auch immer ihn ermordet hat, hat ihn an sich genommen, bevor er ihn die Klippe runterschubste."

„Aber was hat er entdeckt, was so schockierend war, dass er deswegen getötet wurde?", fragte Nathan. Er sah mich an und seufzte. „Sie haben es gelesen, nicht wahr?" Ich grinste und dankte Debbie im Geiste dafür, dass sie es nicht schon vorher verraten hatte, denn ich muss zugeben, ich liebte eine dramatische Enthüllung und besonders genoss ich es, Nathan Withers etwas vorauszuhaben.

„Ja. Ja, das habe ich ..."

***

Ich berichtete Nathan also vom Inhalt von Robert Holmes' Arbeit, dann erzählte ich ihm von meiner Unterhaltung mit Duncan, in der er die Verdächtigungen von Holmes' bestätigte, und nachdem er einige Male vor Überraschung Flüche ausgeworfen hatte, kam er zum selben Schluss wie ich: Charles Harper lag immer noch vorne, wenn man die Telefonanrufe betrachtete, er hatte das Geld, um jemanden für die Drecksarbeit zu bezahlen und war generell einfach ein unangenehmer Kerl, aber – und es war ein großes Aber – war das wirklich ein Motiv, stark genug, für mindestens einen Mord und einen versuchten Mord? Denn das Verschwinden der armen Samantha Groves, der Gemälderestauratorin, die nur ihren Job gemacht hatte, wirkte von Tag zu Tag verdächtiger.

„Und natürlich", sagte ich, „wissen wir immer noch nicht, wer der tatsächliche Mörder ist. Wer ist der Besitzer von Burner Phone Zwei? Wissen wir, was mit Harpers Bodyguard passiert ist? Ist er wirklich zurück nach London gegangen?"

„Ja, das ist er", sagte Nathan. „Und er ist seither auch dortgeblieben. Der ist es nicht."

„Ich nehme an, wenn Sie einen Bodyguard hätten, der all ihre Schritte beobachtete, wäre es schwer, einen Mord zu planen, ohne dass er es bemerkte", meinte ich. „Also lag es nicht daran, dass Harper plötzlich beschloss, die Drohungen gegen ihn nicht mehr ernst zu nehmen, sondern es ging mehr darum, einen potenziellen Zeugen aus dem Weg zu schaffen."

„Das wäre möglich ...“ Nathan seufzte wieder. „Wenn wir nur einen Blick auf Harpers Geschäfte werfen könnten, würde das vielleicht ein bisschen Licht darauf werfen, warum er so scharf darauf ist, das alles geheim zu halten. Aber ich glaube, ich habe nicht genug für einen Durchsuchungsbefehl. Wenn ich nur jemanden im Betrugsdezernat kennen würde, der uns den Gefallen tun könnte. Die haben sowieso schon eine Akte über ihn, dessen bin ich mir sicher.“

Oh, oh. Ich sah ihn an, aber er sah komplett unschuldig drein. Er wusste es nicht. Er *konnte* es nicht wissen.

„Ich *kenne* tatsächlich jemanden im Londoner Betrugsdezernat ...“

Kapitel 27

„So, so, so ..." Die Stimme am anderen Ende der Leitung hatte immer noch diesen leicht spöttischen, arroganten Unterton, bei dem ich mir wünschte, auf das Gesicht einschlagen zu können, aus dessen Mund er kam. „Womit verdiene ich denn diese Ehre? Hast du es dir anders überlegt?"

„Was denn? Dich zu verlassen, den Job zu kündigen oder hier runterzuziehen? Nein zu allen dreien." Ich holte tief Luft und kämpfte darum, meine Fäuste wieder zu öffnen. Nathan bemerkte es und lächelte mitfühlend. „Wie auch immer, das ist kein privater Anruf. Ich helfe der örtlichen Polizei bei einer Sache –"

„Warst du ein böses Mädchen? Oder nur ein neugieriges? Du konntest dich schon immer nicht raushalten." Nathan hob die Augenbrauen und flüsterte, *was für ein Arsch*, was mir definitiv ein besseres Gefühl gab.

„Richard, bevor du noch irgendetwas sagst" – *und beweist, was für ein Riesenarschloch du bist*, fügte ich im Stillen hinzu – „sollte ich dir besser sagen, dass du über Lautsprecher zu hören bist. Ich habe hier einen Officer der Penstowan-Polizei bei mir und wir möchten dich um einen Gefallen bitten."

Richard – der mit dem herumwandernden Auge (und Penis) und momentaner Inhaber des Preises für den schlechtesten Vater des Jahres – schnaubte. „Ja, klar.

Wieso sollte ich das tun? Wenn dein Bullenkumpel selbst keinen Durchsuchungsbefehl kriegt –“

„Detective Sergeant Doyle? Hier spricht DCI Nathan Withers“, unterbrach Nathan ihn, mit seiner autoritärsten Stimme. „Ich ermittle gerade in einem Fall, der einen Gentleman involviert, welcher der Abteilung für Wirtschaftsverbrechen wohlbekannt ist. Ich möchte keinen Durchsuchungsbefehl anfordern, um die geschäftlichen Aktivitäten des Mannes zu überprüfen, weil ich ihn nicht alarmieren möchte, aber ich denke, Ihre Einheit oder eine der Agenturen, mit denen Sie arbeiten, wird schon längst ein wachsames Auge auf ihn haben.“

„Hm, ich weiß ja nicht …“ Richard klang skeptisch. Er war immer einer, der sich genau ans Regelwerk hielt – es sei denn natürlich, es ging um Untreue.

„Und natürlich werde ich Ihnen, sollten meine Vermutungen korrekt sein und ich die Möglichkeit haben, ihn zu verhaften, alle Informationen zukommen lassen, die ich entdecke und die ein finanzielles Verbrechen betreffen, zu Ihrer freien Verfügung.“

Nathan grinste mich an, als ich ihm einen Daumen nach oben signalisierte; ich war beeindruckt von seiner Rede und ohne ihn überhaupt zu sehen, fühlte ich, dass Richard wankte.

„Ich weiß nicht …“, sagte Richard wieder (Gott, drückte der sich schlecht aus, besonders im Vergleich zu Nathan; wie hatte ich ihm je verfallen können?). „Wie ist der Name des Verdächtigen?“

Nathan lächelte wieder, das Lächeln eines Mannes, der gleich einen Treffer landen würde.

„Charles Harper." Wir lehnten uns beide zurück und warteten darauf, dass Richard endlich hilfreich wurde.

„Wer zur Hölle ist Charles Harper?", fragte Richard. Ich verdrehte die Augen.

„Erstens, so spricht man nicht mit einem Detective Chief Inspector, Detective Sergeant Doyle, und zweitens, du sitzt doch vor einem verdammten Computer, oder nicht? Google ihn." Ich schnaubte ungeduldig.

Wir hörten, wie Richard auf seine Tastatur hämmerte, dann Stille. Dann etwas, das sich anhörte wie ein Schlucken. Dann –

„Was wollt ihr wissen?"

***

Wir ließen Richard die Daten durchforsten und nach Charles Harper und den Geschäften der Hyperion Galerie suchen. Wir waren nicht sicher, wonach wir suchten, was es schwierig machte, also wiesen wir Richard im Prinzip an, alles durchzusehen: die Bilder, die er gekauft hatte, die, die er verkauft hatte, Geld, das reinkam, Geld, das rausging, Geschäftspartner, Stammkunden … *alles.* Ich hoffte, dass wir nicht aufs falsche Pferd setzten und ihn nicht umsonst kontaktiert hatten.

Ich legte auf und lehnte mich zurück, sah Nathan an. Er schüttelte den Kopf.

„*Das* ist Ihr Ex-Mann?", fragte er. Ich nickte.

„Ja. Sie können sich vorstellen, warum er mein Ex ist, oder?"

„Ja. Besonders, da er noch nicht mal nach seiner eigenen Tochter gefragt hat." Er schüttelte erneut den Kopf. „Ich kann mir nicht vorstellen, ein Kind zu haben und nicht bei ihm zu leben, um ehrlich zu sein, aber nicht einmal nach ihr zu fragen ...“

Es versetzte mir einen Stich. Meine arme, süße, sich niemals beschwerende (abgesehen von dem typischen patzigen Teenagerverhalten) Tochter verdiente einen besseren Vater als Richard. Das Bild von Daisy und Tony kam mir in den Sinn, wie sie den Flusspfad bei Bude entlangliefen und zusammen lachten, während Tony ihr versuchte alles übers Vogelbeobachten beizubringen. Tony würde einen Supervater abgeben, wenn sein Liebesleben sich nicht als so ein Desaster herausgestellt hätte. Schade, dass es jetzt wahrscheinlich zu spät für ihn war.

Und was ist mit Duncan? Wenn aus uns nach seiner Scheidung tatsächlich etwas Langfristiges werden würde, was für eine Art Stiefvater würde er sein? Ich meine, ich würde uns beide nicht hetzen, zu ihm nach London zu ziehen, wo er lebte, und ich war mir nicht sicher, ob er auf lange Sicht nach Penstowan umsiedeln wollte, aber jeder Mann in meinem Leben würde auch Teil von Daisys sein. Und dann war da auch noch Mum ...

Und dann war da noch Nathan, der immer noch missbilligend meinem nutzlosen Ex gegenüber dreinblickte. Er war hierhergezogen, weil er und seine damalige Verlobte gedacht hatten, es wäre ein guter Ort, um Kinder großzuziehen, aber dann hatte sie ihre Meinung geändert und war in Liverpool geblieben. Ein Mann, der willens genug war, für seine zukünftigen Kinder den ganzen Weg nach Cornwall zu ziehen, musste jemand sein, der es ernst nehmen würde, Vater zu sein. Ich zuckte mit den Schultern.

„Ich war jung, einsam und ein bisschen idiotisch“, sagte ich. „Wir sind beide ohne ihn besser dran. Also was jetzt? Wollen Sie immer noch zum Hotel?“

Er nickte. „Ja. Wenn ich so darüber nachdenke, ist es wirklich besser, wenn Sie nicht mitkommen. Wenn Genevieve dort *ist*, ist sie mit Harper dort, nicht? Ich kann keine Regelwidrigkeiten gebrauchen, wenn ich mit ihm rede.“

„Wen nennen Sie hier eine Regelwidrigkeit?“

Nathan wurde die Antwort durch das Geräusch einer Textnachricht auf seinem Handy erspart. Er sah sie an, dann wandte er sich an mich.

„Planänderung. Lauren Fulstrop ist aufgewacht. Sollen wir ihr ein paar Trauben mitbringen?“

***

Lauren Fulstrop saß aufrecht im Bett, als wir ankamen, nachdem wir den Hund zu Hause vorbeigebracht hatten. Sie war in einem privaten Zimmer, das voll mit Blumen von mitfühlenden, besorgten Klienten, die ihr gute Besserung wünschten, war, inklusive eines riesigen Straußes ihrer Starklientin Genevieve.

Sie war blass, aber guter Laune und begrüßte uns freundlich, als Nathan der Krankenschwester, die sie gerade untersuchte, seinen Ausweis zeigte.

„Oh, Gott sei Dank, Besucher! Mir ist *so langweilig*“, rief sie. Die Krankenschwester schnalzte mit der Zunge und schüttelte den Kopf.

„Die hier wird Ärger machen, das spür ich“, tadelte sie scherzhaft. „Sie ist erst seit einer Stunde wach und will schon verzweifelt gerne gehen.“

„Ich wäre nicht so gelangweilt, wenn sie mir mein Smartphone geben würden“, grummelte Lauren.

Die Krankenschwester verdrehte die Augen. „Ich hab's Ihnen schon gesagt, wir haben es nicht. Vielleicht hat es ja der nette Polizist.“

Lauren sah Nathan mit einem begierigen Glitzern in ihren Augen an und ich hatte den Eindruck, als wollte sie mehr von ihm als nur ihr Handy. Ich erinnerte mich daran, wie aufgedonnert sie gewesen war am Tag, als ich sie im Hotel befragt hatte und sie eigentlich ihn erwartet hatte. Nathan grinste und wartete, bis die Schwester ihre Untersuchungen abgeschlossen hatte und ging.

„Also, DCI Withers? Haben Sie etwas für mich?“

Sie lächelte ihn auf eine Weise an, die vermutlich verführerisch aussehen sollte, aber frisch aus dem Koma aufgewacht zu sein, steht nicht vielen Frauen und ihr leider auch nicht. Warum war ich so gemein zu der armen Frau? Es ist ja nicht so, dass wir im Wettkampf um etwas standen. Hm …

Nathan schüttelte lächelnd den Kopf. „Ich fürchte, alles, was ich für Sie habe, sind Fragen. Wir konnten ihr Telefon am Unfallort nicht finden und wenn die Sanitäter es gefunden hätten, hätten sie es sicher an die Schwester weitergegeben.“

Lauren stöhnte. „Mein ganzes Leben ist auf diesem Gerät.“

„Sie haben Glück, dass Sie noch ein Leben *haben*“, bemerkte ich. „Das war ziemlich knapp.“

Sie sah mich nachdenklich an. „Sie schon wieder. Sind Sie bei der Polizei? Hab's nie herausgefunden. Aber ich nehme an, Sie haben recht. Es ist komisch, ich kann mich ziemlich deutlich an alles vor dem Unfall erinnern, aber nicht daran, wie mich das Auto getroffen hat."

„Es ist nichts, woran man sich erinnern *möchte*, da bin ich mir sicher", sagte Nathan mitfühlend. „Können Sie sich erinnern, wo Sie ihr Telefon zuletzt sahen?"

„Es war in meiner Handtasche", sagte sie bestimmt. „Definitiv in meiner Handtasche, weil ich mich daran erinnere, dass ich nachsah, als wir vor dem Bierzelt waren."

„Was veranlasste Sie nachzusehen? Erwarteten Sie einen Anruf?", fragte ich lässig. Sie schüttelte den Kopf.

„Nein, nein, es war nur, weil wir –"

„Wer ist ‚wir'?", fragte Nathan und holte sein Notizbuch hervor.

„Genevieve und Charles waren bei mir – wir hatten uns das furchtbare Stück angesehen – und wir gingen während der Pause nach draußen. Und dann kam Duncan zu uns."

„Worüber haben Sie gesprochen?" Nathan lächelte ihr ermutigend zu. „Ich weiß, das scheint vielleicht unwichtig, aber je mehr Sie sich an diese Nacht erinnern, desto besser können wir uns ein Bild von dem Vorfall machen."

„Natürlich ... Wir sprachen über den armen Robert. Ich erinnere mich, dass ich mein Handy checkte, weil er mir gesagt hatte, er würde mir sein ‚Wahnsinnsprojekt' schicken, an dem er arbeitete, aber ich hatte keine E-Mail bekommen. Und dann erinnerte ich mich, dass seine E-Mails manchmal in meinem Spamordner gelandet waren."

„Also das wollten Sie nachsehen?", sagte ich, aber ich kannte die Antwort schon, weil Duncan es mir bereits erzählt hatte.

„Ja, aber ich hatte keinen Empfang, also konnte ich es nicht. Um ehrlich zu sein, war es sowieso nur ein letzter Versuch. Ich dachte, der arme Mann hatte vermutlich nicht mehr die Gelegenheit gehabt, es mir zu schicken, bevor er unten an den Klippen landete."

„Okay …" Nathan machte eine große Show daraus, dass er sich alles notierte, aber sie bestätigte nur alles, was wir schon wussten. „Was passierte dann? Sie gingen weg vom Bierzelt …"

„Ja. Duncan kam am Ende der Unterhaltung zu uns – Charles war gegangen, um einen Anruf zu machen – und meinte, er hätte uns etwas zu sagen …" Ihre Stimme wurde leiser, während sie zu mir sah. „Ich nehme an, Sie wissen schon, was das war."

„Ich nicht", sagte Nathan bestimmt. Sie sah wieder mich an, ein wenig abfällig, und dann drehte sie sich wieder zu Nathan.

„Duncan erklärte, dass er sich scheiden lassen wollte. Ich fand, dass es ein wenig unsensibel von ihm war, das vor mir und Charles anzusprechen, und Charles stimmte mir offensichtlich zu, denn er schlug vor, dass wir irgendwo hingingen, wo es ruhiger war."

„Was sagte Mr Stovall dazu?"

„Er sagte, dass es ihm egal wäre, wer zuhörte, aber ich denke, dass er sich schuldig fühlte, als er bemerkte, wie sehr es Genevieve zusetzte."

Sie hielt abrupt inne. „Nein, um ehrlich zu sein, es setzte ihr nicht gerade zu, aber ich denke, sie war überrascht. Ich weiß nicht, wie viel Sie von alledem wissen,

DCI Withers" – wieder ein kurzer Blick zu mir – „aber Genevieve und Duncan führen seit Jahren eine offene Ehe. Ich dachte, sie waren damit ganz zufrieden, aber Duncan sagte, dass er das nie gewollt hatte und nur ihretwegen mitgespielt hätte. Ich sollte Ihnen wahrscheinlich sagen, dass Gen und Charles schon seit ein paar Jahren ein Paar waren, also nehme ich an, dass es eigentlich kein Schock sein sollte. Und natürlich ist Duncan recht offen mit seiner neuen Freundschaft hier in Penstowan umgegangen ..."

Ich sah sie unverhohlen an. „Ja. Genauso wie Ms Lorre und Mr Harper im Hotel."

Sie lachte plötzlich. „Er sagte, dass Sie Temperament hätten. Ja, ich nehme an, Genevieve war wirklich recht unverschämt. Es schien nur so eine Schande, nachdem sie so lange zusammen waren, aber wenn er nicht glücklich war ..."

Nathan räusperte sich und ich bekam den Eindruck, dass mein Liebesleben das Letzte war, worüber er uns diskutieren hören wollte. „Also, da sind Sie vom Bierzelt weggegangen? Wer schlug vor, zum Parkplatz zu gehen?"

„Ich glaube nicht, dass es irgendwer vorschlug. Ich meine, das Bierzelt lag direkt neben dem Parkplatz, oder? Ich denke, wir sind einfach da rübergelaufen. Charles führte Gen von der Menschenmenge vor dem Zelt weg, aber ich denke nicht, dass er wirklich wusste, wohin er ging; er wollte sie nur weg von allen bringen."

„Was ist dann geschehen?"

„Charles war wirklich verärgert über Duncan wegen der Scheidung." Lauren erinnerte sich zurück, ihre Stirn war gerunzelt. „Was ein bisschen komisch ist, wenn man darüber nachdenkt, denn eigentlich würde es sein Leben doch vereinfachen? Es sei denn, ihm gefiel es, um Gen herumzuschleichen. Manche Männer mögen das."

„Ich weiß", sagte ich, bedeutungsvoller, als ich beabsichtigt hatte. Sie lachte wieder.

„Ich weiß es auch! Er begann damit ihm vorzuhalten, er sei selbstsüchtig und dass sie geschworen hatten zusammenzuhalten." Sie stoppte. „Ich weiß nicht, aber jetzt, wo ich darüber nachdenke, finde ich das sehr komisch. Es klang, als würde er über etwas anderes reden, nicht ihre Ehe. Vielleicht denke ich auch zu viel darüber nach. Ich weiß nicht."

„Und was sagte Mr Stovall dazu?"

„Er hatte nicht wirklich eine Chance, etwas zu sagen, weil Charles einen weiteren Anruf annehmen musste." Lauren war tief in Gedanken und bemerkte nicht, wie Nathan und ich einen bedeutsamen Blick austauschten. „Ich erinnere mich recht genau, weil das Telefon eine ganze Weile klingelte, bevor er merkte, dass es seins war. Ich glaube, er hatte den Klingelton oder so was geändert und erkannte ihn nicht gleich."

Nathan und ich sahen uns wieder an, und ich konnte mich gerade davon abhalten, triumphierend die Fäuste in die Luft zu werfen. Also *hatte* Charles kurz vor dem Unfall einen Anruf erhalten, und zwar nicht auf seinem eigentlichen Telefon.

„Also, hat Mr Harper nicht auf einen Anruf gewartet?", fragte ich. „Er hat ihn nicht erwartet?" Sie runzelte die Stirn.

„Nein, sollte er?"

„Konnten Sie mitanhören, worum es bei dem Gespräch ging?", fragte Nathan. „Es tut mir leid, dass wir uns so darauf konzentrieren, aber wir glauben, dass dieser Anruf direkt vor dem Aufprall mit dem Auto einging, und wenn Sie sich an etwas davon erinnern können, dann hilft Ihnen das vielleicht dabei, sich an den eigentlichen Unfall zu erinnern." Das war völliger Blödsinn, aber es war eine sehr elegante Art, sie danach auszufragen, ohne dass sie es verdächtig fand.

„Nein, denn als Charles sah, wer ihn anrief, sagte er nur, er müsse den Anruf annehmen, und ging weg."

„Und wo war Ms Lorre zu diesem Zeitpunkt?" Nathan hörte auf zu schreiben, hielt den Stift auf das Notizbuch gerichtet.

„Charles nahm ihre Hand und führte sie mit sich, denn sie war zu diesem Zeitpunkt sehr verärgert", erklärte Lauren. „Ich dachte, es war tatsächlich eher die Tatsache, dass Charles Duncan zur Schnecke machte, was sie ärgerte, als die Scheidung."

„Also sind Sie und Mr Stovall dort zusammen stehen geblieben, an der Ausfahrt des Parkplatzes", sagte Nathan. „Und Mr Harper und Ms Lorre waren einige Meter weit entfernt."

„Ja. Ich fragte Duncan, ob er sich wegen der Scheidung sicher war und er sprach mit mir über ... nun, über Sie." Sie wandte sich an mich. „Er sagte, Sie wären seine neue Muse. Sie hätten ihn dazu inspiriert wieder richtig zu malen, statt nur immer wieder zu versuchen seine alten Bilder zu reproduzieren. Ich glaube, dass ich vage ein Auto hinter mir hören konnte, dann packte mich Duncan und zog mich zu sich ... und dann bin ich hier aufgewacht."

Wir wurden vom Klingeln von Nathans Telefon unterbrochen. Er holte es heraus und sah es an, dann blickte er mich vielsagend an – obwohl, es war nicht ganz klar, *was* er mir mit dem Blick mitteilen wollte.

„Entschuldigung, da muss ich rangehen", erklärte er, wandte sich zur Tür und verließ uns. Lauren und ich sahen einander an, fühlten uns ein wenig unwohl.

Einen Moment saßen wir in Stille beieinander. Dann atmete sie tief ein, als hätte sie eine Art Entscheidung getroffen.

„Gut, ich war nicht glücklich darüber, dass Duncan seine Scheidung verkündet hatte. Ich dachte, er wäre unsensibel, es Genevieve vor mir mitzuteilen. Aber ich weiß nicht … Je mehr ich darüber nachdenke, desto mehr denke ich, dass Gen ihn nur für ihre Karriere benutzt hat. Ich meine nicht, dass sie ihn nie geliebt hat – ich bin sicher, das tat sie –, aber jetzt … Sicherlich, da ist noch eine gewisse Zuneigung zwischen ihnen, aber es ist keine richtige Ehe, wenn einer immer fort ist und mit einem anderen Mann schläft, oder nicht, auch wenn der Ehemann kein Problem damit hat."

„Es ist ein bisschen seltsam", stimmte ich zu. *Sie weiß nichts von den Bildern*, dachte ich. *Sie weiß nicht, warum sie all die Jahre zusammengeblieben sind. Ich wusste* nicht, wie viel Relevanz das für den Fall hatte, und wir hatten sie, als ein Opfer eines, was immer mehr nach versuchtem Mord aussah denn wie ein Unfall, eigentlich schon ausgeschlossen, aber wenn Robert Holmes' Entdeckungen darüber, wer die Penstowan-Bilder wirklich gemalt hatte, der Grund für seinen Tod waren, dann war Lauren eine weitere Person, die davon keine Ahnung hatte.

„Lauren, mein *Liebling*, sie haben uns erzählt, dass du aufgewacht bist –" Genevieves Stimme erschreckte uns beide. Wir sahen zur Tür, auf deren Schwelle sie stand, Charles Harper hinter ihr, beide mit weit geöffneten Mündern beim Anblick des Krankenbetts ihrer Agentin und der Frau, die ihre Ehe beendet hatte.

KAPITEL 28

Oh mein Gott, Nathan, bitte, komm zurück, dachte ich, denn das würde überhaupt nicht unangenehm werden, oder? Aber wenigstens bewies es, dass Genevieve immer noch am Leben war und sich nur mit Harper verkrochen hatte, wie wir halb vermutet, halb dafür gebetet hatten.

Lauren schob sich aufrechter hin und lächelte ihre neuen Besucher an.

„Ich danke euch so sehr, dass ihr gekommen seid!", sagte sie freundlich. „Kommt rein, es gibt noch Platz ..."

„Wir möchten nicht stören", sagte Genevieve, die mich misstrauisch ansah, und ich wusste, dass sie sich fragte, wie viel mir Duncan über ihre gemeinsame Vergangenheit erzählt hatte. Die Tatsache, dass sie mich tatsächlich mehr als jemanden betrachtete, der sie verpfeifen konnte, denn als Ehemänner stehlende Jezebel, fühlte sich etwas weniger peinlich an; ich war hier diejenige in der Machtposition.

„Ganz und gar nicht", sagte ich und lächelte zuckersüß. „Ich werde gleich aufbrechen. Hier, nehmen Sie meinen Stuhl." Ich stand auf und zog den Stuhl für sie vor. Ich war mir voll im Klaren darüber, dass es kleinlich und vielleicht sogar ein wenig verdächtig wäre, wenn sie es ignorieren würde, also setzte sie sich. Charles Harper tat es ihr nach, funkelte mich an und ich entschied mich für ein Lächeln, das von süß zu Diabetes fördernd überging. Ich stand in der Tür, sprach nicht, genoss die gestelzte Atmosphäre. Ja, ich kann manchmal engstirnig sein, aber keiner von ihnen hatte Duncan gut behandelt und sie konnten noch wesentlich mehr Dinge schuldig sein als bloß dessen.

Genevieve hatte offensichtlich beschlossen, mich von da an zu ignorieren.

„Wir dachten, wir schauen mal vorbei und sehen nach, wie es dir geht, bevor wir aufbrechen“, sagte sie. Ich spitzte die Ohren.

„Fahrt ihr heute zurück nach London?“ Lauren wirkte überrascht. „Ich dachte, ich wärt bis Sonntag hier. Wartet doch wenigstens bis zur Auktion morgen.“ Sie runzelte die Stirn. „Die *ist* doch morgen, oder? Oder verwechsle ich die Tage?“

„Nein, Sie haben recht. Sie ist Freitagnachmittag“, sagte ich. „Die Auktion und die Fete – ich meine, die Gala sind morgen.“ *Und mein verdammter Kuchen, der immer noch dekoriert werden musste,* erinnerte ich mich plötzlich, aber schob es zurück in den hinteren Teil meines Gehirns. Ich würde bei dem Tempo bis drei Uhr nachts gezuckerte Möwen basteln.

„Gen ist sehr verärgert über … alles“, sagte Harper, funkelte mich weiter zornig an und ich musste mir auf die Zunge beißen, um nicht damit herauszuplatzen, dass sie die ganze letzte Woche und wer weiß wie viele Jahre damit verbracht hatte, mit ihm anstelle ihres Ehemannes zu schlafen. Da sollte sie bei dem Gedanken an Scheidung doch etwas fröhlicher sein. Stattdessen lächelte ich in mich hinein, zufrieden mit dem Wissen, dass Richard und die Abteilung für Wirtschaftskriminalität eine Akte über Charles Harper hatten, die so lang wie mein Arm war, und er eines Tages kriegen würde, was er verdiente.

„Diese Geschichte hat sie ganz schön aus den Socken gehauen und ich denke, ich sollte sie sofort nach Hause bringen." Genevieve sah mich an und ich erkannte niemanden, der ‚aus den Socken gehauen' worden war; ich sah eine Person, die, angesichts der Ereignisse, ein wenig irritiert war. Verwirrt und vielleicht ein bisschen ängstlich.

„Ich verstehe", sagte Lauren, in einem Tonfall, der sowohl mitfühlend als auch ein wenig missbilligend klang. „Ich frage mich, ob ihr nicht wenigstens zur Auktion kommen solltet? Natürlich werden die Nachrichten über die Scheidung rauskommen, aber wenn ihr sichergehen könntet, dass es aussieht, als wärt ihr immer noch Freunde – was ihr sicher noch seid, oder? –, für deine Karriere zumindest ... In zwei Wochen kommt dein neues Buch raus ..."

Genevieve öffnete ihren Mund, um zu sprechen, aber Harper unterbrach sie.

„Nein, das wäre zu verstörend", sagte er und jetzt, wo ich *ihn* näher beobachtete, sah er nicht gerade entspannt und auch ängstlich aus. Er wollte definitiv nicht hier sein und ich gewann den Eindruck, dass sie, wenn es nach ihm ginge, schon längst auf der A30 Richtung London davonsausen würden.

„Sie verlassen uns doch nicht, oder?" Nathan hatte es geschafft, sich hinter mir anzuschleichen, ohne ein Geräusch zu machen und ich sprang auf (ich schäme mich zuzugeben, dass ich einen kleinen Schrei von mir gab und dass es da vielleicht sogar ein kleines Blasenproblem gab, aber das passiert nun mal, wenn man der Vierzig nahe kam). Ich drehte mich zu ihm um und lächelte ihn grimmig an. *Oh, das muss ein interessanter Anruf gewesen sein*, dachte ich, und er nickte. Was mir ein wenig Angst machte und mich beten ließ, dass er keine telepathischen Fähigkeiten besaß, wenn man bedachte, wie oft ich schon unreine Gedanken über seine Bauchmuskeln gehabt hatte.

Charles Harper warf ihm ein großes, falsches Lächeln zu. „Die Pflicht ruft …"

„Sicher. Nun, ich muss noch mit Ihnen ein Wort über den ‚Unfall' wechseln" – ich bewunderte die Art, wie er die Anführungszeichen um das Wort ‚Unfall' aussprach, um Harper wissen zu lassen, dass wir wussten, dass es keinen gegeben hatte – „nur ein paar Fragen, bevor Sie gehen."

„Wirklich, Officer? Können wir nicht –"

„Detective Chief Inspector", korrigierte Nathan ihn höflich. „Nein, können wir nicht. Glücklicherweise hat das Krankenhaus einen Raum, den wir nutzen können. Sollen wir es jetzt angehen und hinter uns bringen?" Er trat zurück und wies auf die Tür, machte klar, dass das kein Vorschlag war. Lauren sah von Nathan zu Harper, dann zu mir, dann zu Genevieve und ließ sich dann zurück in die Kissen fallen.

„Geht schon", sagte sie, „ich bin schon erschöpft davon, herauszufinden, welcher Tag heute ist."

Harper seufzte unhöflich. „Das ist sehr unpassend –"

„Versuchter Mord ist das normalerweise, Mr Harper. Zumindest für das Opfer."

***

Nathan führte uns den Korridor entlang zum Raum für Angehörige. Er öffnete die Tür und trat zurück, um Harper und Genevieve eintreten zu lassen. Ich zögerte.

„Was ist los?", fragte er.

„Ich bin eine Regelwidrigkeit, erinnern Sie sich?"

Er zuckte mit den Schultern. „Ich brauche einen weiteren Polizisten während der Befragung und ich hab den anderen Officer, der hier war, fortgeschickt, um etwas zu erledigen. Und ihr Kontakt beim Betrugsdezernat hat mir ein paar sehr wichtige Informationen zugespielt, also denke ich, Sie haben es sich verdient. Fühlen Sie sich zum Deputy befördert."

Wir gingen in den Raum und schlossen die Tür. Als ich mich setzte, sah mich Harper, der den Raum auf und ab schritt, scharf an.

„Was macht sie hier drinnen? Ist sie Polizistin?"

„Ms Parker ist eine Beraterin, die für die Polizei von Devon und Cornwall arbeitet", erklärte Nathan. „Und das hier ist nur eine informelle Unterhaltung ..."

Harper und Genevieve tauschten Blicke aus, dann setzten sie sich. Nathan holte seinen Stift und sein Notizbuch hervor, setzte sich und hielt beides auf seinem Knie.

„Mr Harper, in der Nacht des Unfalls mit Fahrerflucht haben Sie, glaube ich, einen Anruf getätigt. Können Sie mir sagen, wen Sie anriefen?"

Ein kurzer, aber wahrer Ausdruck der Panik flog über Harpers Gesicht, bevor er sich wieder erholte und lächelte.

„Ich rief meine Festnetznummer an. Ich bin mir sicher, wenn Sie meine Mobiltelefondaten ansehen –“

„Oh, das habe ich. Warum haben Sie zu Hause angerufen? Sie leben allein, glaube ich?“

„Ja“, sagte Harper. Er sah selbstsicher aus. „Ich dachte, ich sollte meine Nachrichten auf dem Anrufbeantworter abrufen.“

„Es ist Donnerstagnacht, Sie sind mit Freunden unterwegs und genießen – das ist vielleicht das falsche Wort – ‚genießen‘ eine Amateurtheaterdarstellung, Sie gehen nach draußen, um sich etwas zu trinken zu holen und reden über den traurigen Tod von Robert Holmes und dann entscheiden Sie sich plötzlich, ihre verpassten Anrufe abzuhören? Darf ich Sie fragen, was Sie dazu veranlasste?“

Harper lächelte wieder, aber es war gezwungen und ich konnte sehen, wie eilig sein Hirn arbeitete.

„Ja … Lauren hatte gerade ihre E-Mails gecheckt und das erinnerte mich daran, dass ich den Anrufbeantworter schon länger nicht abgehört hatte. Sie hatte keinen Empfang, aber ich bin bei einem anderen Anbieter und schaffte es.“

„Oh, ich verstehe.“ Nathan schrieb sich etwas auf. „Ich bin leider immer noch etwas verwirrt, denn als ich heute in Ihrer Galerie anrief und mit Ihrer persönlichen Assistentin sprach, sagte sie, dass sie alle Ihre Nachrichten abfragt, wenn Sie unterwegs sind, und das schon immer getan hat. Und dass es auf Ihrer Festnetznummer die ganze Woche über keine Nachrichten gab; es gibt ohnehin selten welche, weil all ihre Klienten in Ihrer Galerie anrufen und alle anderen haben Ihre Mobilnummer.“

Harper sah aus, als würde es ihm unbehaglich werden, aber er lächelte immer noch. „Das stimmt, aber ich
dachte, dass es eine gute Idee wäre –“

„Hatten Sie irgendwelche Nachrichten, als Sie anriefen?“

„Nein.“

„Aber Sie waren drei Minuten lang am Telefon? Interessant.“ Nathan schrieb etwas Weiteres auf und ich
sah, dass Harper sich streckte, um es zu lesen, obwohl
es auf dem Kopf stand. „Nun, sowohl Ms Fulstrop als
auch Mr Stovall erwähnten, dass sie einen Anruf er-
hielten, kurz vor dem Unfall. Erinnern *Sie* sich daran,
Ms Lorre?“ Genevieve schien überrascht. Sie blickte zu
Harper, aber Nathan sprach sie wieder an, schärfer.
„Ms Lorre?“

Sie sah zurück zu Nathan. „Ja, ja, ich erinnere mich
daran …“ Ein weiterer panischer Blick huschte über
Harpers Gesicht, aber er war zu glatt, zu arrogant und
zu reich, um ernsthaft besorgt zu sein. Oder war er das?

„Ms Fulstrop erinnert sich, dass Sie lange brauchten,
um den Anruf anzunehmen, als ob sie nicht realisier-
ten, dass es ihr Telefon war, das klingelte.“ Nathan blät-
terte in den Seiten seines Notizbuches, als ob er die Notizen las, aber ich konnte von meinem Platz aus sehen,
dass dort nichts stand. „Sie sagte, dass sie dachte, sie
hätten vielleicht ihren Klingelton geändert oder so etwas.“

Ging es nur mir so oder sah ich da Schweißperlen auf
Harpers Stirn?

„J-ja“, sagte Harper zögerlich. „Ja, ich muss ihn aus
Versehen geändert haben, aber ich realisierte es zunächst nicht –“

Nathan schüttelte den Kopf. „Mr Harper, ich habe Ihnen doch bereits gesagt, dass wir Ihre Telefondaten überprüft haben. Ihr registriertes Telefon empfing in dieser Nacht keinen weiteren Anruf."

Genevieve sah Harper an, verwirrt. „Charles? Ich verstehe nicht. Du sagtest –"

„Halt den Mund", sagte er. „Ich will meinen Anwalt hier, bevor ich irgendwelche weiteren Fragen beantworte." Er stand auf. „Tatsächlich möchte ich jetzt gehen. Das ist auf keinen Fall legal. Wir sind nicht mal auf der Wache –"

„Bitte setzen Sie sich", sagte Nathan freundlich. Harper ignorierte ihn und öffnete die Tür, dann trat er überrascht zurück, als ein genauso überrascht aussehender Davey Trelawney im Türrahmen stand, eine Faust zum Klopfen erhoben. In seiner anderen Hand hielt er einen Haufen Papiere.

„Tut mir leid, Sir", sagte Davey. „Wollte Sie nicht erschrecken. Boss, ich hab, was Sie wollten."

Nathan nickte mir zu und ich stand auf und holte mir die Papiere von Davey.

„Vielen Dank, PC Trelawney", sagte Nathan. „Wenn es Ihnen nichts ausmacht, warten Sie doch bitte draußen. Bitte schließen Sie die Tür, Mr Harper."

Ich sah auf die Papiere in meiner Hand und meine Augenbrauen schossen in die Höhe. Es war eine lange Liste der Kunden der Hyperion Galerie. Ich übergab sie Nathan und setzte mich wieder.

„Mr Harper? Bitte setzen Sie sich. Sie müssen meine Fragen nicht beantworten, aber ich würde Sie bitten, einer Theorie von mir zu lauschen." Er lächelte Harper an, freundlich, aber bestimmt, und zeigte auf den leeren Stuhl. Genevieve sah hinauf zu ihrem Liebhaber, mit einer Spur Verärgerung.

„Oh, um Himmels willen, Charles", sagte sie sauer. „Siehst du nicht, dass du die Dinge noch schlimmer machst? Ich weiß nicht, was hier los ist, DCI Withers" – sie wandte sich an Nathan – „aber ich kann Ihnen versichern, dass Charles und ich gerne kooperieren, wie auch immer wir können."

Harper sah sie an und ich dachte nur, *sprich du für dich selbst, Herzchen,* denn es war offensichtlich, dass er abhauen wollte, doch er änderte seine Meinung und setzte sich resigniert.

„Danke, Ms Lorre", sagte Nathan gütig. Er sah Harper an. „Kluge Entscheidung. Wenn ich Ihnen nun sagen dürfte, worauf ich während der Ermittlungen gestoßen bin, und Ihnen erklären dürfte, was ich denke, was passiert ist."

„Wenn Sie von Ermittlungen sprechen ...", begann Genevieve.

„Die Ermittlungen zu dem Mord an Robert Holmes und dem versuchten Mord an Lauren Fulstrop."

Genevieve wurde bleich. „Mord? Und versuchtem Mord? Aber ... das waren doch sicher Unfälle?"

„Wenn ich Ihnen etwas vorlesen dürfte, das mir heute Morgen in die Hände gespielt wurde", sagte Nathan, legte das Bündel Papiere (umgekehrt) auf den Boden und holte den Umschlag hervor, den Margaret Tiddy mir heute Morgen gegeben hatte. Er schüttete den Inhalt aus, ging sicher, dass er den USB-Stick in seiner Handfläche auffing und ihn vor den anderen versteckte, dann schüttelte er die zerknitterte Nachricht

aus, die dabei gewesen war. *Angeber*, dachte ich. Er erinnerte mich an Columbo aus dem Fernsehen, der sich
auf die große Enthüllung vorbereitete ...

KAPITEL 29

Nathan räusperte sich und ich konnte sehen, dass er diesen Moment absolut genoss.

„*Liebe Lauren*", las er vor, „*Ich schicke dir meine ganze Recherchearbeit, die ich angefertigt habe, für das Projekt, von dem ich dir erzählt habe. Ich bin mehr denn je davon überzeugt, dass die involvierten Leute in dieser Verschwörungstheorie ein weit größeres Verbrechen vertuschen und dass allerwenigstens ein fürchterlicher Betrug an der Kunstwelt und der allgemeinen Öffentlichkeit begangen wurde.*"

Genevieve schnaubte verächtlich. „Ich nehme an, dass Robert das geschrieben hat? Der arme Mann. Er hatte sehr wenig Talent als Schriftsteller und als Journalist war er immerzu erpicht darauf, Dreck über andere auszugraben, die talentierter sind als er."

„Ich gebe zu, es klingt ein bisschen übertrieben", sagte Nathan, „Aber die Tatsache, dass er, nicht lange nachdem er es geschrieben hatte, tot war, verleiht dem Ganzen etwas mehr Gewicht, finden Sie nicht? Wie auch immer, wo war ich? ‚Ich versuchte mit einer dieser Personen über meine Vorwürfe zu sprechen, aber es gelang mir nicht, sie zu einer bedeutungsvollen Konversation zu bewegen. Allerdings erhielt ich nicht lange danach einen Anruf eines ihrer Partner, der mich um ein Treffen bat –'"

Harpers Lippen umspielten ein schmales, selbstsicheres Lächeln. „Klingt für mich, als wäre er frustrierend diskret, was seine Vorwürfe angeht. Keine Namen oder Ähnliches, was uns sagt, wen er traf. Er hat sie an der Nase herumgeführt, oder nicht?"

„Nicht, wenn man bedenkt, dass ich das hier habe." Nathan hielt den USB-Stick hoch. Der plötzliche, zornige Blick der Erkenntnis tauchte auf dem Gesicht des Kunsthändlers auf.

„Er hat ihr einen USB-Stick geschickt ...", murmelte er, bevor er sich aufhalten konnte. Ich nickte.

„Jap. Aus irgendeinem Grund war er besorgt darüber, dass seine E-Mails gehackt werden könnten. Wenn zum Beispiel jemand, sagen wir, ihr Telefon in Hände bekäme." Ich sah Genevieve ins Gesicht und ich sah, dass die Verwirrung zurückgekehrt war. Sie hatte offensichtlich erraten, dass Robert Holmes von den Bildern wusste, aber die Erkenntnis, dass sein Wissen irgendwie seinen Mord verschuldet haben könnte, war ein neuer und unwillkommener Gedanke. „Der Gedanke, dass jemand versuchen könnte, sie permanent vom Abrufen ihrer E-Mails abhalten könnte, war ihm allerdings nicht gekommen."

„Wir wissen, dass Mr Holmes zu Lowenna Cottage ging, wo er hoffte, Mr Stovall konfrontieren zu können, sich aber im letzten Moment dagegen entschieden hatte", erklärte Nathan.

„Duncan *ist* besonders gut gebaut, nicht wahr?", sagte ich. Genevieve funkelte mich an. „Ich wäre recht eingeschüchtert von ihm, wenn ich Robert Holmes wäre."

„Wir wissen, dass Mr Stovall dann Ihnen, Ms Lorre, eine Nachricht schickte, welche Sie nicht gleich beantworteten. Dieser Telefonanruf, den das Opfer erwähnt, wurde nicht lange, nachdem Sie diese Nachricht erhalten hatten, getätigt."

Harper lächelte wieder. „Konnten Sie den Anruf zurückverfolgen, Officer?" Er sah wieder relativ ruhig und selbstbewusst aus, denn er kannte die Antwort darauf.

„Er wurde von einem Burner Phone aus – wissen Sie, was ein Burner Phone ist? – an das Mobiltelefon des Opfers getätigt, und gleich danach rief es ein weiteres Telefon an, ein weiteres Burner Phone."

„Und wem gehörte *dieses* Telefon?", fragte Harper. „Oh, warten Sie, das können Sie nicht wissen, denn das war natürlich auch ein Burner Phone. Wirklich, es scheint, als hätten Sie wirklich nichts in der Hand."

Nathan lächelte ihn an. „Darf ich mit dem Brief fortfahren? Ich fasse es für Sie zusammen, denn Mr Holmes neigt zu Ausschweifungen. Im Großen und Ganzen hat Robert Holmes alle Spuren seiner Recherche von seinem Laptop entfernt, da er glaubte, sein Exposé sei so skandalös, dass jemand in sein B&B-Zimmer einbrechen und es stehlen könnte, um zu verhindern, dass es rauskommt. Er machte zwei Kopien, eine, die er mit sich nahm, und diese, die er bei dem Eigentümer des Bed & Breakfast ließ und die zur Post gebracht werden sollte, wenn er nicht von seinem Treffen auf den Klippen zurückkehrte."

„Warum hätte er einen mit sich nehmen sollen?", fragte Genevieve, wahrhaft verwirrt.

„Vielleicht wollte er die Person, die er traf, damit erpressen“, sagte ich. „Er schien zu denken, dass sie viel zu schützen hatte, und eine Menge Geld, um es zu tun.“

„Aber die Person nahm ihm den USB-Stick ab und hat ihn von der Klippe gestoßen?“ Genevieve sah schockiert aus und ich glaube, dass das wirklich das erste Mal war, dass sie davon hörte. Was auch immer sie und Duncan in der Vergangenheit getan hatten, die Penstowan-Bilder als seine auszugeben und sich eine attraktive, besondere Hintergrundgeschichte auszudenken, nichts von alledem, was diese Woche passiert war, hatten sie verschuldet.

Nathan nickte. „Ich denke, das ist es, was wahrscheinlich passiert ist. Er hat vielleicht erwähnt, dass jemand anderes eine Kopie seiner Arbeit erhalten würde, wenn er nicht nach Hause käme, aber derjenige dachte entweder, dass er log, oder wusste, an wen er sie schicken würde, oder demjenigen wurde nicht genug gezahlt, dass er sich wegen so etwas Gedanken machte. Er wurde nur dafür bezahlt, dass er Robert Holmes zum Schweigen brachte.“

„Aber … seine Recherche kann doch nicht schlimm genug gewesen sein, um Mord zu rechtfertigen?“ Genevieve wandte sich halb an Harper, der immer noch lächelte und Nathan stet ansah, obwohl das Lächeln immer dünner und schmäler wurde.

„Nein“, sagte ich. „Das hätte ich auch nicht gedacht. Duncan war es egal; er begrüßte die Tatsache, dass die Wahrheit endlich rauskommen würde. Kein weiteres tun, als ob.“

Genevieve sah mich an, dann seufzte sie. „Ich weiß. Es wurde wirklich Zeit. Duncan war nie glücklich damit.

Er ist ein guter Mann, Ms Parker." Sie sah Nathan trotzig an.

„Also nehme ich an, Sie kennen die Wahrheit auch? Dass diese Recherche von Robert die Wahrheit über die Bilder herausbrachte und es der Beweis ist, dass Duncans Karriere – und somit auch meine – sich auf einer Lüge aufbaut?" Nathan nickte. „Sie denken also, das gibt meinem Ehemann ein Motiv, Robert Holmes umzubringen, aber so etwas würde er niemals tun. Duncan könnte keiner Fliege was zuleide tun –"

„Ms Lorre, ich denke nicht, dass ihr Ehemann sich mehr zu Schulden hat kommen lassen, als wegen der Bilder zu lügen." Er sah zu Harper, dessen Fassade zu bröckeln begann. „Wenn es nur der Brief und der USB-Stick wäre, den wir hätten, sähe es für uns nicht allzu gut aus. Aber da sind ja noch die Telefonate, Ms Lorre. Das Burner Phone, das Robert Holmes kontaktierte, wurde sofort nach dem zweiten Anruf deaktiviert. Aber das zweite Telefon nicht. Dieses zweite Telefon machte einen Anruf in der Nacht des Unfalls. Kurz bevor es passierte. Und zur selben Zeit erhielt Mr Harper hier einen Anruf auf einem Telefon, das nicht auf ihn registriert war, und mit einem unbekannten Klingelton."

„Sie kratzen nun wirklich alles zusammen, um irgendwelche Beweise zu finden", sagte Harper, seine natürliche Arroganz war von so etwas wie Angst gemäßigt worden und ich erinnerte mich daran, was ich vorhin dachte, als sie Lauren erzählten, dass sie gehen würden. *Er hatte Angst.*

„Tue ich das?" Nathan bückte sich und hob die Papiere auf, die Davey Trelawney gebracht hatte. „Also die hier sind wirklich eine interessante Lektüre. Ms

Parker hier hat Kontakte bei der Abteilung für Wirtschaftsverbrechen in London. Ich bin sicher, Sie kennen sie, Mr Harper? Die kennen Sie auf jeden Fall."

Charles Harper stand auf. „Okay, ich bin fertig mit dieser ... dieser *Scharade*. Wenn Sie vernünftig mit mir darüber reden möchten, wird es zu einem Zeitpunkt und an einem Ort sein, der für mich passend ist und bei dem mein Anwalt präsent sein wird." Er wandte sich an Genevieve. „Komm schon, Gen."

Aber sie bewegte sich nicht. „Oh, Charles, was hast du getan?" Sie sah ihn flehend an. „Bitte sag mir, dass du den armen Robert nicht umgebracht hast!"

„Der verdammte arme Robert wollte uns erpressen! Dich, Duncan *und* mich! Er sagte, er wüsste, dass wir diese verdammte Gemälderestauratorin vor zehn Jahren getötet haben, und er sagte, dass es da noch Fragen zu beantworten gäbe über euren Freund Alistair, der in den frühen Neunzigern verschwand." Er starrte sie an und atmete heftig.

„Setzen Sie sich, Mr Harper", sagte Nathan gleichmütig.

Er schüttelte den Kopf. „Ich habe damals niemanden getötet und ich habe Robert Holmes nicht getötet! Ich war an dem Nachmittag bei dir, Gen, das weißt du doch – bei der Fragerunde ..."

„Du bist rausgegangen und hast einen Anruf gemacht", sagte sie leise. Sie sah mich an. „Ich hatte die Nachricht von Duncan bekommen. Ich denke nicht, dass er überhaupt eine Ahnung hatte, worüber Robert sich aufregte; er dachte nur, dass Robert eifersüchtig auf die Aufmerksamkeit war, die ich von Lauren bekam. Als ich es dir gegenüber erwähnte" – sie drehte sich zu Harper – „wusstest du es sofort, nicht wahr?"

„Sie hatten gehört, was Robert Holmes zuvor gesagt hatte, während des Vortrages", erklärte ich. „Er hat nie daran gedacht, seine Stimme vor Ihnen zu senken, weil er nicht begriff, dass Sie schon alles wussten, bis Sie ihn anriefen."

Harper sprach nicht, aber er setzte sich schwerfällig.

„Du bist rausgegangen, nur ein paar Minuten", sagte Genevieve. „Du sagtest, es wäre die Arbeit ...“

„Das war es", sagte er flach.

„Ja, ich denke, das war es", sagte Nathan. Er hielt ein Blatt Papier hoch. „Jodies Kontakt bei der Abteilung hat das herübergeschickt, während wir Ms Fulstrop trafen, und einer der Polizisten hat es für uns ausgedruckt. Hier." Er reichte es Harper, der es kaum beachtete. Nathan deutete auf ein weiteres Blatt und ich nahm es auf. „Es ist eine Liste von Transaktionen. Ihre tatsächliche, physische Galerie ist so etwas wie ein Nebengeschäft, nicht wahr? Verglichen mit Ihren Börsengeschäften. Sie sind der Mittelsmann bei einigen riesigen Handelsgeschäften mit Kunstwerken, nicht wahr?" Er drehte sich zu mir. „Mr Harper verwaltet den Verkauf von einigen sehr teuren Kunstgegenständen zwischen privaten Sammlern, einschließlich ihres Freundes Duncan, aber auch Damien Hirst, Tracey Emin ... viele große Namen." Nathan zeigte auf eine Seriennummer. „Nun, soweit ich es verstehe, gehören diese Nummern zu speziellen Gemälden. Diese hier ist die Nummer eines der Penstowan-Bilder *Der Strand bei Flut*. Es wurde offenbar zahlreiche Male, über das letzte Jahrzehnt hinweg, gekauft und verkauft, obwohl das hier ja bloß ein kleiner Ausschnitt der letzten paar Jahre ist."

Ich sah mir die Liste an und da war Duncans Gemälde, wie es von einem Sammler zum andern ging.

„Nun, Sie bemerken vielleicht, dass einige Male dieselben Namen im Kundenfeld auftauchen." Nathan deutete auf eine weitere Spalte. „Sie haben eine Menge Stammkunden, Mr Harper."

„Na und?" Harper schien jede Form von Höflichkeit verloren zu haben. „Sie sind treu. Sie mögen die Art, wie ich Geschäfte führe."

„Was wirklich unglaublich ist", sagte Nathan, „Wenn man bedenkt, dass jeder von ihnen eine große Menge Geld verlor, jedes Mal, wenn sie etwas von Ihnen kauften und das Bild dann durch Sie wieder verkauften." Ich sah ihn an, meinen Mund offen, während sich eine Idee in meinem Kopf zu formen begann.

Harper zuckte mit den Schultern. „Die Kunstwelt hat ihre Höhen und Tiefen", meinte er, nicht gerade überzeugend.

„Mehr als Höhen und Tiefen, würde ich sagen. Ich dachte, dass das recht seltsam ist. Die andere seltsame Sache ist, dass diese Person hier ein Bild im Juni verkaufte, welches im Monat zuvor von jemand anderem gekauft worden war und dieser offensichtlich noch der wahre Besitzer war. Ich kann das erkennen, da einer der anderen Services, die Sie anbieten – mit einem großen Preisschild daran, natürlich –, die Versicherung durch Experten für die Kunstsammlungen Ihrer Kunden ist."

Harper fuhr sich mit einer Hand durch die Haare und versuchte zu lachen. „Ein Buchhaltungsfehler, nichts weiter."

„Hm." Nathan tat so, als dächte er darüber nach. „Ich würde sagen, Sie brauchen einen besseren Buchhalter. Zuerst dachte ich, dass es keine Möglichkeit gäbe, dasselbe Gemälde an zwei verschiedene Personen zu verkaufen. Die Leute würden das merken, oder nicht? Ich denke, ich würde es merken, wenn ich ein Bild kaufe und es niemals an meiner Wand landet, weil es an der Wand eines anderen hängt."

„Ah, nein!", rief ich aufgeregt. „Duncan erzählte mir, dass, wenn Gemälde einen bestimmten Wert erreicht haben, die Leute es nicht mehr kaufen, um es sich an die Wand zu hängen. Es ist nur eine Investition, die sie kaufen und verkaufen wie jede andere. Er sagte, dass es Lagerhäuser voll mit der unglaublichsten, teuersten Kunst gibt, die nie gesehen wird; sie wird nur dort verwahrt und steigt im Wert."

„Also ist es sehr einfach, den Besitz zwischen zahlenden Kunden hin- und herzuschieben", sagte Nathan nickend. „Das war mein zweiter Gedanke." Er tat so, als sähe er sich die Papiere an, aber ich bemerkte, dass Richard – oder wer auch immer von seinen Kollegen das alles ausgegraben hatte – auch eine Liste ungewöhnlicher und verdächtiger Aktivitäten hinzugefügt hatte, auf die Nathan gelegentlich hinuntersah. „Okay, Buchhalterfehler hin oder her, ich kann erkennen, dass sogar die Zeiten falsch sind – Gemälde wurden gekauft, bevor sie überhaupt verkauft wurden, so was in der Art – ehrlich, es ist so ein Durcheinander, dass man fast denken könnte, es sei Absicht, um einen Ermittler von der Spur abzulenken – denn schlussendlich geht die Rechnung auf. Dieselben vier oder fünf Leute – oder besser gesagt, Firmen, denn keiner dieser privaten Sammler handelt unter eigenem Namen – kaufen Kunst und verkaufen sie relativ schnell wieder, und dieselben drei Firmen – die hier – finden dieselben Stücke am Ende wieder in ihrer Sammlung. Das ist doch auch ein wenig ungewöhnlich, oder nicht?"

„Die Kunstwelt –", begann Harper.

„Hat seine Höhen und Tiefen, ja, das weiß ich." Nathan sah ein weiteres der Papiere an. „Ich habe hier eine Liste, der Besitzer dieser Firmen. Dieselben Namen tauchen immer wieder auf. Erinnern Sie sich an diese Namen, Mr Harper? Charlotte Havers. Natürlich tun Sie das; das ist Ihre persönliche Assistentin, nicht wahr? Und dann dieser hier, Anthony Bogdanovich –"

Genevieve sah Nathan überrascht an. „Tony Bogdanovich? Er war ein Praktikant in der Galerie vor ein paar Jahren. Was ...?"

„Was haben Sie getan, ihm gesagt, dass er schnell etwas bezeugen und dann ein paar Papiere unterschreiben musste, die er sich nicht durchlesen durfte? Dasselbe lief wahrscheinlich mit Ihrer Assistentin ab, nehme ich an – ich verstehe, warum Sie sie nicht einweihen konnten."

„Einweihen in was?" Genevieve sah nun absolut verstört aus und sie tat mir tatsächlich leid.

„Geldwäsche", sagte ich. „Darum geht es doch, oder? Es ist perfekt – Sie können große Mengen Geld verschieben, ohne tatsächlich irgendwelche Güter anzubieten. Alles, was Sie tun müssen, ist, das Eigentum der Gemälde auf dem Papier zu überschreiben. Und wenn das Geld ein paar Mal durch das System gelaufen ist, verkaufen Sie das Bild mit Verlust wieder zurück an sich selbst – dieser Verlust dient als Ihre Kommission für die Geldwäsche. Kein Wunder, dass Sie nicht wollten, dass die Wahrheit über Duncan herauskommt. Sie wollten nicht, dass sich jemand Ihre Geschäfte genauer anschaut."

Harper schüttelte den Kopf. „Nein, nein, so war es nicht ..."

Er sah zu Genevieve. „Ich wusste nicht, dass sie Robert töten würden, und ich dachte wirklich nicht, dass sie versuchen würden, Lauren umzubringen. Ich dachte, sie würden sie bloß zum Schweigen zu bringen, so wie sie es mit der Gemälderestauratorin gemacht haben."

„Und wie stellten sie das an, Mr Harper?", fragte Nathan. Ich war immer noch dabei herauszufinden, wer ‚sie' waren.

„Sie sagten, dass sie sie bezahlen würden. Ihr genug Geld geben, dass sie irgendwo anders neu anfangen könnte."

Er sah zu Nathan auf. „Das haben sie nicht getan, oder? Sie denken, dass sie sie getötet haben."

„Das wissen wir nicht, Mr Harper. Niemand hat sie aufspüren können."

„Oh Gott ..." Er sank nach vorne, den Kopf in seinen Händen. „Ich war so dumm. Ich wusste nicht ... Ich *wollte* es nicht wissen." Er setzte sich abrupt auf, panisch. „Oh nein ... Gen erzählte mir, dass sie denkt, dass Duncan Ihnen alles über die Bilder erzählen wird. Sie sagte, dass sie ihm nicht traute, dass er die Katze nicht doch aus dem Sack lassen würde, aber es ihr egal war, wenn er es täte."

„Was haben Sie getan?", schrie ich und sprang auf.
„Ich habe die Nummer angerufen."

KAPITEL 30

Nathan flog hinter mir den Korridor entlang, überholte mich an der Tür und setzte sich auf den Fahrersitz seines Wagens, alles in etwa dreißig Sekunden. Ich sprang auf den Beifahrersitz und hatte kaum Zeit, den Sicherheitsgurt anzulegen, bevor er losraste.

Es war ein Zivilwagen, aber er hatte Blinklichter und, mit sehr liberalem Einsatz der Hupe, pflügte er durch den Verkehr zurück nach Penstowan. Nathan nickte in Richtung Radio.

„Ruf Verstärkung", sagte er, also tat ich es und, so besorgt ich auch darüber war, was wir vorfinden würden, wenn wir Lowenna Cottage erreichten, fühlte ich dennoch das Adrenalin durch mich fahren, während wir durch die Straßen jagten. Die Aufregung der Jagd ...

Wir hatten Davey Trelawney zurückgelassen, um Harper und Genevieve zu bewachen, bis die Verstärkung ankam, welche die beiden zur Polizeiwache bringen sollte. All der Widerstand und Ärger war aus Harper gewichen und hatte der Angst Platz gemacht, die ich vorher schon bemerkt hatte. Ich verstand noch nicht ganz, was los war, aber im Moment war mir das egal. Ich wollte nur zu Duncan kommen, bevor es zu spät war.

Wir erreichten Penstowan und bogen auf den Cliff View Drive ab, die lange und gewundene Straße die Klippe hinauf, die uns schließlich zu Lowenna Cottage führen würde. *Komm schon, komm schon,* dachte ich, dann schrie ich aus Frustration auf, als ein Traktor mit Anhänger unseren Weg blockierte. Nathan drückte die Hupe, aber der Fahrer hob nur entschuldigend die Hand und fuhr fort mit seinem Versuch einer Dreipunktwende, die jetzt schon mehr eine Sechzehnpunktwende war und noch nicht mal die Hälfte hinter sich hatte.

„Oh, um Himmels willen! Ich warte nicht!", rief ich, sprang aus dem Wagen und rannte los. Ich hörte die Autotür hinter mir zufliegen, als Nathan es mir gleichtat. Und in der Ferne hörte ich Sirenen; unsere Verstärkung war auf dem Weg.

Ich eilte den Hügel hinauf, Nathan passte sich meinem Tempo an. Wir erreichten das Cottage und schlichen leise darum herum. Die Eingangstür war offen. Wir tauschten Blicke aus, dann rannten wir hinein.

Es war niemand da. Ich wollte schreien, besonders als ich den umgeworfenen Sessel und die zerschlagene Whiskeyflasche sah.

„Oh, mein Gott ...", stammelte ich panisch. Nathan sah sich um, bemerkte, dass die Tür des Wintergartens weit offen stand.

„Sie sind auf den Klippen", rief er. „Komm!"

Wir rannten aus dem Haus und zum Rand der Klippen hinauf, wandten uns nach rechts und links, um zu sehen, ob wir irgendwen entdecken konnten, während wir wieder zu Atem kamen. Linker Hand waren die Klippen öde und leer, mit nichts weiter als dürrem Gras, ein paar Felsen und einem riesigen Anteil blauen

Himmels. Auf der rechten Seite war der Aussichtspunkt zum Elephant Rock, umgeben von Ginster- und Brombeerbüschen.

„Hier entlang!" Ich machte mich auf den Weg zum Aussichtspunkt. Es wäre grausame Ironie, wenn meine Liebesaffäre mit Duncan genau dort enden würde, wo sie vor weniger als einer Woche begonnen hatte.

Als wir näher kamen, konnten wir Bewegungen erkennen – eine Person ... ein Mann, der sich in den Büschen bewegte, etwas am Boden entlang zu den Klippen schleifte, etwas Großes und Schweres, aber beängstigend Unbewegliches. Die roten Haare des Mannes waren klar gegen das dunkelgrüne Gebüsch zu erkennen und plötzlich erinnerte ich mich an den streitlustigen Schotten, dem ich begegnet war, als er mit Charles Harper gesprochen hatte, lange bevor ich wusste, wer Charles Harper war.

„Halt! Polizei!", rief Nathan. Der rothaarige Mann sah sich um und entdeckte uns. Er zögerte, dann erreichte uns der Lärm der Sirenen, zwei Streifenwagen fuhren über den Rasen und trafen bei uns ein. Der Mann ließ seine Last fallen und rannte wie ein Wahnsinniger weg von uns, am Klippenrand entlang, sprang über Büschel mit Strand-Grasnelken und dem drahtigen Gras, das hier oben wuchs. Wir erreichten den dahingestreckten Körper von Duncan und ich fiel auf die Knie, betete, dass wir nicht zu spät wären. Da war ein blutender Schnitt auf seiner Stirn und er war blass, aber atmete noch. Gott sei Dank.

Nathan nahm die Verfolgung des rothaarigen Mannes auf.

„Halt!", schrie ich. „Nathan, warte! Der Boden hier ...
der Klippenrand ... es ist gefährlich!"

Nathan schlitterte und rutschte wegen einer plötzlichen Lücke im Gestrüpp aus, das einen gefährlichen Abgrund versteckt hatte. Er sprang über einen Felsen und setzte seinen Weg nach oben fort, ein Polizeiwagen stoppte an der Klippe, blockierte den Weg des Mannes. Dieser änderte seinen Kurs abrupt und stolperte über einen kleinen Grashügel, dann schrie er auf. Und verschwand von der Bildfläche.

„Nathan! Halt an!", kreischte ich. Und er hielt an. Erschöpft, sah ich, wie zwei Officer aus dem Wagen ausstiegen, sich zu ihm gesellten und über den Klippenrand sahen.

***

Wie eine wahre Jungfrau in Nöten wählte Duncan diesen Augenblick, um sich zu bewegen und zu sagen: „Wo bin ich?" Ich war so erleichtert, dass ich mir nicht mal Gedanken darüber machte, auf was für klischeehafte Weise er sein Bewusstsein wieder erlangte. Ich lehnte mich hinunter und küsste ihn, und war noch erleichterter, als er seine Zunge einsetzte. Also war er nicht *so* schwer verletzt.

Mit der Hilfe von Sergeant Adams, der normalerweise recht zufrieden damit war, als zu alt zu gelten, um mehr zu tun, als den Empfangstresen der Polizei zu bewachen, aber gehört hatte, dass es bei den Klippen zur Sache ging, und das wollte er sich nicht entgehen lassen, brachte ich Duncan wieder auf die Füße und den Hügel hinunter, wo ein Krankenwagen wartete, witzigerweise an genau derselben Stelle, an der er in der Nacht gestanden hatte, als Duncan über den Klippenrand geklettert war, um Robert zu helfen. Während der Sanitäter ihn untersuchte, erzählte er mir, was passiert war.

Er hatte sein Gemälde fertiggestellt – womit er wirklich zufrieden war; er konnte es nicht erwarten, den Menschen die neue Richtung zeigen, die er eingeschlagen hatte, den *wahren* Malstil von Duncan Stovall. Ob ich es gesehen hatte, als ich im Cottage gewesen war? Was ich nur mit heftigem Sarkasmus und den Worten, dass ich zu dem Zeitpunkt ein wenig beschäftigt war, weil ich sein Leben retten wollte und so weiter, beantworten konnte.

Wie auch immer, er war mit Malen beschäftigt gewesen, aber da diese Offene-Atelier-Sache offiziell immer noch lief, hatte er es nicht wirklich beachtet, als er hörte, dass jemand hereinkam. Als er den rothaarigen Mann sah, dachte er sich nichts dabei; er hatte ihn schon ein paar Mal auf dem Festival gesehen.

Vertieft in seine Arbeit, hatte er nicht gehört, wie der Mann sich anschlich und ihn mit etwas niederschlug ...

Unglücklicherweise für den Möchtegern-Mörder war Duncan sehr viel größer als er und ging nicht ohne Kampf nieder. Er hatte die Whiskeyflasche von einem nahen Tisch ergriffen, sie nach seinem Angreifer geschwungen und für einen Moment sah es wohl so aus, als ob Duncan seinen ersten (und einzigen) Kampf gewinnen würde. Aber der Angreifer war listig und hatte es offensichtlich schon ein paar Mal getan, denn es brauchte nur einen Glückstreffer mit seinem Schläger, oder was auch immer er für eine Waffe benutzt hatte

(Duncan hatte sie nicht gesehen), um ihn k. o. zu schlagen. Und das Nächste, woran er sich erinnern konnte, war, dass er den Boden entlang zu den Klippen geschleift wurde, immer noch zu benebelt, um aufzustehen und sich zu wehren oder zu schreien.

Der Sanitäter ließ Duncan gehen, warnte ihn aber, dass er eine Gehirnerschütterung haben könnte und die Nacht wirklich im Krankenhaus verbringen sollte, nur für den Fall. Duncan lehnte es ab, drückte meine Hand fest.

„Ich muss meine Arbeit beenden", sagte er. Der Sanitäter schüttelte den Kopf, aber nachdem er Duncan das feierliche Versprechen abgenommen hatte, dass er nicht mehr als eine Stunde damit verbringen würde, die letzten Schliffe anzulegen und sich dann ins Bett zu legen, ließ er uns allein.

***

Wir gingen zurück ins Lowenna Cottage. Ein paar uniformierte Polizisten waren da, zusammen mit dem Kriminalpolizisten, an dessen Namen ich mich endlich erinnern musste, weil wir uns dauernd begegneten. Wir gingen vorsichtig über den Boden, sorgsam darauf achtend, dass wir nicht auf die Glasscherben der zerbrochenen Whiskeyflasche traten. Duncan streckte seine Arme aus, um den umgeworfenen Sessel aufzuheben, aber ich hielt ihn auf.

„Ist es in Ordnung, wenn wir das aufheben?", fragte ich den Typen von der Kriminalpolizei. Er schüttelte den Kopf.

„Besser nicht. Ich hab ein paar Fotos gemacht, aber der Boss will den Tatort wahrscheinlich erst noch unberührt sehen. Sollte aber nicht lange dauern.“

Wir umschifften das Durcheinander in Richtung Wintergarten und Duncan führte mich stolz zu seinem Gemälde, das, für mich, fertig wirkte. Es war wunderschön: die Klippenanhöhe, auf der wir unseren ersten Kuss hatten und Duncan beinahe ein grausiges Ende gefunden hatte, war in üppigem Grün gehalten, gesprenkelt mit hellen, gelben Ginsterbüschen und den rosig weißen Blüten der Brombeerbüsche, obwohl, um ehrlich zu sein, war das meiste davon bereits fort, ließ die gereiften Beeren zurück. Der Himmel war von einem tiefen Blau und die See darunter war beinahe von derselben Farbe, beide vertieften sich im Ton, wo sie am Horizont zusammenliefen. Es strahlte eine Wärme aus, die über die Tatsache hinausging, dass es eine sonnige Szene darstellte; sie versprach Familienpicknicks, lange Spaziergänge Hand in Hand mit der Person, die man liebte, und am meisten sprach es von Hoffnung und Optimismus. Es war weit entfernt von den alten Penstowan-Bildern, aber gleichzeitig auch von den klassischen Aquarellbildern, die in den Galerien in der Stadt verkauft wurden. Es war das erste echte Duncan-Stovall-Gemälde und ich liebte es.

„Es ist wundervoll“, sagte ich beeindruckt.

„Dir gefällt es wirklich?“

„Ich liebe es. Ich finde es viel besser, als eines der verdammten Bilder, denen du versucht hast, gerecht zu werden.“ Ich nahm seine Hände und sah ihn ernsthaft an. „All diese Jahre, die du versucht hast wie Alistair zu malen, hättest du einfach wie Duncan malen sollen." Er lächelte und lehnte sich näher, um mich zu küssen.

Wir wurden von Nathan unterbrochen, der sich hinter uns räusperte. Ich sprang weg von Duncan und fühlte mich absurderweise schuldig, aber er hielt meine Hand fest.

„Wie geht es Ihnen, Mr Stovall? Keine ernsthaften Verletzungen, wie ich sehe."

„Nur einen schweren Kopf."

Die beiden Männer setzten sich an den Küchentisch, während ich Tee kochte, und Nathan nahm die Aussage auf.

„Was ist mit dem Angreifer?", fragte ich, als sie fertig waren. „Ich hatte ihn schon in der Stadt gesehen, bevor das alles losging, wie er mit Harper redete, aber ich habe mir nichts dabei gedacht."

Obwohl, wenn ich zurückdenke, wirkte er ein wenig verdächtig und ich war froh, dass er nicht dageblieben war.

„Er hat den Sturz überlebt", sagte Nathan. „Hat sich aber ein paar Knochen gebrochen, nehm ich an. Wird unter Polizeiaufsicht einen Ausflug ins Krankenhaus machen. Wenn wir schon dabei sind, sind Sie sicher, dass Sie da nicht auch vorbeischauen sollten, Mr Stovall? Sie haben da eine schlimme Beule am Kopf."

„Mir geht's gut", sagte Duncan. „Jodie wird mich versorgen."

Nathan sah mich an, aber sein Ausdruck war unmöglich zu lesen. Er schloss sein Notizbuch und stand auf. „Dann lass ich Sie beide mal zur Ruhe kommen. Ich wünsche einen schönen Abend."

Ich folgte ihm zur Eingangstür. „Danke“, sagte ich, absolut ungenügend. Er lächelte und tippte an seinen unsichtbaren Hut. „Mache nur meinen Job, Ma'am“, sagte er und ging.

***

Der Polizist von der Spurensicherung am Tatort kam und ging, die anderen Polizisten gingen und dann waren es nur noch wir beide. Duncan war guter Laune, aber recht blass.

„Also, was sollen wir jetzt tun?“, sagte er. „Wir haben das Haus für uns …“

Ich lachte. „Das Bett wäre eine gute Idee.“ Er hob die Augenbrauen.

„Wirklich? Ich dachte, du wärst noch nicht bereit.“

„Bin ich nicht. Ich meinte, *du* solltest ins Bett. Du hast den Sanitäter gehört.“

„Verdammt, ich dachte …“ Er zog mich zu sich und schmiegte sich an meinen Nacken, und ich spürte, wie mir die Willenskraft entglitt. Aber ich würde nicht nachgeben, selbst wenn ein kleiner Teil von mir (okay, kein *so* kleiner Teil) es wollte, weil er Penstowan sicher in ein oder zwei Tagen verlassen würde, und ich hatte keine Ahnung, was dann passieren würde. Wenn dies das Ende wäre, würde es nur noch schlimmer werden, wenn ich mit ihm schlafen würde.

„Ich bin heute fast gestorben, weißt du …“, sagte er mit einschmeichelnder Stimme und ich lachte. Er lachte auch. „Okay, das war unter der Gürtellinie, aber du kannst es mir nicht übel nehmen, dass ich es versucht habe.“ Er küsste mich heftig auf die Lippen. „Ich glaube,

324

du hast recht. Ich habe ein wenig Kopfschmerzen, also sollte ich besser ein bisschen schlafen. Und du musst vermutlich nach Hause zu deiner Tochter, oder?"

Ich sah auf meine Uhr: halb sieben.

„Verdammt, wo ist die Zeit nur hin?", rief ich, obwohl ich genau wusste, wohin sie gegangen war. Wir hatten einen ganz schön anstrengenden Tag … „Ich muss zurück und Abendessen kochen, und dann muss ich immer noch diesen verdammten Kuchen verzieren für morgen …"

***

Ich schrieb Mum und Daisy eine Nachricht, dass ich auf dem Weg nach Hause war und dass ich Fisch und Chips mitbringen würde.

Während ich mich in die Schlange vor der Captain's Fisch Bar einreihte, waren meine Gedanken meilenweit entfernt: zurück in London, um genau zu sein, in Duncans und Genevieves schicker Wohnung. Ich fragte mich, ob Duncan dort hinziehen würde oder ob er sie Genevieve überlassen würde. Oder würden die beiden nach Hause gehen und so tun, als ob nichts gewesen wäre? Charles Harper wäre jetzt aus dem Weg, aber vielleicht würden sie entscheiden, ihrer Ehe eine weitere Chance zu geben. Ohne dieses große Geheimnis, das sie bewahren mussten, beschlossen sie vielleicht, dass sie einander doch noch liebten. Ich dachte über die beiden zusammen nach, stach nach meinen Gefühlen, auf dieselbe Art, wie man in einer Wunde herumstocherte; es tat weh, aber ich konnte nicht aufhören und überzeugte mich schließlich selbst, dass ich definitiv weg vom Fenster war.

„Ein Penny für deine Gedanken.“

Ich wirbelte so schnell herum, dass ich Nathan beinahe umgeworfen hätte.

„Oh, verdammter Mistkerl, du hast mich zu Tode erschreckt!“, schrie ich. „Was tust du hier?“

„Ich darf doch wohl essen, oder“, verteidigte er sich. „Ich habe gerade mit Charles Harper gesprochen. Der singt wie die sprichwörtliche Nachtigall. Dein Ex-Mann wird sich sehr über das Ergebnis freuen.“

„Das ist eine Schande“, sagte ich und er lachte.

„Ja, das ist der Nachteil. Ich dachte, du ,versorgst‘ Duncan?“

„Das war kein Euphemismus, ehrlich. Ich hab ihn zum Schlafen ins Bett geschickt.“ Ich lächelte ihn an, erinnerte mich an die Worte, die er mir gesagt hatte, in der Nacht, in der Robert Holmes tot aufgefunden wurde. „Ich bin nicht die Art Person, die sich in etwas hineinstürzt, ohne erst darüber nachzudenken, weißt du.“

Nathan wirkte überrascht und lächelte dann langsam zurück. *Diese Art Lächeln könnte einer Nonne die Wäsche ausziehen*, dachte ich.

Wir erreichten das vordere Ende der Schlange. „Das übernehme ich“, sagte er. „Nimm es als dein Deputy-Gehalt an.“

„Äh, ich hole Essen für die ganze Familie“, sagte ich und er zuckte mit den Schultern.

„Du hast es verdient“, sagte er, „solange du mich einlädst, mit euch zu essen.“

„Wirst du mir von der Unterhaltung mit Charles Harper berichten?“

„Natürlich.“

„Wenn das so ist“, erklärte ich, „*mi casa es tu casa.*“

KAPITEL 31

Wenn Mum und Daisy überrascht waren, dass wir einen Gast zum Abendessen hatten, verbargen sie es gut. Wir alle setzten uns zusammen an den Tisch und dann war es an mir, überrascht zu sein, da die Unterhaltung so angenehm und einfach verlief. Mum war natürlich kaum um Worte verlegen und fand immer etwas zu sagen, aber ich war froh darüber, zu sehen, wie natürlich sich Nathan in die Unterhaltung mit Daisy einfügte und sie nach ihrem Tag fragte.

Wir beendeten unser Mahl aus Kabeljau und Pommes – Nathan jammerte über den Mangel an matschigen Erbsen, was ich definitiv für eine Vorliebe aus dem Norden von England halte – und dann schickte ich Daisy mit dem wenigen Geschirr, das wir verwendet hatten, los, mit dem Zusatz, dass sie danach mit ihrer Großmutter ins Wohnzimmer gehen sollte und den Fernseher so laut aufdrehen, damit diese nicht lauschen konnte.

Daisy sah ein wenig schockiert aus und ich glaube, sie dachte, ich würde Nathan zwischen den Essensresten vernaschen wollen (was an sich keine schlechte Idee war), bis ich erklärte, dass es um den Fall ging.

„Spülen oder abtrocknen?", fragte ich Nathan. Er sah überrascht aus. Ich warf ein Geschirrtuch nach ihm. „Zu langsam. Du trocknest ab." Ich ließ das Spülbecken mit heißem Wasser volllaufen. „Okay, erzähl mir alles. Wer sind ‚die‘? Vor wem hat Harper so eine Angst?“

Nathan sah mich bewundernd an, während er einen Teller abtrocknete.

„Das hast du also auch bemerkt. Er hat nicht grundlos Angst. Hast du schon mal den Namen Christian De-Marco gehört?“

„Sollte ich? Klingt wie ein schmieriger italienischer Modedesigner.“

Er lachte. „Na ja, er ist schmierig, und seine Familie kommt ursprünglich aus Italien, aber jetzt sind sie in Edinburgh. Er war Charles Harpers Boss, lange vor dem Börsencrash, den Harper auf wundersame Weise unbeschadet überstand. DeMarco war ihm *ebenfalls* entkommen ... zusammen mit seinem Geld und dem einer Menge anderer Leute. Ich verstehe die genauen Umstände nicht, das ist was für die Wirtschaftsabteilung, und die versuchen ihn schon lange zu kriegen, haben es aber noch nicht geschafft und ich bin mir nicht sicher, dass sie das je werden. DeMarco leitete den Hedgefonds, für den Harper arbeitete, und er hat Harper praktisch geholfen, das Geld rauszuholen, bevor alles den Bach runterging. Harper haute ab, eröffnete die Galerie und hatte fünf Jahre keinen Kontakt mehr zu DeMarco.“

„Lass mich raten, dann hat DeMarco ihn kontaktiert und gesagt, dass Harper ihm einen Gefallen schuldete?“

„Nathan nickte. „Jap. Kriminelle Superhirne sind so vorhersehbar, oder nicht? DeMarco war in ein paar zwielichtige Handelsgeschäfte verwickelt und er brauchte einen Weg, wie er den Profit waschen konnte.“

„Über die Galerie?"

„Genau. Harper sagte, dass, nachdem es fünf Jahre gut gegangen war – während dieser Zeit traf er Duncan und verkaufte seine Bilder –, die Galerie Verluste machte und er begann zu verzweifeln. Als DeMarco ihn kontaktierte, sah er das als Chance, sein Geschäft zu retten. Er erwartete nicht, dass es so eine Riesensache werden würde."

„Er war wohl ein bisschen zu gut darin", sagte ich. „Also hat DeMarco, nicht zufrieden mit der Wäsche seines eigenen einmaligen Profits, weiter- und eine regelmäßige Sache daraus gemacht?"

Nathan nickte. „Mehr oder weniger. Es stellte sich heraus, dass er einige zwielichtige Vermögensinvestoren kannte. Die Zahlen stiegen bis in die Millionen."

„Was ist dann passiert? Warum hat Harper solche Angst? Und dieser rothaarige Kerl ... Er ist schon hier gewesen, bevor Harper überhaupt von Robert Holmes' Arbeit erfahren hatte."

„Harper hat einen Fehler gemacht, sagt er. Ich glaube, dass er vielleicht zu gierig wurde. Wie auch immer, er hat tatsächlich eines der Bilder verkauft, das sie für die Geldwäsche genutzt hatten. Harper hatte DeMarco eine Liste der Kunstwerke gegeben, die sie verwenden sollten – alles große Namen, deren Werke als wertvoll galten, also würde die Menge an Geld, das über die Ladentheke ging, nicht exzessiv wirken, aber gleichzeitig waren sie nicht so bekannt oder wertvoll, dass sie Aufmerksamkeit erregten, wenn sie verkauft wurden. Harper verkaufte eines an einen tatsächlichen Kunstsammler, der es für sein Haus in Miami haben wollte.

DeMarco fand es heraus, als das Bild aus dem Lagerhaus geschafft wurde. Harper gab jemandem aus seinem Verkaufsteam die Schuld und entließ sie, und das brachte das Ganze ins Rollen; sie drohte damit, ihn wegen unrechtmäßiger Kündigung zu verklagen und DeMarco war stinksauer. Harper wusste, dass Genevieve hierherkommen würde, also beschloss er, dass es ein guter Zeitpunkt wäre, eine Weile mit ihr zu verschwinden."

„Aber DeMarco hat sie gefunden und ihm den Typen hinterhergeschickt."

Nathan nickte. „Harper hatte Angst, dass DeMarco beschließen könnte, dass er ihn nicht mehr wirklich brauchte, besonders, wenn er dachte, dass er ihm nicht mehr vertrauen konnte, seinen Job anständig zu erledigen, und er wusste zu viel, um ihn nur beiseitezuschieben. Er ahnte, dass DeMarco ihn permanent aus dem Weg haben wollte. *Das* war der wahre Grund für den Bodyguard. Sein Name hatte der ganzen Sache ein bisschen Legitimität verliehen, weil er ein tatsächlicher Kunsthändler war, aber, wenn es mal lief, konnte es jeder leiten. Harper überzeugte DeMarcos Schläger irgendwie davon, dass das Ganze eine Falle war, um einen Mitarbeiter dingfest zu machen, der ihn betrogen hatte, und dass er deshalb nach Cornwall gekommen war; er behauptete, dass er wusste, dass jemand den Geschäften nachspionierte und dass er dessen Fährte gefolgt war. Harper ahnte, dass DeMarco irgendwann kapieren würde, dass das absoluter Quatsch war, aber er spielte auf Zeit."

„Und dann stolperte der arme Robert Holmes, furchtbarer Schriftsteller der Sonderklasse, in die Geschichte", sagte ich. „Er hat Harper direkt in die Hände gespielt und war das perfekte Bauernopfer."

„Ja. Harper begriff, dass das seine Chance war, DeMarco seine Loyalität zu beweisen und rief seinen Schläger an, um Holmes an ihn zu verpetzen."

„Armer Kerl", sagte ich. „Wenn Holmes cool geblieben wäre und Lauren auf dem Festival nicht angeschrien hätte, dann wäre er noch am Leben."

„Vermutlich. Obwohl Harper dann natürlich tot wäre." Nathan lächelte grimmig. „Nicht fair, oder?"

„Das ist Mord nie." Ich beendete meine Aufgabe, wusch den letzten Teller ab und zog den Abflussstopfen heraus. „Hat er zugegeben, dass er Laurens Unfall arrangiert hat?"

Nathan nickte. „Ja, obwohl er schwört, dass es kein versuchter Mord war. Er sagt, dass er sie nur außer Gefecht setzen wollte, damit er Robert Holmes' E-Mail oder die Ergebnisse seiner Recherche finden konnte. DeMarco wollte sie, weil er dachte, es wäre ein Beweis für ihre Geldwäschegeschäfte, und Harper wollte es, weil er wusste, dass es das nicht war und es die einzige Sache war, die ihn am Leben hielt."

„Also hat er nach dem Unfall Laurens Telefon aus ihrer Handtasche genommen?"

„Genau. Er ermutigte sie an diesem Abend, ihre E-Mails abzurufen – er wusste, dass sie, selbst wenn sie eine von Holmes bekommen hatte, sie nicht gleich lesen würde – und beobachtete, wie sie den Sperrcode eingab. Aber natürlich war da keine E-Mail."

„Und überhaupt wäre DeMarco doch irgendwann an den USB-Stick gekommen, den Holmes mit sich zum Treffen auf der Klippe genommen hatte, und hätte herausgefunden, dass Harper lügt. Kein Wunder, dass Harper da ins Schwitzen geriet."

„Und dann würde er DeMarco natürlich von Duncan erzählen müssen, denn selbst wenn nicht herauskommen würde, dass Harper sich das Ganze ausgedacht hatte und dass Holmes nur über Duncans Lügen zu den Bildern reinen Tisch machen wollte, könnte es die Leute doch dazu bringen, sich die Galerie mal näher anzusehen. Wie man es dreht und wendet, er hatte ein Problem, es sei denn, Duncan verschwände."

Ich zitterte. „Gott sei Dank, hat er sich entschieden, uns die Wahrheit zu sagen."

„Er wäre ein Idiot, wenn er's nicht getan hätte. Er muss sich schon für Beihilfe zum Mord, Verschwörung und allerlei anderes verantworten." Er gähnte und streckte sich, die Muskeln unter seinem eng anliegenden Hemd sahen aus, als wollten sie ausbrechen. Nicht dass ich zugesehen hätte.

„Tut mir leid, halte ich dich wach?", fragte ich spitzbübisch.

„Das ist keine Reflexion der anwesenden Gesellschaft", bekannte er. „Aber es war ein langer Tag und ich habe eine *Menge* Papierkram zu erledigen." Er lächelte mich an. „Du und ich sind ein tolles Team, Jodie. Ich hoffe, wir können das wiederholen."

Etwas in der Art, wie er mich ansah, ließ mich darüber nachdenken, ob er nur darüber sprach, dass wir ein unglaubliches, Verbrechen bekämpfendes Duo waren, oder ob er auch an etwas anderes dachte ... Ich fühlte, wie meine Wangen brannten. *Kribbeln*, dachte ich.

„Das hoffe ich auch“, sagte ich, „solange das nicht bedeutet, dass ich auch die Hälfte des Papierkrams erledigen muss.“

Er lachte und wies mit dem Kinn auf den Haufen wunderschöner, aber blanker Zitronenkuchen auf der Küchenzeile, die nun wirklich gut abgekühlt waren. „Du hast schon genug zu tun.“

„Erinnere mich nicht daran. Ich hatte halb gehofft, dass der Hund sie gegessen und mir eine Entschuldigung geliefert hätte, mir keine Gedanken mehr darum machen zu müssen ...“

***

Ich begann damit, eine einfache Buttercreme herzustellen. Ich setzte die einzelnen Kuchen zu einem großen zusammen, zwei gebackene Teige aufeinander. Ich hatte all die großartigen Ideen, wie ich die Form einer Welle hineinschnitzen würde oder Ähnliches, aber es war einfach nicht genug Zeit, noch mal von vorne anzufangen, falls ich es versaute. Nicht zum ersten Mal verfluchte ich mich dafür, Maurice' Einladung, diesen Kuchen zu machen, angenommen zu haben; ich war eine Köchin, keine Bäckerin. Meine Kuchen *schmeckten* gut und ich konnte einen spitzen Dinosaurier- oder Meerjungfrauen-Geburtstagskuchen machen, aber ich hatte nie die Geduld Zuckerrosen oder anderen besonderen Kleinkram herzustellen. Warum hatte ich keinen Patisserie-Kurs in der Cateringschule belegt? Es war ein bisschen zu spät, mir YouTube-Tutorials dazu anzusehen.

Ich sah sie mir trotzdem an, und dann verteilte ich die Creme über dem ganzen Kuchen und ließ sie im Gefrierfach härten, stopfte Tüten mit gefrorenen Erbsen und Ofenkartoffeln (ich dachte kurz an die snobistische Mrs Lester und ihre Panik beim Gedanken daran, dass ihre Babys das essen könnten) an andere Stellen, um dafür Platz zu schaffen.

Ich hatte alles, was ich für eine Spiegelglasur brauchte, die ich machen wollte: weiße Schokolade, Gelatine, Zucker, Lebensmittelfarbengel in verschiedenen Farben, Glitzer, Kondensmi–

Ich schlug mir auf die Stirn; ich hatte die Kondensmilch vergessen! Und die brauchte ich wirklich! Und es war so spät und ich war müde und warum hatte ich dem Ganzen überhaupt zugestimmt und ich wollte mich nur hinsetzen und heulen ...

Das Klingeln meines Telefons brachte mich wieder zur Vernunft. Ich erwartete beinahe, dass es eine Einladung zum Schäferstündchen von Duncan war, und halb hoffte ich, dass es eine von Nathan war, aber es war Tony.

„Hey, Nosey, ich dachte nur, ich frag mal, wie's dir so geht?" Er war der üblich gut gelaunte Tony Penhaligon und ich bemerkte schockiert, dass seine Stimme genau das war, was ich brauchte, um mich zu beruhigen. „Ich hab gehört, dass auf der Klippe heute Nachmittag ein bisschen was los war."

„Was machst du heute Abend? Kannst du vorbeikommen?", unterbrach ich ihn schnell.

„Ja, natürlich! Geht es dir gut?"

„Das wird es, wenn du hier bist. Bring Kondensmilch mit.“

***

Tony hielt, wie immer, Wort und dreißig Minuten später öffnete ich eine Dose voller süßer, dickflüssiger Kondensmilch und goss sie in eine Pfanne. Tony sah mir über die Schulter, starrte das Ganze mit entsetzter Faszination an.

„Macht man das wirklich so?“, fragte er und verzog das Gesicht. Ich gab ihm einen Klaps.

„Ja! Vielen Dank für das große Vertrauen.“

Ich wärmte die Kondensmilch, den Zucker und etwas Wasser in der Pfanne, dann fügte ich die Gelatine hinzu. Nachdem ich sicher war, dass alles gut miteinander vermengt war, fügte ich die weiße Schokolade hinzu, die ich in der Mikrowelle geschmolzen hatte. Nun hatte ich eine weiße Spiegelglasur. Ich teilte sie in drei separate Schüsseln auf.

„Jetzt geht der Spaß los“, sagte ich grimmig und Tony lachte. „Es sieht nicht so aus, als ob du Spaß hättest. Was genau willst du denn machen?“

Ich setzte mich an den Küchentisch, ließ meinen Kochlöffel verzweifelt fallen und jammerte. „Ich weiß es nicht! Es soll aussehen, wie das Bild *Der Strand bei Flut*, aber wie zur Hölle soll ich das mit Glasur hinkriegen?“ Tony öffnete den Mund, um zu sprechen, doch ich stoppte ihn. „Wenn du nur daran *denkst*, Möwen aus Zuckerpaste zu erwähnen, wird das für dich nicht gut ausgehen.“ Meine Haare fielen mir in die Augen und ich versuchte sie zurückzuschieben, aber meine

336

Hände waren klebrig von der Glasur, also gab ich meine beste Schlangenmensch-Imitation zum Besten und versuchte es mit einem Ellenbogen.

Er lachte und setzte sich neben mich, schob meinen wedelnden Arm beiseite und kämmte mein Haar aus dem Gesicht. „Was ich sagen *wollte:* Was ist dein Lieblingsteil des Bildes?"

„Hä?"

„Na ja, es ist verdammt groß, oder nicht? Du kannst nicht die riesige Leinwand auf einem kleinen Zitronenkuchen rekonstruieren. Also was ist dein Lieblingsteil? Das Meer, oder?"

„Woher weißt du das?"

„Hast du mir erzählt, erinnerst du dich? Du hast es mir gesagt, als wir mal auf den Klippen spazierten, dass, als du mit Daisy in den Wehen lagst, die Hebamme dir sagte, du solltest an einen schönen Ort denken, und dass du an das Meer der Küste von Nord-Cornwall gedacht hast." Ich konnte nicht glauben, dass er sich daran erinnerte, aber gleichzeitig war das typisch für ihn. Er lächelte, als er mein überraschtes Gesicht sah. „Also, lass uns einfach das Meer nehmen, ja?" Er stand auf und ging rüber zur Küchenzeile. „Sollte das Zeug hier eine Haut bilden?"

„Was?" Ich schoss in die Höhe, panisch, aber er signalisierte mir mit einer Hand, dass ich mich beruhigen sollte, mit der anderen rührte er die Glasur um.

„Nichts. Alles gut. Okay, dieses Blau ist hübsch, oder? Nehmen wir ein bisschen davon." Er schüttete ein bisschen Lebensmittelfarbe hinein, dann zuckte er mit den Schultern und schüttete noch ein bisschen mehr hinein.

Oh mein Gott, dachte ich, *mein Kuchen!* Und ich rannte hinüber, aber es sah eigentlich ganz gut aus.

„Das ist der richtige Blauton, nicht?", fragte Tony. Und ich musste zugeben, dass es perfekt war.

„Ich habe die ganze Woche geübt und ich konnte nie die richtige Farbe hinkriegen", sagte ich. Er lächelte.

„Ich habe verborgene Talente."

„Verdammt gut verborgen ..."

Er warf mir einen verächtlichen Blick zu und streckte seine Nase in die Luft, dann sah er hinunter auf die Flaschen mit Lebensmittelfarbe. „Dann lassen wir das hier weiß, für die Gischt ... Uh, das Silber wäre der *Wahnsinn* ..." Er arbeitete wieder an der Glasur, rührte die metallische Gelfarbe hinein. „Oh, Glitzer!"

„Nein!" Ich musste ihn davon abhalten, den Glitzer hineinzukippen.

„Nein, es ist besser, wenn man den Glitzer danach darauf träufelt, während die Glasur noch warm ist, dann verschmilzt es quasi damit. Jetzt kombinieren wir die drei Farben und wirbeln sie durcheinander, bevor wir sie über den Kuchen gießen."

Er holte den Kuchen aus dem Gefrierschrank und platzierte ihn auf meiner besten gläsernen Kuchenplatte, die auf einem alten Geschirrtuch stand. Er positionierte sich neben mir, sah mir über die Schulter, so nah, dass ich seinen Atem in meinem Nacken spüren konnte. Ich hatte sofort eine Vision von ihm, wie er die Arme um mich schlang, die warme, klebrige Glasur über meine Zitronenkuchen goss (kein Euphemismus) und die berühmte Szene aus *Ghost* nachstellte, allerdings mit Kuchen anstelle von Ton. Ich war mir nicht sicher, was verstörender war: die Tatsache, dass ich es mir vorstellte, oder dass ich den Gedanken nicht sofort zurückwies …

„Das wird ein Durcheinander geben“, sagte ich, und war mir nicht sicher, ob ich dabei vom Backen oder meinem Liebesleben redete, und begann die Glasur auszugießen.

KAPITEL 32

Der nächste Morgen – der letzte Tag des Penstowan-Kunstfestivals – brach warm und sonnig an. Nachdem ich meinen Kuchen fertig hatte, mithilfe meines ungewöhnlichen Helfers Tony, ging ich viel ruhiger und glücklicher zu Bett. Ich hatte eine Gute-Nacht-Nachricht von Duncan bekommen, die mich beruhigte; ich hatte überlegt, ob ich ihn anrufen sollte oder nicht, um sicherzugehen, dass es ihm gut ging, aber ich wollte nicht riskieren, ihn aufzuwecken, falls er noch im Bett war.

Die Sonne war draußen, aber da *war* immer noch eine schwarze Wolke, die an meinem Horizont war. Duncan würde sicher am nächsten Tag nach Hause fahren und was würde dann passieren? Würde er sich wirklich scheiden lassen? Wollte ich das? Und wenn ich es *wollte*, was dann? Wie konnten wir unsere Beziehung fortführen, wenn er in London lebte und ich hier unten? Da waren eine Menge Fragen und eine Menge Antworten, über die ich nicht wirklich nachdenken wollte, also schob ich die ganze Sache in meinen Hinterkopf und hüpfte unter die Dusche.

Wir fuhren recht früh nach Penstowan und nachdem wir den Kuchen am Erfrischungszelt abgegeben hatten, wo er sorgsam bis zur Auktion verwahrt wurde, lud ich Mum und Daisy in eines der vielen Cafés zum Frühstück ein. Sie waren in den Jahren, die ich fort gewesen war, alle an der Fore Street aufgetaucht. Ich kannte die Besitzer nicht, aber sie schienen ein betriebsames Geschäft zu haben und das Essen, das an den Tisch gebracht wurde, sah gut aus. Ich hatte Eier à la Benedict bestellt, Mum hatte ein Schinkensandwich, Daisy ein kleines englisches Frühstück – Speck, Würstchen, Toast und Bohnen. Germaine saß unter dem Tisch und wartete auf die unvermeidlichen Reste, die wir alle vereinbart hatten, ihr nicht zu geben, und natürlich gaben wir ihr alle trotzdem etwas. Sie liebte Bacon. Sie war definitiv ein Teil der Familie.

Während ich mich über die Eier hermachte, die perfekt pochiert waren, das Eigelb flüssig und die Hollandaise cremig mit einem Hauch Zitrone darin, dachte ich, dass Penstowan am Tag der Fete – ups, ich meine, der Gala – vielleicht nicht der Himmel auf Erden war, aber es war sehr nah dran. Mum sah sehr glücklich aus und ich wusste, dass sie es liebte, dass wir zurück waren, und Daisy hatte schnell gute Freunde gefunden – schneller, als ich hoffen konnte. Das war die beste Entscheidung, die ich getroffen hatte. Ich dachte nicht länger an das betrügerische Schwein Richard, der eine halbe Meile entfernt von unserem alten Haus in London wohnte. Ich musste mir nicht jedes Mal Gedanken darüber machen, ob ich und Daisy ihm und seiner Freundin (und ihrem Baby – er hatte keine Zeit verschwendet) begegnen könnten, wenn wir rausgingen und ich war zufrieden mit mir selbst, dass ich mit ihm über Charles Harper gesprochen hatte; ich hatte nicht das kleinste Bedauern seinetwegen gespürt. Vielleicht lag das an Duncan (*oder Nathan,* flüsterte die kleine Stimme in meinem Kopf, dann fügte sie, bevor ich sie

aufhalten konnte, noch etwas leiser hinzu, *oder Tony
...*). Vielleicht lag es daran, dass ich mein neues Leben
liebte. Vielleicht war es beides.

Wir beendeten unser Frühstück und spazierten über
die Festival-Gala, die *sehr* wie eine Fete oder ein Kir-
mesplatz auf mich wirkte, aber was weiß ich schon? Ich
bemerkte zufrieden, dass der Wurfstand mit den Ko-
kosnüssen wieder zum Zug kam, zusammen mit der
Bude fürs Entenangeln, das Spiel, bei dem man einen
Reifen über Sachen werfen musste (alles *sah aus*, als
wäre es genauso breit wie die Reifen, aber es war tatsächlich ein kleines bisschen größer, was es einem unmöglich machte zu gewinnen), obwohl die armen Goldfische in Plastiktüten zum Glück im Ruhestand waren.
Wir spielten ein wenig Dart, an dessen Stand der Wart
Rob Trevarrow, von der Werkstatt, ein bisschen
schreckhaft war; offenbar war er schon von einem ver-
irrten Dartpfeil getroffen worden und es war noch
nicht mal Mittag. Daisy und ich scheiterten daran, irgendetwas zu treffen (sogar Rob), aber Mum war überraschend gut, und es stellte sich heraus, dass sie letzten
Sommer in ein Dartturnier für Pensionäre im Pub rein-
gezogen worden und deren beste Spielerin gewesen
war. Ich begriff langsam, dass Mum ein geheimes Pri-
vatleben hatte, von dem ich nichts wusste ...

Wir stellten uns am Erfrischungszelt für etwa dreißig
Sekunden an, bevor Mum ihre geriatrische Nummer
abzog und der alten Joanie winkte, die sich endlich von
ihrem Sturz erholt hatte und zitternd hinter der Theke
aushalf. Sie brachte uns zwei Tee und eine Cola, das
meiste blieb sogar in seinen vorgesehenen Gefäßen,

und drei Scones mit Sahne und Marmelade, die gefährlich nah an den Rand des Tellers rutschten, aber während wir zusahen, und beinahe einen Herzinfarkt dabei erlitten, zuckte Joanie kurz und sie glitten wieder genau in die Mitte des Tellers. Wir atmeten alle erleichtert auf.

Wir setzten uns, aßen unsere Scones und ich schickte ein stummes Gebet der Dankbarkeit an denjenigen, der elastische Hosenbünde erfunden hatte, als mein Handy pingte.

Bist du schon da? Bin auf dem Weg, sehe dich in 5 Min im Auktionszelt. Duncan xxx

***

Die Auktion sollte in zwanzig Minuten beginnen, also holte ich meinen Kuchen ab – schützte ihn vor der Sonne, die drohte meine wunderschöne Spiegelglasur zu schmelzen – und eilte in das Veranstaltungszelt, wo die Auktion stattfinden sollte. Daisy sah Jade auf der anderen Seite des Festplatzes – ich meine, des *Galaplatzes* – und ließ uns sofort links liegen. Sobald wir das Zelt betraten, winkte Mum Brenda und Malcolm Penhaligon, die in der ersten Reihe saßen und auf einen leeren Platz neben sich wiesen, und dann ließ *sie* mich auch zurück. Hatte ich vergessen Deodorant aufzutragen oder so was?

„Jodie! Hier drüben!" Ich sah auf und entdeckte Debbie und Callum, die mir wie Irre von der anderen Seite des Zeltes winkten. Ich brachte meinen Kuchen hinüber zum Auktionstisch, betete, dass die Hitze im Zelt nicht die ganze Glasur zerfließen lassen würde, und gesellte ich mich zu ihnen.

„Du und ich müssen über eine Menge reden", sagte Debbie und ich nickte.

„Ich weiß", stimmte ich zu. „Nach der Auktion."

Tony kam herein und sprach mit seinen Eltern, dann sah er uns drei, kam herüber und ließ sich auf den Platz neben mir fallen. Mein Pokerface war wohl nicht überzeugend, denn er seufzte und sagte: „Keine Sorge, wenn dein Loverboy auftaucht, setze ich mich weg."

„Es gibt keinen Grund –", begann ich, peinlich berührt, aber er lächelte dünn.

„Schon gut. Nehme an, dass er bald nach Hause fährt, oder nicht? Du musst noch das Beste daraus machen."

Danke für die Erinnerung, Tone, dachte ich säuerlich, aber ich sagte nichts, denn es gab ein bisschen Aufruhr am Zelteingang. Duncan trat ein, trug sein Gemälde, das von einem Tuch verdeckt wurde, um die Überraschung nicht zu verderben. Und hinter ihm, lächelnd, kam Genevieve herein.

Mir war schlecht. Ich fühlte eher, als dass ich sah, wie Debbie sich mit besorgtem Blick zu mir wandte.

„Nur weil sie zusammen gekommen sind, bedeutet das nicht –", sagte sie. Ich schüttelte den Kopf, tat so, als wäre es mir gleichgültig.

„Macht mir nichts aus."

Duncan brachte sein Gemälde auf die Bühne und wechselte kurz ein Wort mit Maurice, der den Auktionator geben würde. Ein alarmierter Blick huschte über das Gesicht des Bürgermeisters bei Duncans Worten, und ich fragte mich, was er wohl gesagt hatte. Ich musste nicht lange warten, bis ich es herausfand.

Duncan wandte sich von ihm ab und sah sich um, suchte nervös die Stuhlreihen ab, die sich schnell füllten. Er entdeckte mich und ich lächelte ihn warm an, dann formte er lautlos die Worte: *draußen?*

***

Er wartete schon auf mich, als ich es endlich schaffte, mich an den, von (hoffentlich) begeisterten Bietern, voll besetzten Reihen vorbeizuquetschen. Während ich auf ihn zukam, wurde sein Lächeln breiter und ich wusste, dass er seine Meinung über mich nicht geändert hatte.

Er nahm mein Gesicht in seine Hände und zog mich für einen langsamen, zärtlichen Kuss, der mich schmelzen ließ, zu sich und dann umarmte er mich fest.

„Ich dachte, du würdest dich vielleicht sorgen, wenn du uns zusammen ankommen sehen würdest", erklärte er.

„Nein, nein ...", protestierte ich, aber ich vermutete, dass er ahnte, dass ich log.

„Gen hat die Nacht im Cottage verbracht, aber nur, weil sie es sich nicht vorstellen konnte, allein in Charles' Hotelzimmer zurückzukehren", sagte er. „Und sie machte sich Sorgen um mich. Wir hassen uns nicht, weißt du, obwohl ich denke, dass wir das irgendwann getan hätten, wenn wir so weitergemacht hätten."

„Natürlich", sagte ich. Mir war immer noch ein bisschen schlecht.

„Wie auch immer, wir haben geredet und sie ist jetzt froh über die Scheidung", sagte er. „Jetzt, wo sie die Chance hatte, darüber nachzudenken, und da jetzt sowieso alles herauskommt, ist es natürlich besser für

uns beide, wenn wir freundschaftlich miteinander um-
gehen.“

„Das ist gut“, sagte ich, dachte an die Horrorshow, die
meine und Richards Scheidung gewesen war. Er
konnte kaum leugnen, dass er untreu gewesen war,
aber er versuchte dennoch, mich wie den Bösewicht da-
stehen zu lassen.

„Ich werde ein paar Worte sagen, bevor das Gemälde
versteigert wird“, erklärte Duncan. „Ich dachte, ich
sollte dich vorwarnen. Und heute Abend kommt mein
Anwalt aus London, also kann ich dich heute wahrscheinlich nicht treffen – wir haben ein Krisentreffen
wegen, na ja, allem. Ich wollte es dich nur wissen lassen, damit du nicht denkst, dass ich dich meide.“

„Nein, natürlich nicht, das ist in Ordnung“, sagte ich,
aber mein Herz sank. Er würde bald gehen und das
konnte unser letzter Abend zusammen sein.

Duncan lächelte, dann beugte er sich vor und küsste
mich auf die Stirn. „Es tut mir *so* leid, aber es wird sich
alles klären.“

Ich war mir nicht sicher, ob es so sein würde.

***

Wie auch immer, wir gingen wieder hinein. Als Ehrengast saß Duncan (mit Genevieve) in der ersten
Reihe, während ich zurückging und mich zwischen
Tony und Debbie platzierte, die beide ein wenig näher
zu rücken schienen, wie für eine beschützende Umarmung. Es gefiel mir.

Die Auktion begann. Es gab eine Menge zu ersteigern: Töpferkunst aus der Sammlung eines lokalen Künstlers, Dinner für zwei und eine Übernachtung im Parkview Manor Hotel, eine Runde Golf und anschließendes Essen im Holsworthy Golf Club – alles aufregende Sachen … und dann kam mein Kuchen. Tony drehte sich um und sah mich stolz an.

„Wir haben einen tollen Job mit dem Kuchen geleistet", sagte Tony und ich stimmte zu. Er sah super aus.

„Also für den habe ich schon ein Gebot auf dem Zettel", verkündete Maurice, der lächelte und sich umsah, „von einem unserer Feinsten, die heute nicht hier sein können. Ich habe fünfzig Pfund für diesen fantastischen Kuchen von DCI Withers von der Penstowan-Polizeiwache! Wer will die Jungs in Blau übers Ohr hauen und bietet fünfundfünfzig?"

Ein paar Hände schossen in die Höhe, während ich mich zu Debbie drehte. Sie grinste mich an, ein wissender Ausdruck in ihren Augen und ihren Mund offen, um etwas zu sagen.

„Sag nichts!", warnte ich sie und sie lachte. Sie lehnte sich rüber und sagte leise, „ich wollte nur sagen, dass du sie heutzutage wohl mit dem Stock verscheuchen musst. Withers, Duncan, Tony …"

„Fünfundfünfzig!", rief Tony neben mir. Ich sah ihn an, dann zurück zu Debbie, die immer breiter grinste.

Mein Kuchen wurde letztendlich für wahnsinnige (und schmeichelhafte) hundertfünfzig Pfund verkauft, von einem Mitarbeiter von Maurice beim Stadtrat erstanden, und der ihn sofort an das Erfrischungszelt spendete, wo er für ein Pfund das Stück verkauft werden sollte, und der Erlös ging an den Rettungsboot-Fond.

„Mach dir nichts draus, Tony", sagte Debbie. „Ich bin sicher, wenn du lieb fragst, backt Jodie noch einen nur für dich." Sie jaulte auf, als ich ihr heftig auf ihren Fuß, der nur von einer Sandale geschützt war, trat.

Es gab noch ein paar Angebote – ich war versucht, darauf zu bieten, dass jemand das Porträt meines Haustiers malte, weil ich natürlich den süßesten Hund der ganzen Welt hatte, und sie für die Nachwelt auf Leinwand festgehalten werden sollte –, aber endlich kam die große Nummer. Duncans Gemälde. Auf der Bühne pausierte Maurice und sah zu Duncan, der aufstand.

„Bevor wir dieses grandiose Bild versteigern, möchte der Künstler selbst es enthüllen und ich glaube, er möchte ein paar Worte sagen." Maurice lächelte breit und trat zurück, während Duncan auf die Bühne kam, mit dem Bild aufgebaut auf der Staffelei.

„Hallo zusammen", begann Duncan nervös. „Ich bin es nicht gewohnt auf der Bühne zu stehen und Reden zu halten, also bitte, seien Sie gnädig mit mir." Die Menge lächelte ermutigend und er räusperte sich. „Zuallererst, lassen Sie mich Ihnen mein neues Bild zeigen." Er atmete tief ein – er schien angespannt – und zog an dem Laken, enthüllte das Bild darunter.

Ich hatte bereits gesagt, dass es wundervoll war. Aber jetzt war es, wie Maurice es beschrieben hatte, *grandios*. Duncan hatte dem Bild ein paar Lichtpunkte hinzugefügt, subtil erweitert, was ich in der Nacht zuvor gesehen hatte, und es glühte nur so vor Wärme und Leben. Aber die Sache, die mir den Atem stocken ließ, war eine kleine Figur am unteren rechten Bildrand. Ich war es nicht – ich glaube, dann wäre ich ohnmächtig geworden –, aber es war ein kleiner, weißer, lächerlich fluffiger Hund. Es war Germaine.

„Oh mein Gott ...", sagte Tony.

„Es ist wunderschön!", sagte Debbie. Ich nickte nur, weil ich nicht sprechen konnte. Und der Rest der Menge fühlte scheinbar dasselbe, denn als sie Duncan einen Riesenapplaus gaben, standen sogar ein paar auf. Ich würde – nein, ich konnte meinen Beinen im Moment noch nicht trauen. Duncan wirkte erstaunt, dann erleichtert und schließlich so glücklich, dass es einem das Herz erwärmte. Er sah entspannter aus, als ich ihn je zuvor gesehen hatte. Aber dann atmete er noch einmal tief ein und hielt eine Hand hoch, um die Menge verstummen zu lassen, damit er sprechen konnte.

„Vielen Dank. Sie haben ja keine Ahnung, was mir das bedeutet", sagte er. „Aber bevor die Versteigerung losgeht, möchte ich etwas beichten." Er sah mich an und ich wusste, was er nun sagen würde.

***

Die Menge hörte in schockierter Stille zu, während er von seinem Mitbewohner Alistair, dem wahren Künstler hinter den Penstowan-Bildern, erzählte. Er berichtete ihnen darüber, dass er dessen Bilder als seine ausgegeben hatte. Er sprach über sein Bedauern. Und er erklärte die anhaltende Freundschaft zu seiner, baldigen, Ex-Frau und alle seine Wünsche für die Zukunft.

Sie saßen eine gefühlte Ewigkeit schockiert und schweigend da, nachdem er geendet hatte. Maurice stand neben ihm, den Mund offen, sein Kinn beinahe auf dem Boden. Aber dann fing er sich wieder und kehrte zum Mikrofon zurück, schüttelte Duncan freundlich die Hand. Er dachte vermutlich, *warum konnten Sie damit nicht bis nach der Auktion warten?* Aber er hatte das Richtige getan. Wer wusste schon, welchen Effekt Duncans Bekenntnis auf den finanziellen Wert seiner Bilder haben würde? Maurice hatte Telefonbieter in der Leitung und ich konnte seine Assistenten sehen, die panisch auf die Leute am Ende der Leitung einredeten.

„Und da meint man, in Penstowan passiert nichts Spannendes", sagte Maurice trocken und die Menge lachte, obwohl sie immer noch schockiert waren. „Also, ohne weiteres Gerede, was gibt es für Gebote?"

Da war Stille, dann rief so ein Idiot rein „Zwanzig Mäuse!" und erntete weiteres Gelächter. Neben mir schüttelte Tony den Kopf.

„Die machen wohl Scherze!", sagte Debbie wütend. „Es ist immer noch ein wunderschönes Bild!"

Maurice' Lächeln zerbröselte. „Kommen Sie schon, Ladys und Gentleman, ich weiß, dass wir das besser hinkriegen!"

Tony hielt seine Hand hoch und ich dachte, *wenn er jetzt einundzwanzig Pfund bietet, knall ich ihm eine ...* Aber er blieb unversehrt, denn –

„Zweitausend Pfund!", rief er. Da war heftiges Nach-Luft-Schnappen zu hören, das lauteste kam wohl von mir. Er sah mich an.

„Was? Es ist viel mehr wert als das. Sieh es dir an, es ist verdammt schön."

Ich lächelte ihn an und dachte, *oh mein Gott, dieser Mann ist einer der anständigsten Menschen, die ich je gekannt habe.* Ich lehnte mich spontan zu ihm herüber und gab ihm einen Schmatzer auf die Wange.

„Ich danke dir."

„Wofür?"

„Dafür, dass du immer der resolute Tony bist, wenn alle anderen um dich herum sich wie Idioten verhalten."

Er lachte. „In was anderem bin ich nicht gut."

***

Die Gebote kamen danach geballt und schnell. Tony bot bis dreieinhalbtausend mit, aber gab mir gegenüber später zu, dass er glücklich war, verloren zu haben, denn er hätte eine Niere verkaufen müssen, um es zu bezahlen. Ich hoffte, dass er scherzte ...

Am Ende wurde das Bild für eine Summe von achttausend Pfund verkauft, von der ich annahm, dass es eine wahnsinnig hohe Summe Geld war, aber es war nichts im Vergleich zu dem, was ein weiteres ‚Penstowan-Gemälde' eingebracht hätte. Es war trotzdem genug, um der Stadt das neue Rettungsboot zu sichern, das es brauchte.

Danach liefen die Menschen umher, tuschelten, wollten mit Duncan reden, aber er war von Jed Millard in Beschlag genommen worden, dem Editor/Reporter/Fotograf der *Penstowan and North Cornwall Gazette*, der sich sicher tierisch darüber freute, dass sein lokales Ein-Mann-Blatt im Besitz einer weltexklusiven Story war. Duncan blickte über die Köpfe der Menge und lächelte mir resigniert zu und nicht lange danach sah ich einen ernst aussehenden Mann auf ihn zugehen, von dem ich annahm, dass es sein Anwalt war. Er führte ihn weg vom Festival, und weg von mir.

Kapitel 33

„Danke, dass du gekommen bist."

Es war der nächste Morgen. Duncan hatte mir in der vergangenen Nacht geschrieben, hatte gefragt, ob wir uns im Cottage treffen könnten. Er stand im Türrahmen und lächelte mich nervös an, dann trat er zurück, um mich einzulassen. Ein offener Koffer stand am Esstisch, ein Haufen gefalteter Kleider lag daneben; er packte.

„Du gehst also?", fragte ich, völlig unnötig. Er nickte.

„Ja, wir haben das Cottage nur für eine Woche gemietet ..."

Ich setzte mich auf das Sofa und er folgte mir, setzte sich mir gegenüber in den Ohrensessel. „Was hat dein Anwalt gesagt? Wirst du dich auf eine Strafanzeige gefasst machen müssen?"

„Ich weiß es nicht", sagte er. „Er glaubt nicht daran. Ich habe technisch gesehen keinen Täuschungsversuch unternommen, weil ich Alistairs Bilder nicht als solches gestohlen habe – er bat mich, sie zu verkaufen, und er ist nicht hier, um mich des Diebstahls zu bezichtigen, oder? Aber seine Familie hat anscheinend schon begonnen rechtliche Schritte gegen mich einzuleiten."

„Können Sie das tun?"

Er zuckte mit den Schultern. „Selbst wenn sie es nicht können, werden sie genug Ärger machen, um diese Publicity jahrelang aufrechtzuerhalten, und das möchte ich nicht. Ich will allein gelassen werden. Das ist dieselbe Familie, die ihn ausgestoßen hat, als er auf die Kunstschule ging, und die reich genug war, um seine Drogenschulden abzubezahlen und ihn retten zu können, es aber nicht getan hat. Die verdienen nicht einen Penny, aber ich auch nicht. Ich werde mich außergerichtlich einigen und ihnen zahlen, was sie wollen."

„Also, wo gehst du jetzt hin?", fragte ich, versuchte ruhig zu klingen. „Zurück nach London?"

„Gott, nein. Ich habe diese Villa – ein recht großzügiges Wort für das, was es ist, eine heruntergekommene alte Strandhütte – auf einer der griechischen Inseln. Ich werde von vorne anfangen, diesmal meine eigenen Bilder malen, nicht versuchen jemanden anderes zu kopieren." Er lehnte sich vor und nahm meine Hände und blickte mir ernst in die Augen. Oh, wie würde ich seine stechend blauen Augen vermissen ... „Komm mit mir."

„Was?" Ich war überrumpelt.

„Nach Griechenland. Komm und leb dort mit mir. Wir können am Strand spazieren gehen und Ouzo trinken. Wir können uns im Sand lieben. Ich kann dich malen ..."

Ich schluckte schwer. Es klang wundervoll und ich war eine halbe Sekunde versucht. „Duncan, ich kann nicht mit dir gehen."

Er lächelte mich traurig an. „Ich weiß. Ich wollte dich eigentlich nicht fragen, weil ich wusste, dass du Nein sagen würdest, aber ich dachte –"

„Es klingt wunderbar, und wenn nur ich es wäre, hätte ich vielleicht Ja gesagt – aber ich bin nicht allein.

Daisy kennt dich nicht. Ihr Leben ist hier. *Mein* Leben ist hier, im Moment jedenfalls."

Er lehnte sich vor und machte diese Haarsträhne-hinter-das-Ohr-streichen-Sache. Das würde ich auch vermissen.

„Ich weiß. Ich weiß das alles und ich wusste, was deine Antwort sein würde, aber ich musste trotzdem fragen. Kann ich dir wenigstens schreiben? Können wir in Kontakt bleiben? Wer weiß, vielleicht brauchst du eines Tages einen Tapetenwechsel …"

Ich lächelte. „Es wäre besser, wenn du mir schreibst. Ich wäre sehr verärgert, wenn du es nicht tun würdest …"

Und dann, obwohl wir wussten, dass wir uns danach schlechter fühlen würden, küssten wir uns ein letztes Mal langsam und leidenschaftlich.

***

Ich saß an der Mauer hinter meinem Haus, sah über die Felder und das Meer dahinter. Am Ende eines Tages war es mein liebster Ort, um der Sonne beim Untergehen zuzusehen, wie sie am Horizont verschwand, als würde sie in den Wellen versinken. Ich fragte mich, wie der Sonnenuntergang am Strand in Griechenland aussehen würde und wischte mir über die Augen, obwohl ich schon viel zu viel geweint hatte.

„Ist da noch ein bisschen Platz?" Ich wirbelte herum und fand Tony vor, der an der Hintertür mit zwei Tassen Tee wartete. Ich lächelte; wenn es zwei Dinge in meinem Leben gab, auf die ich mich verlassen konnte, waren es Tee und Tony Penhaligon.

„Du bist nicht mehr ganz so schmal heutzutage", sage ich, rutschte rüber. „Ich hab dich zu gut gefüttert."

Er lächelte und reichte mir die Tasse, dann gesellte er sich zu mir auf die Mauer. Wir saßen da und ließen unsere Beine über der Schafweide baumeln und beobachteten den Himmel für einen Moment in gemeinschaftlichem Schweigen.

„Ich höre, Lowenna Cottage ist wieder leer", sagte er schließlich. Ich nickte.

„Ja."

„Geht's dir gut?"

„Nein." Ich sah ihm ins Gesicht mit einem, wie ich hoffte, tapferen Lächeln, aber mein Make-up war über mein ganzes Gesicht verschmiert und ich sah wahrscheinlich aus wie Ronald McDonald aus, der einen Nervenzusammenbruch hatte. „Aber das wird schon. Du musst aber nett zu mir sein, sonst weine ich wieder."

„Alles klar. Äh ... du stinkst."

Ich lachte und boxte ihm den Arm. „Danke, Rotznase."

Für einen Moment saßen wir wieder still da.

„Ich habe mir erlaubt, mich in Duncan zu verlieben, weil ich wusste, dass daraus nichts wird", sagte ich nachdenklich. „Tief drinnen weiß ich, dass ich noch nicht bereit bin, mich zu verlieben, aber ich fühlte mich bei ihm sicher, weil er unerreichbar war. Zunächst war er verheiratet und er war aus dieser exotischen, künstlerischen Welt in London. Wohingegen ich nur eine arme, alleinerziehende Mutter aus Cornwall bin."

„Du bist sehr viel mehr als das, Jodie. Aber ich verstehe, was du meinst."

„Ich lag trotzdem falsch. Er wird nach Griechenland gehen und er fragte mich, ob ich mit ihm gehe.“

Tony sah erschrocken aus. „Aber du hast Nein gesagt?“

„Natürlich hab ich das“, seufzte ich. „Meine Mum hatte recht. Duncan ist Raymond Kwiatkowski und die Kohlsaison ist vorbei.“ *Also, wer bleibt dann als Eddie Parker in diesem Szenario übrig?*, fragte ich mich.

Tony warf mir ein verwirrtes Grinsen zu. „Du weißt, dass ich deine Mutter liebe, aber hast du sie mal auf Demenz testen lassen?“ Ich lachte, während er einen Arm um meine Schulter legte und mir einen schnellen Kuss auf den Kopf drückte. Ich war mir nicht sicher, ob es ein Kribbeln war – da war zu viel Haar zwischen seinen Lippen und meiner Haut –, aber es fühlte sich trotzdem schön an. „Also, *meine* Mutter sagt immer, wenn es sein soll, wird es sein. Du kannst es nicht erzwingen und du kannst es nicht aufhalten. Wer weiß schon, was in der Zukunft passieren wird?“

EPILOG

Es war ein paar Monate später. Der wunderschöne Sommer war lange vorbei und anstelle des hellen Sonnenscheins, zog ein dichter Nebel vom Meer herüber und machte es sich gemütlich, hing tagelang über den Häusern und dem Strand. Es war grau, feucht, grauenhaft und ich saß zu Hause und sah fern. Ich hatte das Haus tatsächlich mal für mich; Daisy war in der Schule und Mum war zur Abwechslung mal in ihrem Haus. Es waren ein paar geschäftige Monate gewesen, aufgrund des Caterings- und Ermittlungsgeschäfts, und ich war froh, dass ich mal die Chance hatte, meine Füße hochzulegen und nichts zu tun.

Ich schaltete bloß Netflix an und bereitete mich darauf vor, etwas von Anfang bis Ende durchzugucken, eine Tasse Tee und eine Packung Kekse in der Hand, als es an der Tür klingelte. Ich stöhnte – ich war nicht in der Stimmung für Gesellschaft – und stand auf, den Fernseher auf stumm geschaltet, um verstohlen aus dem Fenster zu linsen.

Auf der Türschwelle stand ein Kurier, der ein sehr großes Paket hielt. Ich sprang los und öffnete die Tür.

Das Paket hatte eine Menge, mir unbekannte, ausländische Post- und Briefmarken aufgeklebt, inklusive einer Rücksendeadresse: Villa Eutychia, Agios Ioannis, Lefkafa. Duncans Villa. Ich atmete tief ein und öffnete vorsichtig das Paket. Ich brauchte diese tiefe Inhalation, denn was darin war, raubte mir den Atem.

Es war ein Bild von mir, wie ich am Klippenrand stand, an dem Tag, als Duncan und ich uns das erste Mal küssten. Ich hatte immer noch die Skizze, die er von mir gemacht hatte, aber ich hätte mir das nie vorstellen können ...

Ich schluckte und spürte, wie mir Tränen in die Augen stiegen. Ich hatte noch nie ein Porträt von mir selbst – ich meine, wer hatte das heutzutage schon noch?

Und es war wunderschön. Ein Brief flog aus dem Paket und ich bückte mich, um ihn aufzuheben.

An meine Muse.

Du bist vielleicht weit weg, dennoch bist du immer bei mir.

Duncan xxx

ENDE

Jodies erprobte Rezepte #2

Cornische Safranbrötchen

Dieses traditionelle süße Gebäck aus Cornwall ist die
Zeit und Mühe wert, wenn man möchte, dass die Leute
einem Komplimente für ‚süße Teilchen' machen ...
Ich hasse diese Rezepte, die ‚eine Prise' von etwas brauchen. Wie groß ist eine Prise?? Ich habe ziemlich kleine
Hände, also heißt das, meine ‚Prise' wird kleiner sein
als Duncans, dessen Hände groß, kräftig und männlich
sind, oder Nathans, dessen Hände genau die richtige
Größe haben, um mit Durchsuchungsbefehlen vor den
Gesichtern von Verbrechern zu wedeln?
Ich bin mir nicht sicher, was Tonys Hände angeht – ich
erinnere mich, dass sie, als wir 1994 als Teenager Händ-
chen hielten, ein bisschen verschwitzt waren, aber ich
denke, er ist dem mittlerweile entwachsen.
Und dann sind die nicht zufrieden mit ‚einer Prise', sie
wollen eine ‚kleine Prise' oder eine ‚großzügige Prise'!
Kann es noch ungenauer sein? Es ist genau wie in Mrs
Beetons Schildkrötensuppenrezept: ‚schnapp dir erst
mal eine Schildkröte'. Ja klar.
Wie auch immer ...

1. Erst mal braucht man eine Prise Safran (ja, ich weiß,
was ich gerade gesagt habe, aber jeder kann für sich
entscheiden, wie groß seine persönliche ‚Prise' ist. Was

wollt ihr von mir? Wollt ihr, dass ich vorbeikomme und sie für euch backe?). Die Safranfäden in eine kleine ofenfeste Schale legen und sie für ein paar Minuten im Ofen bei niedriger Temperatur trocknen lassen, bis sie, wenn man sie herausholt, zerkrümelt werden können. 4 EL kochendes Wasser darüber gießen und sie zehn Minuten einweichen lassen.

2. 500 g backstarkes Mehl und 2 TL Salz in einer Schüssel mischen, dann 120 g Butter (manche Rezepte nehmen eine Hälfte Butter, eine Hälfte Schmalz, aber um ehrlich zu sein, habe ich genug eigenen Schmalz und muss damit nicht noch was backen) einkneten und solange bearbeiten, bis es wie feine Brotkrumen aussieht. Dieser Prozess ist wirklich gut, um den Dreck unter den Fingernägeln hervorzuholen, also wenn man das Zeug nicht essen möchte, schlage ich vor, dass ihr eure Hände wirklich sehr sauber macht, bevor ihr eure Pfoten in die Mischung steckt. 90 g feinen Zucker und 200 g Rosinen oder Sultaninen unterrühren. Man kann auch ausgefallenere Sachen nehmen und Trockenfrüchte, wie Cranberrys oder so was, ausprobieren, aber wenn ihr das tut, versucht nicht sie als ‚cornisch‘ zu verkaufen, es sei denn, ihr wollt von einem wütenden Kerl aus Cornwall mit einer Pastete vermöbelt werden (eure Teilchen werden aber trotzdem süß sein – kein Euphemismus).

3. Jetzt kommen wir zur Hefe ... Wenn man eins von diesen Schnell-Backhefe-Päckchen verwendet, kann man an dieser Stelle ein 7 g Päckchen davon nehmen, aber wenn man Trockenhefe nimmt, muss sie erst aktiviert

werden, 4 TL auf 100 ml warme Milch mischen und in den Ofen schieben, damit sie aufgeht, während ihr euren Safran toastet (auch kein Euphemismus, aber ich finde, das sollte einer werden).

4. Den im Wasser schwimmenden Safran und das kochende Wasser zur warmen Milch (mit oder ohne Hefe, siehe oben) hinzufügen und dann zur Mehlmischung zugeben, zusammen mit einem großen Ei.

5. Rühren, bis alles vermischt ist (man muss vielleicht ein bisschen mehr Milch hinzufügen, falls es zu trocken wird, um ein Teig zu werden), dann kippt man das Ganze aus, auf eine leicht mehlige Fläche und knetet es, bis es leicht dehnbar wird. Nicht zu trocken und nicht zu weich. Ja, okay, das ist wieder etwas vage. Einfach so lange darauf einprügeln, bis es sich richtig anfühlt (uh, zweideutig).

6. Den Teig in 12 Stücke aufteilen und in Bälle formen, dann auf einem gefetteten Backblech platzieren und etwas plätten. Sie mit leicht geölter Frischhaltefolie überdecken – ölige Frischhaltefolie ist eine dieser Sachen, die genauso doof klingt, wie sie sich anhört, wie Katzen hüten, aber man muss sie wirklich einölen – und sie an einem warmen Platz lagern, bis sie sich von der Größe her verdoppeln (ich wärme den Ofen normalerweise schon auf der niedrigsten Stufe vor, während ich den Teig vorbereite und dann schalte ich ihn ab und lasse sie darin aufgehen).

7. Den Ofen dann auf 220° C vorheizen (erst muss man natürlich die Brötchen mit der Frischhaltefolie herausholen, wenn sie dort lagern – geschmolzene Frischhaltefolie schmeckt nicht sehr gut, ich spreche aus Erfahrung), und dann die Safranbrötchen oben im Ofen backen, bis sie golden sind und sich hohl anhören, wenn man gegen ihren Hintern klopft (Gott, dieses Rezept bietet sich wirklich für zweideutige Anspielungen an, nicht wahr?). Das dauert normalerweise 10–15 Minuten, also gut aufpassen.

8. Warm oder kalt genießen. Traditionalisten werden sagen, man sollte sie pur genießen – und wenn sie noch warm sind, kann man das –, aber meiner Meinung nach, sind sie unschlagbar gut mit einer Menge Butter oder Sahne. Und wenn sie beginnen, hart zu werden (in meinem Haus sind aber bisher noch nie welche für diesen Fall übrig geblieben), sind sie getoastet und mit Butter auch klasse.

Da habt ihr's.
Probiert es mal und dann könntet ihr auch Menschen finden, die von euren Teilchen schwärmen …

DANKSAGUNGEN

Sich so etwas auszudenken, ist immer schwierig. Das Schreiben ist, auf den ersten Blick, eine sehr einsame Beschäftigung; da ist nur der Autor und sein Stift (oder Laptop), der vor sich hinkritzelt, die Geschichte niederschreibt. Aber ein *Buch* zu schreiben, ist ein sehr gemeinschaftlicher Prozess und da sind so viele Menschen, die geholfen haben, manche sehr viel, manche etwas weniger, aber gleichermaßen in entscheidender Weise, sodass ich mir immer Sorgen mache, dass ich jemanden vergessen könnte.

Wie jedes Mal geht mein erster Dank an die armen Schlucker, die mich während der Zeit ertragen müssen, in der ich dieses (und meine anderen) Bücher geschrieben habe: meine Familie, besonders mein wundervoller Ehemann Dominic und mein lieber Sohn Lucas. So stolz ich auch auf meine Arbeit bin, die kleine Familie, die ich mit euch zwei aufgebaut habe, wird immer meine größte Leistung sein.

Mein zweiter (aber nicht weniger wichtige) Dank geht an die Damen, die mich auf dem Weg angefeuert haben. Alle sind auf ihre eigene Art unglaubliche Autorinnen, sie haben mir so viel Unterstützung gegeben, bauten mich auf, wenn ich erschlafft war, umarmten mich (virtuell), wenn ich am Boden lag, und gaben mir taktvolles Feedback, wenn ich die Geschichte verloren hatte. Meine alten Besties, Carmen Radtke und Jade Bokhari, wir werden die Straßen von London wieder unsicher machen (eher ein nettes Essen genießen und ein bisschen was trinken), und, wer weiß, eines Tages vielleicht Paris, Venedig oder irgendeinen schönen Strand. Und dann waren da drei sehr besondere Damen, die ich tatsächlich noch nie getroffen habe, aber die es dennoch schafften, dass ich (einigermaßen) vernünftig blieb – Sandy Barker, Nina Kaye und Andie Newton. Ich bin abhängig von unseren Unterhaltungen geworden und ich kann den Tag nicht erwarten, bis wir uns endlich treffen können. Vielleicht an einem Strand mit Carmen und Jade?

Ich möchte hier auch noch die unglaubliche Unterstützung erwähnen, die ich über die Sozialen Medien bekommen habe, von Lesern und Buchbloggern. Ich habe unheimlich Glück gehabt, dass es einige fantastische Blogger gab, die von meinem Buch geschwärmt haben. Es ist so wundervoll, wenn man hört, dass jemandem dein Buch gefallen hat; noch mehr sogar, wenn sie allen anderen erzählen, dass es ihnen gefallen hat! Ich sollte der wunderbaren Zoé-Lee O'Farrell eine Kommission zahlen, nach all der Werbung, die sie für mich gemacht hat, aber stattdessen habe ich einen Charakter in einem Buch nach ihr benannt und ihm wirklich furchtbare Dinge angetan. Und sie redet immer noch mit mir!!

Letztendlich geht ein Riesendankeschön an meine tolle Agentin Lina Langlee bei der North Literary Agency und Hannah Todd bei One More Chapter. Es war ein absolutes Vergnügen, mit euch zu arbeiten. Nicht nur ‚versteht' ihr mein Schreiben, ihr wisst auch immer, wie ich es noch verbessern kann.

Und *ganz*, ganz zum Schluss, danke, lieber Leser. Ich hoffe, dir hat das Buch gefallen.